PETER GERDES

Oldenburger Kohlkönig

TÖDLICHE GRÜNKOHLTOUR Vor Langeoog treibt eine Segeljacht steuerlos im Meer, in der Kajüte das Blut des verschwundenen Eigners. In Leer stirbt der Betreiber eines Fitnessstudios, in Oldenburg werden ein Germanistikprofessor und ein Kieferchirurg ermordet. All das ereignet sich innerhalb weniger Tage. Die Opfer gehörten demselben Abiturjahrgang eines Oldenburger Gymnasiums an und feierten Monate zuvor zusammen mit ehemaligen Mitschülerinnen und Mitschülern eine feucht-fröhliche Kohlfahrt. Was genau spielte sich dabei ab? Und was ist mit der jungen Frau, die ohne Einladung dort auftauchte und offenbar alle Opfer kannte? Die vier Männer gehörten einer Clique an, zusammen mit einem fünften. Wird er der nächste Tote sein – oder war er der Täter? Hauptkommissar Stahnke setzt bei den Ermittlungen nicht nur sein neues Oldenburger Team, sondern auch seine ehemaligen ostfriesischen Kollegen ein. Es dauert eine Weile, bis er erkennt, wie nah die Lösung liegt. Und wie fern zugleich.

© Klaus Fricke

Peter Gerdes, 1955 geboren, lebt in Leer (Ostfriesland). Er studierte Germanistik und Anglistik, arbeitete als Journalist und Lehrer. Seit 1995 schreibt er Krimis und betätigt sich als Herausgeber. Im Jahr 1999 übernahm Peter Gerdes die Leitung der »Ostfriesischen Krimitage«. Seine Kriminalromane »Der Etappenmörder«, »Fürchte die Dunkelheit« und »Der siebte Schlüssel« wurden für den Literaturpreis »Das neue Buch« nominiert. Für das SYNDIKAT organisiert er das jährliche Krimifest CRIMINALE.

PETER GERDES

Oldenburger Kohlkönig

KRIMINALROMAN

GMEINER

Immer informiert

Spannung pur – mit unserem Newsletter informieren wir Sie
regelmäßig über Wissenswertes aus unserer Bücherwelt.

Gefällt mir!

Facebook: @Gmeiner.Verlag
Instagram: @gmeinerverlag
Twitter: @GmeinerVerlag

MIX
Papier | Fördert
gute Waldnutzung
FSC® C083411

Besuchen Sie uns im Internet:
www.gmeiner-verlag.de

© 2022 – Gmeiner-Verlag GmbH
Im Ehnried 5, 88605 Meßkirch
Telefon 0 75 75 / 20 95 - 0
info@gmeiner-verlag.de
Alle Rechte vorbehalten
2. Auflage 2023

Lektorat: Claudia Senghaas, Kirchardt
Herstellung: Mirjam Hecht
Umschlaggestaltung: U.O.R.G. Lutz Eberle, Stuttgart
unter Verwendung eines Fotos von: © hk13114 / AdobeStock
Druck: CPI books GmbH, Leck
Printed in Germany
ISBN 978-3-8392-0292-0

PROLOG

Ich hätte nicht gedacht, dass ich so weit gehen würde. So kenne ich mich nicht. Ich habe das nicht geplant. Aber dann finde ich keine Worte mehr. Meine Stimme schnappt über und versagt. Ich kann nicht anders, ich schlage zu. Ohrfeigen, schnell und hart. Die ersten klatschen ins Ziel, in ein verzerrtes Gesicht. Dann nur noch auf dicke, bunte Unterarme. Er greift nach meinen Handgelenken, aber ich bin flinker und packe ihn an seinem grell flammenden Hals. Jetzt gibt es kein Zurück mehr.

Aber er ist stark, zu stark. Die bunten Arme tauchen von unten zwischen meinen hoch und sprengen meinen Griff. Gefletschte Zähne, gebrüllte Flüche, Speicheltropfen. Wuchtig schlägt er mir meine eigene Deckung ins Gesicht. Ich fühle keinen Schmerz, aber ich taumele, pralle gegen eine Wand. Dinge fallen zu Boden, Glas splittert. Ich fange mich, mache zwei schnelle, federnde Schritte zur Seite, weiche den nächsten Hammerschlägen aus, versuche, in seinen Rücken zu kommen. Und stolpere. Verfluchter Farbeimer, schwer wie Beton! Krachend gehe ich zu Boden. Sehe, wie mein Gegner sich auf mich stürzen will. Blitzschnell rolle ich mich weg, lasse ihn auf den Boden klatschen, stoße dabei gegen eine Aluleiter, die auf mich kippt. Mit einer Hand schleudere ich sie auf meinen Widersacher, mit der anderen stemme ich mich vom Boden hoch. Dort ist die Tür, jetzt wäre die Gelegenheit. Aber ich verwerfe den Gedanken an Flucht. Dafür bin ich nicht hergekommen. Jetzt erst verstehe ich, warum ich eigentlich hier bin.

Er ist schon wieder auf den Beinen, das Gesicht von Hass verzerrt, bückt sich, nimmt etwas aus einem Gestell, wirft hart und präzise. Hanteln. Die bunten Arme zucken. Ausweichen, einmal, zweimal, dann ein Treffer auf die Brust, der mir den Atem nimmt. Ich stolpere rückwärts, beide Arme zur Abwehr erhoben, rempele gegen einen langen Tisch, der umfällt wie ein Spielzeug. Ich selbst falle auch. Das nächste Wurfgeschoss zischt über mich hinweg.

Deckung, ich brauche Deckung! Der Tisch ist ein Witz, bietet keinen Schutz. Der andere ist schon wieder über mir. Im Krebsgang weiche ich zurück, meine Füße rutschen auf einer Papierrolle aus, meine Hände kratzen panisch über den Nadelfilz auf dem Fußboden. Mein Gegner ist da. Ich brauche etwas, irgendwas, um mich zu wehren! Da ist etwas, die Finger meiner rechten Hand krampfen sich darum. Ich reiße das Ding in einem Bogen hoch, bringe es zwischen mich und ihn.

Im nächsten Moment ist alles nass und glitschig. Ein zentnerschwerer Sack nagelt mich am Boden fest. Nein, kein Sack. Er liegt auf mir, besinnungslos. Muss ein Glückstreffer gewesen sein, denke ich, dann erkenne ich, was ich in meiner Hand halte, und lasse es los, als wäre es weißglühend. Ein Messer, warum liegt hier ein Messer, solch ein langes Messer?

Ich wühle mich unter dem Leblosen hervor. Auch dessen bunte Arme sind jetzt rot vom Blut, in der Kehle klafft ein tiefer Schnitt. Er ist tot.

Das wollte ich nicht, will ich denken, aber ich weiß, dass das nicht stimmt. Gewollt habe ich das schon, ich habe es mir nur nicht eingestanden. Geplant schon gar nicht. Jetzt stehe ich da mit der Leiche und dem ganzen Mist, über und über mit Blut besudelt, die Tatwaffe in der Hand. Wie um alles in der Welt komme ich aus dieser Nummer wieder heraus?

Dort steht ein Schreibtisch, halb abgedeckt, darauf ein altes Schnurtelefon. Ob es funktioniert? Das wäre eine Möglichkeit.

Mein Blick wandert durch den verwüsteten Raum, über das Chaos, das ich angerichtet habe. Bis hin zu der Leiche. Und je länger ich schaue, desto klarer wird mir, wie es weitergeht.

1.

Der Nordwestwind pfiff heftig über den offenen Inselstrand, wirbelte Sand auf und scheuchte Wolken von Körnern vor sich her. Sie prickelten auf Thorsten Venemas Wangen und bissen in seinen Augen, sosehr er sie auch zusammenkniff. Tränen rannen ihm übers Gesicht und versickerten in seinem struppigen Bart. Venema widerstand dem Verlangen, sich abzuwenden und dem Wind den Rücken zuzukehren. Sollen sie doch laufen, die Tränen, dachte er trotzig. Ihm war sowieso zum Heulen zumute.

Draußen taumelte ein Segelboot durch die schäumenden Wellen, ohne klaren Kurs, mit hin und her pendelndem Mast, schlagenden Schoten und wild flatternden Segeln. Dem geht es wie mir, dachte Thorsten Venema. Kriegt ständig Schläge von rechts und links, hat keinen Halt und weiß nicht wohin. Der Typ am Ruder musste eine Vollniete sein! Ein unfähiger Lappen. Ob der sich auch ständig selbst beschimpfte?

Eine Hand drängte sich unter seinen Arm. »Was ist, gehen wir?«, fragte seine Begleiterin. »Ich könnte was Warmes vertragen. Oder willst du noch gucken?« Auch sie kniff ihre Augen zu schmalen Schlitzen zusammen. »Sieht so aus, als ob das Boot dort auf den Strand zutreibt. Vielleicht sollten wir jemanden anrufen.«

Ach, Layan, du Wunderschöne, dachte Venema. So aufmerksam und fürsorglich! Aber mir stößt du das Messer in den Rücken. Der Name bedeutete »weich« und »zart«, das hatte er nachgeschlagen. Von wegen! Diese

Frau konnte knallhart sein. Innen wie außen. Sie war unverschämt gut trainiert und hatte ihn schon im Armdrücken geschlagen.

Eine querlaufende Welle warf die kleine Segeljacht halb herum und gab den Blick auf das offene Cockpit frei. »Schau doch, da ist überhaupt keiner an der Pinne!«, rief Layan aufgeregt. »Das Boot ist steuerlos! Los, ruf schon deinen Kollegen an!« Ihre Hand hielt seinen linken Oberarm gepackt und presste ihn zusammen. Es schmerzte trotz Pullover und Regenzeug. Thorsten Venema liefen heiße Schauer über den Rücken. Mit der rechten Hand fingerte er sein Smartphone aus der Anoraktasche.

»Polizeidienststelle Langeoog, Buss am Apparat«, dröhnte es in Venemas Ohr. Ja, so musste ein echter Polizist klingen, so musste er auftreten! Selbstbewusst und Autorität ausstrahlend, aber auch zugewandt und hilfsbereit. Sofern der Anrufer ein ernst zu nehmendes Anliegen und somit polizeiliche Hilfe verdient hatte. Falls nicht, würde er es sich gut überlegen, die Staatsgewalt noch einmal mit Banalitäten zu behelligen! All das schwang in diesen Worten mit. Großartig! Thorsten Venema war begeistert und verzweifelt zugleich.

»Hallo? Polizei Langeoog, wer spricht?« Das klang schon eine deutliche Spur bedrohlicher.

»Äh, Venema hier, Oberkommissar Thorsten Venema, Kripo Oldenburg. Moin, Herr Kollege.« Er schwieg einen Moment, gerade lang genug für die Erwiderung seines Grußes, die aber nicht kam. »Ich befinde mich gerade auf der Promenade oberhalb des Strandes, seeseitig, östlich des Drachenstrandes, und beobachte ein Sportboot, das auf die Insel zutreibt. Anscheinend manövrierunfähig. Möglicherweise ohne Rudergänger.«

»Guck mal, der Name!«, rief Layan dazwischen. »Der Bootsname, vorne am Bug! Es heißt *Sharin*.«

»Der Bootsname lautet *Sharin*«, wiederholte Venema.

»Danke, Herr Kollege.« Die Antwort ging im Aufheulen einer Bö und dem Prasseln des Sandes beinahe unter. »Das Fahrzeug wurde uns bereits gemeldet. DGzRS* ist unterwegs. Müssten Sie auch bald sehen können.« Die Stimme des Inselpolizisten, nach dem Abflauen der Sturmbö wieder deutlicher zu verstehen, klang jetzt eine Nuance verbindlicher. »Unsere *Secretarius* befand sich gerade auf Übungsfahrt westlich von Langeoog, so hat sie einen verkürzten Anmarschweg.«

»Glück im Unglück«, erwiderte Thorsten Venema und reckte suchend den Hals. Noch aber konnte er zwischen den schaumgekrönten Wellen keinen Seenotrettungskreuzer entdecken. »Negativ. Nichts in Sicht«, meldete er.

»Das wundert mich«, sagte der Inselpolizist. »Vormann Peters hat mir doch schon vor fünf Minuten durchgegeben, dass sie den Sportstrand querab hätten. Sind Sie sicher, dass nichts in Sicht ist, Herr Kollege?« Er klang skeptisch.

Der hält mich wohl für blind, ärgerte sich Venema. Traut der mir nicht? Warum trauen mir die Leute nie etwas zu? Stahnke ist genauso. Immer zweifeln, immer alles infrage stellen, was ich sage und mache! Er starrte in die besagte Richtung, bis seine Augen tatsächlich tränenblind waren und alles verschwamm. »Da ist nichts!«, bellte er in sein Smartphone. »Ich würde doch wohl einen ausgewachsenen Seenotrettungskreuzer nicht übersehen!«

Der Inselpolizist räusperte sich. »Unsere *Secretarius* ist ein Boot der Zehn-Meter-Klasse«, sagte er. »Also kaum größer als der Havarist. Nicht, dass Sie nach einem Kreuzer wie

---

* Deutsche Gesellschaft zur Rettung Schiffbrüchiger

der *Hermann Marwede* Ausschau halten! Die ist 46 Meter lang und operiert vor Helgoland. Die könnte unsere *Secretarius* als Beiboot an Bord nehmen. Aber in Strandnähe wäre solch ein Riese fehl am Platz.«

Venema wischte sich über die Augen. Na klar, da war etwas, ein Schemen in Weiß, Grün und Orange, der in den Wellen einen taumelnden Veitstanz vollführte. Jetzt, da er wusste, wonach er gucken musste, sah er es sofort. Das musste das Rettungsboot sein. Anscheinend brauche ich immer einen, der mir sagt, was Sache ist, dachte Venema. Gewöhnlich ist das Stahnke, aber wenn der nicht da ist, tut es auch irgendjemand anderes. Wie unselbstständig bin ich eigentlich?

»Schau bloß, wie der Kleine durch die Wellen nagelt!« Layan hatte das kleine Boot der Seenotretter ebenfalls entdeckt. »Der hat ja mehr Wasser an Deck als unterm Kiel! Ob er das Segelboot noch rechtzeitig erwischt? Nicht, dass die beide auf Grund laufen!«

Gut beobachtet, dachte Venema, diese Gefahr bestand. Überhaupt war es fraglich, wie die Seenotretter das steuerlose Boot auf den Haken nehmen wollten; es war niemand an Deck, der eine Schleppleine hätte annehmen können! War die Besatzung auf See über Bord gegangen? Nicht auszuschließen, vor allem, wenn es ein Alleinsegler gewesen war. Vielleicht aber war doch noch jemand an Bord, lag verletzt und bewegungsunfähig in der Kajüte. Daher würden die Retter alles versuchen, um eine Strandung zu verhindern.

Unmittelbar vor der Brandungszone war die Nordsee etwas ruhiger, waren die Wellen ein wenig niedriger. In diesen Bereich dümpelte die steuerlose Jacht soeben hinein, dicht gefolgt von der *Secretarius*, deren Bugwelle nur so schäumte. Sie näherte sich dem Havaristen von der Leeseite her. Eine stämmige Gestalt, knallbunt und unförmig in Regenzeug und Schwimmweste, stand auf dem Vordeck und klammerte sich mit einer Hand an der Reling fest. In der anderen Hand hielt sie eine Art Lanze. Lanze, was sollte denn das? Wollte der Mann die Jacht harpunieren?

»Guck mal, jetzt angelt der sich die treibende Leine!«, rief Layan neben ihm. »Clever, so können sie das Boot doch noch abschleppen, ohne vorher an Bord übersetzen zu müssen. Das hätte bestimmt zu lange gedauert.«

Ach so, ein Peekhaken war das! Von wegen Lanze. Thorsten Venema biss sich auf die Lippen. Da war er gerade noch um eine Blamage herumgekommen! Wenigstens vor Layan. Vor sich selber jedoch nicht, und das war schlimm genug.

Längst hatte sich um sie herum ein Trüppchen Schaulustige zusammengefunden, reckte Hälse und Handys, filmte und knipste, was die Akkus hergaben – angesichts der Entfernung mit zweifelhafter Aussicht auf Erfolg. Es reichte immerhin für einen chorhaften Aufschrei wohligen Entsetzens, als der unförmige Mann auf dem Vordeck der *Secretarius* kurz den Halt verlor und über die Reling in die aufgewühlte See zu stürzen drohte. Jedenfalls dachten das alle. Aber weit gefehlt, denn im nächsten Moment zog der Mann seinen Peekhaken ein, an dessen Ende das gespleißte Auge der Festmacherleine des Havaristen baumelte. Schon hangelte sich der Seenotretter zum Heck seines Bootes, während der Steuermann das kleine, hoch motorisierte Fahrzeug bereits wie auf dem Teller wendete.

»Jetzt hat er die Leine belegt«, kommentierte Layan. »Guck mal, er zieht schon an, das Tau kommt steif! Hoffentlich ruckt es nicht zu hart, sonst bricht die Leine, und alles war umsonst.« Vor Aufregung hüpfte die junge Frau auf der Stelle, ohne Venemas Arm loszulassen. Fast wäre der Oberkommissar mitgehüpft. Warum eigentlich nicht? Warum war er nie so spontan? Angst vor Kontrollverlust? Er sollte sich viel öfter gehen lassen, nahm Venema sich vor. Aber da war der richtige Augenblick auch schon vorbei.

Tatsächlich kam die Leine so steif, dass man förmlich sehen konnte, wie sie unter der Last knarrte, obwohl der Wind natürlich nach wie vor jeden Laut verwehte. Aber die Wassertropfen, die aus dem straff gespannten Tau herausgepresst wurden, konnte man erkennen. Zum Glück verfügte der Steuermann der *Secretarius* über genügend Erfahrung, um den Zug so zu dosieren, dass die Leine standhielt. Das Schraubenwasser schäumte, der Bug der Jacht schwang herum, und schon war der kleine Schleppzug unterwegs, weg vom Strand, weg von der drohenden Strandung.

»Und wohin jetzt?«, fragte Layan.

»Zum Langeooger Hafen vermutlich«, erwiderte Venema. »Um das Boot genauer zu untersuchen und nachzuforschen, was aus der Besatzung geworden ist. Vielleicht treiben die Leute noch irgendwo draußen.« Er zog seinen Kopf ein, weil genau in diesem Moment ein Hubschrauber über ihre Köpfe hinwegbrauste. ›SAR‹ stand groß auf seinem Rumpf, *Search and Rescue*, suchen und retten. Die Rettungsbootbesatzung hatte also längst die fliegenden Kollegen alarmiert. Oder hatte sein Inselkollege Buss das besorgt?

Layan lachte. »Natürlich schleppen die die Jacht in den Hafen! Wohin auch sonst. Aber das meinte ich nicht.« Sie zog den Reißverschluss ihrer Jacke bis ganz unters Kinn. »Mir ist kalt, ich brauche etwas Warmes. Von wegen schöner Sommertag auf einer Ostfriesen-Insel! Hier gehen die Kalender wohl anders. Komm, wir setzen uns irgendwo rein!«

Thorsten Venema warf einen letzten Blick auf den Schleppzug, der sich taumelnd seinen Weg durch die Wellen bahnte, dann ließ er sich mitziehen. War er jetzt auch noch schuld am miesen norddeutschen Wetter? So hatte Layan das nicht gesagt, aber so war es bei ihm angekommen. Irgendwie kam immer alles bei ihm so an.

Die junge Frau hatte es eilig, und Thorsten Venema musste sich sputen, um mit ihr Schritt zu halten. Er bewunderte ihren elastischen Gang, ihren raumgreifenden Schritt, ihre selbstbewusste Art, ganz selbstverständlich die Richtung zu bestimmen. Sie ist einfach toll, dachte er. Das Herz blutete ihm dabei.

Er hatte es sich so schön vorgestellt. Ein wunderbarer Tag am Inselstrand, Salz und Sonne auf der Haut, innige Gespräche und tiefe Blicke, ein paar beiläufige Berührungen. Irgendwann wäre der Moment da gewesen, ihr zu sagen, was ihm auf der Seele brannte. Dass er immer öfter von ihr träumte, kaum noch an etwas anderes denken konnte, so in der Art eben, schwülstiges Zeug, unerträglich eigentlich, solang Sender und Empfänger nicht im Einklang waren. Hatte er schon öfter versucht, und manchmal hatte es auch geklappt. Aber so weit war er diesmal nicht gekommen, gar nicht einmal nur des unverhofft schlechten Wetters wegen. Gischtiger Regen im Gesicht statt sonnenverwöhnter Haut! Sondern wegen des Einklangs. Von dem konnte überhaupt keine Rede sein.

Schon auf der Fähre ging es los. Sie war abwesend, hörte gar nicht richtig zu, als er ihr das Wattenmeer erklären wollte. Was ist, hatte er gefragt. Darauf sie: Ich mach mir Sorgen. Weswegen? Wegen Alan. Bäng! Layan machte sich also Sorgen um ihren Ex-Freund. Ganz toller Auftakt für einen Romantiktrip!

Das Thema klebte wie Kaugummi und zog auch solche Fäden. Alan Kaya, der Mann mit der schweren Kindheit, ladida! Der am Alten Gymnasium in Oldenburg so gemobbt worden war, bis er sitzenblieb und neue Freunde fand. Der nach dem Abitur nach Berlin ging, wo er bald sein Pädagogikstudium abbrach und lieber Türsteher wurde. Passte wohl besser zu seinem Hobby, dem Bodybuilding. Layan beschrieb ziemlich detailliert, wie dieser Alan seinen Body ausgebildet hatte. Spätestens da war bei Thorsten Venema jede Romantik verflogen. Weswegen sich Layan überhaupt Sorgen um Alan machte, bekam er kaum mit. Geschäftliche Probleme, finanziell übernommen, na und? Beamte hatten es auch nicht leicht. Seit Tagen telefonisch nicht erreichbar, auch über *WhatsApp* nicht? Soso. Da hat ihm wohl einer das Ladegerät für sein Smartphone gepfändet, dachte Venema, aber er sprach es nicht aus.

Layan blieb vor dem *Café Leiß* stehen, winkte ihn ungeduldig heran und schob ihn hinein. Hastig bestellte sie heiße Schokolade mit viel Sahne. Venema orderte einen Milchkaffee. Während sie warteten, hielt sie ihren Blick auf ihr Handy gesenkt, tippte und wischte in einer Tour. »Warum meldet der sich denn nicht«, zischte sie mit geschürzten Lippen und gebleckten Zähnen. Klingt nicht nach Lover, dachte Venema, eher so, als schulde er ihr Geld. Noch glomm der Funke der Hoffnung.

Draußen prasselte Regen gegen die Scheiben. Längst war im ganzen Raum kein Stuhl mehr frei; immer wieder scheuchte das Wetter weitere Spaziergänger herein. Die Bedienung fragte nach weiteren Wünschen, wollte eindeutig Platz schaffen, Umsatz war Umsatz. Venema und Layan sahen sich an; es war der erste Blick, den sie tauschten, seit sie das Café betreten hatten. »Lass uns gehen«, sagte die junge Frau. »Wenn wir uns beeilen, kriegen wir die Inselbahn und die Fähre noch.« Bedauernd hob sie ihre Schultern: »Ich habe einfach keine Ruhe.«

Venema nickte und zückte sein Portemonnaie. Wenigstens ein Moment des Einvernehmens, dachte er, während er zahlte. Besser als nichts. Nicht viel besser, aber immerhin.

Auf dem Langeooger Bahnhof herrschte Gedränge, die bunten Waggons der Inselbahn waren voll. Offenbar flohen viele Tagesgäste, vom schlechten Wetter überrascht, früher als geplant aufs Festland. Venema und seine Begleiterin ergatterten die letzte freie Sitzbank im vordersten Wagen, ganz dicht an der halb offenen Tür zur Plattform, wo die Raucher standen. Stinkender Qualm zog heran. Layan rümpfte ihre Nase, rückte ganz dicht an Venema heran und drückte ihr Gesicht in seinen wollenen Schal. Für ein paar Augenblicke vergaß er, wie hart die Holzbänke waren und wie unbequem die anatomisch widersinnig geformten Rückenlehnen. Zum ersten Mal bedauerte er, dass die Fahrt zum Fährhafen nur ein paar Minuten dauerte.

Während sie beim Fährterminal anstanden, umrundete gerade das Seenotrettungsboot *Secretarius* die Mole, die havarierte Segeljacht mit dem Namen *Sharin* in Schlepp. Im ruhigeren Wasser des Hafens schlingerte das Segelboot nicht mehr, aber die im Wind flatternden Segel mit ihren wild schlagenden Schoten ließen es trotzdem zerzaust und hilflos aussehen. Der Schleppzug steuerte den Betonschwimmsteg der Seenotretter an; der unförmig wirkende Mann, der vorhin die Schleppleine mit dem Peekhaken geangelt hatte, machte sich gerade daran, diese Leine zu verkürzen und den Havaristen näher heranzuholen. Anscheinend wollte man das Segelboot längsseits nehmen.

»Nun komm.« Layan zog an seinem Arm. Die Warteschlange bewegte sich, vor ihnen war schon eine Lücke entstanden. Die Fähre begann sich zu füllen.

Venema gab sich einen Ruck. »Weißt du was – fahr du

doch schon vor. Ich nehme die nächste Fähre.« Mit einem Kopfnicken wies er hinüber zum Seenotrettersteg: »Ich will erst wissen, was da los ist. Sonst lässt mir die Sache doch keine Ruhe.«

Er hatte mit einem Schmollen gerechnet oder mit Vorwürfen. Layan aber lächelte ihn an. »Versteh ich gut«, sagte sie. »Mir lässt das mit Alan auch keine Ruhe. Sowie ich drüben auf dem Festland bin, fahre ich zu ihm und überzeuge mich, dass es ihm gutgeht.« Sie verzog ihren Mund: »Aber wie kommst du nach Hause?«

»Mit der Bahn, kein Problem.« So hatte er sich die Rückfahrt nicht vorgestellt, als er heute früh in Oldenburg zu ihr ins Auto gestiegen war, in ihren flotten roten Peugeot, voller romantischer Erwartungen. Aber manchmal war das Leben eben eine Bitch. Das war für Thorsten Venema keine ganz neue Erfahrung.

Sie verabschiedeten sich mit Handschlag, keine Umarmung, kein Kuss. Immerhin ruhte ihre Hand länger als üblich in seiner, und als sich ihre Finger lösten, spürte er die Andeutung eines Streichelns. Immerhin etwas – wieder einmal.

Auf dem Weg zum Anlegesteg straffte er sich äußerlich wie innerlich. Diese Seenotretter waren bestimmt handfeste Kerle, die er davon überzeugen musste, ihm Zutritt zu der havarierten Jacht zu gewähren. Sein Dienstausweis allein könnte nicht ausreichen, fürchtete er; auf jeden Fall war energisches Auftreten erforderlich. Am besten, er gab sich so, wie sein Inselkollege am Telefon geklungen hatte. Hoffentlich bekam er das hin.

Als er den Steg erreichte, waren die beiden Boote bereits festgemacht. Der unförmige Retter, der seine Schwimmweste abgelegt hatte und nicht mehr ganz so unförmig aussah, mühte sich gerade damit ab, die flatternden und laut knatternden Segel einzuholen. Ganz schön groß, diese Kunststoffdinger, stellte Venema fest. Wenn der Wind da hineinfuhr, kostete es eine Menge Kraft, um sie zu bändigen. Gefährlich war es auch, denn diese Segel flatterten nicht nur, sie teilten auch schmerzhafte Schläge aus. Die Flüche des Seenotretters legten Zeugnis davon ab.

Aber sagte man bei Segeln überhaupt »flattern«? Bei Fahnen vielleicht, aber sicher nicht bei Segeln. Sein Vorgesetzter, Hauptkommissar Stahnke, erzählte öfter mal vom Segelsport. Wie sagte der noch, wenn es um flatternde Segel ging?

Er sagte »killen«. Ja, das war das Wort. Wenn ein Segelboot nicht richtig am oder vor dem Wind lag, dann killten die Segel. Merkwürdige Begrifflichkeit! Killen hieß doch töten. Was hatte flattern mit töten zu tun? Bestimmt gab es eine harmlose Erklärung – flatternde Segeln killen den Vortrieb und damit die Geschwindigkeit eines Schiffes oder so, reimte Venema es sich zusammen. Aber ein merkwürdiges Gefühl blieb doch.

»Moment! Wo wollen wir denn hin, junger Mann?«

Venema, der gerade seinen Fuß auf das obere Ende des Stegs gesetzt hatte, erstarrte in der Bewegung. Was für eine Stimme, was für eine Autorität! Die Wirkung war absolut magisch, fand er. Der Mann, dem diese Stimme gehörte, sah allerdings nicht wie ein Magier aus, sondern wie ein korrekt uniformierter Polizeibeamter, etwas mehr als mittelgroß, mit breiten Schultern und kräftigen Armen, deren Muskeln man sogar durch den festen Stoff der Uniformjacke erahnen konnte. Die blonden Haare waren zu kurz gestutzt, als dass der Wind sie großartig hätte zausen können. Seine Uniformmütze trug der Inselpolizist vorsichtshalber unter dem Arm.

Oberkommissar Thorsten Venema zückte seinen Dienstausweis und stellte sich vor. »Ich war Zeuge der Bergung«, erläuterte er. »Sie erinnern sich vielleicht an unser Telefonat? Jetzt wollte ich meine Hilfe anbieten.«

Der Inselpolizist runzelte die Stirn; seine Augenbrauen krochen aufeinander zu wie zwei borstige Raupen. »Aus Oldenburg?«, knurrte er. »Wo Stahnke jetzt ist? In welchem Fachkommissariat arbeiten Sie da denn?«

»Hauptkommissar Stahnke ist mein direkter Vorgesetzter«, erwiderte Venema. Er hatte gehofft, dass diese Information sein Gegenüber freundlicher stimmen würde, aber das Gegenteil war der Fall. Der Inselpolizist funkelte ihn vielmehr an, als hätte er ihm etwas weggenommen.

»Sie sind der Kollege Buss, richtig?«, fragte Thorsten Venema. »Ich habe Ihren Namen leider nicht genau verstanden.«

Endlich begannen sich die Gesichtszüge von Oberkommissar Buss zu lösen. »Keine Wunder«, sagte er, »ich habe mich überhaupt noch nicht vorgestellt. Lüppo Buss. Ich bin hier die Polizei.« Mit dem Anflug eines Lächelns fügte er hinzu: »Vielen Dank für das Hilfsangebot. Keine Sorge, neugierig bin ich auch.«

Gemeinsam betraten sie den Schwimmsteg. Der Vormann der *Secretarius* hatte sie schon bemerkt und schickte sie mit einer Kopfbewegung weiter zum längsseits liegenden Havaristen. Das Erste, was die beiden Beamten dort sahen, war ein ausladendes Hinterteil in orangefarbener Regenschutzverpackung, das im Niedergang zur Kajüte zu stecken schien. Das zweite Besatzungsmitglied des Seenotrettungsbootes schien ebenfalls neugierig zu sein.

»Moin. Nichts anfassen!«, rief Lüppo Buss, während er das Seitendeck der *Sharin* betrat. »Ist da jemand drin? Sollen wir die Sanis rufen?«

Die Antwort war unverständlich. Venema hörte nur ein dumpfes Brummen. »Was ist?«, fragte auch er. »Brauchen wir hier einen Arzt?«

Das orangefarbene Gesäß gab den Niedergang frei. Ein Gesicht tauchte auf, das Gesicht des Seenotretters, nicht wettergegerbt, sondern unnatürlich blass, mit einem Stich ins Grünliche. Im nächsten Augenblick hing dieses Gesicht über der Reling und erbrach sich ins Hafenwasser. Das laute Würgen übertönte sogar das Gekreisch der Möwen.

Buss und Venema wechselten einen Blick. Der Inselpolizist zog ein Knäuel Latexhandschuhe aus der Jackentasche und reichte auch seinem Kollegen ein Paar. Dann nahm er seine Taschenlampe und richtete ihren starken Lichtkegel in die Kajüte hinein.

Da drin sah es aus wie in einem Schlachthaus. Die beiden Kojen, der klappbare Tisch dazwischen, die kleine Pantry mit dem zweiflammigen Gaskocher, der Kartentisch und das kleine Regal mit Handbüchern und Funkgerät, alles war voller Blut. Auch der Teppichläufer auf den Bodenbrettern schien mit Blut getränkt zu sein. Einige Schranktüren waren geöffnet, der Inhalt lag überall verstreut, Töpfe und Konserven, zerbrochene Tassen und Gläser, dazu lose Kartoffeln, Kohl und andere Lebensmittel. In der Kajüte herrschte das pure Chaos, und der Geruch, der den beiden Polizisten entgegenschlug, rundete den Eindruck ab. Kein Wunder, dass selbst dem abgehärteten Seemann Nerven und Magen versagt hatten.

Ehe Venema in seinen eigenen Magen hineinhorchen konnte, hörte er Lüppo Buss fragen: »Niemand zu sehen. Oder sehen Sie jemanden?« Er ließ den Lichtkegel seiner Lampe durch die Kajüte wandern, in alle Ecken und auch unter das niedrige Vordeck. Dort befanden sich zwei weitere Kojen, auf denen aber keine Matratzen lagen, sondern Segelsäcke, Taurollen und weitere Schiffsausrüstung. Ein Mensch war nirgends zu erkennen.

»Was ist unter den Kojen?«, fragte Venema. »Könnte dort jemand sein?«

Lüppo Buss schüttelte den Kopf. »Da drunter sind Wassertanks«, sagte er und deutete auf die Kojen in der Hauptkajüte, »das ist immer so, schon aus Gewichtsverteilungsgründen, Bootsschwerpunkt und so. Unter den Vorderkojen ist zu wenig Platz, da passen höchstens ein paar Klamotten drunter.«

»Aber wenn hier niemand ist …« Venema verstummte.

»… wo kommt dann das viele Blut her?« Der Inselpolizist nickte. »Grob geschätzt sind das mehrere Liter. Solch einen Blutverlust überlebt keiner! Jedenfalls nicht, wenn das Blut von ein und derselben Person stammt.«

»Das lässt sich feststellen«, murmelte Venema. »Ich könnte gleich mal die Kriminaltechnik verständigen.«

»Welche denn? Die Oldenburger?« Jetzt lächelte Lüppo Buss wirklich. »Nee, lass mal, für uns ist die Polizeiinspektion Aurich/Wittmund zuständig. Ich ruf da selber an.« Er zog sich in den hinteren Bereich der offenen Plicht zurück, hockte sich auf die Süllkante und holte sein Smartphone aus der Tasche.

Thorsten Venema musterte den vorderen Teil des Cockpits, das wie eine Wanne aus Polyester geformt war, mit einer hohen Stufe, die die Kajüte vor dem Eindringen von Seewasser schützen sollte, falls einmal eine größere Welle den Außenbereich überflutete. Achtern gab es Ventile, durch die solches Wasser wieder abfließen konnte, die aber keins von außen hereinließen. Nirgendwo in diesem Bereich waren Blutflecken zu sehen, jedenfalls nicht mit bloßem Auge.

Er ließ sich von dem telefonierenden Inselpolizisten die große Taschenlampe reichen und leuchtete noch einmal den Innenraum ab. Im Lichtkegel blitzte eine Messerklinge auf. Konnte das die Waffe sein, mit der diese große Menge Blut vergossen worden war? Venema versuchte, sich die Szene vorzustellen. Zwei Personen, die normale Besatzungsstärke für eine Segeljacht dieser Größe, ein Paar vielleicht oder auch Freunde, Kollegen, ganz egal. Ein Segeltörn auf der Nordsee, dann Streit. Vielleicht ganz spontan, vielleicht aber auch ein verdrängter Konflikt. Der Streit eskaliert, schaukelt sich hoch, genau wie die See bei plötzlich schlechter werdendem Wetter. Dann der Griff zum Messer, der tödlich endende Kampf. Einer von beiden blutet aus, die Leiche geht über Bord. Wellen schlagen ins Cockpit und waschen draußen alle Spuren weg. Und der Täter …

Tja, wo bleibt der Täter? Was wird aus dem? Wurde er ebenfalls verletzt, übernimmt sich beim Wuchten der Leiche, wird ohnmächtig und geht mit über Bord? Vorstellbar wäre das, aber auch realistisch?

Venema leuchtete noch einmal in die düstere Kajüte, suchte mit dem Lichtkegel nach der blitzenden Klinge, fand sie, inspizierte sie genauer. Ein Brotmesser mit Sägeklinge, vorne stumpf. Besteck lag darum herum verstreut, Löffel, Gabeln, eine kleine Suppenkelle. Nicht weit weg die Schublade, in der alles zusammen gelegen hatte, ehe der Sturm sie herausriss. Oder wer auch immer. Jedenfalls halfen Schnellschüsse hier nicht weiter, entschied der Oberkommissar, nahm sein Smartphone und machte eine Serie von Fotos von dem blutigen Chaos in der Kajüte, um sich später noch einmal alles in Ruhe anschauen zu können.

Der Inselpolizist beendete sein Telefonat. »Die Kriminaltechnik kommt mit der nächsten Fähre«, berichtete er. »Allerdings nur die. Kein Ermittlerteam. Urlaubszeit, viele Ausfälle wegen Krankheit, die haben keine Leute.« Er zuckte mit seinen breiten Schultern: »Ich soll mir erst einmal selbst helfen, haben sie gesagt. Ich wüsste doch inzwischen, wie das geht.«

Er fixierte sein Gegenüber. Venema starrte zurück. Sag nichts, beschwor er sich selbst. Stahnke zieht mir die Ohren lang! Wir haben auch so genug zu tun. Außerdem Layan, die Sache ist noch nicht gelaufen, aber ich muss mich kümmern. Also ab ans Festland und auf die Bahn! Hier habe ich alles gesehen, was ich sehen wollte.

Lüppo Buss schluckte. Dann sagte er mit rauer Stimme: »Ich könnte Hilfe gebrauchen.«

»Natürlich«, antwortete Thorsten Venema, ohne zu zögern. »Sehr gerne.«

2.

Erst wusste Stahnke gar nicht, was der Wecker von ihm wollte. »Kleiner Schreihals«, knurrte er ihn an und gab ihm eins drüber. Dann rollte er sich auf die Seite, schwang die Beine aus dem Bett und richtete sich auf. Sonnenstrahlen fanden ihren Weg durch die Lamellen der Jalousie und ließen ihn blinzeln. Er rieb sich die Augen. Wie weiter? Tee oder Kaffee? Immer diese Entscheidungen! Er stand auf und reckte sich, versetzte dabei der Deckenlampe einen Stoß, dass es staubte. Dann schlurfte er in die Küche.

Natürlich Kaffee. Morgens immer Kaffee, den Rest des Tages Tee. Die Ostfriesen waren die leistungsfähigsten Teetrinker der Welt, 300 Liter pro Kopf und Jahr, da wollte er nicht zurückstehen. Auch wenn er jetzt Butenostfriese war. Ostfriese in der Diaspora. Oldenburg war nicht weit weg von Ostfriesland und dennoch eine andere Welt.

Sein Smartphone klingelte. Sein privates, nicht sein Diensthandy, trotzdem war es bestimmt dienstlich. Es war immer dienstlich, seit er wieder in Oldenburg war. Wer sollte ihn auch privat anrufen, Sina etwa? Die hatte ihm schon alles gesagt. Oder Marian? Der sollte sich hüten!

»Stahnke«, meldete er sich. Seine Stimme klang vertretbar. In seiner letzten Solistenphase hatte er sich gehen lassen, aber so richtig. Diesmal war er vorsichtiger. Natürlich auch älter. Drei Glas Wein am Abend, das hörte man morgens nicht.

»Moin, Chef. Alles gut? Ich müsste dich mal sprechen.« Nidals Stimme. Nidal Ekinci, netter junger Kollege, vielversprechend, dachte Stahnke. Kleiner Feuerkopf, da muss man ein bisschen aufpassen. Und wenn hübsche Frauen ins Spiel kommen. Aber sonst … Moment mal. Der Mann gehörte doch zum Leeraner Team! »Nidal, was gibt's? Hast du Probleme?«

»Stimmt, habe ich.« Der junge Oberkommissar druckste herum. »Ich brauch deinen Rat. Und ich weiß nicht, wen ich sonst fragen soll.«

»Du brauchst meinen Rat? In einer privaten Angelegenheit?« Stahnke goss sich Kaffee ein. Die Antwort kannte er schon.

»Privat? Wie kommst du denn … ach so, aber nee … nicht privat.«

»Hör mal, Nidal, du erinnerst dich, dass ich jetzt in Oldenburg bin?«, fragte der Hauptkommissar. »Andere Inspektion, andere Zuständigkeit! Ist ja rührend von dir, dass du immer noch bei mir durchklingelst, aber das geht so nicht, leider. Frag Oliver. Oder meinen Nachfolger!«

»Oliver Kramer ist weg, auf Lehrgang.« Nidal Ekinci stöhnte. »Ohne den läuft hier überhaupt nichts rund. Deine Stelle ist nämlich immer noch unbesetzt! Einen Nachfolger gibt es also nicht. Schmitz, den sie zur Vertretung hergeschickt hatten, ist längerfristig erkrankt. Und Dedo de Beer frage ich bestimmt nicht! Dann schon lieber Rieken oder van Dieken.«

»Um Himmels willen!« Stahnke musste lachen. Die beiden Graubärte vom Streifendienst um Rat fragen? Wie verzweifelt musste der arme Nidal sein! Der Junge tat ihm leid, und er bedauerte seinen Lachanfall. »Dann schieß mal los«, sagte er versöhnlich. »Wie kann ich helfen?«

»Könntest du … herkommen?«, bat Ekinci kleinlaut.

Stahnke seufzte tief. Kleiner Finger, ganze Hand! Dabei hatte er eigentlich auch so genug zu tun. Aber gesagt war gesagt. »Wohin genau?«, knurrte er. Ekinci beschrieb es ihm. Stahnke runzelte die Stirn.

Dann rief er Venemas Diensthandy an. Es dauerte, bis sein Kollege endlich ans Telefon ging. »Was ist los, pennen Sie noch?«, schnauzte der Hauptkommissar.

»Nein, ich bin quasi schon bei der Arbeit.« Venema war kaum zu verstehen, seine Stimme klang rau und verzerrt. Warum war die Verbindung so schlecht?

»Sehen Sie zu, dass Sie in die Dienststelle kommen«, befahl Stahnke. »Um 10 Uhr ist Besprechung, nichts Großartiges, aber wir sollten präsent sein. Ich bin verhindert. Muss nämlich, äh … einen Kollegen unterstützen.«

»Ich ebenfalls. Darum …« Venemas Worte wurden von Funkstörungen und Aussetzern bis zur Unkenntlichkeit zerhackt.

»Nichts verstanden!«, rief Stahnke ins Telefon. »Noch einmal!«

»Ich bin noch auf Langeoog«, wiederholte Venema, der jetzt besser zu verstehen war. »Einen Kollegen unterstützen. Darum schaffe ich es auch nicht bis 10 Uhr ins Büro.«

»Auf Langeoog?« Stahnke sprang auf. Was fiel dem Jungspund ein? »Langeoog ist nicht unser Beritt!«, schimpfte er. »Das ist die Zuständigkeit von Aurich/Wittmund! Lassen Sie bloß die Finger davon. Was ist das überhaupt für ein Fall? Hat der irgendwas mit Oldenburg zu tun?«

»Tja, was soll ich sagen – das hat er tatsächlich«, antwortete Venema.

Stahnke plumpste zurück auf seinen Stuhl. »Bericht«, knurrte er. Dann hörte er schweigend zu.

3.

Leer, Abfahrt Ost. Vorbei. Dann das Autobahndreieck, wo es nach Emden und Norden ging. Geradeaus weiter, Richtung Abfahrt Nord. Ah, da war er ja, der alte Bölkpahl! Vielmehr der Fernmeldeturm Nüttermoor. Immer noch 160 Meter hoch und kerzengerade wie eine riesenhafte Kompassnadel, die unbeirrt nach Norden wies. Als sei noch nie ein Sportflugzeug im dichten Nebel dagegen gekracht – was tatsächlich einmal der Fall gewesen war. Für das Flugzeug fatal, dem Turm war's egal. Stahnke verspürte heimatliche Gefühle.

Die Abfahrt hätte er darüber beinahe verpasst, blinkte erst im letzten Moment. Wo war denn dieser andere hohe und schlanke Turm geblieben, die ehemals weithin sichtbare Werbung für den *Emspark*? Weg, verschwunden, ersetzt durch eine kleineren mit einem schnöden dreieckigen Werbeklotz drum herum. Wie stillos! Kaum war er ein paar Monate fort, schon fingen die Leeraner an, ihre Stadt zu verändern. Ohne ihn zu fragen. Also wirklich!

Er fuhr ab, blinkte rechts, steuerte stadteinwärts, passierte den großen Supermarkt, der zwischenzeitlich den Betreiber gewechselt hatte, und bog an der nächsten Kreuzung wieder rechts ab. Dann am Kreisel links. Hier musste es sein. Dort, wo die beiden Graubärte herumlungerten. Graubärte in Uniform. Rieken und van Dieken. Stahnke parkte so schwungvoll auf dem unbefestigten Seitenstreifen, dass die beiden erschrocken zur Seite sprangen. Als sie ihn erkannten, ließen sie vor Staunen synchron die Unterkiefer hängen. Stahnke dachte überhaupt nicht daran, sein überraschendes Auftauchen zu erklären, und beließ es bei einem knappen »Moin«.

Das Gebäude war ebenso weitläufig wie unansehnlich. Große Fensterscheiben in Metallrahmen, von innen mit Sichtschutzfolie verklebt. Die Leuchtwerbung über dem Eingang war lückenhaft und ausgeschaltet. Wie, ein Biomarkt in dieser Lage, ernsthaft? Schmale Klebebanner, die in neonfarbenen Buchstaben ›Neueröffnung demnächst!!!‹ versprachen, machten den Gesamteindruck nicht besser. Hier also, dachte Stahnke. Passt irgendwie.

Hinter der Tür wartete Nidal Ekinci auf ihn. Seine Leichenbittermiene hellte sich nur unwesentlich auf, als er Stahnke sah. »Schau dir das bloß mal an«, forderte er seinen ehemaligen Vorgesetzten auf.

Stahnke sah sich um. Aha, ein Fitnessstudio sollte das also mal werden. In der weitläufigen Halle waren bereits allerhand Geräte aufgebaut, andere warteten in Originalverpackung auf ihre Montage. An den Wänden hohe Spiegel, im Hintergrund eine imposante Theke. Hier hatte jemand ordentlich investiert, das sah man sofort. Drinnen eher als draußen. Mit der richtigen Beleuchtung hätte das bestimmt einen sehr guten Eindruck gemacht.

Ohne die Blutspuren auf dem Teppich jedenfalls.

Die Flecken waren alle markiert und mit Spurentäfelchen versehen worden. Teils handelte es sich um kleine Tupfer, teils um rudimentäre Schuhsohlenabdrücke. Zusammen ergaben sie eine Fährte, die vom Haupteingang zu einer schmäleren Tür im Hintergrund führte. Vielmehr anders herum, korrigierte sich Stahnke, wenn man die Laufrichtung der Abdrücke, die alle unvollständig waren, in Betracht zog. Der Tatort musste also dort hinten sein und dies hier war der Fluchtweg des Täters.

Er folgte Ekinci nach hinten, trippelte auf Zehenspitzen durch die Tür. Trotzdem warfen ihm die Kriminaltechniker unter ihren weißen, eng geschnürten Kapuzen böse Blicke zu, bis auch er wenigstens seine breiten Hände mit den kurzen, dicken Fingern in Latexhandschuhe gezwängt hatte. Im Gegensatz zum Großraumstudio war hier alles grell ausgeleuchtet. Stahnke musste blinzeln, bis sich seine Augen umgestellt hatten. Dies schien ein Büro zu sein, halb eingerichtet mit Möbeln, die nicht zusammenpassten. Überall lagen wirr verknäulte Kabel und Mehrfachsteckdosen herum. Die PC-Monitore stammten aus mindestens drei Generationen, einige davon waren mit Tüchern abgedeckt. Aha, anscheinend wurde hier gerade renoviert. Die rückwärtige Wand war zu zwei Dritteln tapeziert. Jetzt erst bemerkte der Hauptkommissar den auf der Seite liegenden Tapetentisch und die umgestürzte Leiter, die Scherben und die große, dunkle Lache. Und die Leiche.

»Alan Kaya, 39 Jahre, Mieter dieses Gebäudes und Betreiber einer regionalen Kette von Fitnessstudios«, erläuterte Nidal Ekinci. »Genauer gesagt von bisher zwei Studios. Dieses hier sollte Nummer drei werden.«

»Ziemlich kurze Kette«, kommentierte Stahnke. Der Körper des Toten war mit einem Tuch abgedeckt, unter dem sich breite Schultern und eine muskulöse Brust abzeichneten. Beine und Füße schauten unten heraus. Lange Sporthose aus schimmernder Ballonseide und bunte Sneakers, stellte der Hauptkommissar fest. Aus der Mode und ziemlich abgetragen. »Was wissen wir über die Todesursache?«, fragte er.

Ekinci wies mit einem Kopfnicken in Richtung eines der aufgestellten Scheinwerfer. Stahnke blinzelte in das gleißende Licht, das seltsam zu wabern begann, als hätte sich eine Schleierwolke vor die Sonne geschoben. Spielten ihm seine tränennassen Augen einen Streich oder löste sich dort ein Schemen aus dem Lichtkegel heraus und trieb auf ihn zu, ebenso weiß und transparent, aber nicht ganz so immateriell? Narrte ihn ein Spuk oder war das tatsächlich …?

»Doktor Mergner«, presste er hervor. »Wie schön, Sie hier zu sehen.«

»Wo sonst als im Angesicht des Todes«, hauchte der Gerichtsmediziner. Seine Stimme schien von weither zu kommen, von jenseits der Sonne, obwohl er dem Hauptkommissar direkt gegenüberstand. Sein weiter weißer Kittel umbauschte seine marathondürre Gestalt, immer noch gebläht von der raschen Bewegung und offenbar unschlüssig, ob er der Erdanziehung so ohne Weiteres nachgeben sollte. Mergners ausgemergeltes Gesicht hatte die Farbe und Struktur von Dörrfleisch, und sein breit lächelnder Mund schien lippenlos zu sein. Doktor Mergner, wie er leibt und lebt, dachte Stahnke. Der Gedanke war ihm vertraut und kam ihm dennoch völlig absurd vor. So wie immer eben.

Aber etwas war anders. War es der Duft, den der Pathologe verströmte? Diese gewagte erdig-modrige Mischung mit dominanter minziger Kopfnote? Stahnke schaute genauer hin: Unter der Nase des Gerichtsmediziners glitzerte es. War das Heilpflanzenöl? Seit wann war dieser hartgesottene Mann der Wissenschaft denn so empfindlich?

»Moin, Herr Doktor«, sagte Stahnke. »Lassen Sie mich raten. Bei der Bestimmung des Todeszeitpunkts geht es nicht um Stunden, sondern um Tage, richtig?«

»Feines Näschen, der Mann!« Der Arzt nickte anerkennend und wischte sich über den Mund. »Und ein gutes Auge! Dabei haben Sie unser Kunstwerk noch nicht einmal enthüllt bewundern dürfen. Das wollen wir doch gleich mal nachholen. Voilà!« Er bückte sich und zog mit einem Ruck das Laken weg, das den Toten verhüllte.

Stahnke schnappte nach Luft, und das aus verschiedenen Gründen. Der imposante Leichnam schien in Flammen zu stehen. Sie loderten rot und gelb von den Händen über die muskulösen Arme, aus dem zerrissenen Shirt über den Hals bis unters Kinn und über den Stiernacken bis zum rasierten Hinterkopf. Durch den fadenscheinigen Stoff des Hemdes, das sich vom vielen Waschen halb aufgelöst hatte, war zu erahnen, dass der gesamte Oberkörper in diesem Stil tätowiert war. Aber nicht nur der Anblick des Toten raubte dem Hauptkommissar den Atem, sondern auch sein Geruch. »Teufel, wie lange liegt denn der hier schon?«, stieß er hervor. »Vier Tage? Oder fünf?«

»Teufel, Teufel, Sie sagen es!« Mergner grinste diabolisch. »Ob diese monothematische Körperverzierung wohl eine Vorausdeutung auf das kommende Schicksal der Seele des Verblichenen sein soll? Statt Himmel auf Erden einfach mal die Hölle? Stellen Sie fest, ob dieser Mann einmal gläubig war, dann wissen Sie, ob diese Tattoos als Geständnis einst begangener Untaten zu werten sind. Wäre doch praktisch! Sie müssten nur noch herausbekommen, für welche.«

Der Hauptkommissar antwortete nicht, sondern starrte den Mediziner nur an, bis der ergänzte: »Etwa vier Tage sind auch meine Schätzung. Genaueres zum Todeszeitpunkt nach der Obduktion.«

Stahnke nickte. Seine Aufmerksamkeit richtete sich ganz auf den Hals des Toten, wo die flackernd geschwungenen, aufwärtsstrebenden Linien der tätowierten Flammen durch eine quer verlaufende, klaffende Wunde unterbrochen wurden. Ein breiter, tiefer Schnitt hatte Kehle und Schlagader zugleich durchtrennt. Alan Kaya musste in kürzester Zeit ausgeblutet sein. Die Frage nach der Todesursache schien sich zu erübrigen, aber der Hauptkommissar war erfahren genug, diese Vermutung nicht auszusprechen. Als Arbeitshypothese war das okay, selbstverständlich, aber sicher war es erst, wenn alle anderen Möglichkeiten wissenschaftlich ausgeschlossen worden waren.

»Kampfspuren?«, fragte er.

Mergner und Ekinci nickten synchron. »Abwehrverletzungen an beiden Armen, leichte Rötungen im Gesicht, Abschürfungen an den Händen«, referierte der Gerichtsmediziner. »Kaya wurde getroffen und hat selbst geschlagen. Muss eine zünftige Schlägerei gewesen sein.«

»Der andere muss einiges draufgehabt haben«, sagte Ekinci. »Alan Kaya war bekannt in der Szene. Vor dem hatten sie alle Respekt.«

»Was für eine Szene?« Stahnke hob die Augenbrauen. »Boxer? Martial Arts? Oder hatte der Mann noch nebenbei etwas laufen, ein paar Pferdchen zum Beispiel?«

»Die Türsteherszene!« Nidal Ekinci rollte mit den Augen. »Da gibt es eine enge Verbindung zum Bodybuilding. Ist ja auch klar. Muckis aufpumpen ist nicht nur zeitraubend, sondern auch kostspielig, und als Türsteher kann man wenigstens Geld damit verdienen. Alan Kaya war für diese Typen ein echtes Idol. War nämlich früher auch mal einer von denen, und jetzt ist er ein erfolgreicher Unternehmer.« Er räusperte sich: »War, meine ich.«

»Erfolgreich?« Mergner zog das Abdecktuch ganz zurück und enthüllte weiße Farbflecken auf der Sporthose des Toten. »Und warum streicht er dann sein Büro selbst?«

»Na und? Arbeit schändet nicht!« Ekinci klang entrüstet. »So ein neues Studio kostet, dafür musste Kaya sich bestimmt ordentlich verschulden. Ist doch klar, dass er alles selbst macht, was geht.«

»War Alan Kaya Kurde?«, fragte der Hauptkommissar.

»Nein, Türke. Wieso?«

Weil du dies hier so persönlich nimmst, dachte Stahnke, sprach es aber nicht aus. Stattdessen deutete er auf den Boden nahe der Leichtbauwand, die das Büro vom Studio trennte. Dort markierte ein Spurenschild eine Handvoll Scherben. »Was ist das? Bilderrahmen runtergefallen?«

Ekinci nickte. »Vermutlich beim Kampf passiert. Solche Wände kommen ins Schwingen, wenn man ordentlich dagegenrumpelt. Fingerabdrücke sind schon abgenommen.« Er wies auf ein weiteres Spurentäfelchen: »Da war so eine Urkunde drin. Und dann noch irgendwelches Grünzeug.«

»Grünzeug? War unser Muskelmann etwa ein Botanisierer?« Interessiert trat Doktor Mergner näher und nahm das stark gekrauste, vertrocknete Kraut, das zwischen den Scherben auf dem Boden lag, in Augenschein. Er lachte auf. »Wohl eher ein Heimatkundler! Das nenne ich gelungene Integration, was, Herr Ekinci?«

»Könnten Sie sich vielleicht etwas deutlicher ausdrücken?«, schnaubte der Oberkommissar, was Mergner nur zu weiterem Gelächter anspornte.

Vorsichtig hob Stahnke die Urkunde auf. Der Name »Alan Kaya« prangte auf dem Dokument, das recht amateurhaft gestaltet war; es wies ihn weder als erfolgreichen Fitnessstudiobetreiber noch als Gewinner eines Bodybuilding-Contests aus, sondern als …

»Kohlkönig!«, rief Ekinci erstaunt. »Kaya war Kohlkönig! Dann ist das vertrocknete Zeug dort also – Grünkohl?«

»Brassica oleracea aus der Familie der Kreuzblütler«,

verkündete Mergner strahlend. »Gerne auch *Ostfriesische Palme* genannt. Wobei das auf die Perspektive ankommt. Wo ich wohne, spricht man natürlich von der *Oldenburger Palme*.«

Stahnke hatte die Urkunde zu Ende studiert. »Hier ebenfalls«, bemerkte er trocken. »Kaya ist amtierender Kohlkönig des Abiturjahrgangs 2002 des Alten Gymnasiums Oldenburg. Seit letztem Winter.« Er schaute Ekinci an: »Wo hat dieser Mann noch mal seine Studios? Alle in Leer?«

Der Oberkommissar schüttelte den Kopf. »Nur dieses. Ansonsten eines in Aurich und eines in Oldenburg. Dort ist er übrigens auch wohnhaft gemeldet.«

»Ach.« Stahnke ließ die Urkunde sinken. Das Opfer wohnte in Oldenburg! Damit war seine eigene Einbeziehung in die Ermittlungen zumindest zu begründen. Natürlich war der Tatort entscheidend für die Zuständigkeit, aber das Wohnort-Argument war besser als keins, falls seine Dienststellenleitung fragen sollte. »Habt ihr die Angehörigen schon benachrichtigt? Oder sollen wir das übernehmen?«

»Es gibt keine«, erwiderte Ekinci. »Nur eine Ex-Freundin, die sich selbst bei uns gemeldet hat, weil sie sich Sorgen machte. So kamen wir überhaupt auf die Idee, hier nach dem Rechten zu sehen.«

»Sonst hat niemand Alan Kaya vermisst?« Stahnke kam das ungewöhnlich vor. »Was ist mit seinen anderen beiden Studios? Laufen die ohne ihn?«

»Offenbar. Es gibt jeweils Geschäftsführer, die sich auch um die Dienstpläne kümmern.« Ekinci hatte sich bereits kundig gemacht. »Nach deren Auskunft hat sich Kaya ganz auf den Aufbau dieser neuen Filiale konzentriert. Daher hat ihn in den letzten Tagen niemand vermisst.« Er breitete die Arme aus: »Heute ist Montag, es lag also ein Wochenende dazwischen.«

»Und unser Toter lag hier dazwischen.« Mergner deutete mit einer raumgreifenden Bewegung auf Büroeinrichtung, Tapetentisch, umgestürzte Leiter und das unfertig eingerichtete Studio draußen vor der Bürotür. »Lag hier tagelang mit all seinen unterschiedlichen Narben und Wunden, unvermisst und unbeweint, schrumpelte lustig vor sich hin und war einzig in olfaktorischer Hinsicht noch aktiv. Sagte ich ›unbesungen‹? Also unbesungen ebenfalls.« Er nickte selbstzufrieden. »Der Dreiklang macht sich immer am besten.«

Stahnke war darin geübt, beim Zuhören alles Wichtige aus dem Unwichtigen herauszufiltern. »Unterschiedliche Narben und Wunden? Meinen Sie den tödlichen Kehlschnitt und die Abwehrverletzungen? Oder gibt es sonst noch etwas?«

»Noch so allerlei«, bestätigte Mergner. »Ein paar ältere Narben, die davon zeugen, dass unser Toter zu Lebzeiten an mehr als einer Messerstecherei beteiligt gewesen sein muss. Hat sie alle überlebt, offenkundig. Es gibt aber auch ein paar Narben, die jüngeren Ursprungs sind.« Er ging zurück zur Leiche Alan Kayas und deutete auf den linken Unterarm und das Handgelenk: »Dort und dort. Das können Schnitte gewesen sein oder auch tiefe Kratzer. Kampf oder Unfall, das muss ich klären.«

»Könnte eine dieser Wunden im Zusammenhang mit dem Todesfall stehen?«, fragte Stahnke.

Der Mediziner schüttelte den Kopf. »Nein, dafür sind die vernarbten Wunden wiederum zu alt. Einige Monate, würde ich schätzen. Ich werde aber trotzdem untersuchen, ob sie ebenfalls von der Tatwaffe stammen.«

»Wir haben die Tatwaffe?« Stahnke ärgerte sich, dass er sich seine Überraschung hatte anmerken lassen. »Die hat der Täter also am Tatort zurückgelassen? Nett, dass ich das auch mal erfahre.«

Nidal Ekinci errötete unter seiner intensiven Sommerbräune. »Ist schon eingetütet. Da drüben liegt sie.« Er zeigte auf einen der Schreibtische.

Der Hauptkommissar trat näher und pfiff durch die Zähne. »Ein Tranchiermesser, oder? Was für ein Riesending! Ich glaube nicht, dass der Täter das mitgebracht hat, viel zu sperrig und auffällig. Er müsste es also hier vorgefunden haben. Aber wer braucht so was in einem Sportstudio? Und wozu?« Er ließ seinen Blick durch den Raum wandern. Und schon wusste er die Antwort. Dort lag der Tapetentisch, daneben eine angebrochene Rolle Raufasertapete, das lose Ende zerknickt und zertreten. Der Kleister im Eimer mit dem Quast war schon eingetrocknet. Eine breite Bürste zum Glattstreichen gab es auch. Aber kein Tapetenmesser. Alan Kaya musste sparen, also hatte er sich mit etwas aus dem heimischen Haushalt beholfen. Und seinem Mörder damit die Tatwaffe geliefert.

Die beiden anderen waren mit ihren Augen seinen Blicken gefolgt. Mergner lächelte überlegen, Ekincis Miene nahm gerade den Ausdruck des Begreifens an. Gut, dachte Stahnke, so musste er niemandem etwas erklären. »Wo wir gerade bei der Bestandsaufnahme sind«, sagte er, »Herr Kaya müsste doch irgendwo ein Auto haben, richtig? Mit dem Fahrrad wird er kaum von Oldenburg hierhergekommen sein, das sind mehr als 60 Kilometer. Es sei denn, er hätte hier eine Zweitwohnung.« Er überlegte kurz. »Oder hat er vielleicht bei dieser Ex-Freundin gepennt, von der vorhin die Rede war?«

»Angeblich nicht«, erwiderte Ekinci. »Die Frau gab an, Alan Kaya seit mehreren Tagen nicht gesehen zu haben. Außerdem wohnt sie ebenfalls in Oldenburg! Einen zweiten Wohnsitz in Leer oder Umgebung hat Kaya nicht, jedenfalls ist er hier nicht gemeldet. Und ja, er hat einen Wagen. Er steht draußen auf dem Parkplatz. Den Autoschlüssel haben wir in seiner Hosentasche gefunden.«

»Parkplatz? Meinst du den ungepflasterten Streifen vor dem Eingang, wo Rieken und van Dieken so dekorativ herumstehen?«

Ekinci schüttelte den Kopf. »Nein. Ein Fitnessstudio braucht heutzutage einen richtig großen Parkplatz – fast alle Kunden kommen doch mit dem Auto.«

»Und strampeln dann auf Ergometern herum.« Stahnke verdrehte die Augen. »Oder sie quälen sich auf dem Stepper, während sie im Büro natürlich den Fahrstuhl benutzen. Was für eine Welt! Und wo, sagst du, ist dieser Parkplatz?«

»Hinterm Haus.« Nidal Ekinci wies auf einen zweiten Zugang im Hintergrund der Halle, der üppig verglast war und deutlich einladender wirkte als der vordere Eingang. Auf dem weitläufigen, lückenlos gepflasterten Areal stand außer den Dienstwagen der Polizei nur ein einziges Fahrzeug, ein schnittiger roter Mazda MX5. »Die Kollegen holen den Wagen gleich ab«, sagte der Oberkommissar. »Kommt in die Halle zur eingehenden Spurensicherung.«

Stahnke nickte. So gehörte sich das, Fahrzeuguntersuchungen unter freiem Himmel waren wegen der vielen Fremdeinflüsse viel zu unsicher. Das hatte er seinem jungen Kollegen gründlich eingebimst. Schön, dass es hängengeblieben war.

Doktor Mergners hagere Gestalt schob sich zwischen die beiden Ermittler. »Die Kollegen, die den Wagen abholen, sollen bitte freundlich lächeln«, hauchte er mit unendlich fern klingender Stimme.

Stahnke blieb stumm, aber Ekinci fiel auf den alten Witz herein. »Warum denn das?«, rief er verblüfft.

»Weil sie gefilmt werden!«, sagte der Gerichtsmediziner grinsend und zeigte auf die Überwachungskamera, die oben vor dem Eingangsportal angebracht war. »Vielleicht hat der Täter auch gelächelt, wer weiß? Mit etwas Glück sehen Sie das demnächst.«

Ekinci errötete abermals. Stahnke wusste, dass er ihn nicht zu rügen brauchte, das würde er schon selbst besorgen, und zwar gründlich. »Du weißt, was du zu tun hast«, sagte er nur. »Gib mir vorher noch den Namen dieser Ex-Freundin. Da fahre ich noch schnell vorbei, ehe ich mich wieder um Oldenburg kümmern muss.« Seine Miene verdüsterte sich: »Ach, und um Langeoog auch noch.«

4.

Thorsten Venema tastete sich durch die Dunkelheit. Sein Kopf schmerzte fürchterlich, er spürte jeden einzelnen Pulsschlag bis in die Haarspitzen. Was für ein Anschlag gestern Abend! Das war die reine Körperverletzung. Hätte er sich beherzter zur Wehr setzen sollen? Aber so war er eben, dachte der junge Oberkommissar, Nein sagen ist nicht mein Ding. Überhaupt tat er sich schwer mit Entscheidungen. Selbst wenn es nur um die Frage ging, ob er noch mehr Genever wollte.

»Au!« Sein Schienbein signalisierte ihm eine Kollision. Nicht die erste, seit er sich in diesem modrig riechenden Keller befand. Was stand hier eigentlich alles herum? Teile einer Waschmaschine und einen Stromgenerator hatte er identifiziert, aber es gab viele andere Dinge, deren Verwendungszweck er gar nicht wissen wollte.

Dies hier jedenfalls war eine hölzerne Treppe mit tief ausgetretenen, staubigen Stufen und allem Anschein nach ohne Geländer. Endlich! Linker Hand ertastete er eine unverputzte Mauer mit tiefen Fugen zwischen den Steinen, aus denen der Mörtel bröckelte. War dieses Haus überhaupt noch standfest oder würde es ihm gleich über dem Kopf zusammenbrechen? Nichts wie raus, vor allem aus diesem Keller! Licht wäre hilfreich, aber einen Schalter konnte er nirgendwo finden. Hatten nicht alle Kellertreppen den Lichtschalter nur oben? Weil jeder Architekt davon ausging, dass niemand, der einen Keller betrat, dort freiwillig bleiben würde – jedenfalls nicht ohne elektrisches Licht. Tja, Irrtum, dachte Venema. Solche Baumeister kannten wohl die Insulaner nicht.

Auf allen vieren krabbelte er die dunkle Treppe hinauf, immer seinem dröhnenden Kopf hinterher. Als er oben einen schwachen Lichtschein durchs Schlüsselloch schimmern sah, fiel ihm ein, dass er sein Handy als Taschenlampe hätte benutzen können. Hatte er es nicht vorhin in der Hand gehalten, als Stahnke ihn aus dem Ausnüchterungsschlaf geklingelt hatte? So richtig funktionierte sein Gehirn heute früh noch nicht.

»Moin!« In der kleinen Küche prostete ihm Lüppo Buss mit einem Polizeibecher zu. Außerdem empfingen ihn aromatischer Kaffeeduft und grelles Sonnenlicht. Ganz so frühmorgens war es offenbar doch nicht mehr. Venema ließ sich auf einen knarzenden Küchenstuhl fallen und nahm dankbar den dampfenden Becher entgegen, den der Inselpolizist ihm reichte. ›Lächle‹ stand darauf – mit dem Zusatz: ›Du kannst nicht alle töten.‹ Kollege Lüppo Buss hatte einen sehr speziellen Humor. Venema nahm einen vorsichtigen Schluck. Ein tödlich starkes Gebräu! Oder konnte man damit Tote aufwecken? Sein Kopfschmerz jedenfalls pochte stärker denn je.

»Gut gepennt in der Sommerfrische?«, fragte Lüppo Buss. »Ich wollte dich nicht unnötig früh wecken. Die Kollegen sind schon wieder an der Arbeit. Danach steigen sie gleich auf die Fähre. Ich soll noch Tschüss sagen und viel Erfolg wünschen.«

Kollegen? Ach ja, die drei von der Kriminaltechnik, zwei Frauen und ein Mann. »Kolleginnen« wäre also korrekter gewesen, aber mit der Political Correctness und dem Gendern nahm Lüppo es nicht so genau, das hatte Venema schon mitbekommen. Lüppo? Wann waren sie denn eigentlich zum Du übergegangen? Gestern Abend vermutlich, beim gemeinsamen Umtrunk hier in Lüppos kleiner Küche. Ziemlich warm und schön kuschlig war das gewesen, und die eine Kollegin, die Anni, war eine richtig Nette. Total fröhlich und ebenfalls ziemlich warm und kuschelig … um Gottes willen, hatte er sich wieder einmal danebenbenommen? Erschrocken nahm er einen großen Schluck und verbrühte sich den Mund.

»Vorsicht, ist heiß!«, sagte Lüppo Buss überflüssigerweise. Dann zwinkerte er seinem jungen Kollegen zu: »Wie die Anni gestern, was? Aber Vorsicht, ich kenne ihren Mann. Der ist nicht so lustig drauf wie sie.« Er grinste breit und verständnisvoll: »Von Anni soll ich dich noch mal extra grüßen. Keine Sorge, alles im Rahmen.«

Venema wusste nicht, was ihm peinlicher war, die langsam wiederkehrende Erinnerung oder das väterliche Gebaren seines Kollegen. Dabei war wirklich nichts Anstößiges passiert, einfach ein netter Abend auf Tuchfühlung, und die war den Umständen geschuldet. Was war sie auch so verdammt klein, diese Küche!

Themawechsel, dringend. »Wieso eigentlich Sommerfrische?«, fragte Thorsten Venema und zeigte in Richtung Kellertreppe. »Habt ihr solche Zimmer früher wirklich an Touristen vermietet? Versteh mich nicht falsch – geschlafen habe ich super, astreines Bett! Aber den Urlaub in einem Kellerraum verbringen? Also, ich weiß ja nicht.«

Lüppo Buss lachte laut. »Nicht die Badegäste haben damals im Keller gewohnt, sondern wir! So war das früher. Jedes Zimmer, das irgendwie geeignet war, wurde während der Sommerferien frei gemacht und vermietet. Auch die Kinderzimmer! Meine Eltern und ich haben in der Zeit im Keller übernachtet. Das war im Sommer ganz angenehm, schön kühl, oben war es nicht besonders gut isoliert. Die Saison war früher noch nicht so lang wie heute. Den Nebenverdienst haben wir dringend gebraucht. Wenn die Touris weg waren, zogen wir wieder nach oben. Dann gehörte Langeoog wieder uns.« Er seufzte. »Waren andere Zeiten damals. Das Geschäft mit dem Tourismus war noch so … unbeholfen. Unschuldig! Heute läuft alles viel perfekter, es wird viel mehr Geld verdient. Aber dass Langeoog einfach mal wieder den Langeoogern gehört, darauf kannst du lange warten.«

Venema trank seinen Kaffeebecher aus. Das Zeug begann zu wirken, so langsam gewannen seine Lebensgeister die Oberhand über den Kopfschmerz. Und die Gegenwart drängte sich vor die Erinnerung. »Wann bekommen wir denn die Resultate von der KTU?«, fragte er. »Sind die Blutproben schon im Labor?«

Lüppo Buss schüttelte den Kopf. »Bis jetzt hat unser Fall noch keine Priorität. Es weist zwar einiges auf Mord hin, aber mindestens ebenso viel auch auf einen Selbstmord. Sogar ein Unglücksfall ist nicht ausgeschlossen.« Er zuckte mit seinen breiten Schultern: »Wir bräuchten Hinweise auf einen Kampf. Oder die Tatwaffe. Das Brotmesser ist es eher nicht, aber untersucht wird es natürlich trotzdem.«

»Die Tatwaffe ist doch bestimmt über Bord gegangen«, sagte Thorsten Venema. »Oder der Täter hat sie mitgenommen. Fehlende Tatwaffe heißt doch nicht, dass es keine Tat und keinen Täter gab!«

»Wir bräuchten aber erst einmal einen Hinweis auf die Existenz eines Täters. Oder von mir aus einer Täterin«, erwiderte der Inselpolizist. »Bisher können wir nur vermuten, dass überhaupt eine zweite Person an Bord gewesen ist. Die meisten Fingerabdrücke, die in der Kajüte gefunden wurden, gehören ein und derselben Person, vermutlich dem Eigner. Ebenso wie das viele Blut – vermutlich. Das Labor muss das zunächst einmal verifizieren.«

»Wenn es denn überhaupt der Eigner war, der das Boot zuletzt gesegelt hat«, sagte Venema. »Wenigstens wissen wir, wer dieser Eigner ist.« Das festzustellen war nicht weiter schwierig gewesen, denn die *Sharin* führte die für Sportboote vorgeschriebene Kennzeichnung in zehn Zentimeter hohen Buchstaben und Ziffern an beiden Rumpfseiten. Lüppo Buss wusste sogar die entsprechende Verordnung aus dem Kopf: »Verordnung über die Kennzeichnung von auf Binnenschifffahrtsstraßen verkehrenden Kleinfahrzeugen – Binnenschifffahrt-Kennzeichnungsverordnung, kurz KlFzKV-BinSch.« Thorsten Venema hatte das für einen Scherz gehalten, aber die Miene von Lüppo Buss hatte jeden Lacher im Keim erstickt.

Am Heck standen außerdem Verein und Heimathafen: ›OYC Hooksiel‹. Das wiederum sagte Venema etwas, denn das Kürzel stand für den *Oldenburger Yachtclub*, und von dem wusste der Oberkommissar, dass er neben verschiedenen Anlegern in Oldenburg auch über Liegeplätze in Hooksiel verfügte, genauer im Hooksmeer an der Jade. Dort kannte man die *Sharin* und ihren Eigner gut: Jan Veldhuis, 38 Jahre, Fahrradhändler aus Oldenburg. Und man wusste auch, dass er vor gut einer Woche mit seinem Boot zu einem längeren Segelurlaub aufgebrochen war. Allein, wie meistens.

»Veldhuis wird als sportlicher Typ beschrieben«, fasste Lüppo Buss zusammen, was er vom Hooksieler Hafenmeister erfahren hatte. »Routiniert genug, um jederzeit mit seinem Segelboot alleine klarkommen zu können. Hat schon eine Menge Törns zu den Ostfriesischen Inseln und nach Helgoland absolviert, aber auch Touren nach Fehmarn, Sylt und rauf nach Dänemark. Gilt als jemand, um den man sich keine Sorgen machen muss.«

»Trotzdem ist er diesmal nicht sehr weit gekommen«, erwiderte Venema. »Wer weiß, wie lange seine *Sharin* schon steuerlos über die Nordsee getrieben ist! Hoffentlich kann uns die Blutuntersuchung darüber Auskunft geben. Blut verändert sich an der Luft.« Venema schob seinen leeren

Becher über den Tisch und schaute den Inselpolizisten auffordernd an.

Lüppo Buss schenkte nach. »Wenn dieser Jan Veldhuis als Einhandsegler unterwegs war, und zwar gewohnheitsmäßig, wo sollte dann ein Täter hergekommen sein? Irgendwo zugestiegen, vielleicht bei einem Zwischenstopp in irgendeinem Hafen? Oder irgendwo auf See, von einem anderen Boot übergestiegen? Nur, warum? Weil Veldhuis ein technisches Problem hatte und um Hilfe gebeten hat?«

»Einen Notruf hat er nicht abgesetzt.« Thorsten Venema pustete vorsichtig in seinen dampfenden Becher. »Jedenfalls nicht über die offizielle Notfrequenz, das hätte die Küstenfunkstelle dokumentiert. Ein zugestiegener Mitreisender kommt mir plausibler vor. Vielleicht hat er sich mit einem alten Kumpel oder einem Kollegen irgendwo verabredet? Oder er hat jemanden getroffen, ganz zufällig, und es kam zum spontanen Entschluss. Eine Frau vielleicht. Manchmal geht das ganz schnell.« Er hielt seinen Blick in den Becher gesenkt. Wunschdenken! Mochte sein, dass anderen so was passierte. Ihm bisher jedenfalls nicht.

»Wir sollten einen Unfall nicht von vornherein ausschließen«, wandte der Inselpolizist ein. »Solch eine Segeljacht sieht harmlos aus, aber sie ist in Wahrheit ein ganz schön gefährliches Instrument! All das Tauwerk, die Rollen und Blöcke, die vielen Klemmen und Schäkel sind nicht ohne, und je stärker der Wind weht, desto schwerer können die Verletzungen sein, die sich ein Segler holt. Nehmen wir den einfachsten Fall: Der Wind shiftet, wechselt also überraschend kurz die Richtung, das Segel bekommt Druck von der falschen Seite, der Großbaum kommt herum wie ein überlanger Baseballschläger, der Skipper passt gerade nicht auf – und zack! Minimum Platzwunde, kann aber auch eine

Gehirnerschütterung oder ein Schädelbruch sein. Auf jeden Fall ein klassischer Knockout.«

»Dann geht der Segler über Bord, und zwar direkt. Wie sollte er vorher noch die ganze Kajüte vollbluten?« Venema war nicht überzeugt.

Der Inselpolizist ließ sich von der Gegenrede nicht irritieren. »Da sind alle möglichen Ablaufvarianten denkbar! Der Segler könnte sich in die Kajüte retten und nach Verbandszeug kramen, dann aber wegen des starken Blutverlusts ohnmächtig werden. Später wacht er noch einmal auf und erkennt, dass sein Boot steuerlos und in Gefahr ist, klettert zurück ins Cockpit, ist jedoch schon zu kraftlos, um irgendetwas zu retten oder sich auch nur richtig zu sichern oder festzuhalten, und geht bei der nächsten höheren Welle über Bord.« Er breitete die Arme aus: »Segler weg, sein Blut noch da, aber nur unter Deck, denn oben waschen die Brecher alles blank. Klar so weit?«

Venema seufzte. Mit Spekulationen kamen sie eindeutig nicht weiter. »Bis die Ergebnisse aus dem Labor da sind, haben wir allerhand zu tun«, stellte er fest. »Schlage vor, ich kümmere mich um den Laden des Eigners und um seine Wohnung. Vielleicht gibt es dort irgendwelche sachdienlichen Hinweise. Beim Jachtklub kann ich gerne auch reinschauen. Das havarierte Segelboot bleibt in deiner Obhut. Vielleicht könntest du außerdem rauskriegen, ob die *Sharin* in letzter Zeit auf einer der anderen Ostfriesischen Inseln angelegt hat. Wird das eigentlich irgendwie erfasst?«

»Das kriege ich raus«, sagte Lüppo Buss und nickte seinem jüngeren Kollegen zu. »Machen wir so. Klingt nach einem guten Plan.«

5.

Sein Navi führte ihn zu einem gesichtslosen Neubau in der Alexanderstraße, nicht weit von der Autobahnauffahrt Bürgerfelde. Beim Einparken geriet er mit einem Rad auf den Fahrradweg, woraufhin ihn eine junge Frau auf einem Lastenrad ausgiebig beschimpfte. Platz war genug, hier ging es wohl ums Prinzip, dachte Stahnke. Alter weißer Mann und Autofahrer, das war sehr viel Provokation auf einmal. Nicht weit entfernt gab es einen Imbiss, aber er widerstand der Versuchung, sich eine Currywurst zu kaufen und sie öffentlich zu verzehren. Man sollte auch die neuen Götter nicht versuchen. Die Göttinnen schon gar nicht.

›Layan Kleinschmidt‹ stand auf dem Klingelschild. Der Summer ertönte wenige Sekunden, nachdem er geläutet hatte. Wartete die Frau auf jemanden oder war ihre Wohnung nur sehr klein?

Beides traf zu. Die junge Frau erwartete ihn auf dem Treppenabsatz, und nachdem er sich ausgewiesen hatte, bestürmte sie ihn mit Fragen, während sie ihn in den winzigen Flur lotste, dessen Wände aus lauter Türen bestanden. Neben Küche, Bad und Heizungsraum gab es nur zwei Zimmer. Die Schlafzimmertür war geschlossen. Das Wohnzimmer war zugleich Arbeits- und Gästezimmer; Schreibtisch, PC, Bücherregale, Pinnwand und eine große Schlafcouch nahmen den Großteil des begrenzten Platzes ein. An der Tür forderte ein großes Plakat: ›Free Lina‹. Wer war denn Lina?

»Möchten Sie Tee? Haben Sie ihn gefunden?«, fragte sie ihn, beides zum wiederholten Mal. Diese Frau war wirklich tief besorgt, dachte der Hauptkommissar und entschied, sie nicht weiter im Unklaren zu lassen. »Ihre Sorgen waren leider berechtigt«, sagte er, ohne sie aus den Augen zu lassen. »Alan Kaya ist Opfer eines Verbrechens geworden.«

Sie hatte ihre Gesichtszüge unter Kontrolle, aber ihre Augen füllten sich mit Tränen. »Ich mache Tee«, sagte sie heiser und verließ den Raum. Die kleine Küche war so nahe, dass er ihr leises Schluchzen deutlich hören konnte, trotz des Rumorens und Geklappers mit dem Teegeschirr.

Stahnke musterte die vorhandenen Sitzgelegenheiten; auf die Schlafcouch wollte er nicht, und ansonsten gab es um den kleinen Teetisch herum nur zerknautschte Sitzsäcke. Also setzte er sich auf den Schreibtischstuhl, der noch schäbiger war als seiner im Büro, aber dafür erstaunlich bequem. Er musterte die Buchrücken im nächstgelegenen Regal. Naturwissenschaften, vor allem Chemie. Anscheinend war Layan Kleinschmidt Studentin. Wie alt mochte sie sein, Ende 20? Er hatte von Problemen mit Laborplätzen an der Uni gehört, die dazu führten, dass einige Studierende mit der Regelstudienzeit nicht auskamen. Aber gleich mehrere Jahre Verzögerung beim Abschluss? Langzeitstudenten hatte er eher in der Philosophie oder der Soziologie vermutet. Wahrscheinlich wieder so ein Alte-weiße-Männer-Vorurteil, dachte er. Er wunderte sich sowieso über Frauen in der Naturwissenschaft.

Zwei Regalbretter höher standen ganz andere Bücher, politische Themen, linke Ausrichtung, *Marxismus* und Antifa. Einige Bände waren vom vielen Lesen total zerfleddert. Layan Kleinschmidt, eine Linksaktivistin? Jetzt wusste er auch wieder, wer diese Lina war. Eine Frau aus Leipzig, die mit ihren Komplizen gezielt auf Rechtsradikale losging und sie verprügelte. Ein Vorbild?

Die junge Frau kam mit einem Tablett zurück ins Zimmer. Gläserne Teekanne und zwei Becher, einer davon mit abgestoßenem Rand. Den heilen stellte sie auf den Schreibtisch, ohne Stahnkes Platzwahl zu kommentieren. »Kluntje?« Er nickte, sie ließ einen dicken Brocken in seinen Becher fallen und goss Tee ein. Der Kandis knisterte vorschriftsmäßig und heimelig. Stahnke schnupperte: Ostfriesentee. Was hatte er denn gedacht?

Layan Kleinschmidt stellte das Tablett auf das Tischchen, hockte sich auf den Rand der Couch und goss sich selbst ein, ohne Kluntje. Das Gesicht hatte sie sich abgewischt, das sah man, obwohl sie kaum geschminkt war. Eine kräftige Person, registrierte Stahnke automatisch, über mittelgroß, eher schlank, aber sportlich-trainiert. Bei einer Antifa-Aktion würde sie keine schlechte Figur machen. Einen Muskelprotz wie Alan Kaya würde sie kaum zu Boden bringen, höchstens durch einen Überraschungsangriff, aber alle Spuren deuteten auf einen offenen Kampf hin. Nein, unwahrscheinlich. Und eine solche Tätervermutung hegte er auch gar nicht.

»Was ist denn passiert?«, fragte die Frau. »Wie ist es passiert?«

»Es gab einen Kampf«, antwortete Stahnke. »In dem neuen Studio in Leer. Mit tödlichem Ausgang.« Kein Täterwissen preisgeben, natürlich nicht.

»In Leer, oh Gott.« Dicke Tränen kullerten über ihre Wangen; sie ließ es geschehen. »Da bin ich gestern noch gewesen und habe geklopft. Angerufen habe ich auch. War er da schon tot?«

»Wo genau haben Sie geklopft?«, hakte Stahnke nach. Ihre Frage ließ er unbeantwortet.

»Vorne, am Haupteingang«, sagte sie und schaute ihn fragend an. Ihre feuchten, glänzenden Augen wirkten unnatürlich groß und dunkel. »Angerufen habe ich ihn über *WhatsApp*, mehrfach. Die Anrufe sind bestimmt auf seinem Handy gespeichert.«

Handy. Hatten die Kollegen ein Handy bei dem Toten gefunden? Stahnke konnte sich nicht erinnern. Gleich mal bei Nidal fragen, nahm er sich vor. »Sie hätten übrigens auch reingehen können«, sagte er. »Die hintere Tür war nicht verschlossen. Die zum Parkplatz.«

Weitere Tränen. Jetzt verbarg sie ihr Gesicht hinter einem Taschentuch.

»An dieser Tür waren Sie nicht?«

Kopfschütteln. »Ich bin dort noch nie zuvor gewesen«, sagte sie mit halb erstickter Stimme. Sie steckte das Taschentuch ein. »Keine Ahnung, wo da ein Parkplatz ist. Wenn ich mir vorstelle, dass Alan tot in dem Haus gelegen hat, als ich …« Erneut ein fragender Blick.

»Woher kennen Sie Herrn Kaya?« Stahnke behielt Layan Kleinschmidt im Fokus seiner wasserblauen Augen. Schräg hinter ihr hing ein weiteres Poster an der Wand: ›Hambi bleibt!‹ Und darunter: ›Kohle stoppen – Klima retten.‹ Der Hambacher Forst, ein Reizthema für jeden Polizisten. Wie viele Kolleginnen und Kollegen waren dort von einer gewissenlosen Landesregierung in einen sinnlosen Kampf um die dreckigste Energiequelle überhaupt geschickt worden! Profit gegen Natur – aber als dann eimerweise Scheiße von den Baumbesetzern auf die Beamten flog, wurde die Sache persönlich. Am Ende war ein Mensch tot und alle anderen waren wütend. Jeder auf etwas anderes. Diese Wunde war bis heute nicht verheilt.

»Woher? Aus dem Studio.« Sie führte ihren Teebecher zum Mund; ihre Unterarmmuskeln schienen sich zu räkeln. Aus dem Ärmel ihres T-Shirts lugte der Ausläufer eines Tattoos hervor, das ebenfalls zuckte. »Es gab eine Studenten-abo-Werbeaktion, und er hat mich selbst eingewiesen. Wir haben uns gleich gut verstanden. Alan ist ein total interessanter Typ mit einer spannenden Biografie. Wir hatten eine schöne Zeit zusammen.« Sie schüttelte den Kopf. »Ich kann es gar nicht richtig glauben, dass er ...«

»Sie studieren also?« Der Hauptkommissar wies mit einer Kopfbewegung auf die Bücherregale neben und hinter ihm. »Naturwissenschaften? Auf Lehramt?«

Sie nickte. »Sicherheitsdenken, ich weiß. Das Beamtenjäckchen ist eng, aber es hält warm. Typisch deutsch!« Sie schaute ihn provozierend an.

»Wem sagen Sie das, Frau Kleinschmidt.« Gut sieht sie aus mit ihrem nussbraunen Teint und ihren halblangen dunklen Haaren, dachte Stahnke. Auf eine exotische Art. Soll ich sie danach fragen? Den Teufel werde ich tun. »Apropos Beamter. Können Sie mir irgendetwas mitteilen, was uns bei der Suche nach dem Täter hilfreich sein könnte? Beziehungsweise der Täterin.« Das war ihm gerade noch eingefallen. Er sah ihre Mundwinkel zucken. Belustigt? Sicher war er nicht. »Hatte Herr Kaya irgendwelche größeren Probleme, die zu Konflikten hätten führen können? Anders gefragt, hatte er Feinde? Können Sie sich jemanden vorstellen, der so wütend auf ihn war, dass er ihn im Kampf getötet hat?«

»Glauben Sie mir, das versuche ich, seit Sie hier sind«, erwiderte Layan Kleinschmidt. »Wer könnte Alan im offenen Kampf töten? Ich weiß es wirklich nicht.« Sie verschränkte ihre Hände. Das Muskelspiel ihrer Arme wurde intensiver. »Alan war nicht nur stark, er war auch Kampfsportler. Und er hatte jahrelange Erfahrung aus seiner Zeit als Türsteher in Berlin. Er hat mir bestimmt nicht alles erzählt, was er damals erlebt hat, aber das bisschen hat schon gereicht. Alan konnte es mit jedem aufnehmen.« Sie schaute grübelnd zu Boden.

»Das ist nicht ganz die Richtung, in die meine Frage ging«, sagte Stahnke. »Mir ging es eher um mögliche Motive.«

»Schon klar.« Sie verschränkte ihre Arme. »Alan war ziemlich direkt in seiner Art, kein Diplomat oder so. Ist anderen Leute gerne mal auf die Zehen gestiegen. Aber nichts Ernsthaftes, soweit ich weiß. Kerle eben. Bisschen rumschreien, bisschen posen, anschließend Versöhnungs-bierchen. Sie wissen ja, wie das ist.«

Weiß ich das? Stahnke fand das Männerbild dieser jungen Frau gruselig, aber er fragte sich auch, ob sie ihm wohl gerade einen Spiegel vorhielt. Waren Männer, war auch er so? Mehr denn je vermisste er Sina in diesem Moment. Die hätte ihm das sagen können.

»Alan Kaya expandierte gerade«, sagte er. »Solch ein neues Studio kostet eine Menge Geld. Wie hat er das finanziert?«

Sie zuckte mit den Schultern. »Über Geld haben wir nie gesprochen. Außer ob er die nächste Pizza bezahlt oder ich.« Sie schwieg sekundenlang, überlegte offensichtlich. »Er sagte mal: ›Ein Geschäft ernährt das nächste, und wenn es das nicht kann, dann gibt es auch kein nächstes Geschäft.‹ So ähnlich jedenfalls. Das soll wohl heißen, dass er seine Investitionen aus seinen Einnahmen bestritten hat.« Sie runzelte die Stirn. »Andererseits musste er von irgendwas leben. So richtig schlau werde ich nicht daraus.«

»Ein Geschäft ernährt das nächste«, wiederholte der Hauptkommissar. »Das könnte auch bedeuten, dass er seine vorhandenen Studios als Sicherheit für neue Bankkredite eingesetzt hat. Aus Bankersicht ist das vollkommen logisch. Wer da hat, dem wird gegeben.«

»Von Banken hielt Alan überhaupt nichts«, wehrte Layan Kleinschmidt ab. »Wenn er Geld brauchte, hat er sich immer an seine Freunde gewandt. Das war auch so ein Teil seines Weltbildes: Handschlag unter Ehrenmännern!« Sie lachte kurz, es klang bitter.

»Kredite von Freunden?« Stahnke unterdrückte die Vorstellung eines grell tätowierten Muskelmanns, der Geld aus anderen Leuten herausprügelte. »Hatte er denn so viele wohlhabende Freunde? Bei seinen Unternehmungen ging es doch bestimmt um größere Summen.«

Layan Kleinschmidt nickte. »Hatte er. Überwiegend ehemalige Schulkameraden, einige sehr erfolgreiche darunter. Die haben die Jahre nach dem Abitur besser genutzt als er! Ein paar von denen haben richtig Schotter und wissen nicht, wohin damit. Anscheinend wird man heute von den Banken bestraft, wenn man zu viel Geld auf seinem Konto hat. Früher kriegte man Zinsen. Ist aber so oder so nicht mein Problem.«

Jetzt stellt sie sich aber dümmer, als sie ist, dachte Stahnke. Auch wenn man sich wenig um Geld kümmert, vielleicht weil man wenig hat, kriegt man doch die Auswirkungen der Zinspolitik mit! Dass Häuser gerade so irrwitzig teuer sind, weil jeder, der Geld hat, welche kauft, weil dieses Geld anderswo keine Jungen bekommt. Oder man suchte andere lukrative Anlagemöglichkeiten, an den Banken vorbei. Hm, vielleicht war der tätowierte Muskelmann sogar ein gefragtes Investitionsobjekt gewesen.

»Ehemalige Mitschüler vom Alten Gymnasium?«, fragte er. »Eventuell aus seinem Abiturjahrgang 2002?«

»Genau.« Die junge Frau musterte ihn mit plötzlich erwachtem Misstrauen. »Haben Sie das schon recherchiert? Dann müssten Sie auch wissen, dass Alan ein sehr zuverlässiger Geschäftspartner war. Was er sich geliehen hat, hat er immer zurückgezahlt, und die vereinbarten Zinsen ist er nie schuldig geblieben. Seine Freunde wussten das, darum war er bei ihnen auch immer kreditwürdig.«

»Wer waren denn diese Freunde?«, wollte Stahnke wissen.

Sie zögerte nicht, hatte mit dieser Frage bestimmt schon gerechnet und ihren Entschluss gefasst. »Fabi vor allem, Fabian Hemmieoltmanns, der ist Professor an der Uni. Außerdem Patrick Janssen, Roland Ripke und Jan Veldhuis. Das sind die, die ich kenne. Aber vielleicht gibt es noch andere. Auf der Kohlfahrt letzten Winter waren noch viel mehr Leute, und er schien die meisten davon zu kennen.«

»Da waren Sie dabei? Als Alan Kaya zum Kohlkönig gekürt wurde?«, fragte Stahnke.

»Allerdings, da war ich dabei. War eine wilde Party.« Das klang nicht so, als hätte sie sich seinerzeit gut amüsiert, fand Stahnke, aber der Eindruck mochte trügen. Er zog seinen Notizblock aus der Tasche und ließ sich die Namen diktieren. »Professor Hemmieoltmanns?«, fragte er. »Einer von Ihren Hochschullehrern?«

»Um Gottes willen, nein!«, rief Layan Kleinschmidt. »Nicht mein Fachbereich. Fabi ist Germanist. Von ihm hat Alan zuletzt allerhand Geld erhalten.«

»Verdienen Germanisten denn so gut an der Uni?« Stahnke schrieb sich Namen und Titel sorgfältig auf und setzte »Fabi« in Anführungsstrichen dahinter.

»Natürlich nicht.« Die junge Frau schmunzelte. »Andererseits auch nicht schlecht, aber wer reich werden will, muss am besten reich heiraten. Das hat Fabi gemacht. Kennen Sie *In Style*? Kleine Möbelhäuser für den exklusiven Geschmack. Tropenholztische und Zebuledersofas, natürlich alles mit Nachhaltigkeitszertifikat, dafür umso teurer. Mehr als ein Dutzend Läden gibt es davon zwischen Oldenburg und der Küste. Gehören alle Carmen von Bloh, Fabian Hemmieoltmanns' Frau.«

»Dann verleiht der Herr Professor quasi das Geld seiner Frau an seinen ehemaligen Mitschüler? Mit ihrem Einverständnis?«

»Ohne wohl kaum«, sagte Layan Kleinschmidt. »Aber dazu will ich nichts gesagt haben. Am besten fragen Sie Fabi selbst.« Sie erhob sich und schaute Stahnke auffordernd an.

Sie begleitete ihn bis zur Wohnungstür, was nur wenige Schritte waren. »Wenn Sie Thorsten Venema sehen, grüßen Sie ihn von mir«, gab sie ihm noch mit, ehe sie die Tür schloss. Der Hauptkommissar starrte die Tür sekundenlang an, Augen und Mund weit offen. Es wurde wirklich Zeit für ein dienstliches Gespräch mit seinem Mitarbeiter, dachte er.

6.

Fahrrad Veldhuis – seit Thorsten Venemas Kindertagen war der Laden in Oldenburg eine Institution. Der Oberkommissar erinnerte sich gut, wie er in dem Traditionsgeschäft am Damm sein allererstes Fahrrad bekommen hatte. Dieser Geruch nach Gummi und Kettenöl, diese respekteinflößenden Verkäufer in ihren grauen Kitteln! Danach allerdings, als ihm das erste Kinderrad zu klein geworden war, hatten seine Eltern andere Läden aufgesucht, vielmehr die Fahrradabteilungen der örtlichen Supermärkte, wo man weitaus billiger einkaufen konnte. Ehe sie dann dazu übergegangen waren, nahezu alles online zu bestellen, auch Fahrräder. Die waren nämlich zwischenzeitlich von dauerhaften Wertgegenständen zu Verbrauchsartikeln degeneriert. Gab es da einen Zusammenhang? Und ob es den gab!

Fahrrad Veldhuis aber gab es immer noch, sogar an derselben Adresse. Dort allerdings erinnerte nichts mehr an den gediegenen Fachhandel früherer Jahrzehnte. Venema hätte das Geschäft kaum wiedererkannt. Es hieß jetzt auch anders: *Bike World*. Außer Rädern, Helmen und Zubehör gab es jede Menge schreiend bunte Sportkleidung zu kaufen. Das Personal trug einheitlich gelbe Basecaps. Die Werkstatt führte den Namen *Bike Service Station*, und der Wartebereich, wo es Tische und Stühle und ein paar Getränkeautomaten gab, nannte sich *Biker's Café*. Der Geruch von Instantkaffee mischte sich mit dem von scharfen Reinigungsmitteln. Venema vermisste das Aroma von Gummi und Kettenöl.

Auf dem Weg zur Kasseninsel fand Venema sich plötzlich Auge in Auge mit Jan Veldhuis wieder. Das gestochen scharfe Posterfoto war lebensgroß und lebensecht. Es zeigte einen schmalhüftigen, hageren jungen Radsportler in voller Rennaktion, tief über den Lenker gebeugt, das gefurchte, lange Gesicht gebräunt und schmutzig vom Straßenstaub, die Augen weit aufgerissen, die Zähne gebleckt. Sein Trikot war weiß mit roten Punkten. Das Bergtrikot der *Tour de France!* Thorsten Venema erinnerte sich genau an den Tag, als dem hoffnungsvollen Nachwuchsprofi aus Oldenburg die taktische Meisterleistung gelungen war, gleich zum Auftakt der Großen Schleife dieses Trikot zu erobern und es drei weitere Renntage lang zu verteidigen. Jeder Oldenburger Radsportfan erinnerte sich an diesen Tag, vielleicht sogar jeder Oldenburger überhaupt. Woran auch sonst? Als es in die erste Mittelgebirgsetappe ging, war Veldhuis das Bergtrikot schnell wieder losgeworden, und danach war ihm kein ähnlich großer Coup mehr gelungen. Ein paar Jahre lang sah man ihn noch gelegentlich bei Fernsehübertragungen großer Events, meist als Wasserträger wechselnder Teamkapitäne; dann wurde Veldhuis nicht mehr für das Top-Team seines Rennstalls nominiert, und Venema verlor ihn aus den Augen.

»Kann ich dir helfen?« Ein Verkäufer mit gelber Kappe, groß, dünn und langgesichtig wie sein Chef auf dem Poster, baute sich vor Venema auf. Etwa ein Sohn von Jan Veldhuis? Eher nein, der junge Mann war sicher Mitte 20, und das Alter des Verschwundenen betrug 38.

»Moin«, grüßte Venema. »Ich suche Ihren Chef.«

»Ach, das tut mir leid.« Der Verkäufer lächelte herablassend. »Mein Chef genießt gerade seinen wohlverdienten Urlaub, und in dieser Zeit darf er auf gar keinen Fall gestört werden. Sonst müsste ich ihn ständig anrufen, wissen Sie, er ist ein sehr gefragter Mann.«

»Sie missverstehen mich.« Der Oberkommissar zeigte seinen Ausweis: »Ich suche wirklich Ihren Chef. Dienstlich. Weil er möglicherweise … also, können Sie mir sagen, wo er sich gerade aufhält?«

Die blasierte Maske des jungen Mannes, der das gleiche Trikot trug wie sein Chef auf dem Poster, bekam Risse. »Wie,

Sie suchen ihn? Aber er ist doch nicht verschwunden! Er wollte … ist ihm etwas zugestoßen?«

»Können Sie mir bitte einfach sagen, wo Jan Veldhuis sich derzeit aufhält?« Venema genoss es, dass mal jemand anderes nervös und zappelig war. Sonst war das meistens er.

»Mein Chef ist segeln«, sagte der Verkäufer. »Seit acht, nein, seit neun Tagen ist er unterwegs. Insgesamt will er drei Wochen wegbleiben, das ist sein Jahresurlaub. Stören darf ich ihn nur in extremen Notfällen.« Er schluckte. »Ist etwas Schlimmes passiert?«

»Das wissen wir noch nicht, aber wir müssen mit allem rechnen.« Venema hoffte, dass er nicht ebenso blasiert guckte wie der junge Mann vorhin. »Jan Veldhuis ist unter dieser Adresse gemeldet. Seine Wohnung befindet sich also hier in diesem Gebäude?«

Der Verkäufer nickte und zeigte zur Decke. »Zweiter Stock.«

»Wer hält sich dort momentan auf? Ehefrau, Familie?«

Der Mann schüttelte den Kopf. »Niemand. Herr Veldhuis lebt allein.«

»Nicht verheiratet, keine Kinder?«

Erneutes Kopfschütteln. »Herr Veldhuis hat früher einzig und allein für seinen Sport gelebt und alles seiner Karriere untergeordnet. Für eine Beziehung oder gar Familie blieb keine Zeit. Als seine sportliche Laufbahn dann zu Ende ging, hatte er sich an diesen Lebensstil gewöhnt.« Der Verkäufer spulte seinen Text ab wie ein Museumswärter bei einer Führung.

Jetzt ist er endgültig runter von seinem hohen Stahlross, dachte Venema. Jetzt kooperiert er. Zeit für den nächsten Vorstoß. »Wer sieht denn während des Urlaubs von Herrn Veldhuis in seiner Wohnung nach dem Rechten?«, fragte er. »Irgendjemand wird doch einen Schlüssel haben, oder?«

»Ja«, sagte der Verkäufer und schluckte noch einmal trocken und laut. »Das bin dann ich.«

Thorsten Venema streckte seine flache Hand aus: »Darf ich bitten?«

Wenige Minuten später stand er im Treppenhaus vor der Wohnungstür. Hier oben im zweiten Stock sah das Haus noch so aus, wie Venema es in Erinnerung hatte – jedenfalls von innen. Die Treppen waren breit und sanft geneigt, die Stufen ausgetreten, das gedrechselte Geländer war glänzend braun lackiert ebenso wie die Wohnungstür mit ihrer verschnörkelten Klinke und den bleigefassten Milchglasfenstern. Natürlich roch es hier nicht nach Gummi und Öl, sondern nach Bohnerwachs. Nur der Schlüssel, den der Verkäufer ihm ausgehändigt hatte, war hochmodern und passte nicht ins Bild. Dafür aber in den Schließzylinder.

Die Wohnung war groß, viel zu groß für eine allein lebende Person, fand der Oberkommissar. Groß genug für ein Museum. Genauso sah sie auch aus. Im Flur runzelte Venema noch verständnislos die Stirn, im weitläufigen Wohnzimmer musste er laut lachen. Was war denn das! Schaukästen und Vitrinen an den Wänden, gerahmte Plakate und Urkunden, kopflose Schaufensterpuppen in Tour-Trikots, mehrere historische Rennräder, teils halbhoch und schräg auf Wandpodesten, teils an Nylonfäden mitten im Raum aufgehängt. Ein Fahrradhelm in Gelb – anscheinend hatte Jan Veldhuis einmal zur Mannschaft eines *Tour-de-France*-Spitzenreiters gehört, dann stifteten die Sponsoren so was. Aber nicht nur die Sportlerkarriere des Wohnungsbesitzers war hier ausgestellt, sondern sein ganzes Leben, säuberlich etikettiert. ›Meine ersten Kinderschuhe‹, ›Meine ersten Sportschuhe‹, ›Meine ersten Radschuhe‹. Was hatte der Mann sich denn dabei gedacht? Witziger fand Venema die zerknüllte *Camel*-Schachtel: ›Mein erstes und letztes Päckchen Zigaretten‹. Und wo war die Vitrine mit der ersten Doping-Dosis? Nur mit Nusseis kommt doch keiner über die Alpen und die Pyrenäen, dachte Venema, so viel steht fest! Dann fiel ihm wieder ein, dass er sich in der Wohnung eines Vermissten, eines vermutlich Toten befand, und er schämte sich seines Gedankens. Ein bisschen.

Er folgte dem langgestreckten Flur nach hinten, inspizierte Küche, Bad und Schlafzimmer, Gästezimmer und Gästebad. Ganz am Ende des Flures lag ein Arbeitszimmer, der einzige Raum in dieser Wohnung, der ein bisschen belebt aussah. Mitten auf dem Schreibtisch lag ein kleiner Stapel ungeöffneter Briefe. Es gab einen zugeklappten Laptop und zwei große PC-Flachbildschirme. Bestimmt eine Menge Dateien auszuwerten, dachte Venema, aber damit musste er warten, bis ein entsprechender Beschluss vorlag. Momentan befand er sich zwar mit Zustimmung des Schlüsselverwalters hier, aber wie weit dessen Befugnisse reichten, war bestimmt anfechtbar. Dünnes Eis, also Vorsicht. Apropos Eis: Unter dem Schreibtisch gab es sogar einen richtigen Kühlschrank. Dopte sich der sportliche Jungunternehmer während der Arbeit gerne mit kühlen Energy-Drinks? Neugierig und mit spitzen Fingern öffnete Venema die dick isolierte Tür, aber der Kühlraum dahinter war leer.

An der Wand hingen Urkunden, vermutlich welche, die Veldhuis in seinem Selbstbespiegelungskabinett nicht hatte unterbringen können. Eine wies ihn als geprüften Zweiradmechaniker aus, die andere bescheinigte ihm eine erfolgreich abgelegte Reifeprüfung, Abiturnote 1,7. Donnerwetter, solch einen Durchschnitt hatte Thorsten Venema nicht geschafft!

Der einzige Wandschmuck, der nichts mit Jan Veldhuis' Lebensleistung zu tun hatte, war ein großes Foto der Segeljacht, die Venema bereits kannte, der *Sharin*, mit einem zufrieden lächelnden Eigner am Ruder. Na ja, dachte Venema, eigentlich doch Lebensleistung, solch eine Jacht musste man sich erst einmal leisten können! Neu waren die Dinger richtig teuer, aber vielleicht hatte Veldhuis seins gebraucht gekauft, und es trug deshalb diesen Namen. Boote sollte man nicht umbenennen, das brachte Unglück, hatte sein Chef einmal behauptet.

Im selben Moment klingelte sein Smartphone. Stahnke. Einmal zu oft an ihn gedacht. Da sollte man nicht abergläubisch werden! Venema meldete sich dienstlich korrekt.

»Dienstbesprechung in einer halben Stunde«, knurrte der Hauptkommissar grußlos. »Oder hängen Sie immer noch bei Lüppo Buss auf der Insel herum?«

»Halbe Stunde, ich bin pünktlich da«, erwiderte Venema. Er wollte sein Smartphone einstecken, überlegte es sich aber anders. Für ein paar Fotos reichte die Zeit allemal noch.

7.

Sibylle Wiemken empfing Stahnke mit einem Lächeln, das sich sofort auf ihn übertrug, sogar gegen seinen Willen, denn es weichte den Panzer aus Grantigkeit auf, den er schon den ganzen Morgen zur Schau trug. Oberkommissarin Wiemken, unbestechliche Aktenführerin und Mutter der Kompanie! Dabei war die Frau eindeutig jünger als er, aber mit diesem Widerspruch kam er klar.

Außer der Kollegin war nur noch Thorsten Venema anwesend, struppiger denn je und mit rotem Kopf, als wäre er gerade durch halb Oldenburg geradelt. Was vermutlich der Fall war. Immerhin, er hatte Pünktlichkeit versprochen, und hier war er. Ein Punkt für ihn. An Stahnkes Abneigung gegen ihn änderte das aber nichts. Venema erinnerte ihn viel zu sehr an Marian Godehau, seinen Vorgänger an der Seite von Sina – und zugleich seinen Nachfolger. Venema sah nicht nur aus wie Godehaus jüngeres zweites Ich, er zeigte auch genau dessen Verhalten, von der gelegentlichen Fahrigkeit bis hin zum penetranten Gutmenschentum. Konnte man ihm vorwerfen, dass sein Vorgesetzter damit einfach nicht klarkam? Stahnke konnte es.

Sibylle warf einen Blick in die spärlich besetzte Runde und klatschte in die Hände. »Mehr werden wir nicht«, verkündete sie. »Manuela Schönborn ist in einer Vermisstensache unterwegs, und Kollege Seifert wurde heute früh abgezogen. Personalengpass beim Wasserschutz.« Sie musterte Stahnke und Venema abwechselnd und grinste dabei:

»Und ihr beide bringt uns noch Extraarbeit von auswärts rein? Originelle Idee, muss ich schon sagen.«

»Mich erreichte das Hilfeersuchen eines Kollegen aus einem angrenzenden Zuständigkeitsbereich«, knurrte Stahnke und warf Venema einen auffordernden Blick zu.

»Bei mir war es genauso«, sagte der Oberkommissar. »Kollege Buss bat mich auf Langeoog um Unterstützung.«

»Dann ist es ja gut«, flötete Sibylle Wiemken. »Bekomme ich beide Ersuchen noch für die Akten? Ich gehe doch davon aus, dass sie offiziell und schriftlich erfolgt sind.«

»Wird nachgereicht.« Stahnke rollte mit den Augen. »Das Opfer in meinem Fall, ein gewisser Alan Kaya, Unternehmer in der Fitnessbranche, ist in Oldenburg gemeldet. Eines seiner Studios liegt hier in der Stadt. Finanzielle Interessen, die mit den Geschäften des Toten in Zusammenhang stehen, können als Mordmotiv nicht ausgeschlossen werden. Also sind wir sowieso im Spiel.«

»Mal abgesehen davon, dass der Tatort in Ostfriesland liegt.« Sibylle Wiemken seufzte und notierte: »Alan Kaya, wohnhaft wo? Sonstige persönliche Daten?«

»Föhrenkamp 17, das ist in Eversten.« Stahnke war gut vorbereitet. »Alter 39, Schulabschluss Abitur, Studium der Pädagogik in Berlin ohne Abschluss abgebrochen, dafür eine beachtliche Karriere als Bodybuilder und Türsteher. Später Mitbetreiber von mehreren Discos in der Hauptstadt. Einige Verhaftungen wegen Körperverletzung, aber weder Anklage noch Verurteilung, also saubere Strafakte.« Der Hauptkommissar nickte anerkennend: »Die Berliner Kollegen waren sehr schnell, Kompliment! Vor acht Jahren kehrte Kaya dann nach Oldenburg zurück, arbeitete hier zunächst als Fitnesslehrer.« Er blickte von seinen Notizen hoch: »Ist das eigentlich ein anerkannter Ausbildungsberuf, weiß das jemand?«

»Die Lizenz als Fitnesscoach kann man online erwerben«, sagte Thorsten Venema. »Dauert etwa ein Jahr. Zeitaufwand circa zehn Stunden die Woche, kann man also nebenbei machen.«

Schon gegoogelt, hätte Stahnke am liebsten gefragt, als Alternativkarriere, falls es im Polizeidienst zu nichts führt? Aber das wäre selbst ihm zu fies vorgekommen. Stattdessen gab er eine kurze Zusammenfassung der Auffindesituation am Tatort in Leer und der Spurenlage von den blutigen Fußabdruckfragmenten über die Tatwaffe bis hin zur Kohlkönig-Urkunde samt Scherben und vertrockneten Kohlblättern. »Der Tote ist über mehrere Tage unentdeckt geblieben«, fügte er hinzu. »Das Studio befindet sich noch im Aufbau und liegt ziemlich isoliert in einem Gewerbegebiet am Stadtrand, außerdem lag ein Wochenende zwischen der Tat und dem Hinweis, der zum Fund der Leiche führte. Dieser Hinweis kam von einer gewissen Layan Kleinschmidt, Kayas Ex-Freundin, wohnhaft ebenfalls in Oldenburg, Alexanderstraße. Von der soll ich Sie übrigens grüßen, Herr Kollege.«

Thorsten Venema erwiderte Stahnkes saugenden Blick fest und ungerührt. »Vielen Dank«, sagte er nur.

»Was läuft denn hier ab?«, ging Sibylle Wiemken dazwischen. »Thorsten, du kennst die Ex des Mordopfers? Wie das denn? Und wie gut? Nicht dass wir dich wegen Befangenheit von den weiteren Ermittlungen ausschließen müssen!«

»Layan ist eine Bekannte, ich habe sie vor ein paar Wochen zum ersten Mal getroffen«, sagte Venema, ohne seinen Blick von Stahnke abzuwenden. »Am Sonntag haben wir zusammen einen Ausflug nach Langeoog gemacht. Tagesticket, bisschen Strand und so. Konnte nicht ahnen, dass das Wetter so bescheiden sein würde.«

»Da haben Sie sich lieber in Lüppo Buss' Ermittlungen eingemischt«, ätzte der Hauptkommissar. »Mitsamt Ihrer Begleitung? Oder was hat die während dieser Zeit gemacht?«

»Sie ist zurück aufs Festland gefahren«, sagte Venema. Stahnke konnte sehen, wie ihm die Röte über den Hals in die Wangen stieg. »Aber nicht nach Oldenburg, sondern nach Leer. Weil sie sich Sorgen um ihren Ex-Freund machte.«

»Ach herrje!« Sibylle Wiemken hielt mit ihrem Mitleid nicht hinterm Berg. »Das hattest du dir bestimmt anders vorgestellt, was? Erst wird euch der romantische Ausflug verhagelt, und dann redet die Frau auch noch von ihrem Ex! So etwas will man wirklich nicht erleben.«

»Bitte!« Venema wurde laut, was sonst nie vorkam. »Das ist meine Privatsache, und es gibt keinen Grund, die hier breitzutreten! Ebenfalls gibt es keinen Grund, von Befangenheit meinerseits zu sprechen, da ich mit Frau Kleinschmidt lediglich bekannt bin und sonst gar nichts.« Er machte ein Gesicht, als hätte er ein »leider« mühsam verschluckt. Dies merkte er selbst und wurde richtig wütend. »Und es gibt schon gar keinen Grund, mir zu unterstellen, ich wäre aus Eifersucht tätlich gegen Layans Ex-Freund geworden! Das kommt außerdem schon vom zeitlichen Ablauf nicht hin. Die Tötung von Alan Kaya fand bereits geraume Zeit vor … unserem missglückten Inseltrip statt.«

»Aber Thorsten!« Sibylle Wiemken schlug sich die Hand vor den Mund. »Mein Gott, Junge, das hat doch auch keiner behauptet!«

Stahnke sagte dazu nichts. Der Gedanke, den Venema geäußert hatte, klang absurd, sicher, aber er durfte nicht einfach von der Hand gewiesen werden. Ob er sich dessen bewusst war? »Genug davon«, entschied der Hauptkommissar. »Sie sind dran. Was war das auf Langeoog?«

Venema brauchte einige Sekunden, um sich zu sammeln, aber dann berichtete er konzentriert und nachvollziehbar von der aus Seenot geborgenen steuerlosen Jacht, von der großen Menge Blut in der Kajüte unter Deck, von der Identität des verschwundenen Eigners und den verschiedenen Aussagen, die vermuten ließen, dass er sich allein an Bord seines Segelbootes befunden hatte. »Zu einem Mordfall fehlt uns zwar die Leiche, aber die Blutmenge lässt sich durch einen Unfall kaum erklären«, schloss Venema seinen Bericht. »Wenn die Laborberichte vorliegen, sind wir hoffentlich schlauer.«

»Ausgerechnet Jan Veldhuis«, sagte Sibylle Wiemken bedauernd. »So ein netter Mann! Und einer der wenigen echten Promis, die wir in Oldenburg haben. Oder hatten.«

»Oldenburger Promi? Echt jetzt?« Zu diesem Stichwort fielen Stahnke nur Klaus Dixie Baumgart, Klaas Heufer-Umlauf und Misswahl-König Horst Klemmer ein. »Inwiefern ist denn ein Fahrradhändler prominent?«

»Na hör mal! Jan Veldhuis war doch als Radprofi auf dem Sprung in die absolute Weltspitze! Einmal hat er sogar beinahe die *Tour de France* gewonnen, stimmt's nicht, Thorsten?«

Venema nahm Abstand davon, den erheblichen Unterschied zwischen Bergwertung und Gesamtsieg bei diesem Radsportklassiker zu erläutern, und erzählte lieber, was er in der Wohnung des Vermissten vorgefunden hatte. Als die beiden anderen ungläubig guckten, holte er sein Smartphone hervor und präsentierte die Fotos, die er dort geschossen hatte. Während Stahnke verständnislos den Kopf schüttelte, kommentierte Sibylle Wiemken: »So was habe ich schon mal gesehen! Vor vielen Jahren, bei einem VHS-Literaturseminar in Nartum, im Haus von Walter Kempowski. Damals lebte er noch. Wisst ihr, ich schreibe nämlich hin und wieder ein bisschen.« Kokett legte sie den Kopf schief, schaffte es aber nicht, zart zu erröten. »Der hatte auch sein ganzes Haus als sein eigenes Museum eingerichtet, mit Vitrinen und so. Wie sich seine Frau wohl darin gefühlt hat? Schau, eine Zigarettenpackung hatte Kempowski auch ausgestellt! Bei ihm war es allerdings die erste nach dem Krieg, nicht die letzte überhaupt.«

Venema wischte sämtliche Fotos durch, bis hin zu denen, die er im Arbeitszimmer von Jan Veldhuis aufgenommen hatte. Dann folgten schon die Bilder aus der Kajüte der *Sharin*. Sibylle Wiemken zuckte zurück. »Igitt, was ist denn das für ein Schlachthaus!«, rief sie aus. »Ist das wirklich nur das Blut eines einzigen Menschen?«

»Das wissen wir bald.« Stahnke hob die Hand. »Bitte noch mal zurück, Herr Kollege! Zurück zu den Wohnungsbildern. Ins Arbeitszimmer, nicht ins Museum.« Venema wischte wunschgemäß. Stahnke stoppte ihn bei der Abi-Urkunde. »Altes Gymnasium Oldenburg, klar. Aber Jahrgang 2002? Der gleiche wie bei Alan Kaya! Die hatten letzten Februar doch eine Feier, gemeinsame Kohlfahrt, wo der Kaya Kohlkönig geworden ist. Ihre …« Sein dicker Finger zeigte auf Venema, aber der Hauptkommissar überlegte es sich anders: »Frau Kleinschmidt ist nach eigener Aussage ebenfalls dort gewesen. Hat eine Menge Absolventen getroffen, von denen sie einige kannte. Die Namen habe ich mir notiert.« Er sichtete seine Notizen und zog die Stirn kraus: »Jan Veldhuis steht auch auf der Liste.«

»Sie haben sich also gekannt«, stellte Sibylle Wiemken fest. »Ist ihre ehemalige Schule die einzige Verbindung, oder gibt es noch mehr?«

»Der hier soll angeblich der aktuelle Geldgeber von Kaya gewesen sein.« Stahnke tippte auf den ersten Namen seiner Liste. »Professor Doktor Fabian Hemmieoltmanns. Am besten kontaktieren wir den mal zuerst, vielleicht weiß er auch etwas über Veldhuis zu sagen.«

»Kann ich übernehmen«, sagte Venema und machte Anstalten, sein Smartphone einzustecken.

Stahnke hielt ihn zurück: »Moment noch. Ich möchte die Fotos aus der Kajüte noch einmal sehen.« Venema drückte ihm das Mobiltelefon in die Hand. Der Hauptkommissar scrollte, wischte, hielt inne und vergrößerte. Sibylle Wiemken und Thorsten Venema schauten ihm rechts und links über die Schulter. »Wofür haltet ihr das?«, fragte Stahnke und tippte mit seinem spatenförmigen Fingernagel auf den kleinen Bildschirm. Die anderen beugten sich noch weiter vor.

»Irgendwelches Gestrüpp«, sagte Sibylle Wiemken.

»Grünzeug aus den Kombüsevorräten«, vermutete Venema. »Im Seegang hat sich der Inhalt der meisten Schapps und Schubladen in der gesamten Kajüte verteilt.«

»Wenn ihr mich fragt«, sagte Stahnke, »dann ist das nicht irgendwelches Gemüse – das ist Grünkohl.«

8.

»Manche nennen mich einen Snob«, verkündete der Mann auf dem Fahrersitz bestens gelaunt. »Und wissen Sie was? Da bin ich gar nicht beleidigt. Überhaupt nicht. Ich finde, das trifft es genau.« Er strahlte seinen Beifahrer an.

Guck auf die Straße, dachte Thorsten Venema und krampfte sich in seinem Sitz fest. Ich habe keine Lust, neben dir Snob im Straßengraben zu enden! Schon gar nicht in dieser lächerlichen Kiste. Die hatte nicht einmal richtige Türen! Und diese protzigen Überrollbügel hielten bestimmt nicht, wenn es darauf ankam.

Vor der Kurve stand ein 50-Stundenkilometer-Schild. Der Fahrer nahm sie mit 80 und schaute grinsend zu Venema herüber. Die hochgezwirbelten Spitzen seines schmalen Schnurrbarts ragten wie kleine Hörner beiderseits seiner imposanten Nase in die Höhe. »Ja, so fährt man Jeep, so geht das!«, krähte er, als die Reifen aufgehört hatten zu heulen. Der Oberkommissar schloss die Augen.

Vor einer knappen Stunde noch hatte er sie weit aufgerissen, nämlich als er das Möbelgeschäft *In Style* betreten hatte, um nach Herrn Doktor Hemmieoltmanns zu fragen, über dessen aktuellen Aufenthaltsort man an der Universität nichts wusste, und an dessen Gattin verwiesen worden war. Donnerkeil! Thorsten Venema hatte eine Schwäche für hochgewachsene, sportliche Frauen, solche wie Layan, aber nicht für Amazonen und schon gar nicht für Dominas. Carmen von Bloh sah aus wie die Königin der Amazonen und die Chefin aller Dominas. Eine sehr strenge Che-

fin – und eine despotische Königin dazu. »Mein Mann?«
Diese beiden Worte aus ihrem Mund troffen vor Verach-
tung. »Der hat sich in unser Waldhaus zurückgezogen, um
sich zum Schreiben inspirieren zu lassen. Möchte auf keinen
Fall gestört werden!« Ihre aufwendig geschminkten Lippen
verzogen sich zu einem bösen Lächeln: »Das muss Sie aber
überhaupt nicht kümmern. Unser Herr Jungclaus hier fährt
Sie hin, sonst finden Sie das Häuschen nicht, es liegt sehr
versteckt mitten im Wald. He, junger Claus!« Sie schnippte
tatsächlich mit den Fingern. Der junge Claus kam gesprun-
gen. Und bestand darauf, seinen eigenen Wagen zu nehmen.

»Das Haus steht sehr nah an der Hunte, aber man sieht
sie praktisch nicht, man hört sie nur, so zugewachsen ist es
dort«, plapperte Jungclaus, während er seinen Jeep durch
die Kurven peitschte. Venema, der sich schon zweimal die
Schulter am Mittelholm geprellt hatte, nickte mit zusam-
mengebissenen Zähnen. 25 Kilometer, dachte er, weiter
kann das nicht weg sein. Irgendwann sind wir dort, und
dann steige ich aus und nie wieder ein. Notfalls laufe ich
zurück! Aber nie wieder steige ich zu diesem Verrückten
in diesen Witz von einem Wagen.

»Apropos Hunte.« Das Mitteilungsbedürfnis des Herrn
Jungclaus schien unstillbar zu sein. »Eines meiner Hob-
bys ist Paddeln, wissen Sie? Traut man mir gar nicht zu,
so etwas Bodenständiges, nicht wahr?« Wieder richtete er
seinen Blick auf seinen Beifahrer, nach Zustimmung lech-
zend, und Venema nickte schnell, damit dieser Möbelverkäufer bloß wieder auf die Straße guckte. »Aber wenn ich
meine Touren mache, dann ohne Zelt oder großes Gepäck«,
erzählte Jungclaus. »Ich gehe an Land, wo es mir gefällt,
und frage die jeweiligen Grundstücksbesitzer, ob ich mein
Boot für eine Nacht dort lassen kann. Dann rufe ich mir

per Handy ein Taxi und lasse mich ins nächste gute Hotel bringen und danach in ein Restaurant. Oder umgekehrt.« Er lachte herzlich: »Ich bin eben ein Snob, verstehen Sie?«

Venema kam um eine Antwort herum, denn im nächsten Moment bog der Jeep von der Asphaltstraße scharf auf eine Schotterpiste ein, die in den Wald hineinführte. Der Wagen rutschte, dass die Steinchen flogen, und wirbelte dabei so viel Staub auf, dass selbst Jungclaus für ein paar Augenblicke den Mund geschlossen hielt.

Das blieb auch für den Rest der Strecke so, denn die Piste bestand praktisch nur aus Schlaglöchern, und jeder Versuch einer Unterhaltung beinhaltete die Gefahr, sich selbst heftig in die Zunge zu beißen. So konnte Venema, der sich inzwischen gut in seinem Schleudersitz verkeilt hatte, die Fahrt durch den Wald ansatzweise genießen. Überwiegend Nadelwald, stellte er fest, die meisten Bäume würden über kurz oder lang dem Klimawandel zum Opfer fallen. Vielleicht konnte die Natur den Umbau auf Mischwald noch schaffen, ehe die Erderwärmung zum Abschmelzen des globalen Festlandseises und damit zum Anstieg des Meeresspiegels um mehr als 60 Meter führte. Dann wäre es nicht nur für diesen Wald hier zu spät, sondern auch für Ostfriesland, Oldenburg und die gesamte norddeutsche Tiefebene. Der Oberkommissar seufzte innerlich. Sein Talent, sich selbst jede Freude zu vermiesen, hatte schon etwas Selbstquälerisches.

Ein paar Kurven später kam ein Haus in Sicht, ein Blockhaus, schon älter offenbar, aber sehr edel gealtert. Es lag auf einer Lichtung, und vereinzelte Sonnenstrahlen ließen die dunkelbraunen, von vielen Lackschichten überzogenen Holzbalken golden aufleuchten. Eine Jagdhütte war das nicht, selbst für ein Wochenendhaus war dieses Gebäude zu groß, auch wenn man die Dimensionen aufgrund des geduckten Baustils nicht gleich erkannte. Hier hatte sich einer ein regelrechtes Wohnhaus mitten in den Wald geklotzt. War das wirklich einmal legal gewesen?

Jungclaus brachte sein Gefährt auf einem dichten Nadelteppich zum Stehen. »Der Herr Professor befindet sich bestimmt im Studierzimmer«, tönte er. »Da hat er das beste Licht und den schönsten Blick, direkt durch die Schneise dort bis zum Hunte-Ufer. Hören Sie, wie der Fluss murmelt? Es gibt nichts Inspirierenderes, sagt der Herr Professor immer.«

Schon klar, dachte Venema, während er sich aus seinem Sitz schälte. Der Mann deiner Domina-Chefin ist Professor, ich hab's kapiert. Er streckte seine verkrampften Glieder und wäre dabei auf den Tannennadeln beinahe ausgerutscht. Einige Meter weiter, hinten auf der Lichtung, stand ein gewaltiger Volvo-SUV, vermutlich das Auto von Hemmieoltmanns. Lehrer wie Hochschullehrer hatten schon immer ein Faible für diese Marke gehabt, die einst verbunden war mit alternativem Lebensgefühl und »Sicherheit aus Schwedenstahl«. Dabei schluckten die alten Panzer seit jeher reichlich Sprit und produzierten massenhaft CO_2. Außerdem befanden sich Werk und Firma schon seit vielen Jahren in chinesischem Besitz. Aber darauf kam es nicht an, solang nur das Image stimmte.

Rund um den Volvo war der Boden aufgewühlt und zerfurcht, registrierte Venema automatisch. Das sagte ihm dreierlei: Erstens schien der Professor einen ähnlich ruppigen Fahrstil zu haben wie der Angestellte seiner Frau, zweitens weichte der Waldboden an dieser Stelle bei Regen stark auf, und drittens schien hier in letzter Zeit kein anderes Auto als das des Hauseigentümers gefahren zu sein, denn alle Spuren wiesen die gleiche Breite und das gleiche grobe

Profil auf. Ein ganzes Wohnhaus nur als Arbeitsplatz für einen staatlich bestallten Germanisten! Was für eine Verschwendung, dachte der Oberkommissar, und das in diesen Zeiten.

An der kunstvoll und massiv gearbeiteten Eingangstür gab es keine Klingel, also klopfte Venema, ohne aber das schwere Holz ernsthaft in Schwingungen versetzen zu können. Jungclaus drängte ihn zur Seite und griff nach der Türklinke. »Das hört er sowieso nicht«, sagte er lachend. »Wenn der so richtig in seinen Studien versunken ist, kann die Welt untergehen, ohne dass er etwas mitkriegt.« Die Haustür war unverschlossen. Mit einem Ruck zog er sie auf.

Drinnen roch es nach Kaffee und angebranntem Essen. Anscheinend verpflegte sich der Akademiker hier selbst und war darin nicht sehr geübt. Auch nicht im Saubermachen und Lüften, stellte Venema fest. Am liebsten hätte er die Tür offen stehen lassen, damit frische Luft zirkulieren konnte, aber Jungclaus hatte das Türblatt bereits wieder ins Schloss gedrückt. Obwohl es mitten am Tag war, herrschte drinnen dämmeriges Zwielicht. Das war wohl der Preis für die Lage mitten im Wald. Irgendwas ist immer, dachte Venema und fühlte sich wieder einmal in seiner Grundhaltung bestätigt.

Durch einen kurzen Windfang gelangte er direkt ins Wohnzimmer. Es war sehr geräumig und wurde von einem riesigen Natursteinkamin dominiert. Ansonsten bestand alles in diesem Raum aus dunklem, glänzend lackiertem Holz, alles bis auf den riesigen Fernseher, die Zebuledersofas und die imposanten Jagdtrophäen an den Wänden. Trotz seiner Ausdehnung hätte das Zimmer erdrückend gewirkt, hätte es sich nicht nach oben bis unters Dach erstreckt. Das natürlich von innen ebenfalls mit dunklem Holz getäfelt war.

Venema mochte dunkles Holz und fand getäfelte Räume gemütlich. Was genau also störte ihn hier? Er kam schnell darauf: keine Bücherregale, keine Bücher. Konnte es sein, dass der Herr Professor und seine Angetraute gar nichts lasen? Der Frau hätte er das niemals unterstellt, dem Germanisten unterstellte er das Gegenteil. Vermutlich aber bewahrte der all seine Bücher im Arbeitszimmer auf.

»Dort entlang«, beantwortete Jungclaus die unausgesprochene Frage und zeigte auf eine Tür neben dem Kamin. »Gehen Sie nur, ich inspiziere mal schnell die Keramikabteilung.«

Feigling, dachte Venema dem davoneilenden Verkäufer hinterher. Die Worte Carmen von Blohs klangen noch in seinen Ohren: »Er will auf keinen Fall gestört werden. Das muss Sie aber überhaupt nicht kümmern.« Ha! Als Ehefrau konnte sie das leicht sagen. Schon Möbelverkäufer Jungclaus sah das eindeutig anders, und er, Venema, würde gleich seinen Segen aufs Haupt bekommen, sobald er klopfte und störte. Aber es half nichts, deswegen war er schließlich hier.

Lautes Dielenknarren untermalte seine Annäherung an die Tür. Sein erstes zaghaftes Klopfen erzeugte keine Reaktion. War der Wissenschaftler in seine Arbeit vertieft? Oder schwerhörig? Venema klopfte lauter. Dann wurde es ihm zu bunt. Er stieß die Tür auf.

Der Arbeitsraum war ebenso holzlastig wie das Wohnzimmer, aber trotzdem heller, wohl wegen der beiden großen Fenster, die auf die Lichtung und eine Waldschneise hinausgingen. Ein riesiger Schreibtisch nahm den Großteil der Fensterfront ein, ebenfalls aus dunklem Holz. Daneben stand ein kleiner moderner PC-Tisch. Auch hier nirgendwo Bücherregale. Benutzte der Professor einen E-Reader? Denn lesen musste er ja wohl, schon beruflich, das ging doch gar nicht anders.

Kein Schreibtischstuhl. Warum das? Doch, da war einer, auf dem Boden, offenbar umgefallen. Daneben ein Körper, der eines Mannes, hochgewachsen und schlank. Er lag auf dem Rücken, das Gesicht abgewandt. War das der Professor? War ihm übel geworden, hatte er womöglich einen Schlaganfall erlitten? Venema holte Luft, um nach Jungclaus zu rufen. Dabei bemerkte er den Geruch, und er wusste gleich, dass er diesen Geruch schon im Windfang wahrgenommen, aber nicht erkannt hatte, weil er mit anderen Gerüchen vermischt war. Den Geruch von Metall, den metallischen Geruch von Blut. Der Körper dort lag in einer Blutlache, die er auf den dunklen Dielen im Schatten unter den Fenstern nicht gleich gesehen hatte. Die Lache war groß, sie reichte bis weit ins Zimmer hinein, fast bis zur Tür. Bis direkt vor seine Zehenspitzen.

Erschrocken machte Venema einen Schritt zurück. Jungclaus, der genau in diesem Moment von der Toilette zurückkehrte, rempelte ihn an. »Na, mal nicht so schüchtern!«, dröhnte der Verkäufer. »Der Herr Professor wird Sie nicht gleich fressen, nur weil Sie seine heilige Arbeitsruhe gestört haben. Nicht wahr, Herr …«

Jungclaus blieb stehen, unmittelbar am Rand der riesigen Blutlache, und schnappte nach Luft. Von der Seite konnte Venema sehen, wie er die Augen verdrehte. Dann kippte er lautlos um. Nach vorn, mitten hinein in die Lache.

Der Oberkommissar rührte keinen Finger. Er hatte etwas entdeckt, was ihm noch unwirklicher vorkam als der Rest dieser unwirklichen Szenerie. In der rechten Hand des Toten steckte etwas, etwas Grünes, Blätter offenbar. Als hätte ihm jemand einen kleinen Strauß als Abschiedsgruß in die Hand gesteckt. Krause grüne Blätter. Eindeutig Grünkohl.

9.

Ganz behutsam legte Stahnke den Telefonhörer an seinen Platz zurück. »Erstaunlich«, sagte er, »auf einmal geht alles ganz schnell. Das Blut in der Kajüte der *Sharin* stammt von ein und derselben Person, und zwar eindeutig von Jan Veldhuis. Es sind mehr als drei Liter, das ist ein absolut tödlicher Blutverlust. Außerdem muss dieser schon vor mehreren Tagen eingetreten sein. Ganz genau weiß das Labor das aber noch nicht.«

»Priorität hochgestuft?«, fragte Sibylle Wiemken. »Weil wir es jetzt definitiv mit Mord zu tun haben?«

Der Hauptkommissar schüttelte den Kopf. »Weil wir es jetzt definitiv mit einer Mord*serie* zu tun haben«, korrigierte er sanft.

Sibylle Wiemken nickte. Ihr Vorgesetzter hatte natürlich recht. Die gewaltsamen Tötungen von Jan Veldhuis, Alan Kaya und Fabian Hemmieoltmanns standen eindeutig miteinander in Zusammenhang. Drei Absolventen des Alten Gymnasiums Oldenburg, alle aus demselben Abiturjahrgang, alle drei auf dieselbe Art und Weise umgebracht – bei zweien wusste man das bereits sicher, bei Veldhuis ließ sich das aufgrund der fehlenden Leiche nur vermuten, aber die vorgefundene Blutmenge wies deutlich auf einen tödlichen Kehl- oder Schlagaderschnitt hin. Und als ob das noch nicht gereicht hätte, hatte der Täter auch noch seine Visitenkarte am Tatort zurückgelassen. Dreimal die gleiche.

»Ausgerechnet Grünkohl!«, stöhnte Thorsten Venema. »Wer kommt denn auf so was!«

»Genau das ist die Frage«, sagte Stahnke gefährlich leise und starrte den jungen Oberkommissar an. »Wenn wir die beantworten können, haben wir den Täter.«

»Grünkohl mitten im Sommer.« Sibylle Wiemken sichtete einen Stapel ausgedruckter Fotos. »Das passt doch überhaupt nicht! Grünkohl ist ein typisches Wintergericht.«

»Ich glaube nicht, dass es hier um eine kulinarische Frage geht.« Stahnkes Stimme blieb gedämpft. Venema musste an einen Geysir vor der Eruption denken. Er wollte nicht der Grund für einen Ausbruch sein.

»Das meine ich auch nicht«, wischte Sibylle Wiemken den Einwand beiseite. »Weil Grünkohl ein Wintergericht ist, kann man ihn derzeit im Handel praktisch nicht bekommen! Jedenfalls nicht in dieser Form, also fertig ausgewachsen und unverarbeitet. Die neue Ernte ist noch lange nicht so weit, und das Zeug, das man ganzjährig tiefgekühlt oder in Dosen kaufen kann, sieht völlig anders aus. Gehackt, durch den Wolf gedreht und vorgegart, habt ihr das mal probiert? Wie grüner Matsch!«

»Schmeckt aber gar nicht schlecht, wenn man nichts anderes hat«, warf Venema ein. »Mit Pinkel und Speck gekocht, mit Hafergrütze angedickt und mit Gemüsebrühe verfeinert, lässt sich das Zeug durchaus essen.« Er zuckte zusammen; jetzt war es ihm doch passiert! Stahnke steuerte unverkennbar auf eine gewaltige Detonation zu. Schnell schob Venema nach: »Die Pflanzen von den drei Tatorten aber stammen vermutlich aus einer privaten Gefriertruhe.«

Die Eruption blieb aus, der Hauptkommissar machte lediglich große Augen und dicke Backen. »Wie kommen Sie darauf?«, fragte er.

»Ausschlussverfahren.« Venema hob kurz die Schultern. »Frischen ausgewachsenen Grünkohl gibt es noch nicht zu kaufen, und auf den Äckern stehen nur junge Pflänzchen, deutlich unterscheidbar in Farbe und Struktur; verarbeiteter Kohl aus dem Handel sieht ebenfalls völlig anders aus. Außerdem frieren Feinschmecker ihren Grünkohl gerne ein, um ihn später zuzubereiten und zu verzehren. Er wird dann aromatischer und schmeckt weniger bitter.«

»Früher ließ man den Kohl sogar solang auf dem Acker, bis es mindestens einmal kräftig gefroren hatte«, ergänzte Sibylle Wiemken. »Bis zu zehn Grad minus kann Grünkohl locker ab. Durch den Frost steigt der Zuckergehalt in den Blättern. Ich glaube, das liegt an den verlangsamten Stoffwechselprozessen in der Pflanze.« Sie schaute Venema zweifelnd an: »Ob Einfrieren nach der Ernte das Gleiche bewirkt? Ich weiß ja nicht.«

»Tatsache ist, dass es genügend Leute gibt, die ihren selbstgezogenen Kohl einfrieren«, beharrte der Oberkommissar. »Oder auch gekauften aus biologischem Anbau. Man kann ihn vor dem Einfrieren hacken oder auch erst nach dem Auftauen. In letzterem Fall hätte unser Täter komplette Kohlblätter zur Verfügung. Er müsste sie nur noch auftauen.«

»Das müsste er einige Zeit vorher tun«, präzisierte Stahnke. »Das heißt, er musste seine Taten vorher planen. Somit können wir von Vorsatz ausgehen.«

»Kann man das bei solch einer Serie nicht immer?«, fragte Sybille Wiemken, erhielt aber keine Antwort.

»Auf jeden Fall geplant«, bestätigte Venema. »Die Blätter waren trocken, als sie bei den Toten gefunden wurden. In allen drei Fällen. Sie wurden also längere Zeit vorher zurechtgelegt. Tage, wenn nicht Wochen vorher.«

»Überlegt und geplant. Also Vorsatz«, wiederholte Stahnke. »Und es steckt eine Absicht dahinter, sonst hätte sich der Täter die Mühe sparen können, ausgerechnet ein Gemüse auszuwählen, das es um diese Zeit eigentlich gar nicht gibt. Eine Aussageabsicht. Was will uns der Dichter …« Er korrigierte sich: »Was will uns der Täter damit sagen?«

»Etwas über sich selbst«, antwortete Thorsten Venema. »Serienmördern geht es doch immer vor allem um sich selbst. In ihrer eigenen Welt sind sie Gott, und sie ertragen es nicht, wenn die anderen das nicht sehen.«

»Etwas über die Opfer!«, widersprach Sybille Wiemken. »Natürlich geht es dem Täter vor allem um sich selbst, aber er will auch verstanden werden, womöglich geliebt! Und zwar für das, was er getan hat. Seine Taten sollen akzeptiert und gebilligt werden. Er will also sagen, dass es für die Tötung seiner Opfer gute Gründe gab.«

»Mit Grünkohl?« Stahnke verzog zweifelnd den Mund. »Ein bisschen undeutlich für meinen Geschmack. Wie sollen wir das denn interpretieren?«

»Grünkohl ist typisch norddeutsch«, schlug Venema vor. »Alle Opfer sind Oldenburger. Hat es vielleicht damit zu tun?«

»Alan Kaya stammt aus Anatolien«, wandte Sibylle Wiemken ein. »Er ist in Oldenburg aufgewachsen, aber nicht geboren. Hat auch über eine längere Zeit nicht hier gelebt. Gestorben ist er in Ostfriesland. Jan Veldhuis starb vermutlich auf offener See. Und Ostrittrum, wo Professor Hemmieoltmanns getötet wurde, liegt in der Gemeinde Dötlingen, das liegt zwar im Landkreis Oldenburg, aber nicht in der Stadt.«

»Grünkohl ist unter Gesundheitsfanatikern aktuell sehr angesagt.« Venema versucht es erneut. »Heißt auf Englisch Kale und gilt als absolutes Superfood. Wird auch für Smoothies verwendet. Sportprofis wie Jan Veldhuis ernähren sich doch sehr bewusst. Gibt es da vielleicht eine Verbindung?«

»Zu meiner Zeit galt Grünkohl als ungesund«, hielt Stahnke dagegen. »Viel zu schwer und zu fettig. Alle Vitamine totgekocht. Männer wurden ausdrücklich davor gewarnt. Entweder man arbeitet nach einer Grünkohlmahlzeit acht Stunden bei Kälte und Regen mit der Hacke auf offenem Feld, hieß es, oder man bekommt von dem Zeug alle Zivilisationskrankheiten, die man sich vorstellen kann: Übergewicht, Bluthochdruck, erhöhten Cholesterinspiegel, Arteriosklerose, Diabetes und Gicht. Und natürlich Krebs.« Er schüttelte sich. »Am Ende läuft es immer irgendwie auf Krebs hinaus.« Verwirrt blickte er in die Runde: »Wie kamen wir jetzt darauf?«

»*Wir* ist gut«, erwiderte Sibylle Wiemken spitz. »Ob ein Nahrungsmittel gesund oder ungesund ist, hängt nicht zuletzt von der Zubereitung ab. Grünkohl an sich ist sehr gesund, aber wenn du zusätzlich Speck und Kasseler reinhaust, dazu Mettwurst und Pinkel, außerdem Hafergrütze und am besten noch einen Esslöffel Schweineschmalz, wie es meine Oma immer tat, dann kann das Ergebnis natürlich nur ungesund sein. Obwohl – meine Oma ist 95 geworden. Aber das führt uns hier nicht weiter.«

»Doch«, sagte Thorsten Venema. »Das tut es.«

»Wie jetzt? Meine Oma?«

Venema musste lachen. »Nein, die nicht. Aber die Grünkohlzubereitung, die du gerade beschrieben hast. Die mit allen Schikanen. Wie sie im Winter zum Beispiel bei Kohlfahrten angeboten wird.«

»Ja, bei Kohlfahrten!« Sibylle Wiemkens Augen glitzerten. »Da geht man extra stundenlang in der Kälte spazieren, um sich Appetit zu holen! Oder, noch besser, man boßelt vorher. Am besten bei Schnee und Frost! Man läuft und quatscht und schmeißt hin und wieder eine Kugel die Straße entlang. Manchmal steht man auch in der Kälte herum, weil der Boßel aus einem Straßengraben geangelt werden muss. Danach schmeckt der Grünkohl herrlich, und es kann gar nicht genug fettiges Zeug drin sein. Dann isst jeder so viel wie reinpasst.«

»Und wer am meisten isst, wird Kohlkönig«, ergänzte Stahnke. »Wie letzten Februar Alan Kaya bei der Kohlfahrt des Abiturjahrgangs 2002 des Alten Gymnasiums Oldenburg. Siehe Urkunde. Am Tatort.«

»Bei dieser Kohlfahrt waren sie alle«, fuhr Venema fort. »Jan Veldhuis, Alan Kaya und Fabian Hemmieoltmanns. Weil sie alle einmal Schüler des Alten Gymnasiums waren und alle im selben Jahr Abi gemacht haben.«

»Da ist die Verbindung«, stellte Sibylle Wiemken andächtig fest. »Entweder diese Party oder die Schulzeit vorher. Da müssen wir ansetzen.«

»Wie viele Schüler gehören denn zu einem Abiturjahrgang?«, fragte Stahnke. »Beziehungsweise Schülerinnen und Schüler. Die haben doch sicher auch die Koedukation, oder nicht? Altes Gymnasium, das klingt ziemlich … na, altmodisch eben. Weiß das jemand?«

Venema nickte. »Gemeinsame Beschulung von Jungen und Mädchen seit 1972«, sagte er. »Die Schule ist momentan vierzügig, es gibt also vier Parallelklassen in jedem Jahrgang. Keine Ahnung, wie es 2002 aussah, aber zwischen 90 und 100 Schülerinnen und Schüler waren es bestimmt.«

»Eine ganze Menge.« Stahnke seufzte.

»Aber zu solchen Revival-Partys kommen doch niemals alle, die eingeladen werden«, sagte Sibylle Wiemken. »Ein Drittel vielleicht, würde ich schätzen. Je nachdem, ob es ein Jubiläum war oder nicht. Abitur 2002, das ist 20 Jahre her – 20 gilt nicht als Jubiläum, oder?«

»Eine runde Zahl ist es trotzdem«, meinte Stahnke. »Ich habe auch immer Einladungen zu runden Abi-Jubiläen bekommen.« Dass er niemals eine angenommen hatte, behielt er für sich. »Ein Drittel der Eingeladenen nimmt teil, also gut 30, nicht wahr? Dazu kommen allerdings noch die Begleitungen.« Er fixierte Venema: »Ist das eigentlich üblich, Abifeier mit Partnerinnen und Partnern?«

Der Oberkommissar bekam wieder einen roten Hals. »Eher unüblich«, quetschte er hervor. »Auch in diesem Fall war das eigentlich nicht vorgesehen. Frau Kleinschmidt berichtete mir, ihr damaliger Freund Alan Kaya hätte sie einfach mitgenommen, ohne ihr zu verraten, was für eine Art Feier es war. Kohlfahrt, na klar, das schon, wegen warmer Kleidung und festen Schuhen. Aber nichts von einer Jahrgangsfeier.«

»Und wie haben die beiden das mit dem Essen gemacht?«, platzte Sibylle Wiemken heraus. »Ich meine, Kasseler, Speck und Pinkel, das ist doch Schweinefleisch! Dürfen die das

83

denn essen? Die sind doch bestimmt ...« Sie stockte, und ihre gestikulierenden Hände blieben in der Luft hängen.

»Vegetarier?«, fragte Thorsten Venema mit süßlicher Stimme zurück. »Nicht beide, nur Layan Kleinschmidt ernährt sich vegetarisch. Ist aber kein Problem heutzutage. Im *Drögen Hasen*, wo die Gruppe gefeiert hat, bekommt man Grünkohl sogar vegan. Mit Räuchertofu.« Lächelnd ließ er seine Kollegin noch ein paar Sekunden zappeln, ehe er ergänzte: »Alan Kaya hat sich beim Essen keinerlei Einschränkungen auferlegt. Beim Trinken übrigens auch nicht. Obwohl er Muslim war.«

»Schwere Gesetzesverstöße«, unkte Stahnke, »sind für manche strenggläubigen Muslime durchaus ein Grund, jemanden zu töten. Dabei wiegen religiöse Gesetze weitaus schwerer als weltliche. Wir müssen auf entsprechende Hinweise achten, allerdings glaube ich angesichts unserer Serie nicht, dass religiöser Fanatismus hier eine Rolle gespielt hat. Die meisten Muslime sehen über so etwas einfach hinweg, solang nach außen der Schein gewahrt bleibt. Hauptsache, der Betreffende sagt sich nicht von seinem Glauben los, dann kann er so ziemlich machen, was er will.« Das wusste er von Nidal Ekinci, seinem kurdischstämmigen Kollegen aus Leer. Aber seine Quellen gingen niemanden etwas an.

Der Hauptkommissar schlug beide Handflächen auf die Tischplatte. »Einer von uns muss umgehend mit Frau von Bloh sprechen, der Witwe von Professor Hemmieoltmanns. Das machst am besten du.« Er zeigte auf Sibylle Wiemken. Venema hatte ihm die Frau detailliert geschildert, also nutzte er seinen Amtsbonus, um sich zu drücken. »Dann brauchen wir unbedingt weitere Informationen zu dieser Abi-Jahrgangs-Kohlfahrt. Venema, Sie haben diesbezüglich schon ein bisschen was im Block, wie wir gehört haben, richtig?«

»Genau. Das meiste habe ich von Frau Kleinschmidt«, bestätigte Thorsten Venema eifrig. »Ich weiß auch schon, wer die Party organisiert hat. Das war Patrick Janssen, der übrigens heute selbst an seiner früheren Schule unterrichtet.« Er warf sich in die Brust: »Die, nebenbei bemerkt, auch meine frühere Schule ist.«

»Sehr schön.« Der Hauptkommissar streckte seine Hand aus: »Das geben Sie alles mir, ich übernehme das. Ebenso die weitere Befragung von Frau Kleinschmidt. Sie halten sich von der Dame fern, verstanden? Sie kümmern sich weiterhin um alles, was die steuerlos geborgene Jacht *Sharin* noch so an Erkenntnissen hergibt, und sehen zu, dass Sie weitere Hinweise auf den Verbleib des Herrn Jan Veldhuis finden. Alles klar? Dann nichts wie an die Arbeit.«

Stahnke verließ den Besprechungsraum als Letzter. Ein gutes Team, so klein es auch war, das musste er zugeben. Trotzdem vermisste er seinen Leeraner Kollegen Kramer furchtbar.

10.

Ehnernstraße, kenne ich, hatte Stahnke gedacht und auf die Dienste seines Navis verzichtet. Prompt hatte er die falsche Zufahrt genommen und war an der Einbahnstraße gescheitert. Also zurück zur Nadorster Straße und einen neuen Anlauf genommen, und das im dicksten Nachmittagsverkehr. Alexanderstraße wäre günstiger gewesen, aber das fiel ihm zu spät ein. Himmel noch mal! Ein paar Jahre Ostfriesland, und schon hatte er seine alte Heimatstadt nicht mehr im Griff.

Patrick Janssen bewohnte ein schmuckloses weiß verputztes Walmdachhaus vom Typ *Oldenburger Hundehütte*, das schon bessere Tage gesehen hatte. Von den hölzernen Fensterrahmen blätterte der Lack. Verdienten Lehrer heute so schlecht? Kein Wunder, dass das Land Niedersachsen nicht alle freien Stellen an den Schulen besetzen konnte. So wurden die Klassen immer größer. Dabei waren kleine Klassen doch die erste Voraussetzung für erfolgreiches Lernen, hatte Sina immer gesagt. Kleine Klassen und motivierte Lehrer, der Rest ergibt sich dann von allein. Und was machte Deutschland? Pumpte Milliarden in die *Lufthansa*.

Stahnke drückte den Klingelknopf, konnte aber kein Läuten hören. Auch beim zweiten Mal nicht. Als er klopfte, gab es immerhin ein Echo, aber drinnen rührte sich nichts. Noch ein Versuch, poch poch poch, abermals ein Echo. Allerdings nur eines, nicht drei. Da stimmte doch etwas nicht. Stahnke lauschte. Da, wieder das Geräusch! Das war kein Echo, aber wie ein Klopfen klang es schon. Irgendwas auf Holz. Heimwerker bei der Arbeit? Da wieder, tschack! Das kam von hinter dem Haus. Außen herum gab es einen Kiesweg zwischen Hauswand und massivem, mannshohem Holzzaun. Der Hauptkommissar stapfte los. Das Haus war länger, als er gedacht hatte. Endlich bog er um die Hausecke. Auch der Garten war ausgedehnter als vermutet. Mit schnellen Schritten ...

»Vorsicht!« Ein gellender Ruf ließ ihn in der Bewegung erstarren. Aus dem Augenwinkel sah er etwas aufblitzen. Eine wirbelnde Bewegung, ein Zischen und Rauschen, ein lautes »Tschack« – und in der Baumscheibe, die weniger als zwei Schritte vor ihm aufgestellt war, steckte plötzlich eine Doppelaxt.

»Na hören Sie mal, Sie können hier doch nicht einfach reinplatzen!«, empörte sich eine helle Männerstimme. Und brach mitten im Atemholen ab. Stahnke hatte die rechte Hand reflexhaft unter seine Jacke gesteckt, und von der Seite her konnte man deutlich sehen, wonach sie griff. Der Mann, offenbar der Hausherr, hob beschwichtigend beide Hände. Als ob er mich segnen wollte, dachte Stahnke und nahm die Hand von seiner Dienstwaffe. »Herr Janssen, nehme ich an? Patrick Janssen?«

»Ja, der bin ich.« Der Mann, mittelgroß und schlank, hielt Arme und Hände immer noch erhoben. »Sind Sie von der Polizei? Hat sich wieder einer der Nachbarn beschwert? Ich habe doch extra diesen festen Holzzaun bauen lassen, damit gilt mein Grundstück als umfriedet. Solang ich niemanden gefährde, ist mein Sport absolut legal. Was wollen die denn noch?«

Die Axt, die in der Baumscheibe steckte, hatte zwei Schneiden und einen langen hölzernen Stiel. Eine sogenannte *Franziska*, dachte Stahnke, die hätte jedem Wikingerkrieger zur Ehre gereicht. Einem Freizeitwikinger sowieso. Und wer wirft hier damit? Ausgerechnet so einer! Der Hauptkommissar zeigte seinen Dienstausweis und stellte sich vor. »Ich bin nicht wegen Ihrer Nachbarn hier«, sagte er.

Janssen nahm endlich die Arme herunter, strich sich sein schwarzes enganliegendes Hemd glatt und nestelte an seinem weißen Kragen herum, der nicht zum Hemd zu gehören schien und an ein Halsband erinnerte. Ein Kollar, dachte Stahnke. Himmel hilf, der Typ ist ein katholischer Priester!

»Also nicht schon wieder eine Beschwerde?«, vergewisserte sich Janssen, während er die *Franziska* aus der Baumscheibe löste. Das Ding steckte richtig fest, aber er hatte offenbar Übung darin. »Ich verstehe ja, dass es einigen Leuten Unbehagen bereitet, wenn sie mich im Nachbargarten mein Hobby ausüben sehen. Aber durch den Zaun ist für ausreichend Sicherheit gesorgt, und sehen können sie mich jetzt nur noch, wenn sie sich auf eine Leiter stellen. Dann wären sie selbst schuld.«

»Ich weiß von keiner Beschwerde, aber das ist auch nicht mein Ressort.« Stahnke zeigte auf die Gartenstühle auf der Terrasse: »Könnten wir uns in Ruhe unterhalten? Es geht um einige Freunde von Ihnen.«

»Nicht um Schüler? Das beruhigt mich schon etwas.« Janssen machte eine einladende Handbewegung und ging selbst voraus. »Ich unterrichte katholische Religion am Alten Gymnasium, da gibt es immer wieder Schülerinnen und Schüler, die das nicht für ein Unterrichtsfach halten. Die glauben, wenn man ein bisschen fromm tut, muss man nicht für den Test lernen. Nachher kommt das böse Erwachen, und dann kommen die Beschwerden. Möchten Sie etwas trinken?«

Stahnke schüttelte den Kopf, aber Janssen war schon ins Haus geeilt und klapperte mit Gläsern herum. Der Hauptkommissar setzte sich und nahm den Garten in Augenschein. Alles sehr akkurat, stellte er fest, Rasen superkurz, alle Kanten abgestochen, aus den gepflasterten Wegen wuchs kein einziges Hälmchen. Wenigstens in den Beeten blühte es bunt. Axt und Baumscheibe waren das Einzige, was hier nicht ins Spießerklischee passte. War dieser Priester ein leidenschaftlicher Gärtner oder leistete er sich einen?

Janssen kam mit Mineralwasser und Gläsern zurück und schenkte ein, ohne nochmals zu fragen. »Worum geht es denn, Herr ... Kommissar?«

»Hauptkommissar.« Stahnke nahm doch einen Schluck. »Es geht um ehemalige Schulfreunde von Ihnen«, sagte er. »Pflegen Sie zu einigen von denen enge Kontakte oder sehen Sie einander nur auf den Absolvententreffen?«

»Überwiegend Letzteres, aber es gibt Ausnahmen.« Janssen saß kerzengerade auf seinem weichen Gartenstuhl, was schon einiges an Körperbeherrschung verlangte. »Einige meiner ehemaligen Schulfreunde, sagen Sie? Muss ich mir Sorgen machen?«

Tust du doch schon, dachte Stahnke. »Wie gut kennen Sie Alan Kaya?«, fragte er.

»Alan?« Janssen lachte. »Ich bin keiner von seinen Kunden, falls Sie das meinen. Fitnessstudios sind nicht mein Fall. Ich halte mich auf eigene Faust in Form. Axt- und Messerwerfen sorgen für eine straffe Muskulatur. Und das auf meiner eigenen Schießbahn.« Er deutete auf die Baumscheibe. »Es gab eine Zeit, da hatte Alan Geldprobleme. Hatte sich wohl übernommen, nachdem er aus Berlin zurück war. Ich habe ihm ausgeholfen, im Rahmen meiner bescheidenen Möglichkeiten. Alan hat alles zurückgezahlt, wie vereinbart.« Janssen zuckte mit den Schultern. »Ansonsten haben wir uns vor allem bei den Jahrgangstreffen gesehen, wie Sie schon richtig sagten.«

»Ärger hatten Sie nie mit Herrn Kaya?«, fragte Stahnke. »Meinungsverschiedenheiten? Immerhin gehören Sie verschiedenen Religionsgemeinschaften an.«

Janssen lächelte nachsichtig. »Für einen religiösen Disput war Alan nicht der richtige Partner«, sagte er. »Oder Widerpart, ganz wie Sie wollen. Er hat sich für den Islam, in den er hineingeboren wurde, nie wirklich interessiert.« Janssen überlegte, ließ sich dabei ein wenig nach hinten in seinen Gartenstuhl sinken. »Tatsächlich war ich es, der einmal die Auseinandersetzung mit ihm gesucht hat«, erinnerte er sich. »Christliche Werte als Basis für unser Grundgesetz, Sie wissen schon. Auch als Basis der Religionsfreiheit. Aber Alan hat mich einfach abblitzen lassen! Er meinte, das Einzige, was ihn an der Religionsfreiheit interessiere, sei die Freiheit von Religion.«

Jetzt wirkt er gar nicht mehr alarmiert, sinnierte Stahnke. Ist Alan Kaya ihm nicht wichtig? Nicht so wichtig wie andere Mitschüler? Oder denkt er, Kaya hätte öfter mit der Polizei zu tun, das sei nichts Besonderes? »Gab es vielleicht jemanden, mit dem Alan Kaya eine Auseinandersetzung nicht vermieden hat?«, fragte er. »Einen ernsthaften Streit, meine ich. Mit anderen Worten: Hatte Alan Kaya Feinde?«

»Nein, das wüsste ich nicht.« Janssens Rückgrat glich wieder einer federnden Klinge. »Aber jetzt möchte ich Sie doch dringend bitten, etwas deutlicher zu werden. Was ist mit Alan Kaya? Und was wollen Sie von mir?«

»Alan Kaya ist tot«, erwiderte der Hauptkommissar. »Allem Anschein nach wurde er in einem seiner Geschäfte überfallen. Es gab einen Kampf, den er nicht überlebt hat.«

Er behielt sein Gegenüber im Blick, versuchte, dessen Reaktion zu kategorisieren. Bestürzung, die war zu erwarten, erschien aber sehr beherrscht. Vielleicht, weil der Herr Pfarrer ein Profi im Umgang mit dem Tod war. Stahnke meinte aber auch, einen Hauch Erleichterung zu erkennen. Wieso denn das?

Janssens Worte drückten eher Überraschung aus. »Wie schrecklich! Alan im Kampf getötet? Nicht hinterrücks? Der Mann war doch gewaltig stark! Und aus seiner Zeit als Türsteher hatte er jede Menge Erfahrung in körperlichen Auseinandersetzungen. Wer kann den denn im Zweikampf besiegt haben? Oder waren es mehrere Täter?«

Stahnke verneinte: »Den Fußspuren nach war es ein Einzeltäter. Leider sind die Abdrücke sehr fragmentarisch, aber vermutlich stammen sie nicht von einem Riesen. Wir kennen jedoch noch nicht alle Umstände des Kampfes.« Aber du vielleicht, dachte er. Axt- und Messerwerfen ist keine schlechte Art, seinen Körper zu trainieren und Kraft und Koordinationsvermögen zu steigern. Du hast Kaya gut genug gekannt, um ihn zu überraschen. Bloß, wo wäre dein Motiv? Der Hauptkommissar befreite sich aus den Strudeln seiner Spekulationslust, ehe sie ihn mit sich rissen und ans Ufer der voreiligen Schlüsse spülten. Außerdem war er hier, um Fakten und Eindrücke zu sammeln, und nicht, um Täterwissen auszuplaudern.

»Auf jeden Fall eine furchtbare Tragödie«, sagte Janssen in salbungsvollem Ton. »Ist Alans Freundin bereits informiert? Familie hat er ja keine, soweit ich weiß.«

»Seine Freundin?«, fragte Stahnke zurück.

»Ja, sie heißt Layan Kleinschmidt. Ich habe sie im Februar kennengelernt, Alan hatte sie zu unserer Jahrgangsfeier mitgebracht. Das Mitbringen von Begleitpersonen war zwar eigentlich nicht vorgesehen, aber die junge Frau ist sehr nett, sodass sich niemand über ihre Anwesenheit beschwert hat.«

»Frau Kleinschmidt weiß Bescheid«, sagte Stahnke, ohne auf den Beziehungsstatus näher einzugehen. »Diese Jahrgangsfeier, die hatten Sie doch organisiert, nicht wahr? Machen Sie das regelmäßig? Allein oder mit einer Gruppe?«

»Seit dem Zehnjährigen«, erwiderte Janssen. »Also zehn Jahre nach dem Abi, unser erstes richtiges Jubiläum. Vorher hatte niemand von uns wirklich Lust darauf, die anderen wiederzusehen. Im Gegenteil.« Er lächelte verlegen. »Vieles von dem, was man als Schüler so getrieben hat, kommt einem als Erwachsenem unheimlich blöd vor. Wissen Sie, warum? Weil es unheimlich blöd *war*! Daran möchte man erst einmal nicht mehr erinnert werden. Aber wenn man in die Gesichter seiner ehemaligen Mitschüler blickt und womöglich noch mit seinem alten Spitznamen angesprochen wird, ist alles sofort wieder da! Peinlichkeit hoch drei. Das lässt erst mit der Zeit nach. Irgendwann steht man drüber, und dann findet man die Erinnerung an alte Zeiten lustig. Bei den meisten setzt das nach zehn Jahren ein. Darum haben wir auch zum Zehnjährigen unser erstes Revival angesetzt.«

»Wir?«, fragte Stahnke.

»Roland und ich. Roland Ripke, unser früherer Jahrgangsprimus und Klassenbuchführer. Der hatte natürlich noch die Adressenlisten, und er hat sich auch die Mühe gemacht, sie zu aktualisieren. Unsere erste Party war ein voller Erfolg! Wenn auch ziemlich skurril. Damals haben wir noch im *Alhambra* gefeiert, diesem alternativen Kulturzentrum im früheren Arbeiterstadtteil Osternburg, und einige, die inzwischen schon ihren Doktor hatten oder regelmäßig im Businessoutfit rumliefen, haben da doch ein bisschen gefremdelt. Andere wiederum machten den Eindruck, seit zehn Jahren keinen Schritt aus der Sponti-Ecke herausgekommen zu sein! Die passten natürlich genau dorthin, waren aber in der Minderheit. Also haben wir mehrheitlich beschlossen, beim nächsten Mal einen gediegeneren Rahmen zu wählen. Und auch etwas Kommunikativeres, nicht bloß abhängen bei lauter Musik. So kamen wir auf die Kohlfahrten. Die veranstalten wir seither alle zwei oder drei Jahre.«

Kommunikative Kohlfahrten? Stahnke hatte diese Events etwas anders in Erinnerung. Im Mittelpunkt stand immer der Bollerwagen mit Alkohol, Schnaps vor allem. Die Boßelversuche endeten regelmäßig damit, dass mit langen Stangen in tiefen Gräben nach den Kugeln gefischt wurde, in die betrunkene Werfer sie hineingefeuert hatten. Hatte man dann erst den gut geheizten Gasthof erreicht, stieg allen der Alkohol erst recht schnell zu Kopf, und der Abend verging in allgemeinem Gegröle. Nach dem Essen setzten sich all jene ab, die noch halbwegs bei Sinnen waren, und der Rest soff und krakeelte weiter, bis der Wirt sie vor die Tür setzte. Die Hälfte von denen fehlte am nächsten Tag bei der Arbeit, und die andere Hälfte hing mit grauem Gesicht an ihren Schreibtischen und schaute den Aspirintabletten in ihren Wassergläsern beim Auflösen zu. Danke, dachte Stahnke, und zwar nein danke! Aber das war seine persönliche Meinung, und er wusste längst, dass die in aller Regel nicht mehrheitsfähig war.

»Letzten Februar haben Sie also Ihr Zwanzigjähriges gefeiert«, stellte er fest. »Wie war denn der Zuspruch? Sind alle Ehemaligen gekommen?«

»Alle kommen niemals.« Janssen schüttelte bedauernd den Kopf. »Wir waren 32, das war schon eine gute Zahl. 32 Absolventinnen und Absolventen plus Layan Kleinschmidt. Erstaunlicherweise ist die Teilnehmerquote unter den Auswärtigen größer als unter denen, die immer noch oder wieder in Oldenburg leben. Die alte Heimat entfaltet ihren Reiz wohl eher aus der Ferne! Wer hier lebt, wird automatisch jeden Tag an die alten Zeiten erinnert.« Er lächelte dünn: »Bei mir ist es natürlich extrem, ich arbeite sogar an meiner früheren Penne! Das hätte ich mir auch nicht träumen lassen.«

»Lehrer war offensichtlich nicht Ihr erster Berufswunsch«, stellte Stahnke fest und wies auf Janssens schwarzes Outfit mit dem weißen Priesterkragen.

»Allerdings nicht.« Janssens Miene wurde hart. »Das habe ich mir aber selbst zuzuschreiben. Es gab eine Zeit, da war ich von meinem Glauben, meiner Religion förmlich beseelt, habe dafür gebrannt! Diesen Glauben in die Welt und zu den Menschen zu tragen, war mein größtes und einziges Ziel. Ich hätte niemals gedacht, dass jemals ein Zweifel diesen starken Glauben ins Wanken bringen könnte. Aber genau das ist geschehen. Ich wollte es nicht glauben, habe daher mein Studium mit noch größerer Intensität zu Ende gebracht. Nur um dann festzustellen, dass das Licht, das ich den Menschen bringen wollte, für mich keinen Glanz mehr hatte.«

»So sind Sie dann Lehrer für katholische Religion geworden.« Der Klassiker unter Künstlern und Wissenschaftlern, dachte Stahnke. Wenn du es nicht bis an die Spitze deines Faches schaffst, dann unterrichte es! »Aber fällt es Ihnen nicht schwer, etwas zu unterrichten, woran Sie nicht glauben?« Dass er damit einen wunden Punkt getroffen hatte, war klar, das sprach Janssens Miene überdeutlich aus. Die Frage schien den Kirchenmann härter zu treffen als die Nachricht von Alan Kayas Tod.

»Mein Unterricht erfolgt nach wissenschaftlichen Kriterien«, quetschte Patrick Janssen durch die Zähne. »Ich lebe meinen Schülern den Glauben nicht vor, ich bete auch nicht mit ihnen. Ich lehre sie Religionsgeschichte, also Fakten, außerdem Ethik und Moral, Werte und Normen. Durch meine Ausbildung kann ich das besser als die meisten anderen Lehrer. Warum also sollte ich das nicht tun? All meine Studien wären andernfalls doch umsonst gewesen.«

Stimmt, dachte Stahnke. Und du hättest dir eine andere Arbeit suchen müssen. Oder eine weitere Ausbildung machen, noch einmal viel Zeit investieren. Da ist es so natürlich viel bequemer.

Janssen schaute auf seine Armbanduhr, rutschte auf der Stuhlkante herum, signalisierte Unruhe. »Haben Sie noch weitere Fragen?«, erkundigte er sich höflich. »Über Alan Kaya wüsste ich sonst nichts zu erzählen. Aber Sie sprachen zu Beginn von mehreren Mitschülern von mir, habe ich das richtig in Erinnerung?«

»Haben Sie.« Stahnke behielt Janssen fest im Blick. »Auch Professor Doktor Fabian Hemmieoltmanns ist tot. Er wurde ebenfalls ermordet, draußen in seinem Waldhaus in Ostrittrum.« Diesmal zeigte Janssen Gefühle, weit stärker als zuvor, als er von Kayas Tod erfuhr. Er war schockiert, schnappte förmlich nach Luft. War sein Verhältnis zu Fabian Hemmieoltmanns so viel enger gewesen? Immerhin waren sie beide Akademiker. Oder war es eine Reaktion darauf, dass es hier gleich um mehrere Morde ging?

Der Hauptkommissar setzte nach. »Außerdem weist alles darauf hin, dass auch Jan Veldhuis, ein weiterer Mitschüler von Ihnen, Opfer eines Mordes geworden ist. Wir haben es also mit drei Fällen zu tun, die miteinander zusammenhängen. Eine Mordserie also.« Was jetzt, fragte Stahnke sich; er war gespannt auf Janssens Reaktion. Was war die Steigerung von Schock? Ein Zusammenbruch?

Patrick Janssen aber kollabierte nicht. Kein Entsetzen, kein Schrei, kein Weinen. Stattdessen eine Miene der Verwunderung, des Erstaunens. »Aber warum? Jan war …« Janssen brach ab und schlug beide Hände vor sein Gesicht.

»Warum *was*? *Was* war Jan?«, fragte Stahnke nach, leise, aber nachdrücklich.

Janssen ließ seine Hände sinken. Seine Augen funkelten. Waren das Tränen? »Warum tun Menschen einander so was an«, sagte er leise. »Jan war solch ein feiner Mensch! Und Fabian auch. Mein Gott, wie ist das nur möglich!« Er wischte sich über die Augen. »Herr Hauptkommissar, wenn ich Ihnen irgendwie helfen kann, stehe ich Ihnen gerne zur Verfügung. Bitte stellen Sie Ihre Fragen.«

Jetzt ist Gott wieder gut genug, dachte Stahnke. Aber er konnte Patrick Janssen verstehen. Auch ihm wäre jetzt jede Hilfe recht gewesen.

11.

Das wäre mal ein Beruf, dachte Thorsten Venema und ließ sich die frische Nordseeluft um die Nase wehen. Arbeiten, wo andere Urlaub machen! Und zwar buchstäblich. Genau hier, im Jachthafen Hooksiel des *OYC Oldenburg* im Hooksmeer an der Jade. Hier, wo der Nordwestwind in die Masten, Wanten und Stage der Segeljachten griff wie in eine riesige Harfe, wo das Klimpern der Fallen an den Aluminiummasten den Rhythmus lieferte für die Melodie des Meeres, die aus einem auf- und abschwellenden Heulen, Brummen und Brausen bestand, ergänzt durch kontrapunktisch hingetupfte Möwenschreie. Hier ließe es sich arbeiten!

Genau deshalb war er hier, zum Arbeiten nämlich, rief Venema sich ins Bewusstsein. Und dort hinten, am Ende des Schwimmstegs, bei einem Sportboot, das soeben angelegt hatte, stand der Mann, den er befragen wollte. Der Mann, der tatsächlich hier arbeitete, wo andere Leute Urlaub machten: der Hafenmeister. Schon um seine tiefbraun gegerbte Gesichtshaut beneidete ihn der Hauptkommissar.

Was er beim Näherkommen hörte, war weniger beneidenswert. Der gerade erst eingetroffene Skipper war unzufrieden – mit der zugewiesenen Stegbox, mit der Höhe der Hafengebühr, mit der Lage des Stromanschlusses. Außerdem mit Gott und der Welt, und der arme Hafenmeister musste alles abwettern. Tatsächlich jedoch war es vor allem der Zustand seiner Ehe, der den Skipper belastete. Venema konnte die Skippergattin aus dem Steuerstand heraus soufflieren hören. Manche Menschen waren für dauerhafte Zweisamkeit einfach nicht geschaffen, überlegte er. Gehörte er vielleicht dazu? War es ihm bestimmt, sein Lebtag lang den verbitterten Hagestolz zu geben? Und am Lebensabend noch dazu? Oh bitte, rief er sich selbst zur Ordnung, nun mal nicht dramatisieren, nur weil das mit Layan nicht so gelaufen war … noch nicht so gelaufen war wie erhofft. Da würden noch andere kommen! Andere Chancen, wohlgemerkt. So schnell würde er Layan nicht abschreiben.

Endlich war der Jachteigner seinen ganzen Frust losgeworden. Der Hafenmeister verabschiedete sich mit einer Handbewegung, die für einen Gruß sehr abfällig war, und sah sich nach wenigen Schritten dem Oberkommissar gegenüber. Der präsentierte eilig seinen Dienstausweis. So kam er zwar nicht um böse Blicke, aber wenigstens um eine verbale Abreibung herum. Irgendjemand aber würde den angestauten Ärger heute noch abbekommen, das sah man dem Hafenmeister an.

»Jan Veldhuis? Ach, der mit der *Sharin*! Schönes Boot, immer gut in Schuss. Ja, den kenne ich. Ist gerade unterwegs auf Urlaubstörn.« Der Hafenmeister schob sich die verbeulte Mütze in den Nacken. »Genau hat er nicht gesagt, wo er hinwill. Vielleicht ein bisschen Inselspringen machen, hat er erzählt, vielleicht nach Schleswig-Holstein rüber. Je nach Wetterlage, Lust und Laune. Das ist ja das Schöne, wenn man kann, aber nicht muss.«

»Gestern war das Wetter ziemlich ruppig«, sagte Venema. »Aber wie war es davor? In Oldenburg kriegt man das nicht so mit, vor allem nicht, wenn man den größten Teil des Tages im Büro hockt. Hatte Veldhuis gutes Segelwetter?«

Der Hafenmeister musterte Venema so geringschätzig wie eine Landratte. Die der eindeutig war. »Wind und Seegang drei bis vier«, stellte er fest. »Aber unbeständig. Nicht gut für längere Einhand-Törns. Diese Art Einhand-Segler ist Jan Veldhuis auch nicht. Macht lieber berechenbare Tagestörns, sodass er abends immer irgendwo gemütlich im Hafen liegt.«

Venema wusste natürlich, was »Einhand« bedeutete, nämlich Alleinsegler. Trotzdem präsentierte ihm seine Fantasie das Bild eines Mannes mit eingegipstem Arm, der sich verzweifelt abmüht, eine bockende Segeljacht und mehrere wild schlagende Segel mit nur einer Hand in den Griff zu bekommen. »Es gibt doch Segler, die tagelang nonstop unterwegs sind«, erinnerte er sich. »Um die ganze Welt sogar! Gab es da nicht neulich diese Regatta, einmal um den Globus in 80 Tagen? Mit diesem Oldenburger, der Fünfter geworden ist?«

Der Hafenmeister schüttelte den Kopf, viel länger, als es für ein einfaches »Nein« nötig gewesen wäre. »Was Sie meinen, ist Hochleistungssport«, erklärte er. »Das ist alles andere als Urlaub! Dafür muss man trainieren und sich anschließend davon erholen. Nicht, dass Jan Veldhuis so was nicht können würde! Fit genug ist er, da bin ich mir sicher. Aber er wollte in seinem Urlaub ausspannen, das hat er mir noch erzählt. Erst mal rüber nach Langeoog, einen netten Abend verbringen, und dann weitersehen. Sich einfach treiben lassen, wenn Sie verstehen, was ich meine.«

»Die erste Etappe ging also nur bis nach Langeoog?«, konstatierte Venema. »Warum nicht nach Wangerooge? Die Insel liegt doch von hier aus am nächsten. Wenn Veldhuis wirklich von Insel zu Insel springen wollte, wie Sie das nennen, dann …«

Der Hafenmeister rollte mit den Augen. »Weil Langeoog nun mal seine Lieblingsinsel ist! Herrgott, Sie können einem aber wirklich Löcher in den Bauch fragen. Auf Langeoog trifft Veldhuis sich immer mit einigen seiner früheren Schulfreunde, einmal oder auch mehrmals im Jahr, wie es sich ergibt. Hat er mir erzählt. Immer auf Langeoog, aus Gewohnheit oder Tradition, nennen Sie es, wie Sie wollen! Vertrautes Fahrwasser eben. Dort kennt er sich aus, an Land wie auf dem Wasser drumherum. Deswegen Langeoog zum Urlaubsauftakt. So kann er ganz in Ruhe austesten, ob mit seinem Boot alles in Ordnung ist und ob er bei der Ausrüstung auch nichts vergessen hat. Und abends dann schön einen trinken gehen, wo er auch Leute trifft, die er kennt. Klar so weit?« Schwungvoll entblößte der Hafenmeister sein linkes Handgelenk. Dort befand sich zwar gar keine Uhr, aber die Geste war deutlich genug. »So, ich muss jetzt wirklich mal meinen Job machen, okay? Kann nicht auch noch Ihren mit erledigen. Glauben Sie nur nicht, das wäre Dauerurlaub, was ich hier mache!« Sprach's und stapfte davon, dass der Schwimmsteg unter seinen Gummistiefeln erzitterte.

Zurück blieb ein ernüchterter Thorsten Venema, der trotzdem das Gefühl hatte, dass sein erneuter Abstecher an die Küste nicht ganz erfolglos geblieben war. Er zückte sein Handy, aber als er Stahnkes Kurzwahl tippen wollte, zögerte er. Dann entschied er sich anders.

12.

Diese Ärztehäuser sehen auch überall gleich aus, dachte Stahnke, als er vor der metallgerahmten Glastür stand. Woran lag das? Sie waren nüchtern, kalt und sauber, okay, aber das allein war es nicht. Auch die vielen Praxisschilder und die Klingelleiste mit der Gegensprechanlage waren nicht der Grund. Der Korridor glänzend gefliest, die stählernen Fahrstuhltüren schimmernd poliert, der Sagrotangeruch nicht zu leugnen – jedes Detail für sich genommen war völlig in Ordnung. Trotzdem ergab sich daraus dieser Gesamteindruck, für den Stahnke kein Wort fand. Wie lautete das Gegenteil von einladend? Abstoßend?

Der Hauptkommissar war durchaus kein Ärzte-Hasser, trotzdem mied er nach Möglichkeit jeden Kontakt mit diesem Berufsstand. »Kam von alleine, geht von alleine«, diesen Spruch zum Thema Krankheiten hatte er von einem älteren Kollegen übernommen, der ebenfalls nie zum Arzt ging. Ein gesunder Körper kann mit allem fertigwerden, man muss ihn nur in Ruhe machen lassen, sagte er immer. Was war aus ihm geworden? Ach richtig, leider verstorben. Heute wäre er vielleicht bei den Querdenkern gelandet. So hatte alles sein Gutes.

Für Stahnke aber gab es noch eine Wahrheit hinter diesem Spruch. Nämlich eine empfundene Geringschätzung. Wenn er früher doch einmal zum Doktor gegangen war und seine Beschwerden vorgetragen hatte, lief es nach flüchtiger Begutachtung meist auf ein paar beschwichtigende Worte, ein verbales Schulterklopfen und ein hingeschmiertes Rezept hinaus. Nie fühlte er sich ernst genommen! Meistens wurde ihm schon im Wartezimmer bewusst, dass schon die Tatsache, dass er alleine hergekommen war, gegen ihn sprach. Wer auf zwei Beinen ging, konnte doch nicht ernsthaft krank sein!

Vielleicht sollte ich mich freuen, dass ich so gesund bin, dachte der Hauptkommissar, während er die Treppe hochstapfte. Und jedem Arzt dankbar sein, der mir das bestätigt! Aber nein, daran dachte er nicht. Da war er bockig.

Zweiter Stock, vier halbe Treppen, das schaffte er, ohne aus der Puste zu kommen. Am letzten Treppenabsatz hörte er oben jemanden läuten. War da noch Betrieb? Eigentlich war schon Feierabendzeit, aber bei Ärzten wusste man nie. Ebenso wie bei Kriminalbeamten.

Auf der obersten Stufe kam ihm eine junge Frau entgegen, wäre beinahe in ihn hineingerannt. Sie war relativ groß und kräftig, dunkelhaarig und komplett schwarz gekleidet. Stahnke erkannte sie im Gegenlicht erst auf den zweiten Blick. »Frau Kleinschmidt! Haben Sie es so eilig?«

»Nicht wirklich.« Sie schien nicht überrascht zu sein, auf Stahnke zu treffen. »Treppen laufe ich immer schnell, rauf wie runter. Gutes Herz-Kreislauf-Training.«

»Waren Sie hier beim Arzt? Bisschen weit von Ihnen bis hierher nach Eversten, oder?« Roland Ripkes Praxis lag an der Edewechter Landstraße; die Alexanderstraße war in Bürgerfelde, beinahe am anderen Ende der Stadt.

»Ich weiß.« Sie lächelte ihn an. »Aber Roland ist der einzige Kieferchirurg, von dem ich mich behandeln lasse. Ich bin nämlich Angstpatientin, wissen Sie.«

»Was Sie nicht sagen.« Stahnke bewunderte ihr makelloses Gebiss. »Und warum mussten Sie sich behandeln lassen? Hoffentlich nichts Größeres.« So unauffällig wie möglich sog er die Luft ein. Vom typischen Zahnarztgeruch, den man oft stundenlang nach einer Behandlung nicht loswurde, war nichts zu bemerken.

»Ziemlich groß. Weisheitszähne.« Sie griff sich an beide Wangen: »Die unteren liegen bei mir quer, das kam beim Röntgen heraus. Beim nächsten Wachstumsschub zertrümmern die mir die Backenzähne. Darum sollen die vorher raus. Das geht bei mir nur im Krankenhaus, mit Narkose. Heute sollte die Vorbesprechung für die OP sein.« Sie zog ihre

Mundwinkel nach unten: »Roland ist aber nicht da, obwohl wir einen Termin hatten. Ziemlich ungewöhnlich für ihn.«

Roland, dachte Stahnke, sie nennt ihn Roland. Wie gut kannte sie ihn? War Layan Kleinschmidt vertrauter mit den ehemaligen Schulfreunden ihres Ex-Freundes, als sie bisher zugegeben hatte? Oder waren Ripke und sie nach der Kohlfahrt im Februar zum Du übergegangen? Vielleicht duzte solch eine junge Antifa-Frau automatisch jeden rund um sich herum. Ihn hatte sie zwar nicht geduzt, aber er war ja auch eine Amtsperson. Einen Stahnke duzte man sowieso nicht so leicht, die Erfahrung hatte er schon oft gemacht.

In der verschlossenen Praxis läutete ein Telefon. Man hörte es deutlich bis in den Hausflur, in dem sich außer Stahnke und der jungen Frau niemand aufzuhalten schien. »Personal scheint auch nicht mehr da zu sein«, sagte der Hauptkommissar und deutete auf die verschlossene Tür.

»Es gibt sowieso nur eine Teilzeitkraft«, sagte Layan Kleinschmidt. »Hier macht Roland nur Termine und Besprechungen. Für die Eingriffe im Krankenhaus bucht er sich fachkundiges Personal dazu. Es gibt wohl so einen Pool, aus dem sich mehrere Ärzte bedienen. Und Ärztinnen natürlich.«

Nach dem siebten oder achten Läuten verstummte das Telefon. Vielleicht war die Mailbox angesprungen, dachte Stahnke. Warum war diese Frau eigentlich zusammen mit seinem Kollegen Thorsten Venema auf Langeoog gewesen? Die beiden passten doch gar nicht zueinander, Venema hatte überhaupt nicht das nötige Format! Warum war sie davor mit Alan Kaya zusammen gewesen? Und viel interessanter, warum waren die beiden auseinandergegangen? Die Frage lag ihm auf der Zunge, aber hier in diesem sterilen Treppenhaus brachte er sie nicht über die Lippen.

»So, ich muss dann mal. Roland schicke ich eine *Whats-App*, irgendwo wird er ja stecken.« Sie nickte ihm zu, schlängelte sich an Stahnke vorbei und hüpfte die Treppe hinunter. Im Nu hatte sie das Erdgeschoss erreicht. Die metallgerahmte Haustür klappte hinter ihr zu. Das Geräusch hallte im gesamten Treppenhaus wider und mischte sich mit dem erneuten Telefonklingeln aus Doktor Ripkes Praxis.

Stahnke stand immer noch auf der obersten Treppenstufe wie bestellt und nicht abgeholt. Roland Ripke war nicht da, na und? Selber schuld, hätte er eben vorher anrufen und sich vergewissern sollen! Schade um die vertane Zeit, aber so was kam in seinem Beruf ständig vor. Also nichts wie raus hier, zurück in die Polizeiinspektion am Friedhofsweg, vielleicht war Sibylle Wiemken noch da, die konnte ihn wenigstens auf den Stand der dokumentierten Dinge bringen. Vorausgesetzt, er beeilte sich ein bisschen, die Kollegin hatte Familie, also noch ein Leben außerhalb der mit Waschbeton verkleideten Mauern ihrer Dienststelle.

Stahnke rührte sich nicht. Irgendetwas hielt ihn fest wie eine Leimrute. Er starrte auf die Tür der Arztpraxis. Über dem Namensschild mit dem Zusatz ›Termine nach Vereinbarung‹ gab es ein kleines rechteckiges Fenster mit einer Scheibe aus gewelltem Glas, undurchsichtig, aber lichtdurchlässig. Im Treppenhaus herrschte Dämmerlicht; es gab zwar kleine Felder von Glasbausteinen, aber nur auf den Absätzen zwischen den Stockwerken. Daher war deutlich zu sehen, dass in der Praxis Licht brannte. Es war Sommer, also noch helllichter Tag, aber direkt hinter der Tür, wo sich vermutlich die Rezeption befand, gab es offenbar kein Tageslicht. Fenster hatten wohl nur das Untersuchungs- und Besprechungszimmer und vielleicht noch die Teeküche. So gesehen, war das elektrische Licht nichts Ungewöhnliches. Aber warum brannte es noch, obwohl niemand mehr in der Praxis war?

Das Telefon klingelte wieder. Stahnke zählte achtmal. Dann war es wieder still. Stahnke stand immer noch bewegungslos auf seiner Stufe. Wie tickte dieser Roland Ripke, fragte er sich. Stammte er aus einer reichen Familie, war es ihm egal, wenn sinnlos Strom auf seine Kosten verbraucht wurde, weil solche Summen für ihn Peanuts waren? Aber so verhielt man sich gerade in reichen Familien nicht. Reich wurde man nicht, weil man den Wert des Geldes nicht hoch schätzte, ganz im Gegenteil. Bestimmt war Ripke dazu erzogen worden, immer hinter sich das Licht auszuknipsen. Und niemals zu viel Trinkgeld zu geben.

Hatte er es trotzdem dieses eine Mal vergessen? Harmlose Zufälle gab es immer wieder. Man musste auch nicht aus jedem Pups einen Donnerschlag machen, sagte sich der Hauptkommissar und wandte sich auf seiner Stufe zum Gehen um.

Wieder klingelte das Telefon. Erneut achtmal. Stahnke zählte wieder mit. Dann endlich ging er los. Nämlich die letzte Stufe hinauf und über den Treppenabsatz. Er kramte Latexhandschuhe aus seiner Tasche und streifte sie über, griff nach dem Türknauf. Er ließ sich drehen, die Tür war nicht abgeschlossen. Sie öffnete sich lautlos.

Drinnen war alles still und unauffällig. Die Empfangstheke war aufgeräumt, die Schreibplatte dahinter voller sortierter Papiere. Feierabend, morgen weiter, so sah das aus. Die Raumluft schmeckte ein wenig verbraucht. Stahnke nahm einen Hauch von Parfüm und Aftershave wahr. Hier waren noch vor kurzem Leute gewesen. Und hatten das Deckenlicht brennen lassen. Alles ganz normal, noch konnte er sich ohne Aufsehen verkrümeln. Wenn ihn hier jemand sah, ohne erkennbaren Anlass und ohne Durchsuchungsbeschluss, konnte es Ärger geben.

Licht brennen lassen und die Tür nicht abschließen? Stahnke ging weiter. Hinter der Rezeption gab es eine Garderobe und eine Toilettentür, unisex, dahinter die vermutete Teeküche, die allerdings auch kein Fenster besaß. Dort war das Deckenlicht aus. Blieben die beiden Türen an der Rückwand. Die Beschriftung war schlicht: ›Raum 1‹ und ›Raum 2‹. Stahnke öffnete die Eins.

Ein Skelett grinste ihn an, ein Knochenmann, der an seinem Ständer baumelte, geschätzte ein Meter sechzig groß. Anscheinend ein Original. Angeblich waren die ziemlich teuer. Früher hatte Stahnke gehört, die Dinger würden aus den Resten gefertigt, die nach den Feuerbestattungen am und auf dem Ganges in Indien übrigblieben. Wie Puzzles. Demnach wäre dies hier kein ehemaliges Individuum, sondern eine Art menschliche Quersumme. Oder eine Schnäppchensammlung von der Resterampe? Aber vielleicht stimmte das alles auch gar nicht. Welchen Sinn mochte dieser Mr. Bones hier überhaupt erfüllen? Auf dem Schreibtisch stand ein überdimensionales Modell von Ober- und Unterkiefer, mehr brauchten Ripke und seine Patienten für ihre Beratungen doch gar nicht. Immerhin zeugte das grinsende Skelett von einem gewissen standestypischen Humor. Ansonsten befand sich nichts in diesem Konsultationszimmer, womit Stahnke nicht gerechnet hätte. Blieb nur noch die Verbindungstür zum angrenzenden Raum 2. Der Hauptkommissar öffnete sie.

Im selben Moment waren Parfüm und Aftershave bloße Erinnerungen, ausgelöscht vom Geruch des Blutes, das einen Großteil des Fußbodens überschwemmt hatte. Der tote Roland Ripke, dessen Kehle von einem Ohr zum anderen durchtrennt war, trug Freizeitkleidung, keinen weißen Kittel. Der Mörder und der Tod hatten ihn wohl genau zum Feierabend abgepasst.

Auf der Brust des Toten lag eine Handvoll Kohlblätter. Grünkohl, eindeutig. Stahnke spürte den Geschmack von Galle im Mund. Jetzt kocht die Sache endgültig hoch, dachte er.

13.

Neonlicht und Kaffee. Viel Kaffee. Die Tischrunde hatte sich erweitert, Berthold Seifert war wieder da und auch Manuela Schönborn. Der Inspektionsleiter hatte nur kurz reingeschaut und allen Mut zugesprochen. Gut so, dachte Stahnke, er hätte die Leitung auch an sich reißen können. Dann war plötzlich Kramer aufgetaucht, Oliver Kramer, sein schmaler Schatten während vieler Dienstjahre, den er beinahe so sehr vermisst hatte wie Sina. Ein kurzes »Moin«, keine große Erklärung. Sein Lehrgang war beendet, Oldenburg und Leer hatten einen gemeinsamen großen Fall, also war er hier abgeordnet, klar so weit? Klar.

Doktor Mergner erschien als Letzter. »Identische Tötungsart in den Fällen Hemmieoltmanns und Ripke«, hauchte er in die erwartungsvolle Stille hinein; seine geisterhafte Stimme brachte die Luft zum Knistern. »Beide Male wurde eine eher dicke, aber rasiermesserscharfe Klinge benutzt. Kehlschnitt, Opfer ausgeblutet, Todesursache eindeutig. Abwehrverletzungen jeweils vorhanden, aber weit weniger ausgeprägt als bei Alan Kaya. Kurze Kämpfe also. Anders als bei Herrn Kaya war keine Tatwaffe am Tatort auffindbar. Der Täter hat sie vermutlich bei sich geführt und anschließend wieder mitgenommen.«

»Um sie erneut zu verwenden«, murmelte Venema halblaut. In der Totenstille im Besprechungsraum schienen die Worte nachzuhallen.

»Drei Morde«, resümierte Stahnke. »Vier, wenn wir Jan Veldhuis mitzählen, was ich tue, obwohl in dem Fall die Leiche fehlt. Die verbindenden Elemente überwiegen. Als Tatwaffen wurden Messer benutzt, zweimal das gleiche oder dasselbe, einmal ein anderes, das am Tatort vorgefunden wurde, einmal wissen wir es noch nicht. Identische Tötungsart, wie wir gerade vernommen haben – dreimal nachgewiesen, einmal qualifiziert vermutet aufgrund vorgefundener Blutmenge. Alle vier Opfer haben früher dieselbe Schule besucht, das Alte Gymnasium hier in Oldenburg, und haben letzten Februar zusammen an der Kohlfahrt ihres Abiturjahrgangs teilgenommen, zusammen mit« – er blätterte, rechnete und stöhnte – »zusammen mit 28 anderen. Sogar 29, wenn wir Frau Kleinschmidt mitzählen, die als Gast von Alan Kaya dort war.«

»Bei allen vier Opfern fanden sich Grünkohlblätter«, ergänzte Sibylle Wiemken. »Getrocknete Blätter von ausgewachsenem, unbehandeltem heimischem Grünkohl. Eindeutig ein Hinweis des Täters. Oder der Täterin.«

»Wieso das jetzt?« Thorsten Venema fuhr auf. »Täterin? Wie kommst du darauf?«

»Aus Prinzip. Keine Anspielung auf irgendwen.« Die Oberkommissarin nickte ihrem Kollegen beruhigend zu. »Die Tatsache, dass Frau Kleinschmidt sich zur Tatzeit am vorläufig letzten Tatort aufgehalten hat, können wir natürlich nicht ignorieren.«

»*Nach* der Tat! Und in der *Nähe* des Tatorts!«, insistierte Thorsten Venema.

»Dazu kommen wir noch.« Stahnke schüttelte ungeduldig den Kopf. »Die Kohlblätter jedenfalls sind ein klarer Hinweis auf die Teilnahme aller vier Opfer an der Abi-Jahrgangs-Kohlfahrt, so sehe ich das. Dort müssen wir ansetzen. Ach ja«, er deutete auf Sibylle Wiemken, »unsere Kollegin besorgt wie immer die Aktenführung. Wir sind die *SOKO Kohlkönig*.« Ein Blick in die Runde zeigte keinen Widerspruch. Witzig fand das auch niemand, nicht einmal Seifert. Beim Nicken tanzten die Reflexe des Deckenlichts auf seiner Glatze.

»Es gibt noch eine weitere Verbindung zwischen den Opfern«, meldete sich Venema erneut zu Wort. »Jan Veldhuis pflegte mit einigen seiner ehemaligen Mitschüler ein- oder zweimal im Jahr Kurzurlaub auf Langeoog zu machen. Es bestanden also engere Kontakte zwischen den Angehörigen dieses Abitur-Jahrgangs, als wir angenommen haben.«

»Einige davon? Mit welchen?«, hakte der Hauptkommissar nach.

»Das lässt sich noch nicht genau sagen«, erwiderte Venema. »Meine Quelle, der Hafenmeister des Jachthafens von Hooksiel, wusste keine Namen außer Veldhuis. Ich habe Lüppo Buss bereits gebeten, sich auf der Insel umzuhören. Will er gleich morgen machen.« Der junge Oberkommissar hob den Zeigefinger: »Einen weiteren Namen aber kennen wir schon: Fabian Hemmieoltmanns.« Er nickte seiner Kollegin Sibylle Wiemken zu.

»Thorsten rief mich an, als ich gerade im Gespräch mit Carmen von Bloh war, der Witwe des ermordeten Professors«, nahm die Oberkommissarin den Faden auf. »Sie hat bestätigt, dass ihr Mann schon einige Male mit Freunden Zeit auf Langeoog verbracht hat. Sie hätten dort immer ›die Sau rausgelassen‹, sagte sie wörtlich. Angeblich hätten die Ehepartner solche Auszeiten von ihrer Zweisamkeit fest vereinbart. Auch, dass man sich gegenseitig dazu keinerlei Fragen stellen wollte.«

»Die ›Sau rausgelassen‹?«, wiederholte Stahnke im Frageton. »Mal gespannt, was Lüppo uns dazu sagen kann! Langeoog ist ja nicht gerade die beschaulichste unter den sieben Ostfriesischen Inseln, aber ganz bestimmt nicht Klein-Mallorca! Wer so was geil findet, fährt doch eigentlich nach Norderney.«

»Auszeit von der Zweisamkeit!« Jetzt lachte Hauptkommissar Seifert doch. »Galt für beide Seiten, vermute ich mal, oder? Was hat denn die scharfe Carmen so in ihren Auszeiten angestellt? Hat sie dir das auch erzählt?«

Stahnke schlug wuchtig auf den Tisch. »Konzentration! Also zwei Stoßrichtungen.« Mit einem bösen Blick brachte er den kichernden Seifert endgültig zum Schweigen. »Einmal die Kohlfahrt des Abi-Jahrgangs. Wer außer den Opfern war dabei, ist dabei eventuell etwas vorgefallen, was Anlass oder Auslöser für eine solche Mordserie sein könnte? Wir rücken Patrick Janssen, dem Religionslehrer und verhinderten Pfarrer, auf die Bude. Er hat die Feier organisiert. Kollegin Schönborn, Sie übernehmen das? Okay.« Er nickte Oberkommissarin Wiemken zu: »Sibylle, du hältst dich bereit, falls Unterstützung nötig ist? Alles klar?« Manuela Schönborn gefiel das nicht, das sah man; sie hasste jede Form von Gängelung, egal wie gut sie gemeint war. Sie enthielt sich jedoch eines Kommentars, wenn man ihre gerunzelte Stirn nicht als solchen werten wollte. Sibylle Wiemken schaute dafür umso zufriedener drein.

»Zweite Stoßrichtung: die Inselurlaube einer Gruppe ehemaliger Schulkameraden um Jan Veldhuis«, fuhr Stahnke fort. »Wer war dabei? Auch Frauen oder nur Männer? War es eine feste Gruppe oder gab es Fluktuation? Venema, da bleiben Sie dran. Zusammen mit Seifert.« Beide Angesprochenen öffneten den Mund, aber Stahnkes Blicke erstickten den Widerspruch im Keim.

Kramer blickte den Hauptkommissar fragend an. Sibylle Wiemken kam ihm zuvor: »Was ist denn nun mit Layan Kleinschmidt? Sie war nun einmal am Tatort, oder von mir aus in unmittelbarer Nähe desselben, und das zur Tatzeit, jedenfalls annähernd. Tut mir leid, Thorsten, aber damit ist sie eine Verdächtige! Unsere einzige bis jetzt, nebenbei bemerkt. Deshalb schlage ich dringend vor …«

Stahnke unterbrach sie mit einer Handbewegung. »Frau Kleinschmidt wartet bereits unten im Vernehmungszimmer«, sagte er. »Schriftlich vorgeladen vom Staatsanwalt und freundlich hierher eskortiert von zwei Kollegen von der Streife. Erkennungsdienstlich behandelt wurde sie ebenfalls bereits, nicht wahr, Doktor Mergner?«

»Daher meine kleine Verspätung«, hauchte der Gerichtsmediziner und erhob sich von seinem Stuhl. »Sie gestatten, dass ich mich entferne? Die Welt der Toten verlangt nach mir.« Er schwebte hinaus, von seinem viel zu weiten weißen Kittel umbauscht.

»Das gilt im Übrigen für uns alle«, sagte Stahnke und

stemmte sich aus seinem Sitz. »Das mit dem Entfernen, meine ich. Na ja, das mit der Welt der Toten irgendwie auch. Alles wissen Bescheid? Dann mal los.«

Er wandte sich an Kramer: »Dich habe ich nicht vergessen. Du kommst mit mir, Layan Kleinschmidt befragen.« Leise fügte er hinzu: »Wie in alten Zeiten.«

Kramer erhob sich. Das feine Lächeln um seine schmalen Lippen war nur für Eingeweihte sichtbar.

14.

Layan Kleinschmidt saß kerzengerade auf ihrem Kunststoffstuhl und starrte die beiden Ermittler aus weit aufgerissenen Augen an. Seit ihrer Begegnung mit Stahnke schien sie ihre Kleidung nicht gewechselt zu haben. Schwarzes Sweatshirt, schwarze Stretchhose, schwarze Sneakers. Schwarze Socken bedeckten ihre Knöchel. Modisch nicht der letzte Schrei, aber für einen nächtlichen Überfall könnte man nicht passender gekleidet sein, dachte der Hauptkommissar, ehe ihm einfiel, dass der Mord an Roland Ripke bei Tageslicht geschehen war.

Stahnke nickte ihr zu und stellte seinen Kollegen Kramer vor. »Tut mir leid, dass Sie warten mussten«, sagte er. »Es war jedoch unabdingbar, Sie unverzüglich hierherzubestellen. Der Grund ist ein weiterer Mordfall.«

»Ich weiß.« Die junge Frau nickte. »Roland Ripke wurde getötet, in seiner Praxis, kurz bevor ich dort geklingelt habe. Beinahe wäre ich dem Mörder noch begegnet, meinten die beiden Streifenpolizisten.« Unvermittelt musste sie lachen: »*Herbestellt* ist gut! Abgeholt haben die mich. Sie haben hier offenbar einen Bestell- und Abholservice.«

»Wie gut kannten Sie Herrn Ripke?«, fragte Kramer mit unbewegtem Gesicht. Falls er den plötzlichen Heiterkeitsausbruch merkwürdig gefunden hatte, ließ er es sich nicht anmerken.

»So gut, wie man seinen Zahnarzt eben kennt«, antwortete Layan Kleinschmidt. »Bisher gab es erst eine richtige Behandlung, ich hatte eine Entzündung unter einer Brücke, unten, hinten rechts. Das hat er sehr gut gemacht, total geduldig und rücksichtsvoll. Allerdings hat sich beim Röntgen dann die Sache mit den Weisheitszähnen herausgestellt. Das wird eine größere Sache.« Sie ließ ihren Kopf hängen: »Jetzt muss ich mir wieder einen Zahnchirurgen suchen, der mich nicht in Angst und Schrecken versetzt.«

»Privat kannten Sie Roland Ripke nicht?«, fragte Kramer weiter, ohne auf das Gesagte einzugehen.

»Nein. Das heißt, kennengelernt habe ich ihn schon privat«, antwortete sie. »Auf dieser Kohlfahrt im Februar. Alan nannte mir seinen Namen und seinen Beruf, und ich fand, dass er total nett und völlig harmlos aussah. Daher habe ich später an ihn gedacht, als die Schmerzen anfingen.«

»Haben Sie Ihren damaligen Freund um eine Empfehlung gebeten?«, hakte Kramer nach. »Es ist heutzutage gar nicht so leicht, einen Arzttermin zu bekommen, wenn man nicht bereits Patient ist oder ein Notfall. Da können Beziehungen helfen.«

»Ach, so meinen Sie das!« Layan Kleinschmidt lachte wieder. »Das war in meinem Fall nicht nötig, er hat sich gleich an mich erinnert, als ich anrief. Tatsächlich habe ich Alan gefragt, ob er seinen früheren Mitschüler empfehlen kann, also, ob er gut ist in seinem Job. Alan hat gegrinst und gesagt, rein handwerklich wäre an Roland nichts auszusetzen.«

»Handwerklich?«, fragte Stahnke. »Hatte Ripke denn Schwächen auf anderem Gebiet, oder wie ist diese Einschränkung zu verstehen?«

Die junge Frau schüttelte den Kopf. »Das ist so ein Insider-Spruch«, sagte sie. »Roland kommt aus einer Familie mit lauter Akademikern, da herrscht voll der Leistungsdruck! Doktor sein ist da so normal wie anderswo das Abitur. Wer etwas gelten will, ist entweder Professor oder Topmanager. Als Kieferchirurg wurde Roland Ripke von seinen Leuten kaum für voll genommen. Für die ist das eher ein Handwerk. Darauf bezog sich Alans Spruch. Natürlich hat Roland unter dieser Missachtung gelitten. Genau deshalb hat Alan sich darüber lustig gemacht. So sind diese großen Jungs eben! War aber nicht böse gemeint.«

Nicht böse? Mich würde das fuchsig machen, dachte Stahnke. Aber deswegen Alan Kaya an den Hals gehen, erst ohne Messer und dann mit? Abgesehen davon, dass dem toten Ripke zu Lebzeiten dafür die körperlichen Voraussetzungen gefehlt hatten, würde das nicht seinen eigenen Tod erklären. Es sei denn … Zum wiederholten Mal glitt Stahnkes Blick über Layan Kleinschmidts kräftige Schultern, ihre trainierten Oberarme. Dass sie noch etwas für ihren Ex-Freund empfunden hatte, ging aus ihrem Verhalten und der Aussage des Kollegen Venema eindeutig hervor. Was, wenn sie sich Alans Mörder vorgeknöpft und ihn, Stahnke, anschließend an der Nase herumgeführt hatte? Und gerade jetzt erst recht?

»Wann genau haben Sie sich eigentlich von Alan Kaya getrennt?«, platzte er heraus. »Und was war der Grund? Gab es einen Auslöser, einen konkreten Anlass?«

Die junge Frau schaute ihn prüfend an, Stahnke hielt ihrem Blick stand. Sie könnte die Frage als zu persönlich und irrelevant zurückweisen, dachte er, aber dann könnten wir an ihrer Kooperationsbereitschaft zweifeln. Wenn sie wahrheitsgemäß antwortet, zeigt das, dass sie an der Ermittlung und Ergreifung des Mörders ihres Ex-Freundes wirklich interessiert ist. Aber natürlich kann sie uns auch einfach die Hucke volllügen.

»Das ist etwa zwei Monate her«, begann Layan Kleinschmidt schließlich zu erzählen. »Alan wurde immer merkwürdiger, regte sich bei jeder Gelegenheit auf, über jede Kleinigkeit. Ich konnte ihm plötzlich nichts mehr recht machen.« Sie senkte ihre Augenlider, öffnete den Mund, als wollte sie fortfahren, schwieg jedoch sekundenlang. Dann fuhr sie fort: »Ich habe ihn gefragt, ob er wieder Zeug einwirft.« Ihr Blick war jetzt voll fokussiert, ihre Stimme klang entschlossen. »Aufbaupräparate, russischer Import, aus dem Darknet. Hat er früher schon einige Male genommen. Hat eine enorme Wirkung, aber leider nicht nur auf den Körper, sondern auch auf den Kopf.«

»Wurde Alan Kaya aggressiv?«, fragte Kramer mit ruhiger Stimme. »Hat er Sie geschlagen? Haben Sie ihm deswegen den Laufpass gegeben?«

»Laufpass? Was soll das denn sein?« Die junge Frau lachte, aber das Lachen reichte nicht bis zu ihren Augen. »Nein, er hat mich nicht geschlagen.« Sie schluckte hörbar. »Ich habe gewartet, bis er sich wieder beruhigt hatte, und hab ihm dann gesagt, dass er sich verziehen soll. Da ist er gegangen.«

»Einfach so?«, fragte Stahnke. Im selben Moment tat es ihm leid.

»Ja, einfach so! Was haben Sie denn gedacht? Der Türkenmann erträgt kein Nein, weil die Frau sein Eigentum ist? Also zack, zack, Ehrenmord? Sind das die Sachen, die in Ihrem Kopf herumschwirren?« Ihre Miene war empört, ihr Ton provokant, aber ihre Körperhaltung ließ erkennen, dass sie nicht unzufrieden war. Stahnke hatte ihr den Ausweg gezeigt, sie hatte ihn genommen. Dämlich wie ein Anfänger, schalt sich der Hauptkommissar. Das hätte Fusselbart Venema auch nicht blöder verbocken können.

Apropos. »Wie soll das eigentlich mit Ihnen und meinem Kollegen Venema weitergehen?«, fragte er. Zufrieden stellte er fest, dass sein Kollege Kramer seine Augen ebenso erstaunt aufriss wie Layan Kleinschmidt ihre. Klar, dachte Stahnke, die Frage war dreist, aber eben darum! Entweder er leistete sich nach seinem ersten Schnitzer gleich noch einen zweiten, dann stand er auch nicht wesentlich dümmer da als ohnehin. Oder aber er landete einen Glückstreffer, und es kam etwas dabei heraus. »Sind Sie ernsthaft an ihm interessiert, oder pflegen Sie allein aus taktischen Gründen Umgang mit ihm? Was wollen Sie erreichen – Informationen, Ablenkung, vielleicht Schutz?« Gleich geht sie mir an die Gurgel, dachte er.

Layan Kleinschmidt aber saß bewegungslos, wie gelähmt, und errötete stark. Als sie den Mund öffnete, stammelte sie nur. Irgendetwas von dem, was der Hauptkommissar gesagt hatte, zeigte Wirkung. Aber was?

Die Tür zum Korridor öffnete sich, und Doktor Mergner trat ein, ohne sich die Mühe zu machen, vorher anzuklopfen. Er wedelte mit einer dünnen Umlaufmappe. Bauschte sich sein weißer Kittel deshalb so? »Ich bringe Neues aus dem Labor«, hauchte er mit geisterhafter Stimme. »Wir haben Ergebnisse, allerdings – wie soll ich sagen? Negativ ist das neue Positiv. Jedenfalls für Sie, junge Frau.« Er nickte der Befragten zu. »Bei Ihnen haben wir keinerlei Blutanhaftungen gefunden, weder an Ihrer Kleidung noch an der Haut von Armen und Händen, nicht einmal unter den Fingernägeln. So wie der verblichene Kollege Ripke geblutet hat, ist es ein Ding der Unmöglichkeit, dass der Täter nicht wenigstens ein paar Tropfen Lebenssaft abbekommen hätte. Es sei denn, er wäre ganzkörperkondomiert gewesen wie weiland Dexter, der »gerechte« Serienmörder aus Miami. Aber dann hätten wir Teile der Schutzausrüstung irgendwo finden müssen, und ich bin sicher, die Kollegen haben das Gebäude gründlichst auf den Kopf gestellt.«

»Herr Doktor Mergner«, unterbrach Kramer in geschäftsmäßigem Ton, ohne seine Stimme zu heben, »Sie überschreiten Ihre Befugnisse, und zwar erheblich. Ihre Aufgabe ist es, meine Kollegen und mich zu informieren, nicht die Befragte.« Er schaute zu Stahnke und hob die Augenbrauen: »Wenn wir das zur Meldung bringen, könnte Ihnen das ein Disziplinarverfahren einbringen.«

»Ach ja?« Mergners Lachen schien von irgendwo her zu kommen, nur nicht aus seinem Mund. »Und welche Strafe könnte man mir androhen? Mich dorthin sperren, wo es kalt ist und streng riecht, wo ich mich von morgens bis abends nur mit Leichen abgeben muss? Glauben Sie, damit könnte man mich erschrecken?« Er registrierte den bösen Blick, den Stahnke ihm zuwarf, und fügte hinzu: »Außerdem fanden sich an der Oberbekleidung der jungen Dame keinerlei Faserspuren. Sie wissen, dass das völlig unmöglich ist, sofern es zuvor einen Kontakt mit einer anderen Person, in diesem Fall dem Opfer, gegeben hat.«

Also hat sie doch andere Klamotten an, dachte Stahnke. Hat offenbar jede Menge schwarzes Zeug im Schrank. Wer sagt uns denn, dass die untersuchte Kleidung wirklich die ist, die sie während ihres Besuchs bei Roland Ripke angehabt hat?

»Demnach scheide ich wohl als Verdächtige aus«, sagte Layan Kleinschmidt. Ihr Blick war wieder so herausfordernd wie zuvor. »Hätten Sie mir nicht sagen müssen, dass ich hier als Verdächtige vernommen werde? Fair finde ich das nicht, das muss ich schon sagen.« Sie schob ihren Stuhl zurück: »Sind wir endlich fertig? Kann ich jetzt gehen?«

Kramer hob kaum merklich die Schultern. Stahnke nickte. »Vielen Dank für Ihre Zeit«, sagte er mit gepresster Stimme. »Wenn wir noch Fragen haben, melden wir uns bei Ihnen.«

»Heißt das, ich darf die Stadt nicht verlassen?« Sie lachte kurz und höhnisch. »Keine Sorge, das habe ich sowieso nicht vor. Studieren ist heutzutage kein Zuckerschlecken, ich muss noch jede Menge nacharbeiten.« Als ihre Worte unerwidert blieben, verließ sie grußlos den Raum.

»Wir beide müssen uns noch unterhalten«, knurrte Stahnke den Gerichtsmediziner an.

Doktor Mergner erhob sich behänder, als man ihm zugetraut hätte. »Jederzeit, mein Lieber«, hauchte er mit Grabesstimme. »Nur nicht gerade jetzt. Die Toten rufen nach mir.« Schon war er aus der Tür, gefolgt von seinem wehenden Kittel.

15.

»Vielen Dank, dass Sie mich um diese Zeit noch empfangen.« Manuela Schönborn zwang sich zu einem freundlichen Lächeln. »Sie können sich vorstellen, dass in einem Fall wie diesem die Zeit drängt.«

»Aber selbstverständlich.« Patrick Janssen erwiderte das Lächeln der jungen Kommissarin geschäftsmäßig, aber nicht ohne Wärme, und machte eine einladende Handbewegung: »Kommen Sie doch herein.« Seine Kleidung war untadelig; so hätte er jederzeit einem Gemeindemitglied einen offiziellen Besuch abstatten können, wenn er denn eine Gemeinde gehabt hätte. Anscheinend legte Janssen auch zu später Stunde keinen Wert auf ein bequemes Outfit.

Er geleitete die Ermittlerin durch einen schmalen Flur in ein Wohnzimmer, das aus zwei miteinander verbundenen Räumen bestand und daher halbwegs großzügig wirkte. Dieser Altbau schien ursprünglich für Menschen mit bescheidenen Ansprüchen konzipiert worden zu sein, aber Janssen hatte wirklich etwas daraus gemacht, stellte die Kommissarin fest. Auch die Einrichtung war exquisit: gesteppte goldbraune Chesterfield-Ledersessel, ein ovaler Mahagonitisch, Sideboard und Vitrine aus Teakholz. Ein Kronleuchter aus Messing unter der ungewöhnlich hohen Decke rundete den anglophilen Gesamteindruck ab.

»Nehmen Sie doch Platz.« Janssen wies auf einen der Ledersessel und lächelte wieder sein routiniertes Lächeln. Erwartete er einen Kommentar von seiner Besucherin?

Manuela Schönborn war sich nicht sicher, Small Talk war nicht ihre starke Seite. »Nett haben Sie es hier«, zwang sie sich ab. »Sehr geschmackvoll eingerichtet. Haben Sie selbst ...?« Hier wäre eine Frage nach der Ehefrau angebracht gewesen, dachte die Kommissarin, aber natürlich nicht bei einem katholischen Priester. Oder wie war das bei katholischen Religionslehrern, durften die eigentlich heiraten? Sie hatte überhaupt keine Ahnung.

Patrick Janssens Lächeln wurde eine Nuance wärmer. »Vielen Dank. Um ehrlich zu sein, ich hatte Hilfe. Carmen, Fabians Frau, hat mich beraten.« Er bemühte sich um einen betrübten Gesichtsausdruck. »Schrecklich, welches Schicksal der arme Fabian erleiden musste.«

Die Kommissarin nickte; besser hätte sie auch nicht zum Thema überleiten können. »Wir fragen uns, ob dieses Schicksal – und das der anderen Ermordeten – etwas mit der Abitur-Jubiläumsfeier im vergangenen Februar zu tun haben könnte. Sie haben das Jahrgangstreffen organisiert, Sie waren bei der Veranstaltung von Anfang bis Ende dabei, richtig? Trifft das auf die Mordopfer ebenfalls zu?«

»Alle waren dabei, wenn Sie das meinen.« Janssen legte seine Stirn in Falten. »Getroffen haben wir uns auf einem Wanderparkplatz in der Nähe, wegen der Boßeltour, die wir immer vorher machen. Ist Tradition, nicht wahr? Danach schmeckt das deftige Essen erst richtig gut. Auf Fabian mussten wir etwas warten, ich glaube, er hatte noch familiäre Verpflichtungen. Roland kam pünktlich, wenn auch nicht als einer der Ersten. Er hatte vorher noch Alan und seine Freundin abgeholt.«

»Die drei kamen also in einem Wagen?«, hakte die Kommissarin nach. »Kennen die drei sich so gut, ich meine, hatten sie auch privat Umgang miteinander?«

»Wir kennen uns alle mehr oder weniger gut. Der ganze Jahrgang.« Janssen breitete die Arme aus: »Frau Kleinschmidt kannte vorher keiner, außer Alan natürlich. Keine Ahnung, ob Roland wusste, dass Alan sie mitbringen würde. Ihre Anwesenheit war natürlich sofort Gesprächsthema, jedenfalls für eine Weile. Meist hinter ihrem Rücken. Aber das Thema war bald erschöpft, sie ist eine nette Person, die meisten von uns akzeptierten sie schnell, die anderen nahmen sie einfach hin.«

»Und Alan Kaya?« Manuela Schönborn ließ nicht locker. »Gab es denn zwischen ihm und Roland Ripke eine private Verbindung? Oder zwischen ihm und Professor Hemmieoltmanns? Über die gemeinsame Schulzeit hinaus?«

Zischend sog Janssen Luft durch seine Zähne. »Letzteres denke ich schon«, erwiderte er gedehnt. »Wie ich hörte, war Fabian Alans letzter Geldgeber. Alan pflegte sich das Geld für seine diversen Unternehmungen nämlich immer in seinem Freundeskreis zusammenzuborgen. Von Banken hielt er nicht viel.« Sein Lächeln nahm diabolische Züge an: »Wahrscheinlich beruhte das auf Gegenseitigkeit.«

»Warum? War Herr Kaya ein unzuverlässiger Schuldner?«, fragte Manuela Schönborn. Natürlich konnte sie sich denken, wie Patrick Janssens Bemerkung gedacht war, aber hier ging es nicht darum, was sie dachte.

»Nun ja, wie man es nimmt«, erwiderte Janssen. Sein Blick hatte an Intensität zugenommen, allerdings schaute er der Kommissarin nicht in die Augen, sondern fixierte etwas weiter Entferntes über ihre linke Schulter hinweg. »Vor Jahren habe ich ihm mal ein privates Darlehen gegeben, keine hohe Summe, wie denn auch bei meinem Gehalt! Die Rückzahlungsfristen hat Alan mehrmals verstreichen lassen, aber er hat sich jedes Mal vorher gemeldet und Gründe angeführt. Eine Bank hätte sich damit bestimmt nicht zufriedengegeben, aber ich – was sollte ich auch machen? Am Ende habe ich mein Geld dann zurückbekommen, inklusive der vereinbarten Zinsen. So war Alan eben, einer für Freunde, nicht für Institutionen.« Er leckte sich die Lippen. »Ich könnte übrigens einen Schluck zu trinken vertragen. Sie auch?«

»Gerne. Mineralwasser, bitte«, antwortete Manuela Schönborn. Janssen nickte, erhob sich und verließ den Raum. Im Licht des Kronleuchters sah sie seine Lippen glitzern. Oder hatte er noch einmal gezüngelt? Die Kommissarin stellte fest, dass sie Gänsehaut bekommen hatte. Dann fiel ihr etwas ein. Eilig drehte sie sich um und suchte nach der Stelle, die ihr Gastgeber vorhin fixiert hatte, statt ihr in die Augen zu blicken. Die war nicht schwer zu finden: ein Gemälde an der Rückwand des Wohnzimmers, mehr als einen Meter hoch. Es zeigte den Kopf und den halb entblößten Oberkörper einer Frau, die zu jemandem aufschaute, der sich außerhalb des Bildausschnitts befand. Das Bild war keineswegs pornografisch, registrierte Manuela Schönborn; der Maler hatte alle möglicherweise anstößigen Hautpartien in den Schatten gelegt, sodass der Betrachter sie mehr ahnte, als sah. Dafür lag das Gesicht der Frau im Zentrum des Lichts und damit im Visier des Betrachters. Es war nicht einmal besonders schön, fand die Kommissarin, aber der Ausdruck war außergewöhnlich. Diese Mischung aus Erwartung und Angst, Entsetzen und Begehren … Sie spürte, wie es sie heiß und kalt zugleich überlief.

Als Janssen zurückkam, saß Manuela Schönborn wieder in ihrem Sessel und lächelt ebenso mühsam wie zuvor, obwohl es ihr jetzt ungleich schwerer fiel. Ihr Gastgeber platzierte Wasserflasche und Glas sorgfältig auf einem Beistelltischchen, schritt dann zur Vitrine und entnahm ihr einen Tumbler und eine Flasche Scotch. »Sie gestatten?«, fragte er mit formeller Höflichkeit und goss sich großzügig ein. Torfiges Aroma mit einer starken Vanillenote erfüllte den Raum. »A ball of single malt«, deklamierte Janssen und prostete ihr zu. Zur Erwiderung hob sie ihr Wasserglas.

»Fabian hat Alan später mit einer weit größeren Summe unterstützt, als ich sie jemals hätte aufbringen können«, nahm Janssen den Gesprächsfaden wieder auf. »Sechsstellig, mittlerer Bereich. Er muss wohl sehr überzeugt gewesen sein von Alans neuem Projekt. Entweder das, oder … ach, was weiß ich. Jedenfalls kam es wohl zu den üblichen Verzögerungen bei der Rückzahlung. Als Fabian und Alan bei unserer Feier im Februar aufeinandertrafen, haben sie sich jedenfalls mehrmals angegiftet. Alan wurde gerne mal etwas lauter, so kannte man ihn, für Fabian jedoch war das mehr als ungewöhnlich. Aber vielleicht hat seine Frau ihm Druck gemacht.« Er grinste wieder abgründig und nahm einen weiteren Schluck aus seinem Tumbler. Sein Blick ruhte erneut oberhalb von Manuela Schönborns Schulter. »Die beiden haben sich dann etwas beruhigt und vor den anderen Gästen gute Miene gemacht«, fuhr er fort. »Aber immer, wenn sie sich unbeobachtet fühlten, auch von Frau Kleinschmidt, flammte der Streit wieder auf. Der jungen Frau war das wohl peinlich, daher hat sie sich irgendwann so eng wie möglich an Alan gehängt, wie ein Sonderbewacher beim Fußball. So hat sie die beiden endlich auseinanderbekommen. Alan hat dafür umso mehr getrunken. Und gegessen natürlich, sonst wäre er ja nicht Kohlkönig geworden! Ziemlich bald nach dem Essen und seiner

Krönung hat er sich mit dem Taxi nach Hause fahren lassen. Auch nicht gerade üblich für einen frisch gekürten Kohlkönig.«

»Nur Herr Kaya allein? Ohne seine Begleitung?«, vergewisserte sich die Kommissarin.

»Ganz genau.« Janssen schnupperte an seinem halb geleerten Glas. »Das fiel natürlich auf. Erst bringt Alan als Einziger seine Freundin mit, dann lässt er sie einfach zurück. Das gab klarerweise Gerede. Aber nicht lange. Wir wussten doch alle, dass Alan sich gerne zudröhnte, egal, womit. Und Layan Kleinschmidt hat sich auch nach Alans Abgang gut unterhalten.«

»Unterhalten? Mit wem genau?«

»Ganz allgemein. Unterhalten eben.« Janssen leerte seinen Tumbler in einem Zug. »Sie hat ziemlich viel mit Roland Ripke geredet. Auch mit Jan Veldhuis, unserem ehemaligen Sport-Ass. Mit dem hat sie sich besonders gut verstanden.« Er schmunzelte: »Ich hatte den Eindruck, sie hätte sich gerne von ihm nach Hause fahren lassen, aber Jan war natürlich mit dem Fahrrad da, wie immer. So ist sie am Ende dann doch wieder mit Roland gefahren.«

»Kam es zum Austausch von Zärtlichkeiten zwischen Frau Kleinschmidt und Herrn Veldhuis?«, fragte Manuela Schönborn. »Oder worauf gründet sich der Eindruck, von dem Sie sprachen?«

»Austausch von Zärtlichkeiten!« Patrick Janssen ahmte den betont nüchternen Tonfall der Kommissarin nach. »Reden Sie immer so? Das passt doch überhaupt nicht zu Ihnen. Sie sind doch …« Er unterbrach sich, wandte sich ab, griff nach der Whiskyflasche und schenkte sich nach. »Nein, keine Zärtlichkeiten«, sagte er dann. »Einfach nur angeregte Gespräche, wie man sie eben führt bei solchen Anlässen.

Etwas intensiver vielleicht. Sie hatten wohl gemeinsame Interessen entdeckt.«

»Gab es an diesem Abend ansonsten irgendwelche Auffälligkeiten? Streit vielleicht oder Handgreiflichkeiten?«

»Nicht bis zum offiziellen Ende der Feier.« Janssen schüttelte den Kopf. »Gegen 2.30 Uhr morgens haben die Kellner uns vor die Tür gesetzt. Da waren die meisten aber sowieso schon weg. Ob die letzten Nachteulen danach noch irgendwo weitergefeiert haben, entzieht sich meiner Kenntnis. Ich möchte es aber bezweifeln.« Er hob erneut seinen Tumbler: »Möchten Sie nicht doch mal probieren? Wenigstens ein Schlückchen auf den Weg? Das ist exzellenter Stoff, den bekommen Sie nicht überall!«

»Das glaube ich Ihnen gerne.« Manuela Schönborn erhob sich. »Aber nein, vielen Dank. Auch dafür, dass Sie sich die Zeit genommen haben.«

»Aber für Sie doch immer.« Patrick Janssen geleitete sie noch bis zur Tür, blieb dort stehen, bis sie eingestiegen war, und winkte ihr nach. Die Kommissarin war froh, als sie um die nächste Ecke gebogen war. Ihre Gänsehaut aber hielt sich noch eine Weile.

16.

Natürlich hatte Lüppo Buss seinem jüngeren Kollegen aus Oldenburg die Meinung gegeigt. So spät noch anzurufen, zu nachtschlafender Zeit, und dann auch noch mit Arbeitsaufträgen! Der Inselpolizist hatte sich aber schnell wieder beruhigt. Zu spannend und zu brisant war dieser Fall, der sich da vor ihren Augen so rasant entwickelte, als dass selbst ein Routinier wie er davon nicht elektrisiert worden wäre. Und was Venemas Auftrag anging, der in Form einer kollegialen Bitte vorgetragen wurde, so wusste er natürlich sofort, wo er ansetzen musste. Langeoog war seine Insel, und sie war überschaubar.

Um 23.30 Uhr nachts war im *Dwarslooper* noch Betrieb. In einer der Thekennischen saßen genau die Gestalten, auf die es Lüppo Buss abgesehen hatte, und begossen sich die Nasen: Ocko Onken und Bodo Schmidt, zusammen 50 Prozent der berüchtigten Viererbande von der Meckerbank am Inselbahnhof. Rein gewichtsmäßig stellten sie deutlich mehr als die Hälfte dar. Harm Bengen und Klaas Reershemius, die beiden ältesten unter den Senioren, fehlten; sie hatten wohl zu Hause keinen Ausgang bekommen.

»Moin, Lüppo, setz dich zu uns!« Onken winkte den Inselpolizisten heran wie einen guten Kumpel. Der ließ sich das gefallen, ausnahmsweise, und klemmte sich neben den weißbärtigen Teilzeitlokalreporter vom *Inselboten*. Gegenüber, wo der dicke Schmidt hockte, wäre sowieso kaum Platz gewesen. Lüppo Buss griff nach dem Pils, das unaufgefordert vor ihm aufgetaucht war, und prostete den beiden zu.

»Was gibt's Neues?« Onken fackelte nicht lange. »Habt ihr den Skipper der *Sharin* inzwischen gefunden? Vielmehr seine Leiche? Wenn das viele Blut in der Kajüte wirklich von ihm ist, kann er wohl nicht mehr am Leben sein.«

»Ist es.« Auch der Inselpolizist hatte die Laborberichte inzwischen erhalten und studiert. »Einwandfrei identifiziert. Der Mann war früher mal Radprofi, seine DNA ist zur Genüge erfasst und archiviert worden.« Lüppo Buss hatte sich gut überlegt, welche der eigentlich vertraulichen Informationen er ausplaudern wollte. Leute aushorchen war immer ein Geben und Nehmen, besonders bei Schlitzohren wie diesen.

»Radprofi, klar. Wissen wir doch.« Der dicke Schmidt nahm einen tiefen Zug Bier. »Ich frage mich, wieso segelt so einer in seiner Freizeit? Ich weiß ja nicht. Wenn ich von Beruf Sportler gewesen wäre, würde ich in meiner Freizeit doch nicht auch noch Sport treiben.« Beim Blick in Schmidts gedankenverlorenes Mondgesicht fiel es Lüppo Buss schwer, ernst zu bleiben. Schmidt und Sport, das war wie Kühe und Stricken. Über seine Versuche, sein Übergewicht durch Joggen zu bekämpfen, spottete heute noch die ganze Insel.

»Segeln ist doch kein Sport!«, widersprach Onken. »An der Pinne sitzen und den Wind die Arbeit machen lassen! Ist doch nichts anderes als eine prima Ausrede fürs Saufen.« Wie aufs Stichwort wurde eine frische Runde Bier serviert.

»Dann wisst ihr natürlich auch, dass der Vermisste Jan Veldhuis heißt«, fuhr der Inselpolizist fort. »Und dass seine Sportlerkarriere schon ein paar Jahre zurückliegt. Er soll sich in den letzten Jahren öfter hier auf der Insel aufgehalten haben.«

»Im Jachthafen, klar.« Ocko Onken nickte, trank und nickte dabei weiter. Dass er sich auf diese Weise nicht mit

Bier bekleckerte, war eine Kunst für sich. »Da hat er mit seinem Boot öfter gelegen. Kürzlich erst wieder. Dann war er weg, und plötzlich war das Boot wieder da. Ohne ihn.« Er nickte bedeutungsschwer und schob sich seine verbeulte Kapitänsmütze ins Genick.

»Ja, nee.« Lüppo Buss schüttelte den Kopf. »Er soll hier auch Kurzurlaube gemacht haben, mit Kumpels. Die haben sicher nicht auf seinem Boot im Jachthafen übernachtet.«

»Nee, auf keinen Fall! Auf dem Boot war Veldhuis immer nur alleine.« Ocko Onken schien bestens über die Vorgänge im Jachthafen informiert zu sein. »Da war er sehr eigen, sagt unser Hafenmeister. Nur seine Schwester durfte hin und wieder mal an Bord kommen, bisschen schnacken, Tässchen Tee trinken.« Der Weißbart lächelte: »Das verrückte Huhn! Die durfte natürlich an Bord, war schließlich die Namenspatronin.«

»Wie, seine Schwester heißt Sharin?« Der Inselpolizist hatte den Schiffsnamen für eine Anleihe aus *1001 Nacht* gehalten. »Sharin Veldhuis? Im Ernst?«

»Und ob!«, gluckste Bodo Schmidt. »Heini Grube wollte seine Tochter auch unbedingt Claire nennen, und die von Enno de Vries sollte Denise heißen. Axel Nässe hätte den Patenonkel gemacht. Wäre ein Riesenspaß geworden, aber die Mütter haben beide nicht mitgespielt.«

»Tüünkram.« Lüppo Buss winkte ab; mit alten Witzen kannte er sich zur Genüge aus. »Diese Sharin Veldhuis war also auch schon auf Langeoog? Oder wohnt die womöglich hier?«

Ocko Onken schüttelte den Kopf. »Nee, wohnt nicht hier. Könnte die sich auch gar nicht leisten, ohne festes Einkommen! Das Mädel ist ein Paradiesvogel, weißt du, heute hier, morgen dort. Am liebsten da, wo es warm ist und was zu rauchen gibt. Spanien, Griechenland, Marokko. Wie die Hippies früher! Bloß ein paar Jahrzehnte zu spät geboren.«

»Als Kind war die ganz normal«, warf Bodo Schmidt ein. »Kleiner blonder Engel, richtig süß! Ihre Eltern haben hier öfter im Sommer Urlaub gemacht.« Er beugte sich vertraulich zu Lüppo Buss: »Sharin ist aus zweiter Ehe, weißt du? Jans Mutter ist früh verstorben, sein Vater hat wieder geheiratet und noch mal was Kleines in die Welt gesetzt. Daher der Abstand zwischen den Kindern. Jan war bestimmt gute zehn Jahre älter.«

»Wenn nicht 15«, sagte Ocko Onken. »Zu der Zeit, als Familie Veldhuis hier geurlaubt hat, war Jan schon im Sportinternat. Hat sich kaum mit seiner Halbschwester abgegeben; bei dem Altersunterschied kein Wunder. Das hat sich erst geändert, als diese Sache passiert ist.«

»Was für eine Sache?«, fragte Lüppo Buss.

»Schlimme Sache«, orakelte Bodo Schmidt. Wie auf Kommando blickten die beiden Senioren zu den aufgereihten Flaschen hinter der Theke.

Der Inselpolizist seufzte und hob drei Finger. Als die eiskalten Aquavitgläschen vor ihnen standen, wiederholte er: »Was für eine Sache?«

»Das war in dem Jahr, als Jan bei der *Tour de France* im Bergtrikot gefahren ist«, erzählte Ocko Onken. »Alle Radsportfans hierzulande waren aus dem Häuschen, und seine Eltern natürlich ganz besonders. Sie wollten ihn unbedingt live an der Strecke erleben und ihn anfeuern, dabei waren sie gerade hier auf Langeoog im Badeurlaub. Als Jan das Trikot mit den roten Punkten zum dritten Mal holte, haben sie einen verwegenen Plan geschmiedet: abends mit der Fähre nach Deutschland, vorher einen Mietwagen reservieren, die Nacht durchfahren bis nach Frankreich, sich mit einem

Plakat bei einer Bergwertung aufstellen und Jan zuwinken, dann schnell zurück zum Auto und mit Karacho zur Zielankunft, um ihn dort in Empfang zu nehmen. Wie gesagt, ein gewagtes Unternehmen.«

»Hat es funktioniert?«, fragte Lüppo Buss.

»Fast«, erwiderte Onken. »Fähre, Mietwagen, Nachfahrt, Fußmarsch zur Bergwertung, das hat alles geklappt. Auf ihrem Transparent stand ›Oldenburg grüßt Jan, die Bergziege‹, und sie hatten sich rote Punkte in die Gesichter gemalt – damit waren sie sogar im Fernsehen! Aber an diesem Tag war nichts mit Bergziege, Jan hatte großen Rückstand, und am Ende war er das Trikot los. Seine Eltern verloren viel Zeit, weil sie natürlich auf ihn gewartet hatten. Um trotzdem rechtzeitig am Etappenziel zu sein, hat sein Vater anschließend zu viel riskiert. Vielleicht war er auch übermüdet. Jedenfalls hat er eine Linkskurve geschnitten und ist voll in einen Sattelschlepper reingebrettert. Dem Lkw-Fahrer ist nichts passiert, aber Jans Eltern waren auf der Stelle tot.«

»Um Himmels willen«, stöhnte der Inselpolizist. »Und das Mädchen hat überlebt?«

»Hat sie«, bekräftigte Schmidt. »Sie war nämlich gar nicht mit.«

»Wie jetzt.« Lüppo Buss rieb sich die Stirn. »Sie war nicht mit? Haben die Eltern etwa ihren kleinen Engel irgendwo zurückgelassen?«

»Der Engel war inzwischen 14 Jahre alt«, stellte Ocko Onken klar. »Immer noch süß anzugucken, aber ansonsten ein rotziger Teenager, wie Kinder in dem Alter eben sind. Für jeden Schwachsinn zu haben, aber alles, was die eigenen Eltern vorschlugen, war öde, blöde und langweilig. Die Jubel-Tour ihrer Eltern nach Frankreich fand sie total hirnrissig. Wie sich herausstellte, war sie das auch. Aber

Herr und Frau Veldhuis waren prinzipielle Verweigerung gewohnt und dachten nicht weiter darüber nach, sondern nur daran, wie sie ihr Vorhaben trotzdem verwirklichen konnten. Da kamen die beiden Reershemius ins Spiel.«

»Klaas Reershemius?« Der Inselpolizist kannte den kleinen, ausgedörrten, ebenso alten wie durchtriebenen Mann, der trotz seines Gehstocks flink wie ein Wiesel sein konnte und der seine Zahnprothese gerne ins Taschentuch eingewickelt in der Hosentasche trug, besser, als ihm lieb war. »Sag bloß, von dem gibt es zwei!«

»Quatsch!« Onken wies den Gedanken entrüstet zurück. »Klaas und Gertrud natürlich! Du weißt doch, seine Frau, die immer Sanddornmarmelade einkocht und verkauft. Mit der hatte sich die kleine Sharin angefreundet. Und als sie nicht mehr ganz so klein war, verstanden die beiden sich immer noch. Wahrscheinlich, weil Sharin als Teenager genauso stiekelig war wie Sanddornranken. So was war Gertrud gewohnt, damit konnte sie umgehen, das brachte sie nicht aus der Ruhe.«

»Betreust du neuerdings die Lyrikseite im *Inselboten*?«, lästerte Lüppo Buss. In Gegenwart der beiden Meckerprofis von der Bahnhofsbank wollte er sich nicht lumpen lassen.

Ocko Onken überhörte das. »Die beiden Alten haben sich bereiterklärt, auf Sharin aufzupassen, während die Eltern nach Frankreich gedüst sind«, erklärte er. »Das Mädchen fand das gut, denn Gertrud hat ihr immer sehr viel durchgehen lassen, wenn sie bei ihr war, und Klaas kriegte damals schon nicht mehr viel mit.« Er quittierte Bodo Schmidts gehässiges Lachen mit einem zufriedenen Grinsen. »So kam es, dass am übernächsten Morgen dein Amtsvorgänger bei Reershemius vor der Tür stand, um die Todesnachricht zu überbringen.«

»Bloß war das Mädchen nicht da«, warf Bodo Schmidt ein.

»Sondern wo?«, fragte Lüppo Buss.

»Im Krankenhaus Sanderbusch«, erwiderte der Dicke. »Notfalltransport mit dem Hubschrauber. Die haben da tagelang um ihr Leben gekämpft.«

»Ach herrje. Hat sie auch einen schweren Unfall gehabt? So viel Unglück auf einmal.« Der Inselpolizist konnte sich an nichts Entsprechendes erinnern. Er war auf Langeoog aufgewachsen, allerdings hatten Ausbildung und Beruf ihn jahrelang von seiner Insel ferngehalten, ehe er endlich seinen Wunschposten übernehmen durfte. Hatte er diese Vorkommnisse deswegen verpasst?

Bodo Schmidt aber schüttelte den Kopf. »Kein Unfall. Eine Gruppe Berliner Jungs vom Campingplatz hatten sich an die Kleine rangemacht. Sie hat sich abends von Gertrud weggeschlichen und sich in den Dünen mit den Bengels getroffen. Die Schüler hatten was zum Partymachen dabei. Weißt schon.« Schmidts Zeigefinger beschrieb kleine Kreise auf Schläfenhöhe. »*Crack* oder *Meth* oder schlag mich tot, keine Ahnung. Jedenfalls ist die Kleine komplett abgestürzt und ins Koma gefallen. Die Dreckskerle haben sie einfach liegen lassen! Erst am nächsten Tag haben andere Urlauber sie gefunden. Im Krankenhaus hat es Tage gedauert, bis sie wieder bei Bewusstsein war.«

»Und dann der Schock durch die Nachricht vom Tod ihrer Eltern!« Lüppo Buss mochte sich das gar nicht vorstellen. »Wie hat das Mädel das bloß verkraftet?«

»Sie hat tagelang gelacht«, sagte Ocko Onken. »Und ehe du fragst, nein, ich habe mich nicht versprochen. Das kam von dieser Teufelsdroge. Vom Schock natürlich auch. Sharin musste anschließend jahrelang in Therapie. Trotzdem war sie danach total verändert.«

Dafür konnte eine Pubertät auch alleine sorgen, dachte der Inselpolizist. Er wusste, was diese schwierige Transformationsphase mit dem menschlichen Gehirn anstellen konnte. Dazu noch Drogen und solch ein Schock, das war wie eine Bombe in einem Umzugswagen. Chaos pur. »Ist die Sache denn polizeilich verfolgt worden?«, fragte er. »Hat man die Schuldigen, also diese Berliner Bengel, zur Rechenschaft gezogen?«

»Jan Veldhuis hat alles versucht«, berichtete Ocko Onken. »Als Sharin endlich vernehmungsfähig war, waren die Schüler natürlich längst wieder abgereist. Sharin wusste nur ein paar Vornamen, und die Schule hat total abgeblockt. Die begleitenden Lehrkräfte waren auch alles andere als hilfreich, wollten sich nicht selbst belasten. Jan hat sich teure Anwälte genommen und sogar Privatdetektive engagiert, aber das hat alles zu nichts geführt. Das Verfahren wurde eingestellt, die Beschwerde verworfen. Veldhuis hat viel Geld bezahlt – für nichts.«

»Er hatte es ja«, warf Bodo Schmidt ein. »Ist als Profi gut im Geschäft gewesen damals. Und dann noch das Erbe.« Der Dicke nickte anerkennend.

»Auf jeden Fall hat er sich also gekümmert«, stellte Lüppo Buss fest. »Schlechtes Gewissen? Oder weil seine Halbschwester plötzlich die einzige enge Verwandte war, die er noch hatte?«

»Stimmt beides«, nickte Ocko Onken. »Er hat sich total schuldig gefühlt, weil seine Eltern doch seinetwegen diese verrückte Tour überhaupt unternommen hatten. Klar, er hat sie nicht darum gebeten, aber er hat sich den Unfall und ihren Tod trotzdem selbst angekreidet.« Der alte Mann zwinkerte Lüppo Buss zu: »Woher ich das weiß? Weil Jan Veldhuis in den Jahren nach seiner Karriere öfter mal hier abgehangen hat. Genau hier, im *Dwarslooper*! Hat mehr als einen über den Durst getrunken und ist dann redselig geworden.«

»Hat immer ordentlich einen ausgegeben«, ergänzte Bodo Schmidt.

»Das war dann vermutlich während seiner Kurzurlaube auf der Insel«, sagte der Inselpolizist. »Waren Freunde von ihm dabei? Bekannte aus alten Zeiten, mit denen er sich hier ein paar schöne Tage gemacht hat?«

»Das kann man wohl sagen!« Ocko Onken schlug mit der flachen Hand auf den Tisch, sodass der dicke Schmidt vor Schreck ins Beben geriet. »Seine wilden Ferienfeten waren legendär. Im Inselmarkt schwärmen sie heute noch, was die Brüder dort eingekauft haben! Alles, was gut und teuer war. Lebensmittel und Naschkram, aber vor allem Bier, Wein und Schnaps. Und ich bin mir sicher, dass die Leute auch so manches vom Festland mit rübergebracht haben!«

»Ich kenne mindestens zwei Vermieter, die nicht mehr an Jan Veldhuis vermieten wollten, wenn der für sich und seine Freunde gebucht hat«, sagte Bodo Schmidt grinsend. »Am Ende haben sie nur noch die abgetakeltsten Buden gekriegt. War denen aber egal. Hauptsache, Party machen mit Schnaps und Weibern!«

Da wärst du wohl gerne dabei gewesen, dachte Lüppo Buss. Etwas anderes aber war ihm wichtiger. »Waren es immer dieselben Leute, die mit Veldhuis gefeiert haben?«, fragte er.

»Jo«, bestätigte Ocko Onken. »Es waren nicht bei jedem Urlaub alle dabei, aber im Prinzip war es ein fester Kreis.«

»Und kennt ihr die Namen von diesen Leuten?«, fragte der Inselpolizist gespannt.

Die beiden Alten antworteten nicht, sondern blickten stumm zu den Flaschen hinter der Theke. Lüppo Buss seufzte und hob drei Finger.

17.

Manuela Schönborn war morgens immer früh dran, oft war sie die Erste im Büro. An diesem Tag aber saß Sibylle Wiemken bereits an ihrem Platz und begrüßte sie mit einem freundlichen Lächeln. Dann widmete sich die Oberkommissarin wieder ihren beiden Großbildschirmen. Manuela Schönborn spürte, wie die plötzliche Anspannung, die sie beim Anblick ihrer Kollegin gepackt hatte, langsam nachließ. Es gab Zeiten, da hatte sie sich von ihrer älteren Kollegin derart bedrängt gefühlt, dass ihr sogar die Luft zum Atmen knapp wurde. Ein eigenes Leben zu strukturieren und geregelt zu führen, war harte Arbeit. Da war jede Einmischung von außen kontraproduktiv, jede übergriffige Frage führte zu Blockaden. Sicher, Sibylle Wiemken meinte es nur gut. Selbstverständlich tat sie das! Aber das machte alles nur noch schlimmer.

Die junge Kommissarin mit den langen blonden Haaren verschanzte sich hinter ihrem Schreibtisch in der hinteren Ecke des großen Büros. Von dort aus hatte sie die Tür im Auge, ebenso den Glaskasten, in dem seit kurzem der Erste Hauptkommissar Stahnke residierte, und natürlich die Festung aus drei zusammengeschobenen Schreibtischen, an deren Kopf Sibylle Wiemken thronte. Tatsächlich standen in diesem Raum, dem nur wenige Quadratmeter zur Bezeichnung Großraumbüro fehlten, mehr Tische, als ihre Abteilung Leute hatte. Thorsten Venema hatte ihr Büro schon als »kriminalistische Abstellkammer« bezeichnet. Dabei war dieser Zustand sehr praktisch, man konnte sich so zusammensetzen, wie es die Arbeit gerade erforderte, und zeitweise zu ihnen abgeordnete Kolleginnen und Kollegen fanden immer einen Platz zum Arbeiten. Selbst in Stahnkes Aquarium gab es einen Extraschreibtisch. Noch war der unbesetzt, aber bestimmt würde sich dieser Oberkommissar aus Leer, Oliver Kramer, dort einquartieren. Manuela Schönborn spürte einen zarten Stich, der sich nach Eifersucht anfühlte. Nanu?

Sie öffnete ihre Umhängetasche und legte eine Tupperdose mit vorgeschnittener Rohkost auf den Tisch. Damit die Kollegin nicht wieder fragte, wann und was sie denn zu essen gedenke, sie sei doch so übermäßig schlank. Solche Fragen taten besonders weh. Essen war einer ihrer größten Feinde. Manchmal war der Ekel so übermächtig, dass sie tagelang nur kauen, aber nichts herunterschlucken konnte. Dann war ihr Serviettenverbrauch sehr hoch, und sie achtete peinlich darauf, ihren Papierkorb vor Feierabend selbst auszuleeren.

»Und, wie war es beim Herrn Pfarrer?« Sibylle Wiemken konnte sich offenbar nicht länger beherrschen. »Hat er dich mit Weihwasser traktiert? Und hat er dir die Beichte abgenommen oder du ihm?«

Gegen ihren Willen musste die junge Kommissarin lachen. »Bloß gut, dass der Typ nicht wirklich ein Priester ist!«, erwiderte sie. »Der ist irgendwie total … creepy.« Schon war die Gänsehaut vom Vorabend wieder da.

»Creepy? Gehört das bei denen nicht zur Jobbeschreibung?« Sibylle Wiemken war als Reformierte Protestantin geboren und erzogen worden. Dass die Katholische Kirche das wahre Böse war, hatte sie mit der Muttermilch aufgesogen und nie infrage gestellt. »Tag für Tag kommt es in den Medien, wie viele Kinder und junge Frauen die Typen missbraucht haben und wie diese Taten heute immer noch vertuscht oder verharmlost werden! In Kanada haben sie letztens Massengräber gefunden voller Kinderleichen. Kleine Ureinwohner, denen sie die eigene Kultur austreiben wollten. Alle unter Aufsicht von Katholen zu Tode gekommen! Wer weiß, wie viele Verbrecher sich in diesem Sumpf noch versteckt halten.« Die Oberkommissarin beugte sich über den Tisch; ihr verschwörerisches Flüstern war problemlos quer durch den Raum zu hören. »Hat Stahnke nicht etwas von Wurfäxten erzählt? Und Wurfmessern? Vermutlich sah seine ganze Wohnung aus wie eine Waffenkammer.«

»Nee, überhaupt nicht.« Manuela Schönborn konnte sich nicht erinnern, auch nur eine Spur von Waffen oder scharfen Sportgeräten bemerkt zu haben. »Im Gegenteil, es sah sehr vornehm und gediegen bei ihm aus. Ziemlich kostspielige Einrichtung, wie bei einem englischen Landedelmann. Adel kommt doch von edel, oder?«

»Keine Ahnung.« Die Oberkommissarin war ungeduldig; sie konnte ihre Neugier nicht verbergen. »Was für ein Stil denn, was für Möbel? Gib mal Details!«

Manuela Schönborn berichtete, woran sie sich erinnern konnte, und das sogar gerne, wie sie überrascht feststellte. Klatsch und Tratsch waren ihr immer ein Gräuel und eine Qual, aber dies hier war dienstlich, auch wenn sie sich nicht vorstellen konnte, wie ihre Beobachtungen sie weiterbringen sollten. Immerhin war es eine Möglichkeit, den Druck loszuwerden, den sie seit gestern Abend mit sich herumtrug.

»Die Sessel kenne ich!«, rief Sibylle Schönborn aus. »Solche stehen auch bei Carmen von Bloh im Laden. *In Style*, kennst du bestimmt. Wie oft habe ich mich gefragt, wer sich solch teure Dinger leisten kann! Religionslehrer also. Erstaunlich, oder?«

»Findest du?« Beamte waren keine Bestverdiener, dachte Manuela Schönborn, so viel war klar, aber Gymnasiallehrer nagten auch nicht am Hungertuch. Alles eine Frage der Schwerpunktsetzung. »Vielleicht spart er das Geld dafür anderswo ein«, spekulierte sie. »Durch eine günstige Miete oder so.«

»Miete? Janssen hat sich das Haus doch gekauft!«, widersprach Sibylle Wiemken. »Voriges Jahr erst! Damals waren die Preise auch nicht viel niedriger als heute. Nee, glaube mir, der Mann hat mehr Geld, als man denken sollte.«

»Woher hast du das denn?« Über die Recherchekünste ihrer Kollegin erzählte man sich in anderen Abteilungen Wunderdinge. Solche Details über den Oldenburger Immobilienmarkt konnte man bestimmt nicht ohne Weiteres googeln.

Die Oberkommissarin grinste verschmitzt. »Reiner Zufall! Der Sohn meiner Nachbarin hat vor zwei Jahren geheiratet, letztes Jahr kam das erste Kind, und die Wohnung wurde zu klein. Er wollte gerne ein Haus im Stadtgebiet kaufen, auch renovierungsbedürftig, und das in der Ehnernstraße wär's gewesen. Gehörte einer Erbengemeinschaft, die wollte unbedingt verkaufen, typisch! Nur für den Fall, dass du mal bei solchen Leuten mieten möchtest. Lass es!« Sie bremste ihren Redefluss, fand den Gesprächsfaden wieder: »Dieser Nachbarssohn war sich schon mit den Erben einig, da bot Patrick Janssen mal eben 15.000 Euro mehr und schnappte ihm das Haus vor der Nase weg. Aus heiterem Himmel. Ist das zu fassen? Sie sind dann doch nach Petersfehn gezogen und müssen nun jeden Tag pendeln. Eine Schande, ehrlich.«

Manuela Schönborn spürte, wie sich die feinen Härchen auf ihren Unterarmen aufrichteten. Geld für teure Möbel, okay, Janssen verdiente nicht schlecht. Geld für ein Haus im Stadtgebiet – mit etwas Eigenkapital bekam man das bei jeder Bank mit Kusshand, denn Immobilien waren aktuell die beste Sicherheit. Aber mal eben 15.000 Euro zusätzlich in den Pott schmeißen, einfach so, um einen Konkurrenten auszustechen? Das machte nur jemand, der Kohle im Überfluss besaß. Und die entsprechende Einstellung hatte.

Hatte Janssen nicht behauptet, er hätte Alan Kaya kein höheres Darlehen gewähren können, weil er nicht über die nötigen Mittel verfügte? Das passte nicht zusammen. Wenn der Religionslehrer in diesem Punkt gelogen hatte – worüber noch?

Das Bild fiel ihr wieder ein, das Gemälde von der halb entblößten Frau mit dem verstörenden Gesichtsausdruck. Erwartung und Angst, Entsetzen und Begehren … kalte Schauer überliefen sie so heftig, dass sie sich schüttelte.

»Kind!« Sibylle Wiemken war plötzlich wieder ganz die Mutter, die sie in Wahrheit gar nicht war. »Was hast du, was ist mit dir? Geht es dir nicht gut? Was ist passiert?«

Distanzlos und übergriffig, dachte Manuela Schönborn. Aber in diesem Moment schreckte sie das nicht, es fühlte sich vielmehr an wie ein Paar ausgebreiteter Arme, und sie fing an zu erzählen.

18.

Thorsten Venema war kein Frühaufsteher, das wusste jeder in der Polizeiinspektion Oldenburg. Berthold Seifert auch. »Reine Schikane«, knurrte der Oberkommissar, nachdem sein ranghöherer Kollege ihn in aller Herrgottsfrühe aus dem Bett geklingelt und in die Bloherfelder Straße 235 beordert hatte. Warum zur Wasserschutzpolizei, Seifert war doch zur Mordkommission abgeordnet? Aber ehe der schlaftrunkene Venema diese Frage herausbrachte, hatte Seifert das Gespräch schon beendet, und der Rückruf endete in der Mailbox. Fluchend quälte Venema sich aus dem Bett.

Er duschte im Schnelldurchgang, zog seinem vom Dampf weichgezeichneten Spiegelbild eine Grimasse, kämmte halbherzig seinen struppigen Bart und verbrannte sich den Mund am heißen Tee. Seine Gedanken schweiften ab zu Layan. Wie mochte es ihr ergangen sein gestern Nacht mit Stahnke und Kramer, diesem Steingesicht aus Leer? Er traute sich nicht, anzurufen und zu fragen; sein Chef war nicht gut auf ihn zu sprechen, das war er nie, warum auch immer. Er konnte ihm das als Insubordination auslegen und ihm einen Strick daraus drehen, falls er davon erfuhr. Layan hätte ihn natürlich jederzeit anrufen können, aber das tat sie nicht.

Leichtfüßig tänzelte er die beiden knarrenden Holztreppen hinunter, öffnete die verquollene Haustür mit geübtem Schwung und sog die frische Morgenluft ein. In solchen Augenblicken wäre er gerne ein Morgenmensch gewesen, weitaus lieber aber hätte er noch eine halbe Stunde in seinem warmen Bett gelegen. War das Leben eigentlich für alle Menschen voller Widersprüche oder nur für ihn?

Er zog sein Fahrrad aus dem Verschlag und schwang sich in den Sattel. In Oldenburg fuhr man Rad, schon immer, lange vor den Studentenmassen und dem *Corona*-Push, der die Fahrradbranche zu einer Goldgrube gemacht hatte. Jan Veldhuis konnte von Glück reden, dass seine Eltern ihm einen bereits florierenden, gut eingeführten Laden hinterlassen hatten, mit dem es sich prächtig auf der Welle des großen Booms surfen ließ, dachte Thorsten Venema. Na ja, mal abgesehen davon, dass Veldhuis mit größter Wahrscheinlichkeit tot war.

Der Autoverkehr war für die Tageszeit schon recht dicht, aber Venema bewegte sich darin wie ein Fisch im Wasser. Italienischer Stil: Fahr doch, wo Platz ist! Auf dem Gehweg oder zwischen den Fahrspuren, im Slalom zwischen Autos und Passanten hindurch, ohne Rücksicht auf Rechtsfahrgebot oder Ampelfarben. Einen Thorsten Venema überholte so leicht keiner, schon gar kein Elektrorentner, jedenfalls nicht im Stadtgebiet. Das war sein Terrain, sein Turf. Den hatte ihm bis jetzt noch kein Kollege von der Verkehrswacht streitig gemacht.

Zwischen seiner Wohnung in der Winkelmannstraße und der Bloherfelder Straße lagen die Hauptgebäude der Universität. Ob Layan ihm hier über den Weg lief? Unwahrscheinlich, zu früh, außerdem hatte sie meist in den Labors zu tun, und die lagen woanders. Mittags konnte man sie oft in der Mensa antreffen. Mal schauen, dachte Venema, vielleicht lässt sich das heute einrichten.

Ob das überhaupt Sinn hatte und wozu das führen mochte, stand auf einem anderen Blatt. Vielleicht kam der Gedanke, der ihm bei ihrer ersten Begegnung durch den Kopf geschossen war, der Wahrheit am nächsten: Die ist eine Nummer zu groß für mich. Keine schöne Erinnerung; sie trieb ihm die Hitze in den Kopf. Er strampelte gegen die Wut an. An diesem Morgen überholte ihn niemand.

Berthold Seifert empfing ihn grinsend, mit spiegelnder Glatze und streng riechendem Kaffeepott. »Habe mal ein bisschen herumgestöbert«, tat der Hauptkommissar kund. »Wir wussten bereits, dass Jan Veldhuis Anfang letzter Woche mit seiner Jacht *Sharin* in Hooksiel zum Urlaubstörn aufgebrochen ist. Am Dienstag, genauer gesagt. Die nächsten beiden Nächte hat er auf Langeoog verbracht, also die auf Mittwoch und auf Donnerstag. Ausgelaufen ist er Donnerstagmorgen bei Hochwasser, beim ersten Büchsenlicht, so früh, dass nicht einmal der Hafenmeister ihn mehr fragen konnte, wohin er wollte. Und der ist bekennender Frühaufsteher!«

»Am Sonntagmittag trieb das Boot führerlos und voller Blut in der Nordsee vor Langeoog«, ergänzte Venema. »Wo war es in der Zwischenzeit?«

»Soweit ich weiß, nirgendwo.« Seiferts Grinsen wirkte durch seinen Kaiser-Wilhelm-Schnurrbart grotesk breit. »Ich habe alle infrage kommenden Jachthäfen abgeklappert, teils telefonisch, teils per Mail oder über Kollegen. Alle Ostfriesischen Inseln von Borkum bis Wangerooge, die Sielhäfen von Greetsiel bis Harlesiel, außerdem Emden, Norddeich, Wilhelmshaven, Bremerhaven und Cuxhaven, Fedderwardersiel, Nordenham und Brake. Natürlich auch bei den Holländern in Eemshaven und Delfzijl. Sogar in Wremen, Dorum und Brunsbüttel habe ich mich erkundigt. Nirgends hat eine Jacht namens *Sharin* über Nacht angelegt.«

Venema stöhnte. »War er vielleicht weiter weg?«, fragte er. »Aber wie kam sein Boot dann am Sonntag wieder nach Langeoog?«

»Unwahrscheinlich, dass er weiter weg war.« Seifert schüttelte den kahlen Kopf. »Passt auch nicht zu seinem bekannten Bewegungsprofil. Für mich deutet alles darauf hin, dass sich der für Jan Veldhuis tödliche Vorfall im Verlauf des Donnerstags ereignet hat. Veldhuis ging über Bord, seine Jacht trieb steuerlos in der Nordsee, bis sie am Sonntag zu stranden drohte.«

»Drei Tage und drei Nächte, ohne entdeckt zu werden?« Thorsten Venema schüttelte zweifelnd den vom schnellen Radeln immer noch leicht geröteten Kopf. »Die Nordsee ist seit jeher eines der am dichtesten befahrenen Reviere der Welt. Außerdem hat der Frachtschiffverkehr in den letzten Jahren noch deutlich zugenommen, durch Globalisierung und so. Wie könnte man da eine treibende Segeljacht übersehen?«

Seifert lehnte sich zurück und verschränkte die Arme. Sein penetrantes Grinsen hatte einem nachdenklichen Gesichtsausdruck Platz gemacht. »Weißt du, ich bin selbst mal zur See gefahren«, sagte er. »Damals waren wir noch 40 Mann Besatzung auf einem 40.000-Tonnen-Frachter. Kapitän und drei Offiziere, dazu drei oder vier Ingenieure, seemännisches Personal, Maschinisten, zwei Köche und ein Funker. Dazu meist ein paar Schiffsjungen und Praktikanten. Wenige Deutsche, überwiegend Portugiesen, Afrikaner und Philippinos, aber das störte nicht. War immer ganz lustig unterwegs, abends saß man bei Poker oder Skat zusammen und hörte Musik, tagsüber waren wir meist an Deck, Rost klopfen und Farbe machen. Wenn das so geblieben wäre, dann wäre ich vielleicht auch bei der Christlichen Seefahrt geblieben. Ist es aber nicht, deswegen bin ich hier.«

»So viel Personal war auf Dauer zu teuer für die Reeder.« Venema nickte. »Deswegen wurden die Besatzungen verkleinert. Das meinst du doch?«

»Zu teuer für die Reeder!« Seifert schnaubte. »Zu teuer für den Mist, der heutzutage transportiert wird, und zwar rund um den Globus! Warum Christbaumschmuck aus China holen? Und warum Altpapier und Plastikmüll dorthin verfrachten? Das ist der pure Wahnsinn! Erst haben sie die Schiffe so billig wie möglich zusammenbraten lassen, bis nur noch asiatische Hersteller davon überleben konnten, während in Deutschland die meisten Werften eingingen, dann haben sie die Schiffe ausgeflaggt, damit sie weder Steuern noch anständige Löhne zahlen mussten, und dabei haben sie die Besatzungsgrößen ständig weiter minimiert. Solch ein Schiff, auf dem wir damals mit 40 Mann gefahren sind, wird heute von ganzen acht Leuten bewegt! Acht Leute für alle Dienste rund um die Uhr! Verstehst du, was das bedeutet?«

Venema war sich nicht sicher. Das sah man ihm an.

»Das bedeutet, dass es nur noch einen Mann zurzeit auf der Brücke gibt, der sich allein um alles kümmern muss«, beantwortete Seifert seine eigene Frage. »Überwiegend überwacht er Bildschirme, Autopilot, Computer. Glaubst du, so einer hat Zeit, rechts und links aus dem Fenster zu gucken? Alles, was nicht direkt auf Kollisionskurs liegt, interessiert ihn nicht. Und selbst wenn er etwas sehen würde, das nicht in Ordnung ist, zum Beispiel eine Jacht mit killenden Segeln – glaubst du, er würde sich kümmern? Was hätte er davon? Jede Menge Ärger! Sein Schiff müsste aufstoppen, den Kurs ändern, womöglich ein Beiboot aussetzen. Der Fahrplan würde durcheinanderkommen, die Hafenzeiten könnten nicht eingehalten werden, und die Reederei würde ihm die Hölle heißmachen. Nee, glaube mir, solang keiner ›Mayday‹ funkt oder an Deck steht und um Hilfe schreit, passiert gar nichts. Seefahrt kennt nur noch eine Not, und die heißt Geld verdienen.«

Thorsten Venema war verwirrt. Was war mit Seifert, dem ewig spottenden Bruder Leichtfuß, passiert? Warum klang er plötzlich wie ein linksgrüner Revoluzzer? Etwas hatte seinen empfindlichen Nerv getroffen. Offenbar hatte jeder Mensch solch eine Saite, dachte Venema. Wenn die angeschlagen wurde, klang alles und jeder plötzlich anders.

In seiner Hosentasche vibrierte sein Handy. Dankbar für die Unterbrechung, nahm er den Anruf an. »Moin, Lüppo! Auch so früh schon auf den Beinen?«

»Was heißt denn so früh? Der Vormittag ist schon halb um«, knarrte die Stimme des Langeooger Inselpolizisten in seinem Ohr. »Pennt ihr Festländer denn immer in den helllichten Tag hinein? Pass auf, ihr wolltet doch Namen von mir.«

»Genau.« Thorsten Venema schnappte sich Zettel und Stift von Seiferts Schreibtisch. »Kannst du uns schon etwas sagen?«

»Alles kann ich euch sagen«, brüstete sich Lüppo Buss. »Die Feierbiesterbande von Jan Veldhuis hat einen Ruf wie Donnerhall hier auf der Insel! Und es handelt sich um einen festen Personenkreis, auch wenn nicht jedes Mal alle dabei sind. Ich gebe dir die Namen.«

Venema notierte. Es waren vier Namen, und jeder einzelne versetzte ihn in höchste Erregung. »Das war's?«, erkundigte er sich. »Keiner mehr?«

»Das waren alle«, bestätigte der Inselpolizist. »Zeugenaussagen liegen vor, habe ich mir außerdem heute Morgen von dem Ferienhausbesitzer, der als Letzter an diese Gruppe vermietet hat, bestätigen lassen. Jan Veldhuis und diese vier.«

»Vielen Dank.« Venemas Stimme war vor Aufregung ganz heiser. »Wir halten dich auf dem Laufenden.«

»Sag an«, forderte Hauptkommissar Seifert, jetzt wieder ganz bei ihrem Fall. »Welche vier sind es?«

»Erstens Alan Kaya«, erwiderte Thorsten Venema.

»Ist tot«, konstatierte Berthold Seifert.

»Zweitens Fabian Hemmieoltmanns.«

»Ebenfalls tot.«

»Drittens Roland Ripke.«

»Dito.«

»Viertens Patrick Janssen.«

Seifert pfiff durch die Zähne. »Schau an, der Kirchenmann mit der zweischneidigen *Franziska*! Irgendetwas sagt mir, dass wir uns dessen Alibis mal genauer anschauen sollten.«

19.

»Chefsache« hatte Stahnke gesagt. Dann hatte er doch Kramer mitgenommen. Oberkommissar Oliver Kramer, jahrelang seine Stütze, sein Souffleur, sein Sonderbewacher. Zu sagen, dass er ihn in Oldenburg mehr vermisste als seine frühere Lebensgefährtin Sina, klang irreführend und falsch, aber es war etwas dran. Umso erleichterter war der Hauptkommissar, dass er Kramer jetzt neben sich hatte, wenn auch nur auf Zeit. Da galt es, jede Stunde zu nutzen.

Das Hauptgebäude des Alten Gymnasiums am Theaterwall mit seinem Säulenportal empfing sie mit wilhelminischer Wucht. Das zweiflügelige Backsteinmonstrum war Einschüchterung pur, die drei Torbögen gemahnten an aufgerissene Münder, an ein dreifaches Kasernenhofgebrüll. Wer die Freitreppe erklommen hatte, wurde hier verschlungen. Schule, dachte Stahnke, Bildung, gab es etwas Wichtigeres? Freie Geister, freies Denken, nur so ging es voran! Hier aber wurde doch jedes kindlich weiche Rückgrat schon beim bloßen Anblick geknickt. Was hatten sich die Architekten von 1878 bloß dabei gedacht? Na was wohl, dachte der Hauptkommissar, genau das natürlich! War doch kein Geheimnis, die Geschichtsbücher waren voll davon. Entschlossen stapfte er die Stufen hoch, Kramer in seinem Schlepptau.

Eine Frau im Trainingsanzug kam ihnen entgegen, den Blick fest an ihr Handy geheftet, und hielt ihnen mit der linken Hand die Tür auf, ohne sie anzusehen. Interessantes Anti-Amok-Konzept, dachte der Hauptkommissar. Was waren in den letzten Jahren nicht alles für Ideen entwickelt worden, wie man bewaffnete Terroristen daran hindern könnte, Schulgebäude zu stürmen und unter Lehrern und Schülern ein Blutbad anzurichten! Das alles aber hatte natürlich wenig Zweck, wenn man jedem x-Beliebigen die Tür aufhielt.

Drinnen war es so still, dass Stahnke zusammenzuckte, als die schwere Tür hinter ihnen krachend ins Schloss fiel. Als der Nachhall verklungen war, hörte er Stimmen, allerdings sehr leise und weit entfernt. Kam das aus den Klassenzimmern? Dafür wurde zu viel gelacht, fand er. Vermutlich war gerade große Pause, das Wetter war wunderschön, alles tummelte sich auf dem Hof. Wo war die nächste Tür ins Freie? Er gab Kramer einen Wink und stiefelte los.

»Kann ich Ihnen helfen, meine Herren?« Eine leise Stimme nagelte sie auf der Stelle fest. Eine Frauenstimme, hell und melodisch, aber mit einer gehörigen Prise Eisen darin. Woher die Frau so plötzlich gekommen war, konnte Stahnke nicht sagen; direkt aus dem Boden gewachsen vielleicht? Sie war sehr groß, sehr dünn und hielt sich sehr gerade. Ihr graues Haar war zu einem sehr straffen Dutt gebunden, ihre Augen waren ebenso blassblau wie seine eigenen, und ihr Blick, der über eine lächerlich schmale Lesebrille auf ihn gerichtet war, hätte auch ein Rudel pubertierender Jungtiger zur Raison gebracht. Stahnke zückte seinen Dienstausweis und stellte sich vor, Kramer tat es ihm nach. »Wir sind hier wegen Herrn Janssen«, sagte der Hauptkommissar. »Können Sie mir sagen, wann und wo wir ihn sprechen können?«

»Kevin Janssen? Der ist auf dem Sportplatz«, erwiderte die Frau. »Er hat gleich eine Präsentationsstunde und bereitet alles vor. Ich glaube nicht, dass Sie ihn dabei stören sollten.«

»Nein, nicht Kevin Janssen.« Stahnke kannte das aus Ostfriesland, wo dieser Name eher eine biologische Sammelbezeichnung war, noch weit vor Meier, Müller oder Schmidt. »Wir sind wegen Herrn Patrick Janssen hier, dem Religionslehrer.«

»Patrick Janssen?« Die straffe Haltung der Frau versteifte sich noch. »Darf ich bitte Ihre Ausweise noch einmal sehen?« Sie musterte die Dokumente genauer, guckte dabei sogar durch ihre Lesebrille statt darüber hinweg. »Folgen Sie mir bitte«, sagte sie dann, machte auf dem Absatz kehrt und schritt auf eine dunkelbraune Holztür zu, ohne sich nach den Besuchern umzusehen. Die Beamten zögerten keine Sekunde, der Aufforderung Folge zu leisten.

Die Frau lotste sie an zwei verlassenen Schreibtischen vorbei in einen kleinen Besprechungsraum. Nebenan schien sich das Lehrerzimmer zu befinden; man hörte ein Gewirr angeregter Unterhaltungen, lautes Lachen und Tellerklappern. Die hinter ihnen zufallende Tür kappte dies alles so gründlich wie ein Fallbeil. Die große Frau platzierte Stahnke und Kramer an einer der Längsseiten des Tisches, setzte sich ihnen gegenüber und beugte sich vor. »Was wollen Sie wissen?«, fragte sie.

Stahnke räusperte sich. »Eigentlich wollten wir mit Herrn Janssen selbst sprechen«, sagte er. »Wir hätten gern gewusst, wo er sich am Donnerstag und Freitag der vergangenen Woche aufgehalten hat. Und auch am gestrigen Montag.«

»Für den genannten Zeitraum hat sich Herr Patrick Janssen krankgemeldet«, sagte die Frau, ohne zu zögern und ohne ihren Blick von Stahnke abzuwenden. »Donnerstag früh fand ich eine E-Mail von Herrn Janssen vor. Heute vor Unterrichtsbeginn hat er ordnungsgemäß eine ärztliche Bescheinigung über seine Dienstunfähigkeit an den bewussten Tagen nachgereicht.«

Stahnke wechselte einen Blick mit Kramer. Dessen Stoikermiene war wie immer nicht zu deuten. Stellte er sich gerade vor, sein eigener Dienstvorgesetzter würde derart indiskret über das gesundheitliche Befinden seiner Leute plaudern? Solches Unbehagen aber war noch lange kein Grund, die Situation nicht im Sinne ihrer Ermittlungen auszunutzen. »Was fehlte Ihrem Kollegen denn?«, fragte er so unbefangen wie möglich, ehe er sich wieder dem Blickkontakt mit der großen Frau aussetzte.

»Zahnschmerzen vermutlich«, sagte die Frau. »Die Bescheinigung stammte jedenfalls von einer kieferorthopädischen Praxis.«

»Dürften wir den Namen des verantwortlichen Arztes erfahren?«, fragte Kramer mit routinierter Höflichkeit.

»Sicher«, sagte die Frau. »Doktor Roland Ripke.« Sie sprach den Namen abschätzig aus.

Ripke! Wieder schaute Stahnke zu seinem Kollegen, wieder blieb dessen Miene ungerührt. Noch war Roland Ripkes Tod nicht öffentlich geworden, die Pressekonferenz war erst für den Nachmittag angesetzt. Aber seit wann stellten Tote *Gelbe Scheine* aus? Stopp – solche Bescheinigungen wurden natürlich auch im Voraus ausgestellt. Es konnte also alles seine Richtigkeit haben, so makaber es für den Augenblick klang. Eins aber war klar: Seitens der Schule hatte Patrick Janssen kein Alibi für den Zeitraum, in dem die Morde geschehen waren.

»Sie halten nicht viel von Doktor Ripke?«, fragte Kramer. Ihm war der Tonfall also auch aufgefallen. »Ist Herr Roland Ripke nicht auch ein Absolvent dieses Gymnasiums?«

Die große, dünne Frau lächelte ein messerscharfes Lächeln. »So leid es mir tut, das heißt noch gar nichts, meine Herren«, erwiderte sie. »Natürlich haben wir ein paar sehr erfolgreiche Persönlichkeiten unter unseren ehemaligen Schülern, aber eben auch sehr viel Mittelmaß. Die Gauß'sche Glockenkurve, nicht wahr, wie sollte es auch anders sein! Das meiste spielt sich im mittleren Bereich ab, nur wenige ragen heraus. Nach oben wie nach unten.«

»Zählen Sie Herrn Ripke denn zu den negativ Herausragenden?« Kramer blieb hartnäckig. »Immerhin hat er es zum Doktortitel gebracht. Und zu einer eigenen Praxis.«

Die Frau schüttelte kaum merklich ihren Kopf. »Mit ausreichend Druck und Schub aus dem Elternhaus geht manches«, sagte sie. »Viele Ärzte können froh sein, dass ihre Doktorarbeiten nicht so kritisch überprüft werden wie die von Politikern! Als Schüler wäre Roland Ripke niemals in der Lage gewesen, auch nur einen halbwegs zusammenhängenden Text zu formulieren, wenn seine Eltern nicht Unsummen in Nachhilfeunterricht investiert hätten! Vor allem seine Mutter hat alle Hebel in Bewegung gesetzt. Abends, am Wochenende, in den Ferien – nur Einzelunterricht, nur von hochqualifizierten Fachkräften! Er wurde quasi durchs Abitur getragen. Für eine Spitzennote reichte es trotzdem nicht, aber dank der guten Beziehungen seiner Familie hat er einen Studienplatz in Aachen bekommen. Und was die Praxis angeht, was denken Sie, wer ihm die eingerichtet hat?«

»Immerhin hat er trotzdem seinen Weg gemacht«, sondierte Kramer. »Seit einigen Jahren steht er auf eigenen Beinen. Rückblickend sollte er seinen Eltern dankbar sein, dass sie ihn so sehr unterstützt haben. Insbesondere seiner Mutter. Meinen Sie nicht?«

Das Messerlächeln verschwand. »Täuschen Sie sich nicht«, sagte die Frau. »Haben Sie schon einmal ein Kind beobachtet, wie es nach seiner Mutter schlägt, weil sie ihm bei etwas hilft, was es unbedingt allein tun will? Wissen Sie, was für einen Wutausbruch das geben kann?«

»Wollen Sie damit sagen, dass Sie Roland Ripke für potenziell gefährlich ... äh ... halten?« Kramer schaffte es gerade noch, ins Präsens zu wechseln.

»Eruptive Persönlichkeiten muss man im Auge behalten«, erwiderte die große Frau. »Einen Doktor Ripke ebenso wie Herrn Patrick Janssen. Unter einer kultivierten Oberfläche verbergen sich oft bedenkliche Neigungen. Ob sie aus früheren Verletzungen, Zurücksetzungen oder Demütigungen resultieren, lasse ich dahingestellt. Das ist nicht unsere Sache. Das Wohl der uns anvertrauten Kinder dagegen schon.«

»Apropos Patrick Janssen«, ging Stahnke dazwischen. »Er war also von Donnerstag bis Montag nicht im Dienst. Aber heute ist er hier?«

Die Frau nickte. »Er hat als Nächstes eine Freistunde. Vermutlich hält er sich im Lehrerzimmer auf.«

»Fein.« Stahnke machte Anstalten aufzustehen. »Dürften wir dann bitte mit ihm reden?«

»Von mir aus gerne«, sagte die Frau. »Allerdings müssten Sie zuerst die Schulleitung fragen.«

Dem Hauptkommissar sackte der Unterkiefer weg. »Ach, und ich dachte, Sie ...«, stieß er hervor.

Die große Frau lächelte wieder. »Ich bin nur die Schulsekretärin«, sagte sie. »Und das schon seit vielen Jahren. Daher bin ich dieser Schule und ihren Schülerinnen und Schülern sehr eng verbunden. Ich unterstütze alles, was deren Wohl dient.« Sie erhob sich mit geschmeidiger Leichtigkeit. An der Tür hielt sie kurz inne. »Dieses Gespräch hat natürlich niemals stattgefunden«, sagte sie in einem Ton, der keinen Widerspruch zuließ. Stahnke stellte fest, dass diese Frau auch schelmisch lächeln konnte.

20.

Überwachungsvideos waren das Ödeste auf der ganzen Welt, fand Thorsten Venema. Vor allem solche, auf denen überhaupt nichts passierte. Typisch, dass Stahnke ihn mit der Überprüfung der Aufnahmen vom Parkplatz hinter Alan Kayas Leeraner Fitnessstudio beauftragt hatte! Sein Chef ließ auch keine Gemeinheit aus. Was hatte er ihm bloß getan? Venema war sich keiner Schuld bewusst. Zur Befragung von Patrick Janssen, der plötzlich zum Tatverdächtigen Nummer eins avanciert war, hatte Stahnke natürlich nicht ihn mitgenommen, sondern seinen alten Buddy Kramer, diese undurchsichtige Gestalt. Dabei hatte er, Venema, doch die entscheidende Info geliefert! Okay, auf Zuruf vom Inselpolizisten Lüppo Buss natürlich. Aber trotzdem, zählte das denn gar nichts?

Gleich nach Rückkehr von Stahnke und Kramer, wann immer das sein würde, sollte es die große Runde geben,

Sitzung der gesamten SOKO im Besprechungsraum, und danach schon bald die Pressekonferenz. Bis dahin musste er die Videos ausgewertet haben. Wenigstens hatte Sibylle Wiemken ihm ihren Arbeitsplatz überlassen, dort gab es die größten Bildschirme weit und breit. Vermutlich war die Durchsicht kein Problem, denn es gab wirklich so gut wie nichts auf diesen Videos zu sehen. Bis auf ein paar Lieferfahrzeuge war es nur Kaya selbst, der regelmäßig darauf zu sehen war, wie er morgens seinen Wagen abstellte und das Gebäude betrat, um in seinem neuen Studio zu werkeln, und es viele Stunden später wieder verließ, nachmittags oder abends. Er benutzte regelmäßig denselben Stellplatz, und der Ölfleck darauf wurde stetig größer. Vom Mittagessen schien Kaya nicht viel gehalten zu haben, dachte Venema. Mittags verließ der Mann nie das Studio, und er hatte auch nie eine Tasche oder Tüte mit einer Lunchbox dabei.

Stopp, dachte Venema, Denkfehler! Der überwachte Eingang zum Parkplatz war nicht der einzige Zugang zum Studiogebäude, es gab auch noch die Vordertür, wo keine Kamera hing. Dafür der Postkasten – deshalb hatte er auf den Videos auch kein einziges gelbes Postauto gesehen. Durch die Vordertür hätte Kaya jederzeit unregistriert zum Mittagessen gehen können. Gab es einen Imbiss in der Nähe des Gebäudes? Der Oberkommissar war sich nicht sicher. Aber der *Emspark* mit Supermarkt und diversen weiteren Geschäften war nicht weit weg, auch zu Fuß gut zu erreichen. Bequemer natürlich mit dem Fahrrad, aber über ein Rad hatte Kaya, der seinen Wohnsitz in Oldenburg hatte, in Leer wohl nicht verfügt.

Oder doch? Venema stoppte den schnellen Vorlauf. Dort, ganz rechts am Rand des vom Kameraobjektiv erfassten Bereichs, ragte etwas ins Bild. Das war doch das Hinterrad eines Fahrrads! Hatte das dort schon die ganze Zeit gestanden? Venema ließ die Aufnahme zurücklaufen. Wer hatte das Fahrrad dort abgestellt? Gleich musste die Person sichtbar werden. Warum hatte er sie denn nicht sofort bemerkt? Anscheinend war er doch kein so aufmerksamer Beobachter, wie er gedacht hatte.

Viel war von dem Rad nicht zu sehen, nur die Hälfte des Hinterrades, abgeschnitten in Höhe der Gangschaltung. *Shimano*-Kettenschaltung, bestens gewartet! Venema hielt sein eigenes Rad stets gut in Schuss und achtete auf solche Details. Viel konnte er vom Design nicht erkennen, aber doch genug, um die Marke zu identifizieren. Ein edles Teil, echt teuer! Es kam ihm vage bekannt vor. Wo hatte er solch ein Rad kürzlich gesehen? Bei Veldhuis im Laden?

Schwupps, war das Rad verschwunden. Venema fluchte leise, schaltete wieder auf Vorlauf. Jetzt musste doch zu sehen sein, wer dieses Rad dort abgestellt hatte! War es aber nicht. Das Hinterrad erschien einfach nur im Bild, das Fahrrad ruckte und kippte leicht ab, als es auf den Seitenständer gestellt wurde. Das war alles. Der Fahrer war von außerhalb des Erfassungsbereichs der Kamera gekommen und hatte sich allem Anschein nach auch dorthin entfernt.

Der Fahrer. Oder die Fahrerin.

Er schaute auf die mitlaufende digitale Zeitangabe: vergangenen Donnerstag, 17:03 bis 17:21 Uhr. Das lag im Bereich der Tatzeit.

Venema ließ die Aufnahme mehrmals im Schnellgang vor- und zurücklaufen, achtete nur auf diese eine Stelle rechts außen. Vorher kein Fahrrad, nachher auch nicht. Nur in diesem einen Zeitraum. Das bewies natürlich für sich genommen noch gar nichts. Womöglich war es ja doch Kayas eigenes Rad! Aus Oldenburg mit hergebracht, um während der

Mittagspausen beweglicher beim Essenfassen zu sein. Vielleicht auch für den Weg zwischen Bahnhof und Studiobaustelle? Nein, wozu dann der Pkw, der jeden Morgen oder Vormittag auftauchte und abends verschwand! Außerdem war dieses Rad zu teuer, um es am Bahnhof stehen zu lassen. Was wohl auch der Grund war, dass sie es auf dem Parkplatz beim Fitnessstudio nicht gefunden hatten. In Oldenburg wurden teure Fahrräder massenhaft geklaut, in Leer bestimmt auch.

Dieses Fahrrad war richtig teuer. Er kannte es gut, und er wusste jetzt auch, wo er ein Rad dieser Marke und dieses Typs schon gesehen hatte. Nicht in der *Bike World*, vormals *Fahrrad Veldhuis* – vielleicht stand dort so eines, gut möglich, er hatte aber nicht darauf geachtet. Nein, er wusste genau, wer solch ein Fahrrad fuhr, aber er wollte sich das nicht eingestehen. Er hasste diesen Gedanken. Aber nun war es passiert, er konnte sich nicht mehr selbst belügen. Layan Kleinschmidt fuhr solch ein Rad. Die Herren-Version, allein deswegen war ihm das seinerzeit aufgefallen.

Was aber bedeutete das? Bedeutete das irgendwas? Layan und Alan Kaya waren vor nicht allzu langer Zeit ein Paar gewesen, sie hatte immer noch Gefühle für ihn gehabt und sich um ihn gesorgt. Das hatte ihn, Thorsten Venema, doch so verrückt gemacht! Kein Wort davon, dass die beiden Streit gehabt hätten, dass es einen Konflikt gab, dass sie einander womöglich hassten. Oh, hätte es dafür Anzeichen gegeben, dann hätte er sich in seinem Eifersuchtswahn mit Wollust darauf gestürzt! Wie auf alles, wovon er sich größere Chancen für sich selbst versprach. Armselig kam ihm das vor, was war er doch für ein Wicht! Und trotzdem, genau so war es.

Außerdem wohnte Layan in Oldenburg, dort stand auch ihr Fahrrad, meistens sicher verwahrt im Keller ihrer hässlichen Wohnanlage. Am Sonntag waren sie beide mit ihrem Auto, einem sportlichen Peugeot, nach Bensersiel und von dort mit der Fähre nach Langeoog gefahren. Ihre Fahrräder waren nicht zum Einsatz gekommen. Alles war gut, keine Spur von Tatverdacht.

Aber der Mord war auch nicht am Sonntag geschehen, sondern vermutlich am Freitag, stichelte das fiese, intrigante Kerlchen in Venemas Hinterkopf weiter. Natürlich konnte man mit solch einem tollen Sportrad, mit solch einer teuren Shimano-Kettenschaltung, von Oldenburg nach Leer radeln, wenn man so fit war wie Layan. Wie weit mochte das sein, 60 Kilometer, vielleicht 65? Das war zu schaffen, sogar beide Strecken. Dann musste man zwar hinterher duschen, aber das ... hm ... Venema ohrfeigte sich und schrie auf, weil er versehentlich sein Ohr getroffen hatte. Bleib bei der Sache, schalt er sich. Keine Zeit für feuchtwarme Duschfantasien!

Wenn er selbst mit dem Fahrrad von Oldenburg nach Leer gewollt hätte, dann hätte er den Zug genommen, überlegte Venema. Hatte er schon öfter gemacht, allerdings nicht nach Leer, sondern weiter weg. Kostete acht Euro inclusive Stellplatzreservierung, mit Bahncard sogar nur fünf Euro vierzig. Mit dem Rad vom Bahnhof zum Tatort und zurück, das fiel weder in Oldenburg noch in Leer auf. Oder nur eine Strecke mit der Bahn, die andere als Radtour, das minimierte das Risiko, dass sich jemand beim Bahnhof an einen erinnerte. Normale Pendler kamen und gingen nicht innerhalb von einer oder zwei Stunden, das konnte auffallen, auch wenn die Gefahr nicht sehr groß war.

Na schön, dachte Venema, theoretisch, ganz theoretisch

konnte jemand von Oldenburg per Bahn und Rad nach Leer gekommen sein, um Alan Kaya nach heftigem Kampf mit einem langen Küchenmesser zu töten. Und theoretisch hätte dieser Jemand Layan Kleinschmidt sein können. Aber warum? Es fehlte doch jedes Motiv! Und vor allem: Warum wollte sie dann am Sonntag darauf unbedingt noch einmal an den Tatort zurück? Das war doch …

Mist, ein Gedanke zu viel. Für einen Täter gab es tausend Gründe, noch einmal zurück an den Tatort zu wollen! Für eine Täterin genauso. Neben den psychischen Gründen auch praktische. Hatte man dort etwas vergessen, war einem etwas aus der Tasche gefallen, war einem mit Verspätung eingefallen, dass man ein Ding mehr angefasst als hinterher abgewischt hatte? War man in etwas hineingetreten, durch etwas hindurchgefahren, hatte man Spuren hinterlassen, die einem erst einige Zeit später in den Sinn kamen? Dieser Tatort, das noch im Ausbau befindliche Leeraner Fitnessstudio von Alan Kaya, war ein ruhiger, ein wenig belebter Tatort, zumal am Wochenende. Da hatte der Täter – oder die Täterin – eine realistische Chance, das Vergessene zu holen oder die hinterlassene Spur zu verwischen, ehe jemand anderes darauf stieß. Natürlich durch die unverschlossene Vordertür, wo es keine Kamera gab, während das Rad auf dem hinteren Parkplatz abgestellt wurde, wo es vor neugierigen Blicken geschützt war – natürlich außerhalb des Kamerasektors. Danach konnten Täter oder Täterin dann in aller Ruhe zur örtlichen Polizei gehen, um dort die große Sorge um die nicht erreichbare Person des bereits Ermordeten kundzutun. Und dabei ein paar Krokodilstränen zu verdrücken.

Er, der Täter. Oder auch sie, die Täterin. Verfluchte Genderei!

»Thorsten, was fluchst du denn so lästerlich? Ach du lieber

Himmel!« Oberkommissarin Wiemken, soeben ins Gemein-schaftsbüro zurückgekehrt, spielte die Empörte. »Hast du nichts entdeckt auf den Überwachungsvideos? Tröste dich, das ist meistens so. Muss aber nun einmal gemacht werden. Niemand reißt sich um solche Idiotenjobs!«

Venema musste sich dazu zwingen, ihr mit einem wortlo-sen Lächeln zu antworten. Idiotenjob, na klar! So und nicht anders sah Stahnke ihn, und wenn sich das nicht änderte, würde er bald für alle in diesem Fachkommissariat nur noch der Idiot sein. Bis ans Ende aller Tage! Er verzog sich an den Schreibtisch in der hintersten Ecke und griff nach dem Tele-fon. Der Angerufene war nach dem ersten Klingeln dran. »Kollege Ekinci, ich hätte ein Anliegen«, sagte Venema und trug seine Bitte vor.

»Na klar, machen wir doch glatt«, erwiderte Nidal Ekinci. »Wir sind euch doch noch einen Gefallen schuldig. Eine Hand wäscht die andere.«

Also nur wegen Stahnke, dachte Venema, würgte seinen Frust hinunter und bedankte sich höflich. Dann rief er bei der eigenen Spurensicherung an. »Frau Kollegin, könnt ihr noch mal raus nach Ostrittrum?«, fragte er.

»Was für ein Ding?« Die Kollegin war neu und nicht aus der Gegend, aber als Venema erläuterte, worum es ihm ging, wusste sie gleich Bescheid. »Ich kümmere mich darum«, sagte sie und legte auf.

Venema breitete seine Arme aus und presste seine Hand-flächen auf die polierte Schreibtischplatte. Was, wenn die beiden Erfolg hatten? Oder auch nur einer von beiden? Wie-der so ein Gedanke, den er aus tiefster Seele hasste. Aber was wäre die Alternative: schuldbewusst leben mit einem bohrenden Verdacht? Nein, er musste es wissen, ganz gleich, was ihn das kostete. So war er nun einmal gestrickt.

21.

Kramer schaltete das Aufnahmegerät ein. »Bitte nennen Sie uns Ihren vollständigen Namen«, sagte er, unverbindlich höflich wie immer.

»Patrick Rainer Maria Janssen«, sagte der Mann mit dem Priesterkragen und zeigte lächelnd sein makelloses Gebiss. »Patrick nach meinem Vater, Rainer Maria wegen der lyrischen Vorlieben meiner Mutter. Rilke. Sie wissen schon, Rilkes Panther.«

Stahnke nickte. »›Ihm ist, als ob es tausend Stäbe gäbe und hinter tausend Stäben keine Welt.‹ Das eingesperrte Raubtier, kenne ich. Wir sind alle einmal zur Schule gegangen.« Ich muss mich bremsen, dachte der Hauptkommissar, dieser Kerl geht mir auf den Senkel, das darf ich nicht so deutlich zeigen.

»Fühlen Sie sich manchmal auch so?«, fragte Kramer. »Wie Rilkes Panther, eingesperrt und von der Welt abgeschieden? Spüren Sie eine Seelenverwandtschaft?«

Janssen lachte überrascht auf. »Aber meine Herren, Sie haben mich doch wohl nicht zu einem Literaturworkshop vorgeladen! Denn wenn dem so wäre, glauben Sie mir, säße ich jetzt nicht hier.«

Hier, das war das Vernehmungszimmer in der Oldenburger Polizeiinspektion. Die Schulleitung des Alten Gymnasiums hatte sich zwar sehr kooperativ gezeigt, was Janssens Freistellung vom Unterricht für den Rest des Vormittags anging, aber auch unmissverständlich deutlich gemacht, dass man die Anwesenheit der Polizei im

Schulgebäude gerne so kurz wie möglich halten wollte. Schüler hätten ihre Augen bekanntlich überall, und dank der sogenannten sozialen Medien käme man heutzutage so ungemein schnell ins Gerede ... Den Ermittlern war es recht, und wenn Janssen etwas dagegen hatte, so behielt er es für sich.

»Keine Sorge, unser Anliegen ist ganz prosaisch«, sagte Stahnke. »Wir hätten gern gewusst, wo Sie sich zwischen Donnerstag vergangener Woche und dem gestrigen Montag aufgehalten haben. In der Schule waren Sie nicht, das wissen wir schon. Wo waren Sie dann?«

»Ich fühlte mich nicht wohl ...« Janssen starrte den Hauptkommissar entgeistert an. »Von Donnerstag bis Montag, sagen Sie? Heißt das, ich bin jetzt auf einmal in allen vier Mordfällen verdächtig?«

»Beantworten Sie einfach die Frage«, forderte Kramer ihn auf.

»Ich war zu Hause ... wie Sie vermutlich wissen, lebe ich allein. Ich habe viel geschlafen, ich glaube, zeitweise hatte ich auch leichtes Fieber. Vor allem aber fühlte ich mich schwach. Der Kontakt mit vielen Menschen, vor allem jungen Menschen, ist sehr viel anstrengender, als die meisten Leute ahnen. Erschöpfend! Nicht nur, dass man ständig mit neuen Virusvarianten konfrontiert wird, die vielen zwischenmenschlichen Interaktionen lassen auch andauernd mentale Kraft abfließen. Manchmal muss man daher einfach die Akkus auffüllen, auch außerhalb der Ferien.«

»Mit den Zähnen hatten Sie nichts?«, fragte Stahnke.

»Zähne? Nein, wieso? Ach so.« Janssen errötete leicht. »Mein früherer Schulfreund Roland hat mir die Arbeitsunfähigkeitsbescheinigung ausgestellt, das war natürlich nicht ganz korrekt, hat sich aber so ergeben. Ich war gerade bei ihm, und da dachte ich, was soll ich extra noch zu meinem Hausarzt gehen, der würde ja auch nichts anderes machen können.«

»Wann waren Sie bei Doktor Ripke?«, fragte Kramer. »Gestern zufällig?«

»Nein, letzten Freitag schon. Wieso gestern, da wurde er doch …« Janssen schwieg perplex.

Ist er so naiv oder spielt er das nur, dachte Stahnke. »Letzten Freitag? Und dann gleich vordatiert übers Wochenende?«, fragte er. »Montag einschließlich, damit es glaubwürdiger wirkt?« Janssens Kiefermuskulatur arbeitete heftig, aber er antwortete nicht.

»Was war denn der Anlass für Ihren Besuch bei Doktor Ripke?«, fragte Kramer. »Einen zahnmedizinischen gab es offensichtlich nicht.«

»Ich hatte etwas mit ihm zu besprechen«, presste Janssen durch die Zähne. »Etwas Privates. Wir sind alte Freunde, wie gesagt.«

»Das ist uns bekannt.« Kramer klang vollkommen unbeteiligt. »Wie häufig haben Sie beide sich denn so getroffen? Nur Sie zwei, oder gab es einen größeren Kreis?«

»Wir sind ehemalige Schulkameraden«, wiederholte Janssen. »Natürlich gab es davon noch mehr. Sie wissen doch, die Ehemaligentreffen.«

»Mit einigen davon haben Sie sich aber doch öfter getroffen.« Dass Kramer höflich blieb, hieß nicht, dass er lockergelassen hätte. »Mit wem genau? Und bei welchen Gelegenheiten?«

»Das war durchaus unterschiedlich.« Janssen schien sich bewusst zu sein, auf welch dünnem Eis er sich bewegte. »Mit Roland häufiger, er hat mich ja auch bei der Planung unserer Kohlfahrten unterstützt. Dann natürlich Fabi, also

Professor Fabian Hemmieoltmanns. Außerdem Jan Veld-huis.« Auf seiner Stirn bildeten sich Schweißtropfen.

»Und was ist mit Alan Kaya?«, schaltete Stahnke sich wieder ein. »Wir wollen doch den Kohlkönig nicht vergessen.«

Janssen nickte widerwillig. »Ja, Alan auch. Wir fünf. Nicht immer alle, aber das war der Kreis.«

»Fünf Männer aus demselben Abiturjahrgang«, sagte Kramer. »Vier davon sind tot. Der fünfte sind Sie.«

Janssen nickte. »Ja, ich lebe. Aber wie lange noch?« Er blickte von Stahnke zu Kramer und zurück. »Sie sehen mich als Tatverdächtigen? Ist das Ihr Ernst? Mit welchem Motiv denn? Denken Sie lieber darüber nach, ob ich vielleicht das nächste Opfer bin!«

Kramer nickte. »Sicher, Herr Janssen. Wir ermitteln in alle Richtungen und behalten alle Möglichkeiten im Blick. Sie fragen nach einem Tatmotiv; das tun wir auch. Helfen Sie uns dabei, die Gründe herauszufinden, warum Ihre Freunde oder Bekannten sterben mussten. Dann können wir auch beurteilen, ob Sie womöglich das nächste Opfer sein könnten.«

Patrick Janssen wischte sich über die Stirn und lockerte seinen Stehkragen. »Wie soll ich Ihnen helfen, woher soll ich das wissen! Wir sind doch alle ganz verschieden, jeder von uns steckte in einer anderen Lebenssituation, wir hatten alle unsere Probleme, aber doch jeder andere! Wenn es einen gemeinsamen Grund gäbe, einen einzigen, aus dem irgendwer uns allen ans Leben wollte, welcher könnte das denn sein? Ich weiß es nicht, ich habe keine Ahnung!« Der Religionslehrer wurde immer lauter, am Ende schnappte seine Stimme über. Er sackte in sich zusammen und vergrub sein Gesicht in den Händen.

Stahnke sah Kramer an und hob fragend die Augenbrauen. Kramer schüttelte kaum merklich den Kopf und zog die Mundwinkel kurz nach unten. Er war nicht überzeugt von der Vorführung des Herrn Janssen, sollte das wohl heißen. Also mehr Druck. »Herr Janssen«, sagte Stahnke, »ist es wirklich so, dass Sie uns nicht helfen können? Oder ist es nicht eher eine Frage des Wollens? Wir hätten in unseren Ermittlungen schon weiter sein können, wenn Sie uns gleich von Ihren gemeinsamen Unternehmungen mit Ihren vier Kumpeln erzählt hätten. Die Gelegenheit wäre da gewesen, sogar mehrfach. Aber kein Wort von Ihnen! Stattdessen mussten wir unsere eigenen Quellen anzapfen, um zu erfahren, was Sie und Ihre Truppe auf Langeoog angestellt haben.«

Langsam hob Janssen den Kopf und ließ die Hände sinken. Mist, dachte Stahnke, diese Frage habe ich zu früh gestellt! Ich hätte ihm dabei in die Augen sehen müssen. Jetzt hat er seinen Gesichtsausdruck schon wieder unter Kontrolle. Janssens Atemfrequenz aber war deutlich beschleunigt und seine Augen hatten sich gerötet.

»Wie meinen Sie das, was wir ›auf Langeoog angestellt‹ hätten?«, fragte Patrick Janssen mit heiserer Stimme. »Was soll das gewesen sein? Wer behauptet das?«

»Langeooger Bürger sagen das!« Stahnke wurde lauter. »Solche Randale-Partys, wie Sie und Ihre Freunde auf der Insel veranstaltet haben, bleiben nicht verborgen! Es muss Ihnen doch aufgefallen sein, dass einige Vermieter Ihnen ihre Häuser und Ferienwohnungen verweigern, weil sie keine Lust haben, durch Sie Ärger mit den Nachbarn zu bekommen! Von den Sachbeschädigungen ganz zu schweigen. Im Ernst, so ein Verhalten ist doch mehr als respektlos. So etwas erwartet man am Ballermann auf Mallorca oder vielleicht noch auf Norderney, aber doch nicht auf Langeoog.«

Patrick Janssen schnaufte tief durch. Das schien zu helfen, denn anstatt sich aufzuregen, wurde er wieder ruhiger. »Dass die Ferienhausnachbarn sich durch uns derart gestört fühlten, tut mir leid«, sagte er. »Ich muss auch zugeben, dass es mir rückblickend schon peinlich ist, was wir dort veranstaltet haben. Aber wissen Sie, das sind Mechanismen, die man nicht immer kontrollieren kann. Man ist wieder im alten Kreis zusammen, so wie früher, es fallen dieselben Sprüche, dieselben Spitznamen. Schon steckt man wieder in seiner alten Rolle und macht dieselben Dummheiten wie als Pubertierender. Mitten in der Nacht schwimmen gehen, von der höchsten Düne runterpinkeln und so. Der Alkohol tut ein Übriges, und ja, manchmal ist auch etwas Cannabis im Spiel gewesen. Ich bin nicht stolz darauf, aber ich bitte auch um Verständnis. Wir stecken alle in den Zwängen unserer bürgerlichen Existenzen fest, nicht wahr? Hin und wieder muss man sich einen Ausbruch daraus zugestehen.« Er schaute Stahnke mit großen Augen und faltiger Dackelstirn an.

Der Hauptkommissar wartete. War das etwa schon alles? Wieder hatte er das Gefühl, mit seiner Attacke das Ziel deutlich verfehlt zu haben. Wenn er nur wüsste, wo dieses Ziel war!

Kramer übernahm. »Nach unseren Aufzeichnungen haben Sie ausgesagt, Alan Kaya einmal mit einer kleineren Geldsumme ausgeholfen zu haben«, referierte er. »Kayas Wunsch nach einem höheren Kredit hätten Sie abgelehnt mit der Begründung, dafür nicht genügend Mittel zur Verfügung zu haben. Ist das so weit richtig?«

Janssen breitete die Arme aus. »Was soll ich sagen? Die Gehälter von Beamten sind kein Geheimnis, es gibt Tabellen«, sagte er und lächelte fast so arrogant wie zu Beginn des Gesprächs. »Unser Status bietet uns Sicherheit, aber bestimmt keine Reichtümer, das wissen Sie ebenso gut wie ich.«

»Dennoch haben Sie ein innerstädtisch gelegenes Wohnhaus gekauft, ohne sich vorher um ein Bankdarlehen zu bemühen«, fuhr Kramer ungerührt fort. »Wir haben Kontakt zu den Verkäufern aufgenommen. Die sagen, Sie hätten Ihr Angebot nicht nur um 15.000 Euro gesteigert, um einen Konkurrenten auszustechen, Sie hätten auch den Kaufpreis in bar bezahlt. Quasi cash auf den Tisch des Hauses. Sogar die Gebühren für die Freimachung des Grundbuchs hätten Sie mit übernommen! Das ist mehr als unüblich. Können Sie mir das erklären?«

Erwischt, dachte Stahnke, als er in Janssens fassungsloses Gesicht schaute. Kompliment, Kramer, so muss man es machen! Und jetzt den Sack zuschnüren. Hat er sich das Geld für das Haus bei seinen Kumpels geborgt, ist er mit der Rückzahlung in Verzug geraten, haben sie ihn unter Druck gesetzt, bis er sie einen nach dem anderen um die Ecke gebracht hat, der klerikale Messer- und Beilwerfer? Oder was sonst? Dranbleiben, Kramer!

Kramer wartete. Janssen schwitzte wieder. Sein Blick flackerte. Warum zögerte er, worüber dachte er nach? Stahnke musste sich zurückhalten, um nicht über den Tisch zu greifen und den Mann zu packen und zu schütteln. Irgendwas aus ihm herauszuschütteln!

Nach einer Weile nickte Janssen. »Sie haben recht, das Geld habe ich mir privat besorgt«, sagte er leise. »Ich hatte auf einmal das Gefühl, dass mein Leben viel zu provisorisch war. Nicht auf Dauer angelegt, verstehen Sie?« Er schaute ausschließlich Kramer an. Der bestätigte mit einem

Senken der Augenlider. »Das drückte sich auch in meiner Wohnsituation aus«, fuhr Janssen fort. »Zweizimmerwohnung unterm Dach, kleiner Balkon, kein Garten, jährliche Inspektion der Vermieterin. Jedes Mal dieser verständnislose Blick auf die unausgepackten Umzugskartons in der Abstellkammer! Alles nur auf Zeit, immer auf dem Sprung. Und das mit fast 40 Jahren. Ich wollte endlich ankommen, irgendwo richtig zu Hause sein. ›Eigenes Heim, Glück allein‹, das ist total spießig, ich weiß, aber es ist auch wahr! Also habe ich mich umgeschaut, natürlich im Oldenburger Stadtgebiet, aufs Land wollte ich nicht. Hab mich fast auch den Hintern gesetzt, als ich sah, wie die Preise in den letzten Jahren angezogen hatten! Da hat mich gleich die nächste Panik gepackt, eine noch größere: die Angst, zu spät gekommen zu sein. Für dieses Leben. Also endgültig. Dann sah ich dieses Angebot. Alles akzeptabel, die Größe, die Lage, der Zustand, sogar der Preis. Natürlich immer noch viel zu hoch für mich. Da habe ich dann … um Hilfe gebeten.«

Wen denn, wen, wollte Stahnke schreien, aber er beherrschte sich.

»Einen Ihrer vier Freunde?«, fragte Kramer im Konversationston. »Oder gleich alle vier?«

Janssen dampfte förmlich. Sein Kopfschütteln war halbherzig. »Nein«, sagte er. »Aber dicht dran.«

Stahnke war kurz vorm Platzen. Kramer aber lehnte sich zurück und nickte nur, als sei damit alles klar. War es natürlich nicht, aber er wollte Janssen kommen lassen.

»Dass ich allein lebe, war hier bereits Thema«, setzte Janssen endlich an. »Was nicht bedeutet, dass ich an Frauen nicht interessiert wäre. Absolut. Ich bin eindeutig nicht schwul, und ich neige auch nicht dazu, Kinder sexuell anziehend zu finden. Das war doch Ihr erster Gedanke, wetten?« Er lachte höhnisch. »Verhinderter katholischer Priester, unverheiratet, arbeitet als Lehrer, der muss doch pädophil sein! In der Tat benutzen viele derart Veranlagte die katholische Kirche als Unterschlupf und Betätigungsfeld für ihre Neigungen, und man muss leider sagen, die Kirche mit ihren überkommenen Hierarchien und teils absurden Strukturen bietet sich dafür geradezu an. Ich aber gehöre nicht zu diesen Menschen. Nichtsdestoweniger sind meine Neigungen – nun ja – speziell. Sie machen mir eine konventionelle Beziehung zu einer Frau sehr schwer. Bis jetzt unmöglich. Trotz aller Versuche keine Chance.«

Stahnke hatte sich vor dieser Befragung von Sibylle Wiemken auf den aktuellen Stand der Ermittlungen bringen lassen. Er wusste, was ihre junge Kollegin Manuela Schönborn in Janssens Haus beobachtet und empfunden hatte. Er wusste ebenfalls, dass in Deutschland die meisten Dinge, die zwei Erwachsene freiwillig und ohne Zwang miteinander anstellten, gesetzlich nicht zu beanstanden waren. Nicht erst seit *Fifty Shades of Grey* fanden viele Menschen diese Grauzone prickelnd und interessant. Stahnke zählte sich selbst nicht dazu. Noch nie hatte er beim Einstecken seiner Diensthandschellen einen erotischen Kitzel verspürt. Bei deren Benutzung schon gar nicht. »Bei welcher Kategorie Frauen versuchen Sie es denn?«, fragte er. »Die Pädophilie, die Sie so vehement bestreiten, will ich Ihnen gar nicht unterstellen. Aber ein Gymnasium wie das Ihre bietet auch oberhalb der gesetzlich gezogenen roten Linie so allerhand, nicht wahr?«

Die Provokation funktionierte prompt. »Ich verbitte mir solche Unterstellung!«, brüllte Janssen los. Das klang nicht gespielt, sondern nach heiligem Zorn. »Niemals mit Schutzbefohlenen, was erlauben Sie sich, ich bin doch nicht Chefredakteur bei der *BILD*! Gleichgesinnt, gleichberechtigt, auf Augenhöhe, das sind meine Kriterien, und die halte ich eisern ein. Was glauben Sie denn, warum es mir so schwerfällt, eine dauerhafte Partnerin zu finden?«

»Aber eine Partnerin gefunden haben Sie schon, wenn auch nicht auf Dauer«, stellte Kramer ruhig fest. »Eine mit Geld, das entnehme ich Ihren vorherigen Ausführungen. Dazu eine mit Geschmack. Die leider nicht bereit war, sich fest an Sie zu binden. Oder nicht dazu in der Lage, weil sie bereits anderweitig gebunden war. Wollen Sie den Namen sagen, oder soll ich das tun?«

Respekt, Kramer, dachte Stahnke. Wieder einmal war er von der Gedankenschnelle und dem Kombinationsvermögen seines Kollegen begeistert. Wobei er inzwischen auch selbst auf die Lösung gekommen war.

Patrick Janssen schien das klar zu sein. »Carmen von Bloh«, sagte er mit Flüsterstimme. »Eine phantastische Frau, die genauso tickt wie ich. Wissen Sie, wie schwer es ist, jemand Adäquates für Sado-sado-Intimitäten zu finden? Nicht Sadomaso, wohlgemerkt, das findet man an jeder Ecke, vergleichsweise! Aber eine Frau, die das Spiel genauso spielt wie ich, mit der jedes Zusammensein ein atemberaubendes Kräftemessen ist ...« Er atmete schwer. »Carmen aber hing total an ihrem Fabian. Dabei war der doch bloß ein ganz öder Studentinnenbekuschler! Note gegen Couch, genau das, was Sie mir unterstellen wollten, bloß eine Bildungsstufe höher.«

So etwas habe ich Ihnen nicht unterstellt, wollte Stahnke lospoltern, aber Kramer stoppte ihn mit einem leichten Stirnrunzeln. Janssen war noch nicht fertig, und Kramer nicht mit ihm.

»Sie hat ihm immer alles erzählt«, fuhr Janssen fort. »Er sollte es wissen und durfte nichts sagen. Das war Teil ihres

Spiels. So gesehen verstehe ich sie ja. Fabian hat das gequält, aber er dachte natürlich nicht daran, sie aufzugeben. Dafür hatte er tausend Gründe, und das Geld war nur einer davon! Umso wilder hat er den kleinen Germanistinnen nachgestellt. Was habe ich auf den Tag gewartet, an dem er an die Falsche geriet, von wegen *Me-too*-Bewegung und so! Ich hätte gerne nachgeholfen und ihn hochgehen lassen, aber das wusste Carmen natürlich und hat mir die Pistole auf die Brust gesetzt. Ein Wort, und sie schießt mich ab! Wenn, dann wollte sie das selbst entscheiden. Die Frau weiß, wo und wie sie einen packen muss.«

»Sie hätten alles getan für diese Frau?«, fragte Kramer.

»Darauf können Sie Gift nehmen«, stöhnte Janssen.

»Und haben Sie?«

Janssen schnappte nach Luft.

Kramer gab seinem Chef ein Signal mit der Augenbraue. Unauffällig schob er dabei ein Handgelenk über das andere. Stahnke nickte und erhob sich. Nichts wie hin zur Staatsanwaltschaft! Wenn es dafür keinen Haftbefehl gab – wofür dann?

22.

Gertrud Reershemius war eine achtunggebietende Frau, selbst wenn sie mit hochrotem Kopf, zerzaustem Dutt und großen Schweißflecken unter den Armen in ihrer Marmeladenküche vor blubbernden Töpfen stand. Vielleicht gerade dann, dachte Lüppo Buss. Hier zeigt sie, wer sie ist und was sie kann, auch im hohen Rentenalter noch, ungebeugt und Herrin der Lage, jedem Sturm trotzend. Dass Gertrud ausgerechnet mit dem verdorrten Gnom Klaas verheiratet war, der ohne Zahnprothese und Gehstock nicht einmal Windstärke fünf standhalten würde, kam ihm widersinnig vor. Aber Gegensätze zogen sich nun einmal an, was wollte man machen.

»Moin, Lüppo!« Gertrud stemmte die Fäuste in die Seiten und nickte dem Inselpolizisten zu. »Lust auf was Leckeres? Dann musst du zu Tini in den Laden gehen, die hat noch Vorrat. Die neue Produktion ist noch nicht so weit.« In den blanken Töpfen kochten Sanddornbeeren, ihre Spezialität. Die durcheinanderbrodelnden Ströme orangefarbener Kügelchen erinnerten Lüppo Buss an kochende Lava. In die hätte er ebenso gerne hineingebissen wie in dieses Zeug, nämlich gar nicht. Sanddorn, so fand er, taugte nur dazu, um mit völlig überzogenen Preisen gutgläubigen Touristen das Geld aus der Tasche zu ziehen, Vitamingehalt hin oder her. Wenn er etwas Süßes auf seinem Brötchen wollte, dann Erdbeermarmelade, alles andere war Mumpitz.

»Wieso hast du denn schon frischen Sanddorn?«, fragte er. »Die Ernte geht doch erst nächsten Monat los, sogar für die frühen Sorten!«

»Lüppo, Lüppo, du alter Inselsheriff!« Gertrud Reershemius schüttelte grinsend den Kopf. Weiße Strähnen umtanzten ihr Gesicht, einige blieben kleben. »Hast du gar nicht mitgekriegt, was für Fortschritte die Technik in den letzten 50 Jahren gemacht hat? Bekommst du deine Steckbriefe immer noch per Brieftaube zugeschickt? Also ich jedenfalls bin up to date oder wie das heißt. Auf Draht. In diesem Fall Elektrodraht.« Sie zeigte auf die offene Tür zum Nebenraum, wo drei große Tiefkühltruhen vor sich hin surrten. »Letztes Jahr schockgefrostet! Die Sanddornbeeren sind so gut wie taufrisch.«

Es war warm draußen an diesem Julitag und hier in der Küche verdammt heiß. Trotzdem fröstelte Lüppo Buss. Falls Klaas Reershemius irgendwann nicht mehr öffentlich auftauchen sollte und seine Rente trotzdem weiterlief, wusste er genau, wo er zuerst nachschauen würde.

»Und was treibst du so?«, fragte Gertrud Reershemius. »Schnüffelst ungehörigen Feriengästen hinterher, wie ich höre? Davon gibt es einige, das kann ich dir flüstern.« Die alte Frau schien in mitteilsamer Stimmung zu sein. »Nicht nur Jan Veldhuis und seine spätpubertäre Bande! Aber die haben es wirklich sehr bunt getrieben das letzte Mal, das muss ich zugeben. Ich habe noch zu Sharin gesagt damals: Mädchen, halt dich bloß fern von denen, die sind kein Umgang für dich!«

»Zu Sharin? Sharin Veldhuis?« Der Inselpolizist hatte sich gefragt, wie er das Gespräch unauffällig auf die Schwester des Verschwundenen bringen konnte. Diese Sorge war er los. »Die war hier auf Langeoog, während eine dieser wilden Partys lief? Wann war denn das? Dieses Jahr?«

»Anfang Mai«, sagte Gertrud Reershemius. »Frühsommer, die Saison lief schon, trotzdem haben die Kerle kurzfristig noch ein Haus gekriegt. Tebbes Bude, kennst du bestimmt, das gammelige Ding wird immer als Letztes vermietet. Selbst das hätten sie nicht gekriegt, nach all dem, was sie vorher angestellt haben, wenn Tebbe nicht sowieso vorgehabt hätte zu renovieren.« Sie lachte. »Natürlich hinterher! Und vorher hat er die Typen ordentlich bluten lassen. Macht denen aber nichts, die haben Geld genug, wie man so hört.«

Als ob Insulaner danach fragen würden, ob einer Geld genug hatte, ehe sie ihn zur Ader ließen, dachte Lüppo Buss. Er war Langeooger aus Überzeugung, aber Illusionen machte er sich keine. »Und warum sollte Sharin sich von ihrem Bruder fernhalten? Ich dachte, die beiden hätten sich gut verstanden.«

»Und ob die das haben!« Entrüstet streckte die alte Frau ihr spitzes Kinn vor. »Vor allem seit damals, als die Kleine zum ersten Mal … ach Gott.« Ihre Miene verdüsterte sich. »Ich könnte mich heute noch ohrfeigen, wenn das nur etwas nützen würde«, stöhnte sie. »Damals hat Sharin einen Knacks weggekriegt. Ich hatte gehofft, sie würde etwas daraus lernen, dass sie an diesem Drogenzeugs beinahe gestorben wäre. Aber im Gegenteil! Irgendwas ist seinerzeit passiert in ihrem Kopf. Danach hat sie ihre Finger niemals von solchem Stoff lassen können, jedenfalls nicht dauerhaft, ganz egal, wie viele Therapien sie gemacht hat. Jan hat sie immer unterstützt, wie viele Rückfälle sie auch hatte.« Gertrud rieb sich die Augen, dann schaute sie den Inselpolizisten einen Moment lang fragend an, ehe sie sich an dessen Frage erinnerte. »Ach so. Jan war seinerzeit bei dieser letzten Party gar nicht dabei! Nur die anderen waren hier, seine Kumpels, die ollen Undögen. Taugenichtse! Mit denen sollte Sharin sich besser nicht abgeben.«

»Verständlich.« Lüppo Buss nickte. »Das wäre ja, als würde ein trockener Alkoholiker einen Abend mit Klaas und seinen Kumpanen im *Dwarslooper* verbringen!« Er hielt das für einen treffenden Vergleich, aber ein Blick in Gertrud Reershemius' Gesicht verriet ihm, dass er in dieser Küche der Einzige war, der das fand. »Und wie ist es dann gelaufen?«, fragte er. »Hat Sharin den Abend bei dir verbracht? Oder bei euch beiden mit einer Tasse Tee beim Fernsehquiz gucken?«

Gertrud Reershemius schüttelte den Kopf. »Leider nicht. Wir haben uns gestritten, weil sie meinte, dass ich sie bevormunden würde, und dass sie sehr gut auf sich selbst aufpassen könnte. Dann ist sie abgedampft, mit ordentlich Brass und einer Menge Wut im Bauch. Das ist ja überhaupt ihr Problem, dass sie so eine Bauchgesteuerte ist!«

»So, ist sie das.« Lüppo Buss hatte die Erfahrung gemacht, dass eher die Männer das emotionale Geschlecht waren. Man musste die Typen doch nur beim Fußball gucken beobachten, wie die sich aufregten, völlig ohne jeden Sinn und Verstand! Oder wenn sie über Autos sprachen. Das fand er besonders absurd, weil Langeoog doch autofrei war, aber es gab hier Männer, die fast über nichts anderes redeten. Wie die Ochsen von der Familienplanung! »Habt ihr euch denn anschließend wenigstens wieder versöhnt?«

»Leider nicht.« Die alte Frau schaute betrübt zu Boden. »Sie musste gleich wieder weg, mit der ersten Fähre am nächsten Morgen, das hatte sie mir vorher schon erzählt. Irgend so eine neue Ausbildung wollte sie anfangen, zur Heilpraktikerin, glaube ich. Oder zur Heilerin? Das Ganze sollte jedenfalls in Frankreich stattfinden, in Lourdes. Auf Lourdes war sie total fixiert, vor Jahren hat sie eine Wallfahrt dorthin gemacht, hat sie wohl stark beeindruckt. Sie trug seitdem immer einen Anhänger um den Hals, so eine Art Medaille, mit der Madonna drauf, obwohl sie doch gar nicht katholisch ist. Der Heilpraktiker-Lehrgang sollte ein Heidengeld kosten, wieder einmal, aber sie meinte, Jan würde es ihr vorstrecken. Ha, vorstrecken! Als ob sie ihm jemals etwas zurückgezahlt hätte. Aber Jan konnte seiner kleinen Schwester eben nichts abschlagen. Seit damals.«

»Na ja, immerhin eine Ausbildung.« Der Inselpolizist zuckte mit den Schultern. »Vielleicht führt das zu einer regelmäßigen Berufstätigkeit, und die wiederum bringt Stabilität in Sharins unstetes Leben.« Er verstummte, denn der Blick, den die alte Frau ihm zuwarf, sagte mehr als deutlich, dass darauf wohl wenig Hoffnung bestand.

Gertrud Reershemius schaute in ihre brodelnden Töpfe. »So, ich muss langsam mal abfüllen«, verkündete sie. »Hast du was auf dem Herzen, Lüppo? Ich muss zusehen, dass ich hier weiterkomme.«

Lüppo Buss schüttelte den Kopf und verabschiedete sich. Draußen wehte ein angenehmer Wind, der seinen vom Küchendunst erhitzten Kopf kühlte. Von allen Seiten, denn so schnell hörte der Inselpolizist mit dem Kopfschütteln nicht auf.

23.

Es gab Fahrräder, dachte Thorsten Venema, die waren schon Schrott, während sie noch brandneu im Laden standen. Der Oberkommissar neigte eher zur Selbstkritik als zum Hochmut, aber Leute, die ihre Räder im Supermarkt oder online beim Billigheimer kauften, konnte er nicht ernst nehmen. Auch unter den teureren Rädern gab es viele, die ihren Preis nicht wert waren, weil sie ergonomisch fehlkonstruiert waren oder andere nicht korrigierbare Mängel aufwiesen. Und selbst ein gutes Fahrrad passte nicht zwangsläufig zu jedem Fahrer oder zu jeder Fahrerin, wie er aus leidvoller Erfahrung wusste. Einen vierstelligen Betrag auszugeben, bescherte einem nicht automatisch ein gutes Fahrgefühl, dazu bedurfte es qualifizierter Beratung und einiger Grundkenntnisse in Biomechanik und Werkstoffkunde. Dann bekam man, so wie er selbst, ein Fahrzeug, mit dem es Freude machte, etwas für Umwelt und Klima und für die eigene Gesundheit zu tun. Was brauchte man mehr?

Nun ja, das hier vielleicht, dachte Venema und streckte vorsichtig seine Hand aus, um dieses Kunstwerk aus Karbon und Aluminium, das in der *Bike World*, vormals *Fahrrad Veldhuis*, prominenter präsentiert wurde als die Mona Lisa im Louvre. Ehrfürchtig glitten seine Fingerkuppen über die makellose Oberfläche dieses Fahrzeugs, das alle Vorzüge eines Trekkingrades mit denen eines Mountainbikes zu kombinieren versprach, andächtig registrierte er das Geniale dieser Konstruktion, die mit der Beschränkung auf das Wesentliche glänzte, ohne dass er irgendetwas vermisst hätte. Bewundernd betrachtete er das ausgeklügelte Reifenprofil, das an Schuppen erinnerte und zugleich an flache, aneinandergereihte Schlangenköpfe, ein überzeugender Kompromiss zwischen den einander widersprechenden Forderungen nach Grip einerseits und Leichtlauf andererseits. Entsetzt riss er die Augen auf, als sein Blick das Preisschild streifte. Waren die denn wahnsinnig? Genial hin oder her, dies hier war doch immer noch ein Fahrrad! Wie sollte denn ein normaler Mensch solch einen Preis bezahlen? Von einer Studentin wie Layan ganz zu schweigen.

»Da sind Sie ja wieder.« Der große, dünne, langgesichtige Verkäufer mit der gelben Kappe und dem Bergtrikot mit den roten Punkten baute sich vor Venema auf. Sein Gesichtsausdruck war diesmal eher besorgt als blasiert. »Gibt es Neuigkeiten bezüglich Herrn Veldhuis? Ich konnte ihn bisher nicht erreichen, obwohl ich es mehrmals versucht habe. Eigentlich nichts Ungewöhnliches, denn wenn Herr Veldhuis seine Ruhe haben will, hält er konsequent Funkstille. Aber nach Ihrem ersten Besuch, Herr Kommissar, war ich doch etwas besorgt und habe meinem Chef eine *WhatsApp*-Nachricht mit dem Codewort geschickt. Darauf antwortet er gewöhnlich, so ist die Verabredung. Aber diesmal – nichts.«

»Codewort? Was für ein Codewort?« Warum erfahre ich das erst jetzt, dachte Venema und wollte schon aufbrausen, hielt sich aber zurück, als ihm einfiel, wie er den eingebildeten Schnösel bei seinem ersten Besuch hier in der *Bike World* hatte stehen lassen. »Ich muss das unverzüglich wissen, ebenso wie die Nummer von Herrn Veldhuis' Handy.«

Der Verkäufer zögerte nur eine Sekunde, dann gab er die Daten heraus. Offenbar war er wirklich sehr besorgt.

»Das Codewort ist *Ulle Velo*«, verriet er. »Das darf ich nur verwenden, wenn hier die Hütte brennt, um es salopp zu sagen. Oder wenn die Franzosen etwas wollen. Na ja, ich dachte, Polizei im Haus, das ist schon … Sie verzeihen, aber das ist nicht das, was man sich wünscht als Geschäftsmann, nicht wahr?«

Venema ging nicht darauf ein. »Ulle was? Wie buchstabiert man das?«, brummte er und kramte sein Notizbuch heraus. »Velo wie Fahrrad, ja? Und wieso Ulle?«

»Ulle kommt von Jan Ullrich«, erklärte der Verkäufer. »Kennen Sie vielleicht, Ullrich aus Rostock, genannt Ulle, der erfolgreichste deutsche Straßenradfahrer seiner Zeit, also etwa zehn Jahre, bevor Herr Veldhuis seinerzeit das Bergtrikot gewann.« Er reckte seine magere Brust. »Jan Ullrich wird in Frankreich nach wie vor hoch geschätzt, trotz dieser Unstimmigkeiten seinerzeit, und weil Herr Veldhuis denselben Vornamen trägt wie Jan Ullrich, nannten ihn viele Fans Ulle Velo. Andere riefen ihn Jean, in Anlehnung an seinen Vornamen Jan. Beide Namen waren eine Zeit lang sehr populär bei den Franzosen.«

»Unstimmigkeiten?«, knurrte Venema. »Soviel ich weiß, wurde Jan Ullrich des Blutdopings überführt. Sein Toursieg beruhte auf Betrug und wurde ihm folgerichtig aberkannt. Seinem gesamten Sport hat Ullrich damit einen Bärendienst erwiesen.«

»Typisch deutsche Sichtweise«, widersprach der Verkäufer. »Nur bei uns wird das derart überzogen dargestellt! Andere Nationen akzeptieren das achselzuckend. Ist doch die Sache jedes Athleten, wie viel er riskiert! Alle machen etwas zur Leistungsunterstützung, sonst wäre ein Kraftakt wie die Tour gar nicht möglich. Nur mit Nusseis kommt keiner über die Pyrenäen und die Alpen!«

Genau meine Worte, erkannte Venema und fühlte sich ertappt. Zeit, sich auf den eigentlichen Grund seines Hierseins zu besinnen, dachte er. Aber eine Frage hatte er vorher noch: »Welche Franzosen denn überhaupt? Sie sprachen davon, dass die etwas wollen könnten. Was denn?«

»Meistens Geld.« Der hochgewachsene junge Mann lächelte schief. »Wir haben ein Partnergeschäft in Frankreich, genauer gesagt in Roubaix. Sie wissen schon, Paris-Roubaix, die Hölle des Nordens! So ziemlich das härteste Ein-Tages-Straßenrennen der Welt. Da hat sich mein Chef seine Sporen verdient. Dafür lieben ihn die Franzosen.«

»Ach ja? Ich dachte, das Bergtrikot der Tour hätte Jan Veldhuis berühmt gemacht.« Er deutete auf das Shirt seines Gegenübers. »Dann hat er sich also auch über das berüchtigte Kopfsteinpflaster dort gequält. Respekt.«

Der Verkäufer nickte so hoheitsvoll, als habe das Kompliment ihm gegolten. »Es war sicher eine gute Idee, nach Ende seiner Karriere aus seinem Ruhm in Frankreich Kapital zu schlagen und dort eine weitere *Bike World* nach unserem Erfolgskonzept aufzumachen. So richtig läuft der Laden aber wohl nicht. Ständig sind die Franzosen am Telefon und wollen neue Finanzspritzen. Zum Glück kann sich die Firma das leisten, aber es minimiert doch ganz schön unseren Gewinn.«

Radsport, Doping, Spritzen, na klar, dachte Venema automatisch. »Heißt die Zweigstelle in Roubaix ebenfalls *Bike World*?«, fragte er. »Dann hätte ich eine Idee, warum das Geschäft nicht floriert: die Franzosen sind doch Sprachpuristen und halten gar nichts von Anglizismen. Oder liegt es am falschen Angebot?« Seine Fingerspitzen glitten erneut über das edle Gefährt vor ihm. »Die Straßen dort erfordern bestimmt robuste Räder.«

»Falsches Angebot? Auf keinen Fall!«, entrüstete sich der Verkäufer. »Im Gegenteil, dieses Modell zum Beispiel verkaufen wir dort viel besser als hier bei uns! Gerade weil es so robust ist. Erste Qualität bei Material und Verarbeitung! Die Franzosen wissen das zu schätzen. In Norddeutschland wird viel zu viel über den Preis entschieden. Aus dem Stand wüsste ich nur zwei Personen, die diese herrliche Maschine fahren – nämlich mein Chef und Frau Kleinschmidt.«

Da war sie, die Auskunft, die Venema befürchtet hatte. Sie fühlte sich an wie ein Schlag in die Magengrube. Was, wenn jetzt die Spurensicherung … Prompt vibrierte sein Handy, und ja, es war die Spusi. Venema entschuldigte sich bei dem jungen Verkäufer und wandte sich zum Telefonieren ab. »Was gibt's?«

»Ostrittrum!«, sagte die Kollegin aus der Kriminaltechnik und lachte. »Der ideale Ort, wenn man so richtig seine Ruhe haben will vor der Welt! Ideal auch für unsereins, denn dort halten sich Spuren länger als anderswo.«

»Bitte Details!« Venema konnte seine Ungeduld nicht verbergen.

»Ganz ruhig, Brauner! Nicht stressen lassen«, entgegnete die Frau gut gelaunt. »Foto habe ich schon geschickt, hoch aufgelöst – so ein Bild sagt mehr als tausend Worte! Ansonsten gern geschehen, Rechnung folgt.«

Venema bedankte sich herzlich, aber so kurz, wie es ihm gerade noch schicklich erschien, beendete das Gespräch, öffnete die Mail mit dem Foto und klickte das Bild an. Es war wirklich gestochen scharf. Ein weiterer Treffer in seine Magengrube.

Der lange Verkäufer hatte neugierig den Hals gereckt und ungeniert gekiebitzt. Dass er erkannt hatte, was das Foto zeigte, sah man ihm an, aber Venema ließ ihn nicht zu Wort kommen. »Ich muss noch einmal in die Wohnung von Herrn Veldhuis«, sagte er und streckte fordernd die Hand aus. Der Verkäufer gab ihm den Schlüssel kommentarlos.

Während er die Treppe hochstieg, leitete er das Foto weiter, verbunden mit einer Bitte um Amtshilfe. In der Wohnung ging er gleich nach hinten durch zu Veldhuis' Büro, hockte sich vor dessen Schreibtisch und öffnete den Kühlschrank darunter. Er war immer noch leer, aber jetzt registrierte der Hauptkommissar, was für ein ungewöhnliches Modell das war, extrem gut isoliert und mit einer fein einstellbaren Skala, die bis minus 25 Grad reichte. Er zückte sein Smartphone, aktivierte die Lampe und leuchtete in den Kühlschrank hinein. Seine Stirn legte sich in Falten. Schnell ein paar Fotos, dann ein weiteres kurzes Telefonat. Dabei fiel Venemas Blick auf die Uhr. Verdammt, so spät! Nichts wie los. Er warf die Wohnungstür hinter sich zu, hastete die Treppe hinunter und drückte dem verdutzten Verkäufer den Schlüssel in die Hand. Dass der noch viele Fragen hatte, war offensichtlich, aber dafür war keine Zeit.

24.

»Wie schön, dass Sie es möglich machen konnten.« Natürlich ließ Stahnke die Verspätung seines jungen Kollegen nicht unkommentiert. Drei Minuten waren kaum der Rede wert, das war ihm klar, aber alle anderen waren nun einmal überpünktlich gewesen, also hatte er bereits angefangen. Außerdem hatte dieser struppige Venema etwas an sich, was Stahnke permanent provozierte. Genau wie Marian Godehau im selben Alter, sein Vorgänger bei seiner Ex-Freundin Sina – und zugleich sein Nachfolger. Womit seine völlig ungerechtfertigte Abneigung gegen seinen Mitarbeiter ausreichend erklärt war. Aber nicht beseitigt, denn Stahnke weigerte sich, aus dieser Erkenntnis Schlüsse zu ziehen.

Als Venema endlich Platz genommen hatte, verschwitzt und mit hochrotem Kopf, begann Stahnke zu referieren, im vertrauten Duett mit Kramer, dem er immer mal wieder den Ball zuspielte. Zusammen zeichneten sie das Bild ihres neuen Hauptverdächtigen. Patrick Janssen, der studierte Geistliche und Religionslehrer mit der speziellen Vorliebe für sadistische Verhältnisse mit Frauen, die auf derselben Welle funkten. Janssen, der einen seiner besten Freunde, Professor Fabian Hemmieoltmanns, regelmäßig mit dessen Ehefrau Carmen von Bloh betrog, von der er außerdem große Geldbeträge für den Kauf eines Wohnhauses und teurer Einrichtung bezogen hatte. Janssen, der mit all den Mitgliedern des eigenen Absolventenjahrgangs, die unlängst ermordet worden waren, mehrfach ausschweifende Partyurlaube auf Langeoog verbracht hatte. Janssen, der sich als versierter Axt- und Messerwerfer mit scharfen Klingen auskannte. Janssen, der für keinen einzigen der Tage, an denen die Morde mutmaßlich geschehen waren, ein Alibi vorweisen konnte.

»Aber gestanden hat er noch nicht?«, fragte Manuela Schönborn. Die junge Kommissarin guckte immer ernst, aber jetzt spiegelte sich Abscheu auf ihrer Miene wider. Und ein bisschen mühsam beherrschte Angst.

»Und wenn schon!«, rief Hauptkommissar Seifert, als Kramer stumm den Kopf schüttelte. »Das ist nur eine Frage der Zeit! Und der Art und Weise. Etwas dagegen, wenn ich mir den Chorknaben mal vorknöpfe?« Er klatschte kräftig in seine fleischigen Hände. »Wir vom Wasserschutz haben so unsere Methoden. Ich sage nur Kielholen.«

Mit einem finsteren Blick brachte Stahnke ihn zum Schweigen. »Wir haben 24 Stunden, mehr gibt uns der Haftrichter nicht«, knurrte er. »Weil wir zwar ein schönes Bild haben, aber keinen Rahmen. Soll heißen, es deutet zwar einiges darauf hin, dass Patrick Janssen unser Mann sein könnte, aber wir haben bis jetzt nicht einen einzigen positiven Beweis! Keine Spur von Janssen an einem der Tatorte, keine DNA, kein Fingerabdruck. Keine Anhaftungen von Blut oder Fasern von der Kleidung der Opfer auf seinen Sachen. Und keine Zeugenaussage, die ihn belasten könnte. Nichts! Wenn wir bis morgen um diese Zeit immer noch nichts haben, geht Janssen hoch erhobenen Hauptes seiner Wege, und wir sind die Gelackten.« Stahnkes blassblauer, saugender Blick wanderte die Tischrunde entlang, als suchte er in den Köpfen seiner Kolleginnen und Kollegen nach Details, von denen diese selbst nichts wussten. Von links nach rechts und wieder zurück. An Thorsten Venema blieb er hängen. Glotzte der junge Zausel wirklich gerade auf sein Smartphone? Der Bengel legte es wirklich darauf an!

Venema blickte auf. »Fährt Patrick Janssen eigentlich Fahrrad?«, fragte er.

Stahnke war baff und schluckte die scharfe Zurechtweisung, die er bereits auf der Zunge gehabt hatte, hinunter. »Keine Ahnung«, knurrte er. »Sonst jemand?« Allgemeines Achselzucken.

Manuela Schönborn schüttelte den Kopf. »Am und im Haus habe ich kein Fahrrad gesehen, das muss aber nichts heißen. Fast alle Oldenburger fahren Rad, mehr oder weniger oft. Wieso fragst du?«

Venemas Smartphone machte Geräusche. Anstatt die Frage zu beantworten, worauf die gesamte Runde wartete, öffnete er die Nachricht, die er soeben empfangen hatte, und las sie durch. Ein Verhalten, das nicht nur Stahnke empörte. Das verschobene Donnerwetter stand kurz vor dem Ausbruch.

Der Oberkommissar blickte auf. »Ich habe hier das Foto einer Reifenspur, die bei der nachträglichen Untersuchung des Tatorts im Wald von Ostrittrum entdeckt wurde. Ostrittrum, dort steht das abgelegene Holzhaus, in dem Professor Fabian Hemmieoltmanns ermordet wurde.« Venema hielt sein Smartphone hoch; aus der Distanz konnte niemand auf dem Display etwas erkennen. »Es handelt sich um die Reifenspur eines Fahrrads. Teures Modell, spezielle Reifen, davon gibt es in Oldenburg nicht viele. Möglicherweise sogar nur zwei.«

»Teures Fahrrad, das würde zu Janssen passen«, sagte Sibylle Wiemken. »Soll ich schnell eine Streife bei seinem Haus vorbeischicken?« Ihre Hand schwebte schon über dem Telefonhörer, aber Venema bat sie mit einer Geste, zu warten. Mit derselben Geste, die zur gleichen Zeit Stahnke machte. Als der das bemerkte, wurde seine Miene finster.

»Gerade eben bekam ich noch ein Foto«, fuhr Venema fort. »Diesmal aus Leer. Auf dem Überwachungsvideo des Parkplatzes hinter Alan Kayas Fitnessstudio ist kurzzeitig ein Stückchen eines abgestellten Fahrrads zu sehen. Leider nicht der Fahrer. Der Parkplatz ist gepflastert, dort fanden sich keine Spuren, aber beim Vordereingang gibt es einen ungepflasterten Streifen, wo vermutlich ein Bürgersteig geplant ist. Der Untergrund dort ist lehmig, es gab Pfützen. Durch eine davon ist ein Fahrrad mit genau dem gleichen Profil hindurchgefahren – und sonst keiner in den letzten Tagen. Glück des Tüchtigen. Es ist genau dasselbe Profil.«

»Was macht ein Oldenburger Religionslehrer mit dem Fahrrad in Leer?« Berthold Seifert kam offenbar nicht ganz mit. »Warum sollte Janssen solch eine Strecke radeln, um Alan Kaya umzubringen? Aus Sorge, man könnte sein Auto identifizieren? Dazu hätte es doch gereicht, gegenüber beim Supermarkt zu parken, da fällt eine OL-Nummer bestimmt nicht auf.«

Stahnke hatte besser zugehört. »Möglicherweise gibt es nur zwei Räder dieses Typs und mit diesem Profil in ganz Oldenburg, sagen Sie?«, fragte er Venema. »Haben Sie sich diese Aussage gut überlegt? Wir befinden uns im Zeitalter des Internethandels.«

»Darum sagte ich möglicherweise.« Venema ließ sich nicht aus dem Konzept bringen. »Dieser Fahrradtyp ist sehr neu, sehr teuer und aktuell noch recht selten. Kein typisches Internet-Handelsgut. Selbstverständlich ist es möglich, dass auch solch neue Räder schon gebraucht gehandelt werden oder dass sich ein Oldenburger so eine Maschine in einer anderen Stadt gekauft hat. Tatsache ist, dass der zuständige Verkäufer des hiesigen Marktführers *Bike World*, der Zugriff auf alle Verkaufszahlen hat, nur von zwei Rädern dieses Typs weiß, die in seinem Geschäft bisher Abnehmer gefunden haben.«

Stahnke nickte. Mit dieser Einschränkung ergab die Information absolut Sinn, das musste er widerwillig zugeben. Er hob seine Augenbrauen. »Und deren Namen lauten?«

»Inhaber Jan Veldhuis selbst.« Er schluckte, zögerte, musste sich sichtlich überwinden. »Und Layan Kleinschmidt.«

»Ach nee!« Berthold Seifert grinste breit. Sibylle Wiemken schnappte erschrocken nach Luft. Manuela Schönborn schüttelte kaum merklich den Kopf. Kramer verzog keine Miene. Er schaute zu Stahnke. Der lehnte sich zurück und verschränkte die Arme. Wo kommt das denn jetzt her, dachte er. Hatten wir uns nicht gerade erst schön auf einen Verdächtigen eingeschossen? Sind wir nicht soeben auf die Zielgerade eingebogen? Vor allem der jungen Kollegin Schönborn schien der Gedanke, den Fokus plötzlich von Patrick Janssen auf Layan Kleinschmidt zu wechseln, gar nicht zu behagen.

Auch Seifert hatte noch Fragen. »Die Kleinschmidt wohnt doch auch hier in Oldenburg«, stellte er fest. »Wieso ist es bei der denn logischer, dass sie mit dem Fahrrad zum Morden in den Norden fährt?« Er grinste anzüglich. »Weil die Dame fit ist wie ein Turnschuh? Oder weil sie Sympathien für die Antifa hegt, wie man so hört? Arbeitet sie mit dem vielen Radfahren an ihrer Kondition für den Straßenkampf?« Er zwinkerte Aktenführerin Sibylle Wiemken zu. »Die Antifas tun zwar immer sehr friedfertig, aber die Wahrheit sieht anders aus. Trotzdem, ich bezweifle, dass auch eine kräftige Weibsperson wie Frau Kleinschmidt körperlich in der Lage ist, mit einem kampferprobten Muskelmann wie Kaya fertig zu werden.«

»Fit ist sie zweifellos«, erwiderte Thorsten Venema. »Vor allem aber fährt Layan Kleinschmidt Rad aus Überzeugung. Sie besitzt zwar ein Auto, das sie aber so selten wie möglich benutzt, wegen Umwelt und Klima und so. Man kann sein Fahrrad nicht erst seit gestern problemlos in der Bahn mitnehmen, das hat sie schon öfter gemacht, ebenso wie ich. Mit der Bahn von Oldenburg nach Leer, mit dem Rad vom Bahnhof zu Kayas Studio. Und zurück.« Er überlegte kurz: »Falls sie das getan und ihr Ticket online gebucht hat, müsste sich das nachvollziehen lassen. Entweder bei der Deutschen Bahn oder aber auf Layans Laptop.«

Alle Blicke richteten sich auf Stahnke. Der nickte langsam und bedächtig. »Irgendeine Idee zum Motiv?«, fragte er. »Nur für den Fall, dass wir eine passende Ticketbuchung finden. Ich weiß, an einem der Tatorte habe ich sie selbst angetroffen, und für die anderen mutmaßlichen Tatzeitpunkte hat sie kein Alibi. Aber warum sollte sie all diese Männer umgebracht haben?«

Venema schüttelte nur stumm den Kopf. Dafür sprach Manuela Schönborn. »Diese Kohlfahrt«, sagte sie mit dumpfer Stimme. »Da muss mehr vorgefallen sein, als wir bis jetzt wissen. Alan Kaya hat Layan Kleinschmidt mitgebracht, er hat sich mit Fabian Hemmieoltmanns herumgestritten, hat sich betrunken und so viel Kohl gegessen, dass er sogar Kohlkönig wurde – und statt das zu feiern, dampft er mit dem Taxi ab und lässt seine Freundin auf der Party zurück. Wie lange die dann noch weiterging und was dabei alles geschehen ist, konnte uns Patrick Janssen nicht sagen, obwohl er der Organisator war.« Sie riss ihre Augen so weit auf, dass man das Weiße rund um ihre Iris sehen konnte. »Oder wollte er nicht? Weiß er vielleicht doch, was Frau Kleinschmidt zugestoßen ist? Und wenn ja, deckt er die anderen oder war er selbst mit beteiligt?«

Im Besprechungsraum herrschte bedrücktes Schweigen. Der jungen Kommissarin war ihre Betroffenheit deutlich anzusehen. Alle kannten sie als ungewöhnlich ernst und verschlossen, alle wussten, dass sie ihre Eltern früh verloren hatte. Alle ahnten, dass es noch weitere prägende Ereignisse im Leben von Manuela Schönborn gegeben haben musste. Aber niemand wusste Genaues. Klar war, dass sie Patrick Janssen nicht von der Angel lassen wollte, ganz egal, wie sich die neuen Anhaltspunkte gegen Layan Kleinschmidt entwickelten.

»Janssen bleibt in Gewahrsam, auf jeden Fall für 24 Stunden«, entschied Stahnke. »Seifert, du schaust bei ihm zu Hause nach, ob er ein Fahrrad hat. Falls ja, bitte genaue Daten, am besten auch Fotos. Kramer, du besorgst einen Durchsuchungsbeschluss für Layan Kleinschmidts Wohnung. Sobald der vorliegt, nehmen wir eine Durchsuchung samt Befragung vor. Frau Schönborn, Sie kennen sich mit Computern aus. Sie begleiten Kramer und mich.«

Manuela Schönborn nickte, Venema begehrte auf. »Was ist mit mir? Das war mein Ermittlungsansatz! Ich habe die infrage kommenden Zugverbindungen bereits herausgesucht!«

»Sehr gut«, sagte Stahnke und streckte die Hand aus. »Her damit! Sie gehen noch mal zu *Fahrrad Veldhuis*, beziehungsweise zur *Bike World*, wie die jetzt heißt. Stellen Sie fest, ob dort bisher wirklich erst zwei Räder dieses Typs verkauft worden sind, und lassen Sie sich sämtliche Daten des Herstellers und des Zwischenhändlers geben.

Ich will wissen, wie viele baugleiche Fahrräder in unsere Region geliefert wurden und an wen die gegangen sind.« Im Aufstehen fiel ihm noch etwas ein: »Ach ja, und lassen Sie sich das Rad zeigen, das Jan Veldhuis gehört. Sicher ist sicher.«

Berthold Seifert lachte schallend. »Wieso das denn? Glaubst du an fahrradfahrende Wiedergänger? An mordende Geisterradler?« Er schüttelte den kahlen Kopf. Die Deckenlichter spiegelten sich in seiner Glatze. Als Stahnke den Raum verließ, ohne ihn einer Antwort zu würdigen, klappte Seifert sich die Dienstmütze auf den Schädel und tat es ihm gleich.

25.

Klaas Reershemius trug derbe schwarze Schuhe, für die Jahreszeit viel zu warm, und eine Hochwasserhose. So kam es, dass seine gebückte Gestalt von der Seite akkurat wie ein Fragezeichen aussah, inclusive Punkt unten drunter. Dieses Fragezeichen stand am Hafen, Blickrichtung Schwimmsteg der Seenotretter. Dort lag immer noch die havarierte

Segeljacht *Sharin*, abgesperrt wie ein Tatort. Der sie tatsächlich war.

»Na, gute Laune heute, Sheriff?«, krähte der Alte, ohne sich zu Lüppo Buss umgedreht zu haben. Hatte er ihn am Metrum seiner Schritte erkannt? Oder an seinem Atemgeräusch? Der Inselpolizist hob den linken Arm und schnupperte an seiner Achsel. An zu viel Deo konnte es jedenfalls nicht liegen. Er ignorierte die Frage und baute sich neben Reershemius auf. Aufs Wasser gucken war immer eine feine Sache, fand er. Man kam zur Ruhe und konnte sich mit der Welt einigermaßen versöhnen. Seewasser war wie ein Schwamm, es saugte alles Ungesunde aus einem heraus, wenn man nur lange genug darauf starrte. Vermutlich waren die Meere deshalb mittlerweile so schmutzig.

Reershemius starrte nicht aufs Wasser, er musterte die Jacht. Auch das konnte Lüppo Buss verstehen, Schiffe gucken war ebenfalls eine gute Therapie. Man freute sich an eleganten Formen und cleveren Details und entwickelte Sehnsüchte nach Weite und Ferne. Aber ehe man anfing, Neid auf die Besitzer zu empfinden und die eigene finanzielle Situation zu bedauern, fiel einem ein, wie viel Arbeit eine eigene Jacht machte und wie viel Verantwortung damit verbunden war, Schiffseigner zu sein. Die Sommer waren kurz in Ostfriesland, trotz des Klimawandels, und wer ein Boot besaß, musste sich die meiste Zeit darum kümmern, es zu warten, zu schützen und zu erhalten. Lüppo Buss saß winters lieber am warmen Ofen, als mit klammen Fingern flatternde Planen über aufgebockte Jachten zu zerren.

»Dat is man orig«, murmelte Klaas Reershemius vor sich hin. Orig mit offenem O, das war Plattdeutsch und hieß so viel wie eigenartig. Merkwürdig. Was an der *Sharin* war denn eigenartig? Die Jacht war ein Werftbau, in Serie gefertigt, durchdacht konstruiert und von versierten Fachleuten gebaut. Alles an ihr war stimmig und zweckmäßig. Fast schon etwas langweilig, fand der Inselpolizist. Eigenbauten waren oft origineller, überraschten mit individuellen Lösungen, auf die man selbst nicht gekommen wäre. Aus gutem Grund, denn originell war meistens nicht optimal. Die *Sharin* war ein optimiertes Boot, entsprach genau dem heutigen Stand der Technik. Vermutlich hatte sich Jan Veldhuis deshalb für diesen Bootstyp entschieden. Optimiert wie seine eigenen Rennräder.

»Orig«, wiederholte Reershemius. Er griff in seine Hosentasche, zog ein Stofftaschentuch mit unübersehbaren Gebrauchsspuren hervor, schüttelte den Kopf, stopfte es zurück und präsentierte ein anderes, weniger verschmutztes zusammengeknülltes Tuch, das er mit seinen dürren Fingern auseinanderfummelte, bis etwas Rosa-Gelbliches zum Vorschein kam. Der Alte hob das Ding an seine Lippen und schob es sich in den Mund. Lüppo Buss verzog sein Gesicht. Er beobachtete die Prozedur nicht zum ersten Mal, konnte sich an den Anblick aber einfach nicht gewöhnen. Wer trug denn seine Zahnprothese im Taschentuch mit sich herum! Das war wirklich eigenartig. Orig!

»Orig«, sagte der alte Mann noch einmal, diesmal etwas deutlicher. »Hest du sowatt all mol sehn?«

»Was, sowas?« Offenbar meinte Reershemius nicht seinen Prothesen-Trick. Sein knochiger Zeigefinger wies auf die Jacht. Wohin genau? Anscheinend meinte er irgendetwas am Vorschiff. Lüppo Buss konnte nichts Ungewöhnliches erkennen. Die Rollfock war sauber geborgen, die Schoten ordentlich aufgeschossen. Poller, Klampen und Bugkorb, allesamt aus blitzendem Niro-Stahl, waren intakt, ebenso die Reling. Wovon redete der alte Mann?

»De Reling«, sagte Klaas Reershemius. »Kiek doch! Süchst du dat neet?«

Die Reling hatte Lüppo Buss schon mehrfach gemustert, gleich bei der ersten Inaugenscheinnahme dieses schwimmenden Tatorts und gerade eben wieder. Wenn ein Skipper auf See über Bord ging, sei es durch Gewalteinwirkung, durch extremen Seegang oder weil er geschwächt war, zum Beispiel durch großen Blutverlust, dann konnte das am ehesten an der Reling eine Spur hinterlassen. Eine verbogene Relingstütze etwa oder ein gerissenes Drahtseil. Nichts davon konnte der Inselpolizist entdecken. Ratlos schüttelte er den Kopf.

»De Reling sücht stüürbords anners ut as backbords«, beharrte Reershemius. Er hatte seine Augen zu Schlitzen zusammengekniffen; sein Gesicht schien nur noch aus strahlenförmig verlaufenden Falten zu bestehen. »Up Stüürbordsiet sünd sücke Klammers anbrocht. Sowat hebb ick noch noit sehn.«

Klammern? Tatsächlich, an mehreren Relingstützen auf der rechten Bootsseite gab es kleine Auswüchse, Viertelkreise aus blankem Metall, alle auf der Außenseite angebracht. Jetzt, nachdem Reershemius endlich ausgesprochen hatte, was er meinte, sah Lüppo Buss die Dinger sofort. Sie waren am Vorschiff platziert, mittig zwischen Bug und größter Schiffsbreite, wo sie weder bei Anlegemanövern störten noch die langen Schoten des Focksegels sich darin verfangen konnten. Anscheinend waren das Halterungen, in denen irgendetwas befestigt werden konnte, das an Oberdeck störte und unter Deck zu sperrig war. Die vordere Halterung schien für etwas Rundes gedacht zu sein. Rettungsringe vielleicht? Aber achtern am Heckkorb waren doch zwei moderne Rettungswesten angebracht. Wozu also noch altmodische Ringe? Und auf die hintere der beiden Halterungen konnte sich der Inselpolizist gar keinen Reim machen.

Der alte Mann begann zu kichern. Lüppo Buss hatte Reershemius schon auf unterschiedlichste Weise kichern hören: hinterhältig, schadenfroh, gehässig. Dieses Kichern klang dreckig. Irgendwie unanständig. »Ick kann mi denken, wo de Dingers för sünd«, krähte der Alte. »Dor hett Jan Veldhuis de lüttje Büxen van de Wichters an uphangen, de he un sien Frünnen bi hör Partys vernascht hebbt. As Trophäen!« Aus dem Kichern wurde ein anzügliches Lachen. Beifall heischend schaute Reershemius den Inselpolizisten an.

Dem war überhaupt nicht nach Lachen zumute. »Wieso Trophäen? Und wieso Mädchen? Hat Jan Veldhuis Mädchen mit an Bord genommen? Einmal oder öfter? Was weißt du darüber, Klaas?«

»Mit an Bord wohl nicht. Aber sonst sehr oft, das weiß hier doch jeder.« Reershemius war ins Hochdeutsche gefallen, vermutlich, weil der Ton des Inselpolizisten erkennen ließ, dass er es ernst meinte. »Wenn Jan und seine Freunde auf Langeoog gefeiert haben, dann waren immer auch junge Frauen dabei. Saufen und grölen, koksen und nöken, darum ging es denen doch, um nichts anderes!« Der alte Mann grinste so breit, dass seine Prothese verrutschte.

»Was für Frauen?« Lüppo Buss mochte das Wort »nöken«, das so viel weniger mit Nebenbedeutungen belastet war als alle Begriffe, die das Hochdeutsche für sexuelle Interaktion anzubieten hatte, aber damit hielt er sich jetzt nicht auf. »Waren das Professionelle? Von hier oder vom Festland mitgebracht? Frauen aus dem Gastgewerbe oder Touristinnen?«

»Keine Professionellen.« Klaas Reershemius schüttelte entschieden den Kopf. Anscheinend hatten er und seine Kumpane dieses Thema schon öfter diskutiert. »Die Kerle sind doch alle noch jung, keine 40 Jahre, es wäre denen gegen die Ehre gegangen, dafür Geld zu bezahlen. Jäger und Sammler, du weißt Bescheid? Die haben ihre Züge durch die Gemeinde gemacht, überall ordentlich einen ausgegeben und geguckt, wer darauf anspringt. In der Saison gibt es hier doch Frauen genug, die nicht ausgelastet und für ein Abenteuer zu haben sind! So schlecht sehen Jans Freunde schließlich nicht aus. Und wenn es feinen Whisky umsonst gibt und was Weißes in die Nase, je nach Geschmack, dann finden sich immer genügend Frauen, die sich darauf einlassen. Mit Gegenleistung.« Der Alte grinste wieder, diesmal wehmütig. Erinnerte er sich an Selbsterlebtes? Oder Versäumtes?

»Und das lief jedes Mal so?«, fragte Lüppo Buss. »Schnaps, Drogen, Frauen, Rudelbumsen?«

Reershemius nickte bedächtig. »Mehr oder weniger. Kam immer drauf an, wer gerade mit von der Partie war. Jan und der Zahnarzt haben auch nie was anbrennen lassen, aber der Professor und der Pastor haben es noch wilder getrieben. Am wildesten, wenn Jan nicht dabei war. So wie letztes Mal.«

»Anfang Mai?«, vergewisserte sich Lüppo Buss. »Ohne Jan Veldhuis, der die Bande immer im Zaum gehalten hat? Wieso eigentlich?«

»Wieso der nicht dabei war? Keine Ahnung, das ist eben so bei Berufstätigen, von Fünfen kann doch meistens einer nicht.« Reershemius zuckte mit den mageren Schultern. »Oder meinst du, warum Jan sich etwas mehr zusammengerissen hat als die anderen? Ich nehme an, weil er seit seiner Kindheit immer wieder auf Langeoog zu Gast war. Fühlte sich wohl der Insel verbunden. Wie früher seine Eltern. Und seine Schwester.«

»Ja, Sharin.« Der Inselpolizist nickte bestätigend. »Bloß gut, dass die damals im Mai nicht mit diesen Wohlstandsrabauken gefeiert hat! Bei ihrer Drogengeschichte hätte das übel ausgehen können.«

»Nicht mitgefeiert?« Der Alte schaute ihn fragend an. »Wie kommst du denn darauf?«

»Na, weil deine Frau ihr geraten hat, das zu lassen. Sharin hört doch auf Gertrud, oder etwa nicht?«

»Ob sie auf Gertrud hört?« Reershemius schüttelte den Kopf. »Manchmal bestimmt, wenn es ihr sowieso gerade passt. Aber meistens hat sie ihren eigenen Kopf! Dass sie Getrud liebhat, steht außer Frage. Sie will ihr bestimmt nicht wehtun. Darum sagt sie ihr auch längst nicht alles, was sie so treibt. Sagt ja und amen, wenn Getrud etwas nicht möchte, und tut es dann doch. Ganz stiekum.« Der alte Mann kicherte; vermutlich hielt er es genauso.

»Du meinst, sie könnte also doch bei dieser wüsten Party Anfang Mai mitgemacht haben?«, fragte Lüppo Buss. »Mit dem Pastor, dem Professor, dem Zahnklempner und wem noch?«

»Der tätowierte Muskelmann war auch mit dabei«, sagte Reershemius. »Also alle bis auf Jan. Haben die wilde Sau rausgelassen. Und Sharin mittendrin.«

»Woher willst du das wissen?«, fragte Lüppo Buss. »Hast du vielleicht hinter den Büschen gestanden und geglotzt, du alter Spanner?«

Klaas Reershemius schnappte empört nach Luft, aber die Empörung war schlecht gespielt, und seine Zahnprothese wollte schon wieder nicht halten. Er stopfte sie zurück an ihren Platz und murmelte: »Na und? Ist doch nichts dabei.«

»Nichts dabei?« Der Inselpolizist schluckte seine eigene, echte Empörung herunter; darüber würde noch zu reden sein. »Wie lange hast du da denn gestanden? Und was hast du beobachtet?«

»Bis 23.30 Uhr«, gab Reershemius freimütig zu. »Länger habe ich mich nicht getraut. Gertrud hat mir auch so schon die Hölle heißgemacht! Dass ich so lange spazieren war, hat sie mir nicht geglaubt. Ich hätte unterwegs noch irgendwo einen Köm trinken sollen, dann hätte sie gedacht, ich wäre bloß saufen gewesen.« Ein Blick ins wütende Gesicht des Inselpolizisten erinnerte ihn an den zweiten Teil der Frage. »Ach so, ja. Außer Sharin sind noch zwei weitere Frauen gekommen. Die ganze Zeit war laute Musik, es wurde viel gelacht, und irgendwann habe ich welche hinterm Fenster knutschen sehen. Wer mit wem, kann ich aber nicht sagen. Das war's eigentlich, nichts Besonderes also. Am nächsten Tag haben mir aber die Nachbarn erzählt, dass nach Mitternacht die Post erst so richtig abgegangen sein soll. Nachts um 1 Uhr hatte dann irgendein Touri die Schnauze voll und hat geklingelt und sich beschwert. Daraufhin sollen die dann die Musik abgestellt haben und alle Mann Richtung Randdünen abgezogen sein. Mit Buddels dabei und wer weiß was sonst noch alles.«

»Alle Mann? Sharin auch?«

»Alle Männer, die da waren«, sagte Reershemius nickend. »Von den Frauen nur Sharin.«

Grübelnd rieb sich Lüppo Buss das Kinn. »Bei mir hat in der Nacht niemand angerufen«, sagte er; das wusste er so genau, weil das äußerst selten vorkam. »Es gab anschließend auch keine Anzeige, weder wegen Ruhestörung noch wegen unbefugten Betretens des Naturschutzgebiets. Vielleicht waren die alle schon so dicht, dass sie in den Dünen nur noch ihren Rausch ausgeschlafen haben.«

»Kann ich dir nicht sagen«, meinte Reershemius bedauernd. »Da war ich leider schon im Bett.«

»Na klar, du brauchst deinen Schönheitsschlaf dringend«, höhnte der Inselpolizist. »Musst doch frühmorgens deinen Lästerdienst am Inselbahnhof antreten, zusammen mit den anderen drei Figuren von der Viererbande! Habt ihr euch wieder schön die Mäuler zerrissen über die abreisenden Touristen, was?«

»Jo«, bestätigte der Alte. Lästern über Fremde lief bei ihm unter Dienst an der Allgemeinheit.

»Hast du denn wenigstens Sharin Veldhuis ordentlich verabschiedet?«, fragte Lüppo Buss. »Die soll doch an diesem Morgen die Insel verlassen haben, müsste also bei dir vorbeigekommen sein.«

Wieder zuckte Reershemius mit seinen knochigen Schultern. »Gut möglich«, sagte er. »Aber gesehen habe ich sie nicht.«

26.

Auf den Durchsuchungsbeschluss mussten sie nicht lange warten. Auf den Türsummer auch nicht. Ein Hausbewohner riss die Eingangstür von innen auf und eilte an ihnen vorbei, ohne den Blick von seinem Smartphone zu nehmen. Kramer ließ sich nicht lange bitten, Stahnke und Manuela Schönborn eilten ihm nach in den Hausflur. Während die Haustür bedächtig zurück ins Schloss schwang, hielten sie eine kurze Einsatzbesprechung ab. »Ihr beide geht hoch, Befragung beginnen, Laptop sichern«, ordnete der Hauptkommissar mit gedämpfter Stimme an. »Ich gehe erst einmal in den Keller, nach dem Fahrrad sehen.«

Die Kellertreppe war genauso dürftig beleuchtet wie alle anderen Kellertreppen, über die Stahnke in seinem Leben gestiegen war; die altmodische Glühbirne, die in einer unglaublich verdreckten Milchglaskugel vor sich hin funzelte, hätte längst durch eine moderne Energiesparleuchte ersetzt werden sollen, dachte er, aber vermutlich kämpfte sie mit verbissenem Trotz um ihre Existenz und zögerte den Moment ihrer endgültigen Ablösung so lange wie möglich hinaus. Dabei blieb natürlich wenig Energie zum Leuchten übrig, trotzdem hatte Stahnke für diese Haltung großes Verständnis.

Unten roch es penetrant sauer nach undichten Müllsäcken. Der Hauptkommissar kannte passionierte Radfahrer, die ihre Rennmaschinen lieber in der eigenen Wohnung aufbewahrten als in solch einem Keller, und deren Räder waren sicher nicht so teuer wie das edle Teil, das

Layan Kleinschmidt ihr Eigen nannte. Der hätte Stahnke so etwas auch zugetraut, aber er war bereits in ihrer Wohnung gewesen und wusste, dass das nicht zutraf. Dafür war das Apartment einfach zu klein.

Entlang des Gangs reihten sich Holzgitterverschläge aneinander, ebenfalls alle sehr klein. In den meisten standen unausgepackte Umzugskartons. Die Verweildauer der Mieter war hier offenbar eher kurz. Kein Fahrrad, nirgends.

Doch, hinter der nächsten Ecke. Ein regelrechter Fahrradkeller mit einem Dutzend Drahteseln, alles dabei von ladenneu bis sperrmüllreif. Und mittendrin das Edelgefährt, das Layan Kleinschmidt gehören musste. Es fiel selbst im Halbdunkel auf wie ein Vollblüter auf einer Weide voller Brauereigäule. Gesichert war es mit gleich zwei massiven Bügelschlössern, die zu knacken selbst mit einer Flex eine Herausforderung gewesen wäre. Was mochten die Dinger wiegen, zwei Kilo pro Stück? Dann war der Gewichtsvorteil des teuren Karbons schon fast wieder dahin.

Das Reifenprofil sah in etwa so aus wie auf den Fotos auf Venemas Handy, aber mit solchen Mutmaßungen hielt Stahnke sich nicht auf. Er stieg die Kellertreppe hoch in den Hausflur, wo die Telefonverbindung besser war, und rief die Spurensicherung an. Sollten die sich darum kümmern, ob das Profil zu den Reifen passte und womöglich noch zum Boden an den Tatorten.

Als er Layan Kleinschmidts Wohnung erreicht hatte, fand er die Tür angelehnt vor. Kramer empfing ihn im winzigen Korridor, in den er und sein massiger Vorgesetzter gerade noch hineinpassten. »Die Dame des Hauses ist nicht anwesend«, informierte er Stahnke. »Ich war dann mal so frei.« Aus dem Wohn- und Arbeitszimmer erklang Tastengeklapper. Kommissarin Schönborn war schon an der Arbeit.

Für die Abwesenheit der Verdächtigen konnte es alle möglichen Gründe geben. Uni-Termine vielleicht, oder sie war einkaufen. Konnte jeden Moment wieder nach Hause kommen. Sollte er trotzdem eine Fahndung auslösen? Stahnke war unschlüssig.

Er hörte seine junge Kollegin unterdrückt fluchen. »Alles passwortgeschützt«, rief sie dann. »Reingekommen bin ich, aber nur bis zum Inhaltsverzeichnis. Die Ordner selbst sind alle gesichert. Da komme ich alleine nicht weiter.«

Stahnke betrat das Wohn- und Arbeitszimmer, wozu er sich an Kramer vorbeidrücken musste. Der Raum schien seit seinem letzten Besuch unverändert zu sein, trotzdem sah er ihn mit anderen Augen. War dies das Zimmer einer vierfachen Mörderin? Das einer gewalttätigen Frau, die bis zum Äußersten gegangen und vor nichts zurückgeschreckt war? Der Hauptkommissar hatte in all seinen Dienstjahren schon so viel erlebt, dass er grundsätzlich alles für möglich hielt. Er hatte schon zartere Figuren des Mordes überführt. Fast jeder Mensch war zu fast allem fähig, wenn nur das Motiv stark genug war. Wo aber lag das hier? War es Rache? Was hatten die vier Männer Layan Kleinschmidt angetan, gemeinsam oder jeder für sich, dass sie so dafür büßen mussten?

Er schaute über Marlene Schönborns Schulter auf den Bildschirm des Laptops, sah sie zusammenzucken und zur Seite rutschen, als er ihr dabei näher kam als üblich. Au weia, hatte er etwa Mundgeruch? Oder hatte die junge Kollegin ein grundsätzliches Problem mit Nähe? Er kannte sie nur als verschlossen und abweisend, das würde passen. Hatte sie schlechte Erfahrungen mit Männern gemacht, mit älteren, dominant auftretenden Männern wie ihm? War ihr auch einmal etwas angetan worden, was als böse Erinnerung immer noch in ihr steckte und sie quälte, verkapselt und vernarbt, aber nie verarbeitet? Würde das auch bei ihr irgendwann zu einem Ausbruch führen?

Das Verzeichnis der Dateinamen auf dem Schirm war auf den ersten Blick wenig aussagekräftig. Die Bezeichnungen waren überwiegend kurz und kryptisch, häufig Kombinationen von Buchstaben und Zahlen. Manchmal auch nur Buchstaben, ROLLO zum Beispiel, JEAN oder ULLE. Wenn das Abkürzungen waren, wofür standen die?

Kommissarin Schönborn klickte schneller weiter, als Stahnke folgen konnte. »Hier, im ungeschützten Bereich, ist der Bahnfahrplan«, sagte sie. »Der ist x-mal aktualisiert worden, zuletzt vergangene Woche. Von Ticketkäufen steht hier nichts, aber wenn es da etwas gibt, würde ich es im Geheimbereich vermuten. Ich versuche es noch mal, aber ich fürchte, da müssen die Spezialisten ran.«

Stahnke richtete sich auf und trat einen Schritt zurück, bis seine junge Kollegin endlich wieder eine weniger unbequem aussehende Sitzhaltung eingenommen hatte. Mit geübten Blicken scannte er den Raum. Was war anders als beim letzten Mal, was hatte er vielleicht übersehen? Anscheinend nichts, bis auf das abgeräumte Teegeschirr. Selbst die feine Staubschicht auf der Oberkante der gerahmten Pinnwand war unverändert vorhanden. Benutzte eigentlich im Zeitalter der allwissenden Smartphones noch irgendjemand diese Korkplatten ernsthaft als Terminkalender oder Erinnerungsstütze? Die meisten verkamen doch zu Ansammlungen von Erinnerungsstücken, die leise vor sich hin vergilbten, bis sie irgendwann entsorgt wurden, weil sie jede Bedeutung verloren hatten. Was Frau Kleinschmidt an ihre Pinnwand geheftet hatte, sah auch nicht gerade aktuell aus. Fotos mit abgestoßenen Ecken und verblassten Farben, amateurhaft wirkende Visitenkarten, handschriftliche Adressen, anscheinend aus Briefumschlägen ausgeschnitten. Wer verschickte denn heute noch Briefe!

Moment. Stahnkes Blick wanderte zurück zu einem der Fotos. War das da nicht Jan Veldhuis? Hohlwangig und verdreckt, aber glücklich strahlend, allem Anschein nach ein Zeitungsfoto aus seiner großen Zeit. Das großporige Zeitungspapier zeigte bereits Risse, das Foto hing also nicht erst seit der Kohlfahrt im Februar hier. Hatte Layan Kleinschmidt den Ex-Profisportler schon vor dem Treffen auf der Jubiläumsfeier gekannt? Oder hatte sie sich nur für ihn interessiert, sie, die begeisterte Radfahrerin? Der Hauptkommissar nahm sein eigenes Smartphone, machte ein Foto von der Pinnwand und dann noch Einzelaufnahmen von den Bildern und Zetteln. Zwei der Adressen waren französische, Urlaubsanschriften vielleicht oder Ferienbekanntschaften, allerdings fehlten die dazugehörigen Namen. Die Anschrift gleich daneben war die von Doktor Roland Ripke, aber es war nicht die der Praxis in der Edewechter Landstraße, auch nicht die seiner privaten Villa am Achterdiek, sondern eine in Aachen. Wieso das? Noch etwas, was es zu überprüfen galt.

Die junge Kommissarin hackte immer noch konzentriert auf der Laptop-Tastatur herum. Was trieb eigentlich Kramer? Stahnke ging nachschauen. In der Küche war er nicht, blieb nur das Schlafzimmer. Das war genauso klein, wie es der Zuschnitt der restlichen Wohnung erwarten ließ, und mit einem großzügigen Boxspringbett und einem dreitürigen Spiegelschrank bereits überfüllt. Eine der Spiegeltüren stand offen, stieß beinahe ans Fußende des Bettes. Auf dem Teppich dort kniete Oberkommissar Kramer. Gerade beugte er sich vor, in den Schrank hinein. Betete er Layan

Kleinschmidts Schuhe an? Stahnke konnte gerade noch an sich halten. Kramer und Fetischist, also wirklich!

»Schau dir das mal an«, sagte Kramer, der entweder Augen im Hinterkopf oder Vibrationssensoren in seinen Kniescheiben besaß, und rückte zur Seite, um seinem Vorgesetzten den Blick freizugeben. Nicht auf strassverzierte Flip-Flops oder Glitzersandaletten, sondern auf einen kleinen Schrank im Schrank. Sieht aus wie ein Safe, dachte Stahnke. Könnte spannend sein, allerdings stand die Tür offen, und der Innenraum war eindeutig leer. Was also hatte Kramer so fesselnd gefunden?

Der Oberkommissar rutschte noch weiter zur Seite und machte eine einladende Handbewegung. Stahnke seufzte, dann ließ er sich ächzend und stöhnend auf die Knie sinken. Gar nicht so einfach auf derart engem Raum, fand er. Wie kamen junge Leute wie Frau Kleinschmidt damit nur zurecht? So schmal war sie ja auch nicht. Aber vermutlich sehr viel beweglicher.

Auch aus der Nähe war der Innenraum des Schränkchens immer noch leer, allerdings waren ein paar Armaturen zu erkennen. Aha, ein Kühlschrank war das also, mit einer Temperaturskala bis minus 25 Grad. Eindeutig zu kalt für Erfrischungsgetränke oder ein Schlückchen Champagner zwischendurch. Außerdem war der Kühlschrank abgeschaltet. Wo war der Sinn? Stahnke versuchte, Kramers Blick zu interpretieren. Auf dem Kühlschrankboden? Was war auf dem Boden? Nichts außer ein paar Flecken. Eingetrocknete Tropfen. Fruchtsaft? Oder Tomate?

»Meiner Ansicht nach ist das Blut«, sagte Kramer. »Ist die KTU eigentlich schon unterwegs?«

»Müsste«, erwiderte Stahnke. »Hoffentlich haben sie das große Besteck eingepackt.«

»Ich frag zur Sicherheit noch mal nach.« Kramer hatte sein Handy schon am Ohr. »Hatte dein Kollege Venema nicht auch etwas von einem Kühlschrank erwähnt? Im Arbeitszimmer von Jan Veldhuis? Ungewöhnliche Orte für so etwas, alle beide. – Hallo? Moin, Kollege, Kramer hier.« Er wandte sich ab.

Jan Veldhuis, dachte Stahnke. Sein Foto an der Pinnwand, der Kühlschrank hier, das teure Fahrrad aus seinem Laden unten im Keller. War was gelaufen zwischen den beiden, dem Ex-Radsportler und der Studentin? Und wenn schon, warum nicht. Aber war diese Layan nicht auch mit Alan Kaya verbandelt gewesen? Und von Doktor Roland Ripke besaß sie eine bis dato unbekannte Adresse. Was noch? Irgendwas mit Professor Hemmieoltmanns und dem speziell orientierten Religionslehrer vielleicht? Hatte er womöglich für die falsche Person Untersuchungshaft beantragt?

Kramer hatte sein Gespräch beendet und wollte sein Handy in die Tasche stecken; eine Geste des Hauptkommissars hinderte ihn daran. »Großfahndung auslösen«, wies Stahnke ihn an. »Besorg dir die Daten ihres Autos. Oder nein, frag einfach Venema, der hat da schon dringesessen.« Warum war der Kerl jetzt nicht hier? Als der Hauptkommissar eine Faust ballte, fiel es ihm wieder ein. Alle Finger der Hand wiesen auf ihn selbst.

»Deutschlandweit?«, fragte Kramer, geschäftsmäßig wie immer. »Holland auch?« Typischer ostfriesischer Reflex, dachte Stahnke und nickte. Auch von Oldenburg aus war es nicht weit in die Niederlande.

Dann fiel ihm noch etwas ein. »Die Kollegen sollen auch die Franzosen um Hilfe bitten«, fügte er hinzu. »Deutsche Fahrzeuge melden, die dort geblitzt werden. Sieben Tage ab heute. Vielleicht haben wir Glück.«

»Frankreich auch«, nickte Kramer. Falls er sich wunderte, merkte man es ihm nicht an.

27.

Im Fahrradladen herrschte Hochbetrieb, und wenn Venema den langen Verkäufer richtig verstanden hatte, dann fielen zwei Teilzeitarbeitskräfte wegen Krankheit aus und ein Azubi wegen Berufsschule, jedenfalls hatte das verbliebene Personal alle Hände voll zu tun und für aufdringliche Polizeifragen überhaupt keine Zeit. Das Augenrollen, das diese Aussage unterstreichen sollte, war beängstigend. Venema aber blieb standhaft und beharrte auf seinen Auskünften, bis der junge Mann mit der Mütze eine Liste ausdruckte und ihm einen Garagenschlüssel zuwarf. Dann scheuchte er ihn mit einer Handbewegung weg wie eine lästige Fliege und wandte sich dem nächsten Kunden zu.

Venema überflog den Computerausdruck. Der Zwischenhändler saß in Groningen, der Hersteller firmierte in Nordfrankreich. Roubaix, aha, bekannt durch Paris-Roubaix, das härteste Ein-Tages-Rennen der Welt. Dort hatte

Veldhuis doch eine Zweigstelle seiner *Bike World* aufgemacht. War der Produzent der teuren Edelräder ebenfalls ein ehemaliger Radprofi? Alter Kumpel aus einträglicher Zeit, heute Geschäftspartner? Oder hatte Veldhuis letztlich alles selbst in der Hand? Das würde auch den Kapitalfluss von Oldenburg nach Frankreich erklären, von dem der Verkäufer gesprochen hatte.

Der Anhänger des Garagenschlüssels sah aus wie ein Eishockeypuck, schwer und rund, nur weiß und mit roten Punkten. Man kann alles übertreiben, dachte Venema und schloss die Innentür auf, die am Ende des Hausflurs lag. Weißes Licht flammte automatisch auf. Die Garage war ein Traum, viel breiter und länger als üblich, heller und sauberer als Venemas eigene Wohnung. Fehlen nur Kochecke und Großbildfernseher, dachte der Oberkommissar, dann ziehe ich direkt hier ein! An den Wänden hingen mehrere Rennräder, fahrfertig und blitzblank, aber eindeutig für den Gebrauch bestimmt, keine Museumsstücke wie oben in der Wohnung. Rund um eine hochmoderne Werkbank waren Werkzeuge für jeden denkbaren Zweck angeordnet, säuberlich nach Größe geordnet, fleckenfrei wie Operationsbesteck. Vorne beim Rolltor standen je ein Lasten- und Liegerad, und auch ein BMX-Rad fehlte nicht. Selbst einen Kompressor gab es, ein Regal mit Handbüchern und Fachliteratur und natürlich einen PC. Außerdem eine einladende Couch mit einem flachen Tisch daneben und einem kleinen Kühlschrank.

Noch ein Kühlschrank. Dasselbe Modell wie oben, registrierte Venema und streifte sich Latexhandschuhe über, um die isolierte Tür zu öffnen. Dazu kam er aber nicht, weil sein Smartphone Laut gab. So, wie der Oberkommissar konditioniert war, hatte das Ding immer Vorrang.

Es war Lüppo Buss. Thorsten Venema spürte ein warmes Gefühl in der Magengegend, als er seine Stimme hörte. Seit ihrem gemeinsamen Ermittlungsansatz auf Langeoog – und dem feucht-fröhlichen Kollegenabend in der Küche – gab der Inselpolizist ihm das deutliche Gefühl, akzeptiert zu sein, zu einem gemeinsamen Team zu gehören. Warum war das bei Stahnke bloß immer ganz anders? Warum konnte der nicht mal etwas netter, etwas kollegialer sein? Schon war es weg, das schöne Bauchgefühl. Stattdessen quetschte eine Faust, ebenso groß und kräftig wie die seines Chefs, seinen Magen zusammen. »Was gibt es Neues, Lüppo?«, quetschte er zwischen gebleckten Zähnen hervor. »Irgendwas von Jan Veldhuis?«

»Eher von seiner Schwester.« Der Inselpolizist klang ernst, und was er zu berichten hatte, hörte sich genauso an. Veldhuis' Schwester Sharin hatte also an einer der berüchtigten Partys der Freunde ihres Bruders teilgenommen, ohne dass ihr Bruder dabei gewesen wäre, und war anschließend nicht mehr gesehen worden – auch nicht beim Verlassen der Insel. War Lüppo Buss einem neuen Fall auf der Spur?

»Anfang Mai war das?«, fragte Venema nach. »Also schon über zwei Monate her. Hat denn niemand Anzeige erstattet? Ihr Bruder war zu der Zeit doch noch am Leben und soll sehr an seiner Schwester gehangen haben. Oder Frau Reershemius, ihre mütterliche Freundin. Hat die denn mal irgendwas verlauten lassen?«

»Nicht bis vorhin.« Der Inselpolizist seufzte. »Sharin Veldhuis hat einen, nun ja, etwas unsteten Lebenswandel. Sie wechselt ständig ihren Wohnort, hält sich zumeist in südlichen Ländern auf, gerne bei wohlhabenden Männern, von denen sie sich aushalten lässt, falls das stimmt, was die Leute hier reden. Zwischendurch immer mal wieder Drogenexperimente und Therapien, esoterischer Kram, abgebrochene Ausbildungen und Komplettabstürze. Dass sie sich monatelang nicht meldet, scheint nicht so ungewöhnlich bei ihr zu sein. Ihr Bruder hat wohl meistens dafür gesorgt, dass genügend Geld auf ihrem Konto ist, damit sie über die Runden kommt.«

»Ein Paradiesvogel also.« Thorsten Venema hatte viel Verständnis für alternative Lebensformen, aber für solch ein sinnlos verdaddeltes Leben hatte er nur Kopfschütteln übrig. »Nichts Neues über ihren Bruder? Ich bin gerade mal wieder in Jan Veldhuis' Wohnung, genauer gesagt in seiner Luxusgarage. Sein Fahrrad ist von Interesse für uns.« Er musterte die Rennmaschinen an der Wand und präzisierte: »Vielmehr dieses eine seiner Räder, dieses Luxusgerät mit Karbonrahmen.«

»Nee, nichts wirklich Neues über Jan«, erwiderte Lüppo Buss. »Nur an seinem Boot fiel mir was auf, so merkwürdige Halterungen an der Reling, als hätte er dort bei seinen Segeltörns etwas transportiert, was nicht zum Schiff gehört. Ich hatte sogar an ein Fahrrad gedacht, aber die Maße passen nicht. Obwohl, etwas Rundes ist bei diesen Halterungen schon dabei. Zweimal. Größer als Rettungsringe.«

»Tja, dann würde ich mal sagen – vielleicht wirklich für Rettungsringe?« Venema war nicht ganz bei der Sache, sein Blick wanderte wieder und wieder durch den Raum, aber dieses eine Rad, diese sündhaft teure Kombination aus Trekking- und Mountainbike, auf die er es abgesehen hatte, schien nicht hier zu sein. Oben in der Wohnung war es auch nicht. Wo dann?

»Nee, keine Rettungsringe.« Lüppo Buss erging sich in Ausführungen über traditionelle und moderne Rettungsmittel und deren beste Platzierung auf Segelbooten, unter besonderer Berücksichtigung von Einhandjachten. Thorsten Venema verlor vollkommen den Faden, überlegte schon, wie er dieses sinnlos gewordene Gespräch möglichst höflich abkürzen und beenden konnte, als der Inselpolizist plötzlich doch wieder beim Thema Fahrräder war. »Wäre ja auch viel zu umständlich, so ein Ding jedes Mal auseinander- und zusammenzubauen«, sagte er gerade.

»Umständlich? Gar nicht«, hakte Venema ein. »Ein modernes Rad hat Schnellverschlüsse und lässt sich blitzschnell montieren und demontieren. Schon mal *Tour de France* im Fernsehen geguckt? Wie die Helfer da Räder oder Ketten wechseln und manchmal auch ganze Rahmen? Sieht aus wie an der Formel-1-Box, nur immer in Bewegung.« Verwirrt hielt er inne. Wozu hatte er das gerade erklärt?

»Dann wäre es also möglich, ein Fahrrad in zerlegtem Zustand auf einer Segeljacht mitzuführen, ohne dass es beim Segeln stört«, konstatierte Lüppo Buss. »Aber was ist mit Korrosion? Durch das Salzwasser rosten die Dinger doch in kürzester Zeit.«

»Karbon und Aluminium rosten nicht«, widersprach Venema. »Außerdem gibt es doch diese dünnen Schutzplanen, die kann man bestimmt auch passgenau für einzelne Komponenten bekommen. Oder selbst herstellen. Veldhuis saß doch direkt an der Quelle! An Geld mangelte es ihm auch nicht. Wenn er sein Fahrrad mit an Bord nehmen wollte, dann hat er das mit Sicherheit auch möglich gemacht.«

»Sehe ich ein«, sagte der Inselpolizist. »Aber wo ist das Ding dann jetzt?«

Thorsten Venema schaute sich noch einmal in der übergroßen Garage um. »Keine Ahnung«, antwortete er. »Hier ist es jedenfalls nicht.«

28.

Nach der Pressekonferenz flüchtete Stahnke in sein Büro und warf die Tür hinter sich zu. Am liebsten hätte er sich mit dem Rücken dagegengestemmt, wie im Trickfilm, als sei die Meute noch immer hinter ihm her. War sie aber nicht, das hatte sie gar nicht nötig. Die versammelte Presse hatte ihn so gründlich fertiggemacht, gelöchert und in der Luft zerrissen, dass kaum noch heile Haut blieb zwischen all den Wunden, die es jetzt zu lecken galt. Dabei hatte er sich seinen Auftritt ganz anders vorgestellt, so glanzvoll, so triumphal! Einen spektakulären Fall präsentieren und gleich dessen Lösung aus dem Ärmel ziehen, das war doch der Traum jedes Mordermittlers! Und dann noch verkünden, dass der Hauptverdächtige in Gewahrsam sitzt und darauf wartet, dem Untersuchungsrichter vorgeführt zu werden. Das war doch der Stoff, aus dem Polizeihelden gemacht waren!

Diesen Triumphmarsch hatte er sich natürlich schon vorher abschminken können. Und wer war schuld? Natürlich Thorsten Venema! Schleppte der doch auf einmal eine zweite Verdächtige an, aus heiterem Himmel. Präsentierte ein neues Spurenbild, resultierend aus eigenmächtig in Auftrag gegebenen Untersuchungen! Ohne Absprache, geschweige denn Erlaubnis. Klare Insubordination! Dazu eine vage Motivlage, die dennoch nicht ignoriert werden konnte. Mit der Folge, dass Stahnkes eigenes vorläufiges Ermittlungsresultat zusammenklappte wie ein Kartenhaus. Nichts war mehr klar, alles konnte so, aber auch anders interpretiert werden. Entsprechend hatte er vor der Presse herumgefuchtelt und -gestammelt. Bestimmt ein Bild für die Götter! Er wäre sehr gerne dabei gewesen – auf der anderen Seite, bei der Meute. Aber bloß nicht als er selbst.

Der schmierige Pöbler von der Blöd-Zeitung war gar nicht mal der Schlimmste gewesen, der war so borniert, dass er nicht einmal merkte, was für ein Festmahl ihm gerade serviert wurde. Der schnappte nur aus Gewohnheit zu. Seine Unterstellungen waren so durchschaubar und leicht zu widerlegen, dass sein eigener Fotograf aus dem hämischen Grinsen nicht herauskam. Auch die Fernsehjournalisten waren angenehm zurückhaltend, beschränkten sich für den Augenblick aufs Dokumentieren. Natürlich wusste Stahnke genau, dass die im Nachhinein ihre Beute gründlich sichten, sezieren und auswerten würden, um anschließend genüsslich ihre Kommentare zu formulieren. Später würden sie ihn dann zum Interview vorladen, um ihn mit einem umfänglichen Fragenkatalog gründlich durch die Mangel zu drehen. Da kam noch etwas nach!

Wirklich schlimm aber war die Redakteurin der *Regionalen Rundschau* gewesen. Unglaublich gut informiert über sämtliche Namen und etliche Details, hatte die Frau ihn mit bohrenden Fragen zum Schwitzen gebracht, hatte so getan, als sei es ihre Aufgabe, die Bevölkerung vor dem Bösen zu beschützen, nicht etwa seine. Was bildete diese Person sich eigentlich ein! Wie hieß die Frau noch, Drossel oder Dressel? Zum Glück stichelte sie letztlich in eine ganz falsche Richtung, wollte dauernd etwas zu politischen Hintergründen der Taten wissen und zu möglichen rechtsradikalen Motiven. Das waren die wenigen Momente während der Pressekonferenz gewesen, in denen Stahnke zum Luftholen kam. Rechtsradikal, rassistisch, antisemitisch motiviert war so Einiges in diesen Zeiten, aber eben nicht alles.

Das Hauptmotiv war höchstwahrscheinlich sowieso schnöde Eifersucht – nicht das für die Mordserie, sondern für Venemas Vorstoß in Sachen Layan Kleinschmidt. Der Typ war scharf auf die Frau, das war mehr als offensichtlich, und die hatte ihn abblitzen lassen. Das wusste längst die ganze Abteilung, Sibylle Wiemken sei Dank. Anstatt Venemas vermutlich ziemlich tapsiges Werben zu erhören, hatte sich Frau Kleinschmidt vergangenen Sonntag vorzeitig vom Acker respektive von der Insel gemacht, um sich lieber um ihren Ex-Lover zu kümmern. Ob aus Sorge oder Mordlust, war noch zu klären. Venema jedenfalls hatte sich doppelt korrumpieren lassen, davon war Stahnke überzeugt. Zuerst hatte er, von Verliebtheit geblendet, keine belastenden Indizien gegen seine Angebetete gelten lassen wollen. Um dann, von andauernder Zurückweisung ernüchtert, ins andere Extrem zu verfallen und sie plötzlich als Hauptverdächtige ins Visier zu nehmen! Eigentlich sollte er ihn von dem Fall abziehen, dachte der Hauptkommissar, nur war Thorsten Venemas vermutete Voreingenommenheit ebenso wenig zu beweisen, wie die Verdachtsmomente gegen die junge Frau zu widerlegen waren. Großer Mist. In eine schöne Zwickmühle hatte ihn sein fusseliger Mitarbeiter da gebracht!

Es klopfte an der Tür, dem einzigen Teil seines Büros, der nicht verglast war. Venema, dachte Stahnke, na warte. »Herein!«, brüllte er.

Es war Berthold Seifert. Der glatzköpfige Hauptkommissar war nicht so leicht zu erschüttern, jetzt aber guckte er doch skeptisch. »Kann ich etwas für dich tun?«, fragte er. »Muss ich mir Sorgen machen?«

»Das solltest du wirklich«, knurrte Stahnke. »Drückeberger! Wo warst du vorhin, während der Pressekonferenz?

Lässt mich einfach im Stich, ganz allein mit der Journalistenbande. Die haben mich abgeschlachtet!« Das war natürlich gelogen, denn neben ihm hatten Wiemken und Kramer gesessen, genügend Kopfstärke für eine PK; wirklich gedrückt hatte sich nur der Inspektionsleiter, der eigentlich die Lorbeeren hatte einsammeln wollen, aber wohl noch rechtzeitig gesteckt bekommen hatte, dass es diesmal keine einzuheimsen gab.

Was nicht an Seiferts Abwesenheit gelegen hatte. Der war sich eindeutig keiner Schuld bewusst. »Ich war arbeiten«, erwiderte er knapp. »Patrick Janssens Haus kontrollieren. Kein Fahrrad gefunden, auch keine Einzelteile oder Werkzeuge oder sonstige Hinweise, dass der Mann jemals eines besessen hat. Nicht mal eine Nuckelpinne für die Kneipe oder den Bahnhof! Ist vermutlich der einzige Mensch in Oldenburg ohne Rad. Wenn du mich fragst, gehört der geteert und gefedert aus der Stadt gejagt.«

Stahnke war nicht nach Lachen zumute, auch wenn das wirklich komisch war – ein Oldenburger ohne Rad! Aber die Information passte ihm gar nicht, also blieb seine Miene kramermäßig steinern. Schon wieder ein Detail, das gegen Janssens Status als Hauptverdächtiger sprach! »Und das hat so lange gedauert?«, schnauzte er seinen Kollegen an.

»Ist ein großes Haus«, entgegnete der ungerührt. »Außerdem haben mich anschließend noch die Kollegen von der Verkehrsüberwachung angerufen. Ihr habt einen Wagen mit Oldenburger Kennzeichen zur Fahndung ausgeschrieben, was? Wieso das denn? Und warum gleich international?«

Richtig, Berthold Seifert wusste noch gar nichts davon! Sibylle Wiemken hatte noch keine Gelegenheit gefunden, alle SOKO-Mitglieder auf den gleichen Stand zu bringen. »Neue Verdachtsmomente gegen diese Layan Kleinschmidt«, knurrte er knapp. »Ist abgängig, Pkw im Nahbereich ihrer Wohnung nicht auffindbar. Es gibt Hinweise, dass sie in westlicher Richtung das Land verlassen haben könnte.«

»Gute Hinweise.« Seifert hatte einen Zettel aus seiner Hosentasche gefischt. »Zutreffende Hinweise. Die Dame wurde in Holland geblitzt und direkt zur Kasse gebeten. Genauer gesagt auf dem Abschlussdeich. Kennst du den? Tolles Bauwerk, schließt die Zuiderzee zur Nordsee hin ab. Mit dem Ding haben die Niederländer viel Neuland gewonnen und dazu gleich ein wunderbares Segelrevier geschaffen. Da rollt der Touristen-Rubel!«

Ob er den Abschlussdeich kannte – was für eine Frage! Stahnke sparte sich jedoch eine Erwiderung, ebenso die Korrektur, dass die Zuiderzee seit ihrer Eindeichung Ijsselmeer hieß und dass die Tourismus-Einnahmen dort bestimmt erheblich waren, aber sicher nicht in russischer Währung anfielen. »Hat man sie festgehalten?«, fragte er lieber. »Können wir sie vor Ort vernehmen oder müssen wir erst ein Amtshilfeersuchen stellen?«

»Öh.« Seifert machte ein rundes, spitzes Mündchen, das unter seinem ausladenden Schnurrbart besonders putzig wirkte. »Ich glaube, du missverstehst mich. Ihr Wagen, ein roter Peugeot RCZ mit dem amtlichen Kennzeichen OL-JV 123, wurde wegen überhöhter Geschwindigkeit angehalten, genauer gesagt waren es 15 Stundenkilometer drüber. Die Fahrerin wurde verwarnt und zahlte ihr Ticket direkt in bar. Dann setzte sie ihre Fahrt fort. Unsere Fahndung trudelte erst später ein. Zum Glück hat eine freundliche niederländische Kollegin die Daten abgeglichen und uns informiert.« Er grinste selbstzufrieden: »Vielmehr mich. Ich sag's ja immer: Gute Kontakte sind alles.«

»Dann haben wir sie also gar nicht?« Stahnke schlug seine rechte Faust in die linke Handfläche. »Mist! Und ich dachte, wir könnten endlich etwas Richtung und Ruhe in die Sache bringen! Stattdessen sind wir immer noch keinen Schritt weiter.«

»Na ja, immerhin wissen wir, dass sie wirklich in Richtung Westen abgehauen ist«, widersprach Seifert. »Wenn man sie in Groningen aufgeschrieben hätte, würde ich sagen, sie war nur shoppen und kommt vielleicht demnächst zurück nach Hause. Aber Abschlussdeich, das ist als Tagestour etwas weit, finde ich. Sagtet ihr nicht, sie wollte eventuell nach Frankreich?«

»Vage Vermutung.« Stahnke winkte ab. »Außerdem, wer fährt denn über den Abschlussdeich nach Frankreich? Da gibt es doch ganz andere Strecken, über Luxemburg zum Beispiel, dann Richtung Metz und Nancy …« Vor seinem inneren Auge tauchten die Flüsse Loire und Ardèche auf, dann die Provence und das Mittelmeer. Wie lange war er dort nicht mehr gewesen? Auf jeden Fall viel zu lange.

»Kommt drauf an, wohin in Frankreich man will«, erwiderte Seifert. »Nach Nordfrankreich kommt man sehr gut durch Holland und Belgien. Okay, dann fährst du auch nicht ganz oben rum. Es sei denn, du rechnest damit, verfolgt zu werden. Dann tust du das gerade.«

Aus den Augenwinkeln hatte Stahnke im Verlauf des Gesprächs schon mehrfach Bewegung registriert; Sibylle Wiemken und Manuela Schönborn hatten ihre Schreibtischplätze eingenommen, Kramer war gekommen und wieder gegangen. Einen aber hatte der Hauptkommissar bis jetzt vermisst, einen, mit dem er noch ein Hühnchen zu rupfen hatte. Wie eigentlich ständig. Jetzt war er da, trottete draußen an dem Glaskasten entlang, in dem Stahnke sich ausgestellt fühlte wie in einem Terrarium. Mit seinem Blick folgte er Venemas wippendem Haarschopf und riss die Tür auf – genau in dem Moment, als der Oberkommissar die Hand zum Anklopfen hob. »Warum kommen Sie erst jetzt?«, herrschte er ihn an. »Was denken Sie sich dabei, mich dermaßen hängenzulassen?« Kramer hätte mich gebremst, dachte er dabei. Nur war Kramer nicht da. Wohin führte das jetzt?

Thorsten Venema schaute seinem Vorgesetzten in die Augen, seltsam abgeklärt und weder erschrocken noch überrascht. Nur enttäuscht. »Ich musste auf die Spurensicherung warten«, erwiderte er achselzuckend. »Außerdem hat mich Lüppo Buss angerufen, er hatte neue Details zu Veldhuis' Jacht, die uns aber auch nicht weiterbringen, schätze ich. Und er hat erwähnt, dass Sharin Veldhuis seit Anfang Mai nicht mehr auf Langeoog in Erscheinung getreten ist und auch niemand etwas von ihr gehört hat. Da das jedoch durch ihren unsteten Lebenswandel zu erklären sein könnte, muss das nichts heißen.«

»Das ist ja unglaublich interessant!«, höhnte Stahnke. »Lauter Ergebnislosigkeiten bringen Sie mir an, aber dafür haben Sie ordentlich Zeit investiert! Ganz großes Kino! Haben Sie wenigstens das Fahrrad gefunden, das Sie untersuchen lassen sollten? Oder waren Sie dazu auch zu beschäftigt?«

»Leider nein«, sagte Venema. »Veldhuis hat eine große Garage mit diversen Rädern, aber dieses war nicht dabei. Lüppo Buss meinte, an Bord der Jacht *Sharin* gäbe es Halterungen, die für den Transport eines solchen Rades in zerlegtem Zustand gedacht sein könnten.«

»Und? Befindet sich das fragliche Rad also an Bord dieser Jacht?«, polterte Stahnke. Berthold Seifert schaute peinlich berührt zur Decke.

»Nein, tut es nicht«, antwortete Venema, Stimme und Miene so stoisch ruhig, dass Stahnke sich an Kramer erinnert fühlte. Das dämpfte seine Wut. Kramer würde sich niemals so gehen lassen wie er, und Kramer war ein guter Polizeibeamter.

»Hier ist die Liste der Geschäftskontakte«, ergänzte Venema und reichte Stahnke den Ausdruck. »Außerdem habe ich in dieser ungewöhnlich gut ausgestatteten Garage noch etwas entdeckt, was dort irgendwie nicht hingehört. Nämlich einen Kühlschrank. Keinen normalen für Getränke, das hätte gepasst, sondern einen besonders leistungsfähigen, quasi eine Gefrierbox. Das gleiche Modell wie oben in Veldhuis' Arbeitszimmer.« Er runzelte die Stirn. »Ebenfalls ein ungewöhnlicher Platz für solch ein Kühlaggregat. Beide sind vollkommen leer. Mal gespannt, ob die KTU irgendwelche Spuren daran entdeckt.«

»Kühlschrank?« Stahnke stemmte die Fäuste in die Seiten. »Eisbox? Stehen diese Dinger inzwischen überall? Sogar bei Layan Kleinschmidt im Schlafzimmerschrank!« Er weidete sich an den verblüfften Mienen seiner beiden Mitarbeiter. »Ja, genau, bei Frau Kleinschmidt im Schlafzimmer! Bis dahin ist wohl keiner von euch vorgedrungen, was?« Er grinste breit und böse. Berthold Seifert erwiderte das Grinsen mit derselben Anzüglichkeit. Thorsten Venema wurde aschfahl. Er klappte seinen Mund auf und zu, ohne einen Ton hervorzubringen, dann drehte er sich auf dem Absatz um und stürmte zur Tür. Dort hielt er abrupt an, um nicht mit Oberkommissar Kramer zusammenzustoßen.

Mit dessen Eintreten änderte sich die Atmosphäre im Raum komplett. Seifert wischte sich über den Schnurrbart und zugleich das Grinsen aus dem Gesicht, Stahnke schlug den Blick nieder, Venema atmete so tief durch, als hätte er das seit Minuten nicht mehr getan. Kramer blickte von einem zum anderen, und wer wollte, konnte darin ein tadelndes Kopfschütteln erkennen. »Ich war in der Kriminaltechnik«, sagte er dann mit ruhiger Stimme. »Die Kolleginnen und Kollegen sind sehr schnell heute. Die Blutprobe haben sie vorgezogen.«

»Den eingetrockneten Fleck aus der Kühlbox bei Layan Kleinschmidt?« Stahnke senkte skeptisch die Mundwinkel. »Dass das Blut ist, kann ich dir auch so sagen. Aber wessen Blut? Du weißt doch, wie lang solch ein DNA-Abgleich dauert.«

Kramer nickte versonnen. »Es sei denn, du gibst dem Labor einen Tipp, in welcher Richtung sie suchen sollen«, sagte er. »Dass sie zum Beispiel Blutproben desselben Ursprungs erst kürzlich auf dem Tisch gehabt haben könnten. Dann geht das deutlich schneller.«

»In einem unserer Fälle? Gehört das Blut einem der Opfer unserer Mordserie?«

Der Oberkommissar nickte. »Opfer Nummer eins. Jan Veldhuis. Es gibt keinen Zweifel.«

»Und sein Foto hängt an Layan Kleinschmidts Pinnwand.« Stahnke nickte grimmig. »Es gibt also eine Verbindung zwischen den beiden, über die Begegnung bei der Jubiläums-Kohlfahrt hinaus.«

»Das will ich meinen!«, rief Seifert dazwischen. »Eine Täter-Opfer-Verbindung! Veldhuis' Blut wird wohl nicht von alleine in ihren Kühlschrank gekommen sein. Klebte vielleicht noch an der Mordwaffe. Frau Kleinschmidt hat sie dort abgelegt, um sie später zu entsorgen, und den Blutfleck dabei übersehen.«

»Dann hätte Layan Kleinschmidt also die Tatwaffe in

ihrem Kühlschrank zwischengelagert«, sagte Kramer, die Augenbrauen minimal erhoben.

»Klar, warum nicht.« Seifert zuckte mit den Schultern. »Manche Leute legen alles Mögliche in ihre Kühlschränke! Ein ungewöhnlicher Platz für eine blutige Waffe, klar, aber vielleicht hat sie ihn gerade deshalb ausgewählt.«

»Das Ding war abgeschaltet und leer«, sagte Stahnke. »Wenn Layan Kleinschmidt eine Waffe verstecken wollte, warum nicht dort? Weniger klar ist, warum sie eine Tatwaffe überhaupt mit in ihre Wohnung gebracht haben sollte, anstatt sie gleich zu entsorgen, denn in der Wohnung hat die Tat auf keinen Fall stattgefunden, wie wir wissen.« Er blickte Kramer an: »Das Apartment ist doch gründlichst untersucht worden?«

»Läuft gerade«, antwortete Kramer. »Im ersten Anlauf nicht, aber das wird jetzt nachgeholt.«

Stahnke atmete tief durch. »Ihre Flucht spricht natürlich gegen sie«, sagte er. »Aber noch habe ich kein klares Bild. Warum sie? Was wäre ihr Motiv? Eines oder verschiedene? Was haben diese Männer ihr angetan?«

»Diese wilden Partys«, warf Venema ein. »Diese Sauf- und Drogenorgien auf Langeoog. Da waren doch immer auch Frauen dabei, zuletzt sogar Sharin Veldhuis, wie Lüppo Buss sagte. War Layan vielleicht auch einmal bei solch einer Party dabei? Ist dort etwas vorgefallen, was sie … nicht verzeihen konnte?« Er schaute Stahnke an. Der blickte von Kramer zu Seifert und zurück. Ratlose Mienen überall.

Draußen vor den Glasscheiben von Stahnkes Trocken- aquarium tat sich etwas. Dort stand Sibylle Wiemken, die Augen weit aufgerissen. Neben ihr tauchte Manuela Schön- born auf, streng blickend wie immer, und gestikulierte. Dem Hauptkommissar kam die Situation plötzlich absurd vor.

Er und alle seine männlichen Mitarbeiter drängten sich in seinem Glaskasten, die beiden Frauen standen draußen vor der Tür, wirkten verloren in der Weite des unterbesetzten Großraumbüros. Irgendwas lief hier falsch.

»Ich glaube, die junge Kollegin ist auf etwas gestoßen«, sagte Kramer. »Vielleicht sollten wir unseren Kreis mal erweitern.«

»Auf jeden Fall!«, rief Stahnke und stieß die Tür auf.

29.

Die große Runde erzeugte ein gutes Gefühl, stellte Stahnke fest, noch ehe sein Hosenboden die Sitzfläche seines Stuhls berührte. Das Gefühl von Zusammenhalt und Stärke. Und die Hoffnung, sich selbst wieder besser in den Griff zu bekommen. »Haben Sie das Passwort geknackt?«, fragte er und lächelte die junge Kommissarin erwartungsvoll an. Die lächelte nicht zurück. »Leider noch nicht«, sagte Manuela Schönborn. »Aber etwas anderes habe ich gefunden.«

Stahnke plumpste auf seinen Stuhl. Schon war das gute Gefühl wieder dahin. In der Polizeiarbeit fanden Wunder eben nicht statt. »Und was, wenn ich fragen darf?« Der Hauptkommissar erschrak vor seinem eigenen Tonfall. Wie war das noch mit der Selbstbeherrschung?

»Kollege Kramer hat mich auf das Foto an der Pinnwand aufmerksam gemacht«, sagte Manuela Schönborn. »Das von Jan Veldhuis, direkt über dem Papierschnipsel mit der französischen Adresse. Von Thorsten Venema weiß ich, dass Veldhuis in seiner aktiven Zeit als Radprofi den Spitznamen Ulle trug, nach Jan Ullrich, seinem großen Vorbild. Genau diesen Namen trug eine der verschlüsselten Dateien auf Layan Kleinschmidts Laptop. Ulle. Also gibt es da eine Verbindung.«

Stahnke nickte, teils bestätigend, teils ungeduldig. So weit waren sie auch schon gewesen. Allerdings musste er zugeben, dass ihm die Bedeutung der Dateibezeichnung nicht gleich aufgegangen war.

»Verbindungen zwischen Menschen laufen häufig über Geld«, fuhr die junge Kommissarin fort. »Also habe ich mal geguckt, bei welchem Bankinstitut Frau Kleinschmidt Kundin ist. Ich hatte mit etwas Zeitgemäßem gerechnet, einer Internetbank, aber tatsächlich ist sie Kundin der örtlichen Sparkasse.«

Berthold Seifert lachte auf. »Da bin ich auch Kunde!«, sagte er. »Bin ich deswegen schon ein Fossil?«

»Ach nein«, sagte Sibylle Wiemken in beruhigendem Ton. »Keine Sorge. Deswegen nicht.« Seifert blieb der Mund offen stehen.

»Bei der Sparkasse hatte ich vor einigen Wochen schon eine Kontenprüfung, in einer ganz anderen Sache«, fuhr Manuela Schönborn fort. »Ich wusste also, wen ich anrufen musste. Die Auskunft kam schnell und problemlos. Layan Kleinschmidt hat über einen längeren Zeitraum regelmäßig Zahlungen von Jan Veldhuis erhalten.«

»Wow!«, entfuhr es Thorsten Venema.

»Wie lange dann?«, fragte Sibylle Wiemken.

»Und wie viel?«, fragte Berthold Seifert.

»Gar nicht einmal so viel«, antwortete die Kommissarin. »600 Euro monatlich. Über einen Zeitraum von acht Jahren. Immer gleichbleibend. Bis letzten April.«

»Acht Jahre lang? Das wären insgesamt 57.600 Euro.« Auch im Kopfrechnen war Kramer nicht zu schlagen. »Und wofür bekam sie das Geld? Gibt es ein entsprechendes Stichwort?«

Manuela Schönborn schüttelte den Kopf. »Gar nichts, nur die überwiesene Summe. Jeden Monat 600 Euro. Und dann nichts mehr.«

»57.600 Euro sind eine Menge Geld«, ließ sich Seifert vernehmen. »Das ist mehr, als mein Wohnmobil gekostet hat. Und das ist nicht von schlechten Eltern.« Er schaute in die Runde und hob abwehrend die Hände, weil alle verständnislos guckten.

»In einer Summe wäre das eine Menge Geld, aber auch kein Vermögen«, sagte Sibylle Wiemken. »Über acht Jahre verteilt, klingt es eher nach einem Nebenverdienst.«

»Spontan dachte ich an Erpressung«, sagte Kramer und schüttelte den Kopf. »Aber das passt nicht, wenn man bedenkt, dass Jan Veldhuis ein ziemlich vermögender Mann war. Wenn es zum Beispiel bei einer dieser Drogenpartys einen Übergriff gegeben hätte, schwerwiegend genug für eine Erpressung, dann wäre das Schweigegeld bestimmt höher ausgefallen.«

»Oder in einer Summe gezahlt worden.« Sibylle Wiemken nickte zustimmend.

»Was ist mit den anderen drei Opfern?«, fragte Stahnke. »Kaya, Hemmieoltmanns und Ripke? Haben die auch irgendwelche Zahlungen an Frau Kleinschmidt geleistet?«

Manuela Schönborn hatte ungeduldig auf ihren Einsatz gewartet, jetzt blickte sie Stahnke dankend an. »Habe ich natürlich überprüft«, sagte sie. »Nichts von den beiden Erstgenannten, gar nichts. Keinerlei bargeldloser Zahlungsverkehr. Von Doktor Ripke aber gab es Überweisungen. Vorher.«

»Inwiefern vorher? Vor was?«, fragte Stahnke, als seine Mitarbeiterin zögerte. Er spürte Kramers Blick auf sich ruhen und war froh, dass er höflich gefragt hatte.

»Vor den Überweisungen von Jan Veldhuis«, sagte Manuela Schönborn. »Und zwar genau davor. Dieselbe Summe, 600 Euro im Monat, vier Jahre lang. Ohne Verwendungszweck. Diese Überweisungen hören dann auf, und ab dem nächsten Monat bekommt Frau Kleinschmidt dieselbe Summe von Jan Veldhuis. Als hätte eine Ablösung stattgefunden.«

»Das heißt, diese Layan bekommt seit zwölf Jahren dieses Geld?« Berthold Seifert runzelte die Stirn bis hoch zum fehlenden Haaransatz. »Wie alt ist diese Frau eigentlich? War die vor zwölf Jahren nicht noch ein Kind?«

»Layan Kleinschmidt ist 31 Jahre alt«, warf Thorsten Venema ein. »Vor zwölf Jahren war sie also 19.«

Auch Stahnkes Stirn lag in Falten. »Wie hieß Doktor Ripke noch mal mit Vornamen?«, fragte er.

»Roland«, sagte Manuela Schönborn wie aus der Pistole geschossen. »Spitzname möglicherweise Rollo. Auch auf diesen Namen gibt es in Frau Kleinschmidts Laptop einen verschlüsselten Ordner.«

Stahnke seufzte ungeduldig. »Und wann kommen wir endlich an die Dateien ran?«

Die junge Kommissarin breitete ratlos die Arme aus. »Unsere IT-Abteilung hat einen hohen Krankenstand. Kein

Wunder, bei denen stapeln sich die Rechner mit Kinderpornografie, die noch untersucht werden müssen. Der Abteilungsleiter ist gerade in psychologischer Betreuung. Keine Ahnung, wann die wieder Kapazitäten frei haben.«

»Machen Sie Druck«, verlangte Stahnke, aber es klang wenig überzeugend. »Was sonst? Befragung von Ripkes Witwe? Wer hat die eigentlich über den Tod ihres Gatten informiert?«

»Das war ich«, meldete sich Sibylle Wiemken. »Ich fahre gerne noch mal hin, aber nicht mehr heute Abend. Das wäre nicht zumutbar, glaube ich.« Ihre Augen waren gerötet, darunter lagen dunkle Schatten. Ein weiterer Einsatz am heutigen Tag war wohl für beide Seiten nicht zumutbar, dachte Stahnke.

»Was ist mit Frankreich?«, fragte plötzlich Thorsten Venema. »Was ist mit Veldhuis' Zweigstelle in Roubaix? Und mit der Adresse, die wir bei Layan gefunden haben? Wie lautete die noch?«

»Irgendwas mit Berg«, versuchte Stahnke, sich zu erinnern. »Berg heißt auf Französisch doch Montagne, oder? Vielleicht ein Ort im Grenzgebiet, Elsass-Lothringen zum Beispiel, da hat die Zugehörigkeit in den letzten Jahrhunderten so oft gewechselt, dass die Leute mit dem Umbenennen gar nicht nachgekommen sind, vermute ich mal. Muss aber mit unserem Fall gar nichts zu tun haben. Vielleicht bloß die Urlaubsanschrift einer Freundin oder eines Freundes.«

»Urlaubsanschrift? Im Zeitalter des Smartphones?« Venema wiegte zweifelnd den Kopf. Sofort begann es in Stahnke wieder zu brodeln.

»Es heißt Bergues«, korrigierte Manuela Schönborn. »Das liegt im Département Nord an der belgischen Grenze, nicht weit von der Küste. Und nicht weit von Roubaix entfernt. Place de la République, klingt ziemlich zentral. Rein räumlich würde ich einen Zusammenhang zumindest nicht ausschließen.«

»Le Noooord!« Berthold Seifert machte runde Augen und gab seiner Stimme einen unheilvollen Klang. »Le Noooord! Wo den Leuten im Winter die Zehen abfrieren!« Er lachte laut los: »Kennt ihr nicht den Film? *Willkommen bei den Sch'tis*? Französische Komödie, total witzig! Wurde zum größten Teil dort gedreht, in Bergues. Ihr wisst doch, das mit der Post! Fritten und Schnaps und Stinkekäse!«

Seiferts Lachen fand ein verhaltenes Echo in der Runde. Ja, alle erinnerten sich, selbst Stahnke, der den Film vor Jahren mit Sina zusammen angeschaut hatte. Zweimal, erst auf Deutsch, dann auf Französisch. Die deutsche Version fand er unterhaltsam, die französische gab ihm nichts, trotz Untertiteln. Die Sprache war ihm einfach unverständlich, ob mit Akzent oder ohne, da hörte er keinen Unterschied.

»Okay, also Bergues.« Venema war hartnäckig. »Bergues und Roubaix. Was unternehmen wir? Ersuchen wir die französischen Kollegen um Hilfe? Oder erbitten wir eine Sondererlaubnis, um selbst vor Ort zu recherchieren?«

Stahnke stöhnte leise, zeitgleich mit Sibylle Wiemken, ein interessanter zweistimmiger Klang. »Was das für ein Schreibkram wird!«, klagte die Oberkommissarin. »Alles über die Staatsanwaltschaft! Die werden als Erstes fragen, was das soll, wo wir doch schon einen Hauptverdächtigen hinter Schloss und Riegel haben. Und alles mit Dolmetscher! Ich kann nämlich auch kein Wort Französisch.« Sie nickte zu Stahnke herüber. »Die französische Seite wird sich alles haarklein erklären und begründen lassen, ehe sie entscheidet. Da kann das deutsch-französische Verhältnis noch so gut sein, ehe die dort Boche-Bullen in ihr Territorium lassen, muss erst eine Menge passieren.«

»Nun ja, vier Morde in Serie sind schon eine Menge, finde ich«, warf Kramer im Plauderton ein.

»Geht es denn vielleicht über den kleinen Dienstweg?«, fragte Berthold Seifert. »Kennt jemand einen, der einen kennt? Mit den Holländern klappt das doch auch meistens ganz gut. Jedenfalls besser, als wenn man es offiziell versucht.« Er rollte mit den Augen, sein Zwirbelbart sträubte sich empört.

»Ich kenne keinen.« Stahnke schüttelte den Kopf. »Ihr vielleicht?« Achselzucken überall. Der Hauptkommissar nahm Seifert ins Visier. »Was ist mir dir? Du weißt doch, wer etwas vorschlägt, muss es am Ende auch machen. Du als alter Wohnmobilist kennst doch bestimmt Gott und die Welt. Warst du nicht schon in Frankreich?«

»Ja, schon.« Seifert setzte sich gerade hin, schien sich ertappt zu fühlen. »Aber vor allem in Südfrankreich, Mittelmeerküste, oder am Südatlantik, nahe der spanischen Grenze. In Nordfrankreich bin ich noch nie gewesen, und Kollegen kenne ich dort schon gar nicht.« Sein bedauerndes Lächeln fiel eine Spur zu erleichtert aus.

»Du willst Berthold undercover nach Frankreich schicken?«, hauchte Sibylle Wiemken überrascht. »Ernsthaft? Hast du dir das auch gut überlegt?«

Stahnke wich ihrem Blick aus, landete bei Kramer. Der lächelte, sagte aber nichts.

Dafür meldete sich Thorsten Venema. »Ich hätte gern Urlaub«, sagte er fest. »Ab sofort. Ich habe noch jede Menge Resturlaubstage stehen, die verfallen sonst. Außerdem fühle ich mich total überarbeitet.«

Stahnke starrte seinen jungen Kollegen an, musterte dessen frisches, rosiges Gesicht. Diese fusseligen Haare, dieser struppige Bart! Und diese Entschlossenheit in seiner Miene. Was hatte der Kindskopf vor? Blöde Frage, war doch völlig klar, was der vorhatte. Seiner Angebeteten hinterher! Immer in der Hoffnung, dass das alles nicht stimmte, was er sich über ihre Rolle in dieser Geschichte ausgedacht hatte. Ausgedacht? Zusammengereimt. Kombiniert. Geschlussfolgert. Ja, was denn nun?

»Wie sieht es aus, kriege ich den Urlaub?« Venema streckte trotzig sein Kinn vor. »Oder muss ich erst zum Amtsarzt, gleich morgen früh?«

Alle glotzten ihn an. Gleich darauf ruhten alle Blicke auf Stahnke. Er war gefordert, eine Entscheidung wurde verlangt. Mehr noch, jetzt und hier wurde eine Weiche gestellt, die entschied, wo es langging in den nächsten Jahren mit diesem Team.

»Genehmigt, der Antrag«, sagte er und nickte Venema zu. Dann wandte er sich Seifert zu: »Und deiner auch! Ich wünsche euch beiden viel Spaß unterwegs. Und erholt euch gut.«

Thorsten Venema schüttelte verständnislos den Kopf, Seifert klatschte beide Handflächen auf seine Glatze. »Wie stellst du dir das denn vor?«, stammelte der Hauptkommissar. »Etwa wir beide in meinem Wohnmobil? Ich und der Öko da? Das geht doch niemals gut. Das geht überhaupt nicht!« Er rang nach Luft und Argumenten. »Solch eine Reise will gut vorbereitet sein! Der Wagen muss erst zur Inspektion, dann muss ich Trinkwasser auffüllen, natürlich tanken, Proviant besorgen und vernünftig einlagern, wegen der Gewichtsverteilung ... weißt du eigentlich, was das für eine Arbeit ist?«

»Ja, weiß ich«, gab Stahnke zurück. »Genau wie bei einer

Segeljacht, nur nicht so kompliziert. Wie ich dich kenne, hast du das doch alles längst erledigt. Ab nächster Woche hast du sowieso Urlaub, eingereicht vor einem halben Jahr, glaubst du, das wüsste ich nicht? Jetzt fährst du eben etwas früher. Kannst schon mal ein bisschen üben.«

Seifert öffnete den Mund, Stahnke beugte sich vor, Seifert blieb stumm. Venema versuchte es gar nicht erst, sondern nickte nur.

»Und jetzt ist Feierabend.« Der Hauptkommissar erhob sich. »Alle schlafen sich mal aus, das ist eine dienstliche Anordnung. Morgen früh geht es weiter, dann seid ihr gefälligst alle fit. Abmarsch!«

»Gilt das auch für dich?«, fragte Sibylle Wiemken ins allgemeine Aufbruchsgemurmel hinein. »Das mit dem Ausschlafen und morgen fit sein?«

»Schauen wir mal«, knurrte Stahnke. »Ich versuch's. Aber eine Sache muss ich heute noch erledigen.«

30.

Früh am Morgen war es auf Langeoog selbst im Hochsommer oft ungemütlich kühl. Entweder es wehte ein frischer Nordwest, der ungeschützten Körperpartien eine Gänsehaut und gleichzeitig ein prickelndes Nordseestrandsandpeeling verpasste, oder es herrschte Frühnebel, der einen durchnässte, ehe man es noch bemerkte. Inselklima war eben nichts für Weicheier, dachte Lüppo Buss zufrieden. Er war keins, er wusste sich danach anzuziehen, er fühlte sich pudelwohl.

Besonders schön fand er es, wenn außer ihm noch niemand auf den Beinen war, von den gefräßigen Möwen einmal abgesehen. Die lungerten auch zu dieser frühen Stunde schon vor Bäckereien und Imbissbuden herum, obwohl alles dicht war und noch eine ganze Weile geschlossen bleiben würde. Warum taten sie das? Weil sie nicht die Uhr lesen konnten? Vielleicht zogen sie auch irgendwo Wartenummern, überlegte der Inselpolizist, und stellten sich trotzdem an, um den anderen Räubern der Lüfte keine Chance zum Vordrängeln zu geben. Motto: Ich trau dir nicht, ich kenn ja mich! So eine Möwe war auch nur ein Mensch.

Allein zu sein, auf Menschen bezogen, war auf Langeoog ein Wert an sich. Seltener als Bernstein und viel kostbarer. Einst war das Leben auf der Insel hart gewesen und hatte ihre Bewohner kaum ernährt, weil es nichts gab außer Watt und Strand, Dünen und Sand. Also quasi vor allem Sand. Ansonsten nichts als freie Natur, häufig Regen und Wind, im Sommer Sonne und Wind, Einsamkeit und Ruhe. Nichts davon konnte man essen, also galt es nicht viel. Bis man erkannte, dass es Menschen gab, Großstädter zumeist, die bereit waren, genau dafür Geld auszugeben. Für dieses Geld gab es Dinge zu kaufen, die man essen konnte. Plötzlich lernten die Insulaner den Wert ihrer Heimat zu schätzen. Vor allem den Tauschwert. Sie verkauften so viel von dieser Natur, der Ruhe und der Einsamkeit, dass sie gut davon leben konnten. Für sie selbst blieb dann allerdings nichts davon übrig. Und für ihre Kinder auch nicht.

Der Inselpolizist zog den Reißverschluss seiner Regenjacke höher und zurrte die Kapuze fester um seinen Kopf. Heute war ein windiger Morgen, trotzdem war die Luft nebelig-feucht. Ein echtes Wetterphänomen. Obwohl es schon hell war, ließ sich noch kein einziger Tourist blicken. Kein Jogger, kein Radler, kein Hundebesitzer und kein Kitesurfer. Herrlich! Trotzdem war Lüppo Buss sicher, dass er gleich jemanden treffen würde. Schließlich war er nicht der einzige gebürtige Insulaner hier.

Hier, das war das Große Schlopp, jener Mittelteil der Insel, den es vor einigen 100 Jahren gar nicht gegeben hatte, als Langeoog noch aus Ost- und Westteil bestand. Das Große Schlopp lag östlich des Pirolatals, westlich der hohen Melkhörndüne. Südlich des Schloppsees befanden sich ausgedehnte Salzwiesen, nördlich erstreckte sich der Sandstrand, der die komplette Seeseite Langeoogs umfasste. Hier, im Mittelteil, wohnte nach wie vor kein Mensch. Wohl deshalb hatte man in den 1970er-Jahren, als Sand für Küstenschutzmaßnahmen benötigt wurde, nicht gezögert, genau hier zu baggern. So war der Schloppsee entstanden, bis zu zwölf Meter tief und reich an Fischen. Angler wussten das. Klaas Reershemius und sein Kumpel Harm Bengen waren Angler.

Der Inselpolizist entdeckte die beiden Greise in einer Lücke des Schilfgürtels, der den Schloppsee umgab. Natürlich hatten sie ihre Angeln schon zu dieser unchristlich frühen Stunde ausgeworfen, vermutlich noch in der Dämmerung, und natürlich hatten sie sich auf die morgendliche Kühle angemessen vorbereitet. Mit ihren diversen Kleidungsschichten sahen die beiden Senioren aus, als warteten sie auf die Altkleidersammlung, und was in dem dampfenden Becher war, den Reershemius gerade zum zahnlosen Mund führte, wollte Lüppo Buss gar nicht wissen.

Neben Reershemius hockte Harm Bengen. Ob ihm bewusst war, dass er denselben Namen führte wie ein bekannter Karikaturist? Vielleicht sah er deswegen selbst so aus wie eine Fleisch und Falten gewordene Karikatur. Die Krönung war seine Brille, deren Gläser so dick waren wie Flaschenböden und die offenbar viel zu schwer war für die verkümmerten Muskeln seines dünnen Halses. Jedenfalls wackelte sein Kopf unausgesetzt.

»Moin, Sheriff!«, krächzte Bengen, als Lüppo Buss bis auf ein paar Schritte heran war. »Willst du meinen Angelschein sehen? Zeig ich dir gerne, hab ich gerade erst frisch verlängern lassen!« Ein herausforderndes Grinsen legte seine komplette Gesichtshaut in Falten.

»Hast mich gestern schon kommen sehen, was?«, erwiderte der Inselpolizist. »Da sieht man mal, wie flach es bei uns ist.«

»Genau«, krähte Reershemius. »Vor allem die Witze.« Über seinen eigenen Witz lachte er so heftig, dass seine Kleidungsschichten in Bewegung gerieten und zu rascheln begannen. Falls das nicht seine trockene Haut war. Oder seine Knochen, die gerade zu Staub zerfielen.

»Von euch will ich gar nichts sehen«, sagte der Inselpolizist, »ich will euch etwas zeigen.« Er aktivierte sein Smartphone und präsentierte das Foto, das sein Freund und Kollege Stahnke ihm am vergangenen Abend geschickt hatte. »Habt ihr die schon mal gesehen?«

»Watt ne seute Deern.« Bengen leckte sich die trockenen Lippen, und Lüppo Buss wunderte sich einen Moment lang, dass die blassrosa Zungenspitze nicht gespalten war. »Solche sieht man jetzt öfter hier. Früher kamen mehr so die Blonden, dann die Brünetten. Jetzt haben wir auch allerhand Schwarze hier.«

»Schwarze?« Reershemius reckte den dürren Hals. »Die ist doch nicht schwarz! Glaube mir, mit Schwarzen kenne ich mich aus. Bin früher zur See gefahren, Massengutfrachter, Eisenerz holen aus Afrika. Sierra Leone. Da sind die Leute richtig schwarz, das kann ich euch sagen! Schwärzer als ihr eigener Schatten. Den werfen die sogar im Kohlenbunker! Aber das darf man heute gar nicht mehr sagen, stimmt's? ›Schwarz‹ ist jetzt ein böses N-Wort.«

»›Schwarz‹ ist doch kein N-Wort!«, krakeelte Bengen dagegen. »Fängt doch überhaupt nicht mit N an! Was du meinst, ist Nazi. Nazi darf man nicht mehr sagen! Weil nämlich die Nazis heutzutage sehr empfindlich sind und schnell beleidigt, und wenn du sie Nazis nennst, dann jammern sie rum und nennen dich selbst Nazi. Ich kann euch sagen, zu meiner Zeit war das anders! Da haben die Nazis sich noch selber so genannt. Und gejammert haben die anderen.«

»Alles Blödsinn«, unterbrach der Inselpolizist. »Ihr liegt beide falsch. Das N-Wort ist ›Neger‹.«

»Waas?« Harm Bengen starrte ihn durch seine flaschenbodendicken Brillengläser an. »Na hör mal, *das* Wort darf man doch nun wirklich nicht mehr sagen! Was denkst du dir dabei!«

»Genau!«, assistierte Reershemius, die Stimme triefend vor Empörung. »Und das als Amtsperson!«

Lüppo Buss bis die Zähne zusammen. Das Knirschen hörte er kaum, weil die beiden Alten so laut kicherten. »Ob ihr die Frau auf dem Foto schon mal gesehen habt, will ich wissen«, knurrte er dann, sobald er seine Zähne wieder auseinanderbekam.

»Jo«, sagte Klaas Reershemius. »Habe ich.«

»Im Ernst?«, fragte der Inselpolizist. »Bist du dir sicher?«

»Na klar bin ich mir sicher!«, begehrte der Alte auf. »Ich kann doch wohl noch gucken! Und ich weiß, was ich gesehen habe. Die hier habe ich schon mal gesehen. Ich bin doch nicht tüdelig im Kopf!«

»Du und nicht tüdelig?« Harm Bengens Kopf schwankte stärker denn je. »Das ist aber mal eine steile These! Ich habe neulich im Lexikon nachgeguckt, weil, zu Hause haben wir nämlich noch so ein richtiges Lexikon, volle drei Bände, von vor der Wende! Das ist noch Qualität. Und da habe ich nachgeguckt unter tüdelig, und was glaubt ihr, von wem ich da ein Bild gefunden habe?«

»Genug jetzt, Harm, Flachwitze hatten wir schon«, wies der Inselpolizist ihn rüde zurecht. »Klaas, noch einmal, bist du dir sicher, dass du diese Frau kennst? Und weißt du noch, wann und wo du die hier auf der Insel schon mal gesehen hast?«

»Klar weiß ich das noch«, erwiderte Klaas Reershemius. »Ist noch nicht so lange her. Letzten Sonntag erst! Als so mieses Wetter war. Sie kam mit deinem Oldenburger Kollegen, wie heißt der noch – der so ähnlich aussieht wie Marian Godehau, unser rasender Inselreporter! Genauso fusselig um den Kopf. Mit dem kam sie hier an. Aber weggefahren ist sie ohne ihn. Tja, manche Kerle haben eben nicht so einen Schlag bei Frauen wie andere.« Er warf sich in die schmächtige Brust. »Also ich, zu meiner Zeit …«

»Ich weiß, ich weiß, damals trugst du deine Zähne noch im Mund statt im Taschentuch«, stöhnte Lüppo Buss. »Mensch, ich meine doch nicht letzten Sonntag! Das weiß ich selbst, dass die am Sonntag hier war. Aber was ist mit vorher? Habt ihr diese Frau früher schon einmal gesehen? Ihr sitzt doch fast jeden Tag stundenlang am Bahnhof rum!«

»Als ob wir immer nur rumsitzen würden!« Klaas Reershemius hatte kein Problem damit, das Offensichtliche zu leugnen. Damit lag er voll im Trend der Zeit. »Außerdem, hast du eine Ahnung, wie viele Leute dort in der Saison täglich vorbeipilgern? Hunderte, Tausende, ach, was sag ich!«

Dessen war Lüppo Buss sich schmerzlich bewusst, denn dieser Tatsache verdankte er den Großteil seiner beruflichen Tätigkeit. Über 200.000 Übernachtungen zählte Langeoog pro Jahr, kein Wunder, dass am Bahnhof und am Fährhafen während der Badesaison immer viel los war. Natürlich war es nicht leicht, sich ein bestimmtes Gesicht aus dieser Masse zu merken. Andererseits: »Hört mal, diese Frau ist jung und sieht ziemlich gut aus! Relativ groß, sportlich durchtrainiert, so eine fällt euch doch auf!«

»Kann schon sein«, gab Reershemius zu.

»Ist so«, bestätigte Harm Bengen.

»Letzten Sonntag, sag ich doch«, sagte Reershemius.

»Mir schon eher«, trumpfte Bengen auf. »Sehr viel eher! Da war sie sogar noch 'ne Ecke jünger als auf dem Foto. Ich kann mich noch gut daran erinnern. Sie kam zusammen mit Jan Veldhuis am Bahnhof an. Der hat sie mitgebracht.« Er warf Klaas Reershemius einen Blick zu, der das fehlende »Ätsch!« vollauf ersetzte.

Lüppo Buss brauchte einen Augenblick, um zu reagieren. »Du erinnerst dich? Hast sie früher schon mal gesehen? Ja, Mensch, wann war das denn? Komm, sag an, lass dich nicht so lange bitten!«

Das hätte er nicht sagen sollen, denn für die nächste halbe Minute gab es für Harm Bengen nichts Wichtigeres, als den richtigen Sitz seiner Angelrute in ihrer Halterung zu überprüfen. Dann endlich ließ er sich zu einer Antwort herab. »Ich weiß es noch genau«, wiederholte er. »Das war in dem Jahr, als die Kiste Whisky angetrieben worden ist. *The Glendronach Parliament* hieß der, 21 Jahre alt. Sah aus wie alter Bernstein.«

»Oh ja, Mensch, damals war das!« Klaas Reershemius war plötzlich Feuer und Flamme. »Mann, hat der gut geschmeckt. Nach Sherry, Zimt und Schokolade!«

»Und Pflaume! Und Vanille! Und dann so ein würziger Nachgeschmack, wie leckeres Feuer, der hat ganz lang angehalten!«, schwärmte Bengen.

»Kein Wunder bei 48 Volt«, ergänzte Reershemius. »Da kann man schon erwarten, dass der ordentlich nachballert.«

»Ach ja.« Harm Bengen nahm seine dicke Brille ab und wischte sich die Augen, so gerührt war er. »Es geht doch nichts über Strandgut! Davon träume ich jede Nacht, dass wir noch einmal so etwas Schönes finden. Aber das ist seitdem nicht wieder passiert.«

»Seit wann?«, ging Lüppo Buss dazwischen. »Seit wann ist das nicht wieder passiert? Wie lange ist das her?«

»Wie lange? Tja.« Bengen begann, etwas an seinen Fingern abzuzählen. Der Inselpolizist spürte, dass er kurz vorm Platzen war.

»Ich weiß noch genau, wie lange das her ist«, sagte Reershemius. »Ich habe damals nachgeguckt, was so eine Flasche im Laden kostet, und als ich das gefunden habe, musste ich mich erst wieder einkriegen. Dann habe ich beschlossen, Gertrud eine Flasche zum Geburtstag zu schenken. Weil, so was Teures hat sie von mir noch nie bekommen! War aber keine gute Idee, wie sich herausgestellt hat. Sie hat furchtbar gemeckert und mich zur Sau gemacht, weil sie nun mal keinen Whisky mag. Seitdem muss ich mir das jedes Jahr von ihr anhören.«

»Wie lange?«, fragte Lüppo Buss, mühsam beherrscht.

»Acht Jahre«, sagte Klaas Reershemius.

31.

Sie hatte so früh angerufen, wie sie es für vertretbar hielt. Frau Ripke war sofort am Telefon gewesen. Wann? »Kommen Sie gerne gleich, dann haben wir es hinter uns.« Sibylle Wiemken starrte den Hörer noch ein paar Sekunden lang an, nachdem das Gespräch beendet war. »Wir« hatte sie gesagt, immerhin.

Jetzt stand die Oberkommissarin vor der Villa und sah sofort, dass von einem »Wir« keine Rede sein konnte. Die

Adresse war ein Achtungszeichen, aber noch nicht Warnung genug gewesen. Nicht jedes Haus am Achterdiek verkörperte den Klassenstandpunkt so eindeutig wie dieses. Längst nicht jeder Arzt wohnte so. Hier steckte mehr dahinter. Altes Geld. Und was hinter altem Geld steckte, fiel in manchen Fällen in Sibylle Wiemkens Fach, nur nicht in ihre Zuständigkeit.

Der Drei-Töne-Gong klang irgendwie abschreckend. Aber für einen Klingelstreich-Sprint war es viel zu weit bis zum schmiedeeisernen Tor, und auf geharkten weißen Kieseln konnte man bestimmt nicht besonders schnell rennen.

Eine junge Frau mit Ponyfrisur öffnete, klein und vierschrötig, blaue Jeans, grauer Wollpullover.

»Guten Morgen, ich hatte angerufen. Sibylle Wiemken, Kriminalpolizei Oldenburg. Wir hatten ja schon das, äh, Vergnügen. Darf ich?«

»Moin. Immer noch Gloria Ripke.« Die Frau machte eine einladende Handbewegung. »Gehen Sie durch, gleich da vorne links.«

Sie durchquerten ein ausgedehntes Wohnzimmer, dessen Möbel so unbequem aussahen, dass sie sündhaft teuer gewesen sein mussten. Hinten führte ein schmaler Durchgang in ein Kaminzimmer, das einen vollkommen anderen Eindruck machte, gemütlich unaufgeräumt und mit einem vollgerümpelten Lesetisch. Die Schwingsessel, in denen sie Platz nahmen, waren von *Ikea*. Die Oberkommissarin fühlte sich sofort heimisch.

»Gibt es etwas Neues wegen Roland?«, fragte Gloria Ripke. »Wie ich hörte, haben Sie Patrick Janssen eingesperrt. War er es, ist das sicher?«

»Sicher ist noch gar nichts«, antwortete Sibylle Wiemken. Auf Spekulationen hatte sie keine Lust. Nicht nach der Lektüre der Morgenzeitung. Olivia Dressel hatte am Stand der Ermittlungen kein gutes Haar gelassen. Mal abgesehen davon, dass ihre eigenen Mutmaßungen an den Haaren herbeigezogen waren, hatte die Journalistin mit ihrer Kritik nicht unrecht. Finger in offenen Wunden. Salzverkrustete Finger. Die Oberkommissarin erschauerte bei dem Gedanken.

»Ist Ihnen kalt? Ich könnte den Kaminofen anmachen.« Die Gastgeberin schien eine aufmerksame Beobachterin zu sein. »Der braucht natürlich eine Weile, bis er sich aufgeheizt hat, und bis dahin …« Sie zuckte mit den Schultern. »Soll auch wieder ziemlich warm werden heute. Was wollten Sie mich denn fragen?«

Gloria, dachte Sibylle Wiemken. Wie konnte ich diesen affigen Vornamen vergessen! Dabei sah die Frau gar nicht nach Gloria aus, eher nach Steffi, der netten Nachbarin. »Roland, Ihr verstorbener Mann«, setzte sie an, »haben Sie ihn gewöhnlich Rollo genannt?«

»Um Himmels willen, nein!« Gloria Ripke verzog das Gesicht. »Rollo, der Wikinger! Unmöglich. Das passte doch überhaupt nicht zu ihm, solch ein Typ war er nicht. Nicht nur, dass er kein bisschen zur Gewalttätigkeit neigte, er war generell kein – sehr körperlicher Mensch. Wenn Sie verstehen, was ich meine.«

So, wie sie schaut, ist ihr wirklich daran gelegen, dass ich verstehe, dachte die Oberkommissarin. Intensiver Blick, graue Augen, etwas heller als ihr Pullover. Auf keinen Fall war diese Frau nur ein Ornament ihres Gatten gewesen, dazu hatte sie zu viel innere Energie. »Etwas Kontext wäre hilfreich«, sagte sie. »Inwiefern nicht körperlich?«

Sie lächelte schief. »Klang das so missverständlich? So meinte ich es nicht, unser Eheleben war völlig in Ordnung, wir haben drei Kinder. Ansonsten aber war Roland eben ein Kopfmensch, einer, der lieber sein Gehirn trainiert hat als seine Muskeln. Er konnte bei strahlendem Sonnenschein in seinem Zimmer sitzen und ein Fachbuch lesen. Wie kann man solch einen Menschen Rollo nennen!« Sie schüttelte unwillig den Kopf.

Sibylle Wiemken wusste selbst nicht, warum sie sich damit nicht zufriedengab. »Aber irgendwer tat es doch?«

»Ja, allerdings! Seine sogenannten *Freunde*.« Sie spuckte das Wort aus wie eine faule Haselnuss. »Schon während der Schulzeit haben sie ihn damit aufgezogen. Das habe ich selbst mitbekommen, fand es sogar witzig. Ich war ja auch vier Klassenstufen unter denen.« Wieder dieses schiefe Lächeln: »Damals haben alle für Jan Veldhuis geschwärmt, unseren Supersportler. Er war damals der Star auf dem Schulhof! Und nur, wer zu seiner Clique gehörte, war einer von den Angesagten. So wie Patrick und Fabian, seine Flügelmänner! Oder Alan, sein Bodyguard. Beziehungsweise sein Sparringspartner, je nachdem.«

»Und Roland?«

»Rollo, der Hofnarr.« Gloria Ripke seufzte. »Oder Rollo, der nützliche Idiot. Der Punchingball. Später, nachdem ich das begriffen hatte, habe ich mich oft gefragt, wie er das ausgehalten hat. Dabei hatte er mehr im Kopf als jeder von denen! Und noch später, als wir dann zusammen waren, habe ich das auch ihn gefragt. Er hat mir nie eine Antwort darauf gegeben.«

»Viele Leute hatten solche Erlebnisse während der Schulzeit«, kommentierte die Oberkommissarin. »Aber mit dem Abschluss ist das doch in aller Regel vorbei. Für manche und manchen ein willkommener Cut. Danach schlüpft man doch in eine andere Rolle und baut sich etwas Neues auf.«

»Tja, in aller Regel ist das so«, sagte Gloria Ripke. »Aber keine Regel ohne Ausnahme, nicht wahr? Roland hat es immer wieder zu seinen alten sogenannten *Freunden* hingezogen. Dabei hatte er die Loslösung doch längst vollzogen! Keiner seiner Kumpels ist Mediziner geworden, keiner hat jahrelang in Aachen studiert und gelebt. Roland hatte längst einen neuen Freundes- und Bekanntenkreis! Trotzdem zog es ihn dann wieder zu seinen früheren Peinigern hin. Als müsste er sich noch irgendetwas beweisen. Oder ein Defizit ausgleichen.«

»Was gäbe es noch zu beweisen?«, fragte Sibylle Wiemken. »Ihr Mann hatte promoviert, seinen Facharzt gemacht, eine eigene Praxis aufgebaut. Dazu eine Familie, dieses Haus. Wo wäre da ein Defizit?«

Gloria Ripke verdrehte die Augen. »Na klar, so denkt jeder! Die Fassade ist super, keine Frage. Aber Sie dürfen das Irrationale nicht außer Acht lassen. Dass Roland für seine Umgebung ein Gewinner war, heißt nicht, dass er sich auch selbst so gesehen hätte.«

»Ich kann Ihnen nicht folgen«, sagte die Oberkommissarin. »Litt Ihr Mann etwa unter Depressionen? Aber das wäre dann pathologisch, nicht irrational.«

»Man merkt, dass Sie unsere Familien nicht kennen«, sagte Gloria Ripke. »Ich bin gebürtig eine von Marwede, sagt Ihnen das etwas? Was glauben Sie, woher ich meinen bescheuerten Vornamen habe. Gloria! Ich weiß, verarmter Adel klingt dekadent, aber harmlos. Kann aber auch ganz anders sein, wenn man sich nämlich in den Kopf gesetzt hat, es mit aller Macht zu alter Größe zurückzuschaffen, koste es, was es wolle. Das Glück der eigenen Kinder spielt dabei überhaupt keine Rolle. Meine Familie hat den Leistungs-druck erfunden! Erfolg ist der einzige Maßstab. Es gibt nur Sieger oder Verlierer.«

»Meine Eltern waren auch sehr ehrgeizig. Mit mei-ner Beamtenlaufbahn waren sie nicht wirklich glücklich, haben sich aber damit abgefunden«, sagte Sibylle Wiem-ken. »Wenn ich ihnen einen Arzt als Schwiegersohn ange-schleppt hätte, wären sie richtig happy gewesen.«

Gloria Ripke schüttelte den Kopf. »Für meine Eltern ist Arzt nicht gleich Arzt. Zahnärzte und Kieferchirurgen sind für sie nichts als Handwerker! Ein akzeptabler Mediziner fängt erst beim Chefarzt an. Professor mit eigenem For-schungsinstitut und Drittmitteln in Millionenhöhe wäre auch okay. Am besten natürlich mit eigener Klinik! Kar-riereplanung darf einfach keinen Endpunkt haben. Nach oben offen, das ist die Devise! Wer sich als Ziel eine eigene kleine Praxis setzt und damit dann vollauf zufrieden ist, der ist in ihren Augen eine Niete. Ein Versager. So haben sie Roland immer gesehen.« Sie wischte sich mit beiden Hän-den über das ungeschminkte Gesicht. »Aber seine eigenen Eltern waren nicht viel besser. Seine beiden Brüder sind Top-Verdiener im Management, der eine bei VW, der andere bei Porsche. Und beide liegen regelmäßig beim Psychiater auf der Couch.«

»Hat Ihr Mann unter dieser mangelnden Anerkennung durch Eltern und Schwiegereltern gelitten? Musste er auch psychologische Hilfe in Anspruch nehmen?«

»Nein. Er hat gekämpft.« Zum ersten Mal hörte die Oberkommissarin Gloria Ripke lachen. Kurz, aber freund-lich, wie über eine schöne Erinnerung. »Als ich vorhin sagte, er sei niemals Rollo, der Wikinger, gewesen, dachte ich an Äußerlichkeiten. Aber kämpfen, das konnte Roland! Dabei nahm er keinerlei Rücksicht. Weder auf andere Menschen noch auf geltende Regeln.«

Sibylle Wiemken beugte sich vor, suchte den Blick der grauen Augen. Jetzt wurde es interessant.

»Als ihm klar wurde, dass er bei meinen Eltern nur durch ökonomischen Erfolg punkten konnte, hat er sofort nach Mitteln und Wegen gesucht, diesen Erfolg kurzfristig zu erzwingen«, fuhr Gloria Ripke fort. »In dieser Zeit traf er Jan Veldhuis wieder, zum ersten Mal seit Jahren. Jan hielt sich gerade im *Radsport-Leistungszentrum Köln* auf. Seine Karriere drohte zu stagnieren, und auch er suchte nach Mitteln und Wegen, kurzfristig auf das nächste Level zu kommen, ehe es dafür zu spät war. Da hatten sich zwei gesucht und gefunden.«

Sibylle Wiemken zählte eins und eins zusammen. »Doping? Ihr Mann hat Jan Veldhuis beim Doping unterstützt?«

»Blutdoping«, korrigierte Gloria Ripke. »Jans Team hatte seinerzeit einen Hauptsponsor, der seine Investition unbedingt ganz vorne und auf sämtlichen Bildschirmen und Titelseiten sehen wollte. Dafür hat er sein offizielles Sponsoring durch ein inoffizielles unterstützt. Schwarzgeld vermutlich, jedenfalls standen genügend Mittel zur Verfügung. Roland hat sofort zugegriffen.«

»Sofort? Ich meine – konnte er das denn? Braucht man dafür nicht umfangreiche Spezialkenntnisse?«

Die Gastgeberin winkte ab. »Lauter Basics! Blut abnehmen, Blutkonserven richtig lagern, vor dem Wettkampf beziehungsweise zwischen den Etappen Infusionen legen und überwachen. Wenn das alles korrekt gemacht wird, verfügt der Athlet für einen bestimmten Zeitraum über mehr rote Blutkörperchen als gewöhnlich und kann seinen Muskeln dadurch mehr Sauerstoff zuführen. Damit steigert er seine Leistung um etwa 15 Prozent. Im Spitzenbereich bedeutet das den Unterschied zwischen ferner liefen und Superstar.«

»So einfach ist das?« Die Oberkommissarin konnte es kaum glauben. »Und das ist nicht nachweisbar?«

»›Einfach‹ ist relativ«, erwiderte Gloria Ripke. »Roland musste diese Technik nicht erfinden, das hatten schon andere besorgt. Das Wissen um diese Methode war und ist vorhanden. So ziemlich jeder Arzt kann sie anwenden, schätze ich. Er muss nur bereit sein, auf die Regeln zu pfeifen. Und nachweisen? Es ist ja das eigene Blut, das der Sportler injiziert bekommt! Man muss ihn schon während der Infusion erwischen, auf frischer Tat. Das hat auch oft genug schon geklappt. Aber noch viel öfter auch nicht. Wer schlau ist, dosiert seine Erfolge und wird auch mal Zweiter oder Dritter. Wenn man natürlich nicht genug bekommen kann und gleich siebenmal die *Tour de France* gewinnt, gerät man in den Focus. Dann muss man sich nicht wundern.«

»Das hat Jan Veldhuis auch nicht getan«, stellte Sibylle Wiemken fest. »War er zu vorsichtig? Oder war er auch mit Blutdoping dafür nicht gut genug?«

»Vielleicht nicht, vielleicht doch.« Gloria Ripke breitete die Arme aus. »Auf jeden Fall war er nicht skrupellos genug. Das Doping hat funktioniert, eine ganze Weile, am Ende hat Veldhuis sich sogar das Bergtrikot bei der Frankreich-Tour geholt! Aber er konnte den Erfolg nicht genießen, er litt unter seinem schlechten Gewissen. Außerdem hatte er Angst, erwischt zu werden. Mein Mann hat mir erzählt, wie Jan rumgejammert und sich bei ihm ausgeheult hat. Furchtbar nervig! Dabei verdienten sie zu diesem Zeitpunkt allesamt gerade nicht schlecht. Zuerst hatte Roland investieren müssen, das ganze Equipment und so. Eine Assistentin brauchte er ebenfalls, die wollte auch bezahlt sein. Inzwischen hatte sich alles eingependelt, Roland bekam nach und nach weitere Klienten dazu, alle aus derselben Mannschaft, alle mit demselben großzügigen Geldgeber. Der Rubel rollte mehr als ordentlich! Aber dann ließ Jan von einem Tag auf den anderen alles platzen.«

»Platzen?« Die Oberkommissarin konnte sich an keinen Skandal rund um Jan Veldhuis und seinen Rennstall erinnern. »Öffentlich?«

»Nicht öffentlich, so dumm war Jan nicht. Aber intern war es schlimm genug. Jede erfolgreiche Mannschaft braucht eine Galionsfigur, einen vorzeigbaren Kapitän, der nicht nur stark ist auf dem Rad, sondern auch gut aussehend und eloquent. Jan war das alles, er konnte sogar halbwegs fließend Französisch. Als er das Spiel nicht mehr mitmachte, als seine Leistungen zurück ins normale Maß rutschten, verlor seine Mannschaft sozusagen ihre Existenzberechtigung. Die Erkenntnis kam schleichend. Zunächst war die Rede von Formschwäche, schlechten Tagen, schweren Beinen, falscher Teamtaktik. Irgendwann verloren die Medien das Interesse, wandten sich spannenderen Akteuren und Mannschaften zu. Wenig später zog sich der Hauptsponsor zurück, die sportliche Leitung kürzte den Fahrern die Bezüge, wichtige Leistungsträger wanderten ab. Nach außen hin war daran nichts Skandalöses, aber für die Beteiligten war es trotzdem ein Schlag ins Kontor.«

»Und Ihr Mann? Wie hat er sich aus der Affäre gezogen?«, fragte die Oberkommissarin.

»Schadlos«, erwiderte Gloria Ripke. »Er hatte letztlich nicht schlecht verdient, nachdem er seine Investitionen erst einmal wieder reingeholt hatte. Selbst sein teures Equipment hat er verkaufen können, es gab und gibt schließlich immer noch genügend Doping-Ärzte, die für andere Teams und Nationen arbeiten. Auf diese Weise hatte Roland genügend Startkapital für seine eigene Praxis – Rückkehr zu Plan A sozusagen. Die Kontakte zu seinen und meinen Eltern hat er deutlich reduziert. Warum um Anerkennung werben, wenn man weiß, dass sie doch nicht kommt? Ich glaube, einen Ausgleich für diesen Mangel an Wertschätzung hat er sich bei den Langeoog-Treffen mit seinen Kumpels geholt. Da konnte er so richtig den wilden Mann markieren. Den Rollo sozusagen.«

Sibylle Wiemken hatte sich während des Gesprächs immer wieder Stichworte notiert. Jetzt blätterte sie zurück, weil ihr etwas eingefallen war. Ein loses Ende. »Sie sagten, Ihr Mann hätte für seinen Blutdoping-Service eine Assistentin eingestellt. Was wurde anschließend aus der?«

»›Eingestellt‹ ist zu viel gesagt«, korrigierte Gloria Ripke. »Es war eher eine Absprache, ohne Vertrag natürlich. Eine junge Laborantin mit ausreichend Know-how, die anderweitig fest angestellt war, sich aber immer dann freinehmen konnte, wenn große Events anstanden und Roland sie brauchte. Dafür hat er ihr ein monatliches Salär gezahlt. Als klar war, dass Jan Veldhuis nicht mehr mitspielte, hat er die Zusammenarbeit mit der Frau natürlich beendet.«

»Verstehe.« Die Oberkommissarin nickte. »Wissen Sie vielleicht noch den Namen dieser Frau?«

»Ja, den habe ich mir gemerkt, weil er etwas ungewöhnlich war«, antwortete Gloria Ripke. »Sie heißt Layan Kleinschmidt.«

32.

Stahnke hatte schlecht geschlafen, war früh aufgewacht, hatte beim Ausrutschen in der Dusche den Seifenhalter abgerissen und sich anschließend am heißen Kaffee den Mund verbrannt. Entsprechend war seine Laune, als er das große Abteilungsbüro betrat – und niemanden darin vorfand, an dem er diese Laune hätte auslassen können. Verdammt, arbeitete denn niemand mehr außer ihm?

Ach ja, Seifert und Venema mussten bereits unterwegs nach Frankreich sein. Sibylle Wiemken hatte einen Gesprächstermin, und Kramer war mal wieder zurück nach Ostfriesland beordert worden. Die Nachricht hatte er auf seinem Handy vorgefunden. Blieb also nur noch Kommissarin Manuela Schönborn. Wo steckte die denn?

Im selben Moment kam die junge Frau durch die Tür und nickte ihm zu. »Moin. Janssen möchte Sie sehen.«

»Welcher Janssen?«, knurrte er zurück. »Janssens gibt es viele.« Jahrhundertelang waren Männer in Oldenburg und Ostfriesland so genannt worden, es hieß nichts anderes als »Sohn von Jan«. Ach ja, das gute alte patronymische Namensrecht! Die napoleonische Besatzung hatte 1810 damit Schluss gemacht und dadurch tausendfach den Familiennamen Janssen erzeugt. Und er, Stahnke, saß jetzt damit! Welcher Janssen denn, bitte schön?

»Patrick Janssen«, antwortete die Kommissarin. »Unser Hauptverdächtiger. Beziehungsweise … na, der eben.«

Patrick Janssen! Saß der immer noch in Untersuchungshaft? Anscheinend waren die 24 Stunden noch nicht um.

Die Entlassung stand aber unmittelbar bevor, das war klar. Janssens Anwalt hatte mit der Staatsanwaltschaft konferiert, und die hatte Stahnke wissen lassen, dass »angesichts der Sachlage« eine weitere Inhaftierung nicht infrage käme. Prost Mahlzeit, was für eine Klatsche! Na gut, dann kam Janssen eben frei, das war jetzt auch egal. »Was will der denn noch von mir?«, fragte der Hauptkommissar. »Mit Regressforderungen drohen? Bestimmt will er seinen Rechtsverdreher mit dabeihaben. Ist der schon informiert?«

»Der Rechtsanwalt hat mich angerufen«, sagte Manuela Schönborn. »Patrick Janssen möchte Sie ausdrücklich allein sprechen.«

»Was soll das? Wenn er doch sowieso heute rauskommt?« Stahnke seufzte. Sinnlos, solche Fragen zu stellen. Geh hin and find out.

Die Oldenburger Justizvollzugsanstalt befand sich in Kreyenbrück auf dem Gelände der ehemaligen Hindenburg-Kaserne. Für Stahnke war sie immer noch die »neue JVA«, obwohl sie schon vor über 20 Jahren in Dienst gestellt worden war. 437 Haftplätze, 212 Bedienstete, 53 Millionen Euro Baukosten, darüber war viel diskutiert worden seinerzeit. Vor allem, nachdem herausgekommen war, dass es auf dem dortigen Sportplatz auch einen Tennisplatz gab! »Luxusleben für Straftäter« hatte es damals geheißen. Dabei gab es eine einfache Erklärung: Die Firma, die die Platzmarkierungen angebracht hatte, ging nach ihrem üblichen multifunktionalen Schema vor und brachte neben den Markierungen für Handball, Basket- und Volleyball auch die Linien für einen Tennisplatz auf, ohne nachzufragen. Selbstverständlich hatte niemand vorgehabt, Häftlinge Tennis spielen zu lassen, schon aus pädagogischen Gründen. Die Gefangenen sollten beim Mannschaftssport ihre Teamfähigkeit schulen und nicht beim Individualsport gegeneinander antreten. Aber diese Erklärung wollte natürlich niemand hören.

Der gesamte Bau war ziemlich imposant, mit sechseinhalb Meter hohen Mauern und Sicherheitstechnik nach neuestem Standard. Kein Vergleich mit dem Vorgängergebäude, das nur 87 Plätze bot und zeitweise bis zu 140 Prozent ausgelastet gewesen war, mit anderen Worten ständig überfüllt. Trotzdem hatte der alte Bau einen guten Ruf genossen, unter Kunden wie Bediensteten. Vor allem die gute Küche im *Hotel zur Hunte* war oft gelobt worden. Die neue Küche war bestimmt auch nicht schlecht, aber das alte Flair, den maroden Charme konnte die neue JVA natürlich nicht bieten. Hier war alles hell, luftig, geräumig und sauber. Und ausbruchssicher.

Stahnke parkte unter Überwachungskameras, meldete sich korrekt an, zeigte seinen Dienstausweis und gab seine Pistole ab. Die Sicherheitsschleuse war aus Panzerglas, die Wachleute waren höflich, machten aber nicht den Eindruck, als würden sie mit sich spaßen lassen.

Patrick Janssen wartete in einem Besprechungsraum, in dem mehrere Tische mit jeweils zwei oder mehr Stühlen standen. Keine trennenden Glasscheiben, keine Telefonhörer an Spiralkabeln. Solche Besprechungszimmer gab es natürlich auch. Dieses hier war wohl für die weniger schweren Fälle gedacht. Zu dieser frühen Stunde hatten sie es für sich allein.

Der Religionslehrer stand zur Begrüßung auf, verhielt sich höflich und verbindlich. An seiner Stelle wäre ich nicht so nett, dachte Stahnke. Entweder wäre ich sauer, weil man mich unschuldig über Nacht festgehalten hat, oder ich würde versuchen, diesen Eindruck zu erwecken, um meine Schuld zu überspielen. Aber vielleicht war dieser Mann einfach so gestrickt und konnte nicht aus seiner Haut.

»Herr Hauptkommissar«, begann Janssen, nachdem sie Platz genommen hatten, »man hat mir mitgeteilt, dass ich in Kürze entlassen werden soll. Wie mein Rechtsanwalt mir mitgeteilt hat, sind Sie inzwischen einer anderen Verdachtsperson auf der Spur.« Er blickte Stahnke fragend an.

»Zum aktuellen Stand der Ermittlungen kann und darf ich Ihnen keinerlei Auskunft geben«, erwiderte der Hauptkommissar. »Die Entscheidung, ob Sie in Untersuchungshaft verbleiben oder nicht, liegt allein beim zuständigen Untersuchungsrichter. Dazu bedürfte es eines entsprechenden Antrags der Staatsanwaltschaft. Inwiefern ein solcher gestellt worden ist oder noch gestellt wird, obliegt dem Staatsanwalt.« Floskeln, die er sonst zu vermeiden trachtete. Jetzt brachte er sie alle auf einmal vor, verbarrikadierte sich damit wie hinter einem Palisadenzaun.

Janssen nickte ungeduldig. »Sicher. Hören Sie, Herr Hauptkommissar, ich möchte nicht entlassen werden. Könnten Sie sich bitte dafür einsetzen, dass ich bis auf Weiteres hier in Haft verbleibe?«

Donnerwetter, dachte Stahnke, nur gut, dass ich all die Jahre beim Stoiker Kramer in die Lehre gegangen bin, sonst würde mir jetzt der Unterkiefer auf den Tisch knallen. Ein Häftling bittet darum, nicht entlassen zu werden! Wo sind wir denn hier? Beim Film? *Im Kittchen ist kein Zimmer frei* mit Patrick Janssen statt Jean Gabin in der Hauptrolle? Der Clochard Archimède hatte in dem Streifen keine warme Bude, und es war Winter; Janssen verfügte über ein edel ausstaffiertes Haus, außerdem war Sommer. Was sollte das, warum wollte er hier nicht raus? War das Essen in der Oldenburger JVA tatsächlich so gut?

Als eine Reaktion seines Gegenübers ausblieb, wurde Janssen sichtlich unruhig. »Ich mache mir Sorgen«, sagte er, »und ich glaube, dazu habe ich auch allen Grund! Vier meiner ehemaligen Schulkameraden sind tot, ermordet. Ich bin der letzte noch Lebende einer Fünfergruppe. Der Mörder ist noch nicht gefasst. Ich kann mir also ausrechnen, was passiert, sobald ich wieder auf freiem Fuß bin. Wollen Sie, dass die Mordserie komplettiert wird? Wenn Sie mich jetzt entlassen, liefern Sie mich doch direkt ans Messer!«

»Wie ich schon sagte.« Stahnke räusperte sich. »Nicht ich entlasse Sie, sondern die Gefängnisverwaltung. Und das geschieht nicht auf meine Anordnung hin, sondern ... na, Sie haben es gehört.« Er kreuzte die Arme vor der Brust. »Herr Janssen, die Tatsache, dass Sie der einzige Überlebende dieser Fünfergruppe sind, dass Sie für alle Tatzeitpunkte kein Alibi haben und versiert sind im Umgang mit scharfen Klingen, spricht in unseren Augen in erster Linie gegen Sie. Vielmehr für Sie als Täter. Dieser Denkrichtung ist die Staatsanwaltschaft zunächst gefolgt, jetzt tut sie es nicht mehr. Darauf habe ich keinerlei Einfluss.« Stahnke fühlte sich, als ließe er gerade Steine in einen tiefen, dunklen Brunnenschacht plumpsen, ohne zu ahnen, was er dadurch aufscheuchen würde.

Patrick Janssen beherrschte sich mühsam. »Was muss ich tun, damit ich noch eine Weile hierbleibe?«, fragte er mit zitternder Stimme.

»Sie könnten gestehen«, sagte Stahnke. »Dann wäre das kein Problem. Dann könnten Sie hierbleiben bis zum Prozess.«

»Was sollte ich denn gestehen?«, flüsterte Janssen.

»Die Morde an Jan Veldhuis, Alan Kaya, Fabian Hemmieoltmanns und Roland Ripke«, sagte der Hauptkommissar. »Um Ihre normabweichende sexuelle Neigung zu vertuschen und um den Ehemann Ihrer Gespielin Carmen von Bloh aus dem Weg zu räumen. Das könnte Ihnen den Aufenthalt in der geschlossenen Abteilung einer Psychiatrie eintragen. Dort wären Sie auch absolut sicher aufgehoben.«

»Keinen dieser Morde habe ich begangen!«, stieß Patrick Janssen hervor. »Warum also sollte ich einen davon gestehen? Oder sogar alle vier?«

»Weil Sie nicht entlassen werden möchten«, erwiderte Stahnke. »Sie müssen mir schon etwas anbieten.«

»Aber ich kann Ihnen doch keine Tat gestehen, die ich nicht begangen habe!« Janssen presste die Worte hervor, am Ende kippte seine Stimme. So hörte sich Verzweiflung an.

»Dann gestehen Sie mir doch eine, die Sie begangen haben«, sagte Stahnke. Gespannt beobachtete er, wie das bleiche Gesicht seines Gegenübers zu glänzen begann. Es war interessant, den Moment des Zusammenbruchs kommen zu sehen. Schwierig war es, einzuschätzen, wann der Augenblick gekommen war, das wankende Kartenhaus durch einen kleinen Schubser zum Einsturz zu bringen. Wann war Reden Silber, wann war Schweigen Gold? Er entschied sich zu schweigen. Ein falsches Wort konnte den Trotz nähren, die Widerstandslust stärken. Lieber abwarten.

Patrick Janssen stand auf. »Unser Gespräch ist beendet«, sagte er mit heiserer Stimme. »Danke für Ihr Kommen, aber so hat das keinen Sinn.« Ein Justizvollzugsbeamter öffnete ihm die Tür. Er marschierte hinaus.

Falsch gedacht, sinnierte Stahnke. Kann passieren. Aber das war noch nicht der letzte Akt, da bin ich mir sicher.

33.

»Links! Mehr links!«, rief Thorsten Venema. Seine Hand-
zeichen erinnerten an das verzweifelte Fuchteln eines
Ertrinkenden. »Nein, das andere Links! Vorsicht, der Pfos-
ten!«

Das gigantische Heck des weißen Wohnmobils mit dem
ausladenden Fahrradträger daran bewegte sich auf ihn zu,
langsam, aber unaufhaltsam. Der kantige Koloss schob sich
um Zentimeter an dem Begrenzungspfosten vorbei, die
Doppelreifen mahlten im Schotter, der schwere Dieselmo-
tor brummelte knapp über Leerlauftouren. Venema spürte
eine Bretterwand in seinem Rücken. Panisch schaute er
sich um, voller Angst, von dem tonnenschweren Unge-
tüm dort vor ihm zerquetscht zu werden. Schon machte er
sich bereit zum Sprung ins seitliche Gebüsch, da kam der
Wagen zum Stehen. Das Motorgeräusch erstarb, die Fah-
rertür wurde geöffnet, und das schnurrbärtige Gesicht von
Berthold Seifert erschien. »Passt, wackelt und hat Luft!«,
rief der Hauptkommissar gut gelaunt. »Übrigens, habe ich
dir schon erzählt, dass ich eine Rückfahrkamera habe?«

Venema holte tief Luft. Dabei stellte er fest, dass sein
T-Shirt an seiner schwitzigen Haut klebte und er sich selbst
riechen konnte. Also verzichtete er auf eine geharnischte
Antwort. Schließlich war er selber schuld, dass er auf Gedeih
und Verderb mit diesem glatzköpfigen Spießer und seinem
rollenden Eigenheim zusammengespannt war. Schnapsidee,
einfach aufs Geratewohl nach Frankreich zu fahren, um
Layan zu finden und vielleicht vor dem Schlimmsten zu

bewahren! Was das sein könnte und wie er das anstellen wollte, wusste er allerdings nicht. Wenigstens waren sie jetzt hier – weiter hatte seine Planung nicht gereicht.

Hier, das war der Campingplatz am Ortsrand von Bergues. Seifert hatte nachdrücklich dafür plädiert, es zuerst hier zu versuchen: »In Roubaix ist nachmittags bestimmt der Teufel los, verkehrsmäßig, jedenfalls im Zentrum. Und genau dort liegt der Fahrradladen von Jan Veldhuis selig. Mit meinem Schlachtschiff fahre ich da lieber nicht rein!« Also hatten sie zunächst Bergues angesteuert und beschlossen, am nächsten Tag mit einem Mietwagen nach Roubaix zu fahren.

Seifert dehnte seinen vom langen Fahren verspannten Rücken und atmete ebenfalls tief ein. »Herrlich, diese Luft!«, schwärmte er. »In Frankreich riecht es doch immer sofort nach Urlaub!«

Thorsten Venema konnte das nicht nachvollziehen. Weder roch es hier nach Meer noch nach Pinien, und auch frisches Baguette konnte er nicht erschnuppern. Von einer Pommesbude am Rand des Platzes wehte der Dunst von Frittierfett herüber. Meinte sein Kollege etwa das? Merkwürdige Vorstellung von Urlaubsduft! Andererseits, Pommes … Venema hörte seinen Magen rumoren. Ein kleiner Imbiss wäre nicht schlecht.

»Da hinten ist das Sanitärgebäude«, erklärte Seifert. »Ich gehe uns anmelden, du kannst schon mal die Fahrräder abladen, dann machen wir uns kurz frisch und fahren in den Ort. Eine Kleinigkeit essen und dann direkt an die Arbeit.« Er streckte seine Hand aus: »Gib mir mal deinen Personalausweis.«

Es dauerte eine ganze Weile, bis Seifert von der Anmeldung zurück war. Venema hatte mehr als genug Zeit, beide Fahrräder aus ihren Sicherungen zu lösen und vom Träger zu hieven, wobei sich Seiferts Rad als echtes Schwergewicht entpuppte. Danach lohnte sich das Duschen wenigstens. Trotz der nachmittäglichen Stunde war im Waschhaus viel Betrieb, überhaupt war der Campingplatz gut ausgelastet. Sie hatten einen der letzten Stellplätze bekommen. »Ich habe auch schon viel größeren Andrang erlebt«, hatte Seifert das Getümmel kommentiert. »Warte mal bis August, dann macht ganz Frankreich auf einmal Urlaub! In der Zeit würde ich ohne Reservierung nirgendwo hinfahren.«

Venema hatte nicht vor, bis August zu warten; schon das Warten auf Seifert, der offenbar die Ruhe weghatte, überforderte seine Geduld. »Ganz ruhig, mein Lieber, denke dran, wir spielen hier Touristen!«, lachte er. »Sei nicht so hibbelig! Immer schön Om sagen, du stehst doch auf Yoga, oder? Om!«

»Ich geb dir gleich Om!«, fauchte Thorsten Venema den Ranghöheren an. »Los jetzt, sonst fahre ich allein in den Ort! Dann kannst du meinetwegen die Pommes von der stinkigen Bude da drüben essen.« Er schwang sich in den Sattel und radelte los, ganz bewusst in zügigem Tempo. Der ältere Kollege war bestimmt nicht so geübt auf dem Fahrrad wie er, sollte er sich ruhig ein bisschen anstrengen und in Schweiß kommen!

Überrascht stellte Venema fest, dass Seifert problemlos mit ihm Schritt halten konnte. Er holte ihn sogar ein und fuhr Seite an Seite, ganz entspannt und leise pfeifend. Wie zum … Venema schaute genauer hin. Aha, daher war das Ding beim Abladen so schwer gewesen. Ein E-Bike! Dann war es ja keine Kunst.

Weit war es nicht bis in den 4.000-Seelen-Ort hinein. Venema fand die Landschaft überhaupt nicht französisch; die Kanäle mit den Hausbooten und den flachen Schuten erinnerten ihn eher an Holland. Die weite, baumarme Marschlandschaft nahe der Grenze zum flämischen Belgien verstärkte diesen Eindruck.

Als sie sich einem der fünf historischen Sandstein-Stadttore der Altstadt näherten, rückte Seifert ganz dicht an Venema heran. »Jetzt sind wir gleich dort, wo die beiden besoffenen Postmänner im Film diese Show abgezogen haben«, raunte er seinem Kollegen zu. »Was meinst du, wollen wir das nachmachen? In den Freiluftrestaurants zwischen den Tischen hindurchrasen und dann so tun, als würden wir in die Schleusenkammer reinfahren? Das wäre ein Spaß, dann kämen die französischen Kollegen mal richtig in Wallung!«

»Bist du bekloppt?« Venema machte einen Schlenker zur Seite, bloß weg von diesem Spinner, der anscheinend zu viel Sonne auf die Glatze bekommen hatte. Dabei hätte er um ein Haar den Postkartenständer vor einem Andenkengeschäft abgeräumt. Der Ladenbesitzer brüllte etwas hinter ihnen her, das nach »Boche« und »merde« klang. Venema drehte sich lieber nicht um.

Seifert lachte schadenfroh. »Du springst aber auch auf jeden Unfug an! Da muss man höllisch aufpassen, was man sagt.« Wieder drängte er Venema bis zum Bordstein ab. »Du brauchst übrigens keine Angst zu haben, dass ich dir zu nahe komme. Auch wenn der Typ vom Campingplatz uns für ein schwules Pärchen hält! Ich der Sugardaddy, du mein Lustknabe. Ich habe ihn in dem Glauben gelassen. Sonst müsste ich viel zu viel erklären.«

Thorsten Venema war heilfroh, als sie endlich den Marktplatz erreicht hatten. Place de la République, hier musste die Adresse sein, nach der sie Ausschau halten wollten. Nur eine Adresse, kein Name. Der Oberkommissar war gespannt, wohin sie das führte. Von einem hohen Turm schallte ihnen ein Glockenspiel entgegen. Genau wie im Film, das gab es also wirklich! Und auch die Bude, wo man Pommes frites mit Miesmuscheln kaufen konnte, gab es tatsächlich. Sein Hunger meldete sich nachdrücklich. Wie wäre es mit einer Portion davon? Oder einer doppelten? Zum Essen konnte man sich hinsetzen, es gab Tische und Bänke.

Seifert jedoch hatte schon angefangen, die Hausnummern zu sichten. »Da vorne!«, sagte er und trat in die Pedale. Venema musste sich ranhalten, um zum E-Biker aufzuschließen. Auch gut, dann eben zuerst die Arbeit, dachte er. Aber die Pommes mit frittierten Muscheln bekam er nicht mehr aus dem Kopf. Wenn schon nicht in den Magen.

Ein älteres Sandsteinhaus, vier Fenster zur Straße, eine rot lackierte Tür, zwei Stufen. Ein altmodischer Klingelzug. Ein Messingschild mit eingraviertem Namen. Venema sprang aus dem Sattel, stellte sein Rad auf den Ständer und war an der Tür, ehe Seifert richtig abgestiegen war. Der junge Oberkommissar las den Namen und stutzte. »Vaillant?« Er sprach den Namen deutsch aus. »Ist das hier eine Vertretung für Heizungsthermen?«

Seifert schob ihn beiseite, las den Namenszug und lachte. »Michel Vaillant! Musst du französisch aussprechen, nicht deutsch. Mischell Wajong! So hieß eine Comicfigur in den 50er- und 60er-Jahren. Michel Vaillant, der Rennfahrer! Mann, das war ein echter Abenteurer und Draufgänger.«

»Ein Radrennfahrer?« Thorsten Venema fühlte sein Herz pochen, stärker als nur von dem bisschen Radfahren. Layan liebte alles, was mit Fahrrädern zusammenhing. Waren sie wirklich auf der richtigen Spur?

»Nee.« Berthold Seifert schüttelte den Kopf. »Michel Vaillant war Autorennfahrer! Das war damals noch ein

Sport für wagemutige Helden. Jede Saison ist mindestens einer von denen tödlich verunglückt! Meistens mehrere. Heute ist die *Formel 1* total totreglementiert. Vorgeschriebene Spritmengen, genormte Reifen und Drei-Stopp-Strategie! Guck ich mir nicht mehr an, ist vollkommen öde.«

»Dafür sterben jetzt weniger Menschen als früher«, wandte Venema ein. Er hob den Zeigefinger zwar nicht, aber es hörte sich so an.

»Na und? Jeden Tag sterben auf den meisten Straßen keine Menschen«, maulte Seifert zurück. »Deswegen gucke ich mir den Autoverkehr dort trotzdem nicht an.«

Venema verdrehte die Augen und betätigte die Klingel. Eine schrille Schelle tönte durchs Haus. Einmal, zweimal. Nach einer Pause zum dritten Mal. Keine Reaktion. »Niemand zu Hause«, konstatierte der Oberkommissar.

Seifert schaute auf seine Armbanduhr, dann zum Himmel. »Erst später Nachmittag, noch nicht einmal Abend«, stellte er fest. »Vielleicht hat der Herr Vaillant spätere Arbeitszeiten. Am besten versuchen wir es in ein oder zwei Stunden noch einmal. In der Zwischenzeit können wir unsere Energiespeicher auffüllen.« Er tätschelte die leichte Wölbung rund um seinen Nabel. »Irgendwo hat bestimmt schon etwas offen. Worauf hast du denn Appetit?«

»Pommes mit Miesmuscheln«, entfuhr es Venema. »Kann aber auch gerne etwas Gesünderes sein. Pommes frites sind außerdem nicht wirklich typisch für Frankreich.«

»Das ist Pizza auch nicht, trotzdem hätte ich Lust darauf.« Seifert schaute sich nach allen Seiten um. »Dort an der Ecke, da, wo Leute unter den Sonnenschirmen sitzen! Das sieht doch gut aus. Lass uns mal gucken gehen.«

Venema trottete hinter seinem ranghöheren Kollegen her. Die Miesmuscheln gingen ihm nicht aus dem Kopf. Meeresfrüchte waren doch gesund! Nicht gerade mit Pommes, okay, aber man konnte einen Salat dazu nehmen. Aber ob die an der Bude da hinten Salat im Angebot hatten?

Vor dem Lokal an der Ecke war ein sonnengeschützter Tisch frei geworden. Der Kellner, der gerade abräumte, machte eine einladende Handbewegung, dann eilte er mit seinem vollen Tablett davon. Seifert ließ sich auf einen der Stühle fallen. »Hach, schön hier! Überleg dir schon mal, was du als Aperitif möchtest. Ich nehme immer Pastis. Mit viel Eiswasser, das gibt es umsonst.«

»Dieses Lakritzzeug?« Venema schüttelte sich. »Dann können wir gleich zum Griechen gehen und Ouzo trinken! Und Berge von Fleisch essen. *Mystery Meat*, von dem keiner weiß, woher es kommt. Und wie es mal geklungen hat, als es noch lebte.«

»Vorurteile hast du gar nicht, was?« Seifert lachte und schnappte sich eine der Speisekarten vom Tisch. »Du kulinarischer Rassist! Was der Bauer nicht kennt, das isst und trinkt er nicht, oder wie? Los jetzt, spring über deinen Schatten.«

Venema schnappte nach Luft. Musste er sich das von diesem Spießer sagen lassen? Er, der multikulturelle Weltbürger? Eine Frechheit war das! Aber als er etwas erwidern wollte, knurrte sein Magen laut und schnitt ihm das Wort ab. Also griff er nach der zweiten Speisekarte. Und stutzte. Der Name des Lokals lautete *Bistrot Vélo*, und das dazugehörige Logo sah aus wie die Silhouette eines uralten Rennrades.

»Ah!« Seifert blickte von seiner Karte hoch und strahlte. »Potjevleesch! Das ist doch was für meines Vaters Sohn. Sehr zu empfehlen! Soll ich das gleich zweimal bestellen?« Schon war der Kellner wieder erschienen, warf sich in Positur und sagte etwas, was keiner Sprache ähnelte, die Venema je gehört hatte, aber doch freundlich klang. Seifert orderte Potjevleesch, *Pastis* und Weizenbier, ohne Venema noch einmal zu fragen. Der schaffte es gerade noch, sein Bier auf »sans alcool« umzubestellen. Der Ober wiederholte alles in rasendem Tempo, wobei Potjevleesch wie »Potsch« klang, und eilte davon.

»Was soll das denn sein, Potjevleesch?«, fragte er misstrauisch. »Klingt für mich nach einem Topf voll Fleisch. Aber was ist es wirklich?«

Seifert schmunzelte. »Der erste Gedanke ist oft der richtige«, sagte er. »Fleisch in Töpfen, was soll daran falsch sein? Denk nur an Obelix, der verzichtet beim Fleischessen sogar auf den Topf.«

»Ich habe aber keine Lust, irgendwann auszusehen wie Obelix!«, begehrte Venema auf. »Von meinen Blutfettwerten ganz zu schweigen! Hoffentlich ist da nicht auch noch Schwein drin.«

»Doch, natürlich!« Seifert nickte ernsthaft. »Schwein und Kalb, Huhn, manchmal auch Kaninchen. Das wird dann drei Stunden lang in Wasser gekocht, mit Zwiebel, Salz und Pfeffer, Thymian und Lorbeerblättern. Dann lässt man es erkalten, bis die natürliche Gelatine aushärtet. So wird es serviert.« Er leckte sich die Lippen. »Himmel, jetzt habe ich aber langsam Kohldampf!«

»Kalt serviert? Das klingt aber wie Sülze! He, Seifert, sag mir, dass du keine Sülze für mich bestellt hast!«

Der flinke Kellner war schon wieder da, stellte die Getränke ab, nuschelte etwas Unverständliches und eilte davon. Der Anblick des beschlagenen Weizenbierglases erinnerte Venema daran, dass er einen enormen Durst hatte, und er leerte sein Glas mit wenigen Schlucken. Seifert widmete sich zuerst seinem Aperitif, goss Eiswasser in seinen goldgelben *Pastis*, der sich daraufhin eintrübte und seine Farbe verlor. Interessantes Phänomen, dachte Venema und versuchte es selbst auch. Der Anisgeschmack war ihm weniger zuwider, als er angenommen hatte. Wesentlich weniger. Erstaunt stellte er fest, dass auch dieses Glas schon wieder leer war.

»Donnerwetter, du hast vielleicht einen Zug am Leib!«, lachte Seifert. »Wenn ich so viel und so schnell trinken würde, müsste ich andauernd zum Klo rennen.«

Kaum waren die Worte ausgesprochen, spürte Venema auch schon den Drang, der sich in Minutenschnelle aufbaute und unaufschiebbar wurde. Dann besser sofort, dachte der Oberkommissar und erhob sich. »Bestell unterwegs gleich Getränke nach!«, gab Seifert ihm mit auf den Weg.

Drinnen war es kühl, angenehmer als draußen in der sonnenwarmen Luft, trotzdem saßen nur wenige Gäste im Innenraum. Die gesamte Dekoration war auf Radsport abgestellt, natürlich gleichbedeutend mit der *Tour de France*. Große, gerahmte Fotografien von Rennszenen und Siegerehrungen, teils historisch, teils aus den letzten Jahren, zierten die Wände. Auch ein paar signierte Trikots waren ausgestellt, gelbe, grüne und weiße mit roten Punkten, und es gab sogar ein paar echte Rennräder aus verschiedenen Stadien der technischen Entwicklung. Venema bestaunte die Schätze mit offenem Mund. Auf einem der Siegerfotos erkannte er das Gesicht von Jan Veldhuis, dreckbespritzt und von Anstrengung gezeichnet, aber glücklich strahlend. Eine Originalaufnahme von seinem legendären Sieg bei der Bergetappe? Es sah ganz so aus.

Sein eigentliches Anliegen ließ sich jedoch nicht länger aufschieben. Suchend blickte er sich um, bis ihm der flinke

Kellner die richtige Tür zeigte; der wusste offensichtlich, dass Fremde Probleme damit hatten, sie zu finden. Kein Wunder, denn statt einem der üblichen Männer-Piktogramme trug diese Tür das Foto eines Radrennfahrers, der im Sattel sitzend urinierte, glückerweise vom Betrachter weg. Wie mochte wohl die Tür der Damentoilette gekennzeichnet sein?

Es dauerte, bis Venema sich erleichtert hatte. Beim Händewaschen stellte er fest, dass das Logo, das er auf der Speisekarte gesehen hatte, überall im Lokal angebracht zu sein schien, selbst auf dem Spiegel und dem Seifenspender. Und dass zu dem Fahrrad-Logo auch die Namen der beiden Betreiber des Bistros gehörten: »Michel Vaillant et Jean Vélo«. Michel Vaillant! Das war doch der Name an dem Haus, vor dem sie vorhin gestanden hatten, das Haus mit der Adresse, die an Layan Kleinschmidts Pinnwand gehangen hatte. Wohnte dort der Patron dieses Lokals? Und was hatte Layan mit dem zu tun? Die Adresse des *Bistrot Vélo* hätte Venema nachvollziehen können, aber warum die Privatadresse?

Als er die Herrentoilette verließ, ging direkt daneben die Tür zum Damenklo auf, fiel aber gleich wieder zu. Die Frau, deren dunkler Haarschopf für einen Sekundenbruchteil zu sehen war, schien drinnen etwas vergessen zu haben. Immerhin hatte Venema einen Blick auf das Piktogramm erhascht: Eine Frau in vornehm-sportlicher Kleidung des 19. Jahrhunderts, die neben einem altertümlichen Fahrrad stand. Deutlich niveauvoller als das Bild auf der Männer-Tür, zum Glück.

Auf dem Weg zur Terrasse nahm Venema sich etwas mehr Zeit für die Fotos. Ein signiertes Mannschaftsfoto, wenig kunstvoll, aber prominent platziert, erregte seine Aufmerksamkeit. Neun Fahrer, also schon ein paar Jahre alt, da die Tour-Teams inzwischen nur noch acht Radprofis umfassten. Ganz links ein kräftiger, gut aussehender Mann mit schwarzen Locken; die Signatur war unleserlich, aber darunter stand der Name in Druckbuchstaben: Michel Vaillant. Und der Zweite von rechts war eindeutig Jan Veldhuis, frisch gewaschen und unternehmungslustig feixend. Sollte der handschriftliche Krakel etwa Jan bedeuten? Ein Buchstabe zu viel, stellte Venema fest, da stand eindeutig Jean. Das bestätigte auch die Bildunterschrift: Jean Vélo. Jan Veldhuis war demnach identisch mit Jean Vélo, Co-Patron dieses Bistros und Partner seines früheren Teamkollegen Michel Vaillant. Ob der bereits wusste, was sich in den letzten Tagen in Deutschland zugetragen hatte?

Da war der eilige Kellner wieder. Diesmal sprach er Venema direkt an, deutete dabei nach draußen. Der Oberkommissar nutzte die Gelegenheit, tippte seinerseits auf das Foto: »Michel Vaillant?«, sagte er fragend. »Est il, äh … ici? Est il là?«

»Vaillant, oui, Michel, notre patron.« Der Kellner nickte und lächelte stolz. »Mais non, pas ici. A Roubaix.« Es folgte noch allerhand Unverständliches, darunter zweimal der Name des Lokals. Oder des Partner-Patrons? Dann aber fuchtelte der Kellner energischer in Richtung Ausgang, zu den Tischen unter den Sonnenschirmen, und Venema kapierte endlich, dass ihr Essen serviert worden war.

Seifert hatte schon angefangen, kaute mit vollen Backen. Getränke hatte er ebenfalls selbst nachbestellt, was von Vorteil war, denn Venema hatte nicht daran gedacht. Er nahm einen Schluck alkoholfreies Weizenbier und musterte seinen hübsch angerichteten Teller. Eindeutig Sülze! Drei dicke Scheiben davon, Fleischbrocken verschiedener

Färbung in transparenter Gelatine, gesprenkelt mit bunten Bröckchen, offenbar Zwiebel- und Karottenstückchen und Kräuter. Professionell gemacht, aber doch eindeutig Sülze! Venema hasste Sülze, von Kindesbeinen an, so lange schon, dass er gar nicht mehr wusste, warum eigentlich. Aber war das wichtig? Er wollte das Zeug nicht!

Neben der Sülze gab es ein üppiges Salatdressing und natürlich Pommes, einen großen Haufen Pommes. Venema hatte großen Hunger, also fing er mit Fritten und Salat an. Beides mundete ihm gut, die Pommes waren kross und würzig, der Salat war knackig und schmeckte nach einem Dressing, dass vermutlich auf Dijonsenf basierte. Klasse! Venema langte zu.

»Magst du dein Fleisch nicht?« Seifert wischte sich die Sülzereste von seinen glänzenden Lippen. »Wollen wir tauschen? Du kannst meinen Salat kriegen!« Seine Augen leuchteten gierig.

Jetzt gerade nicht, dachte Venema, säbelte sich ein Stück Potjevleesch ab und schob es sich todesmutig in den Mund. Lieber den Magen verrenken, als dem Kollegen etwas schenken! Beziehungsweise sich bei einem ungleichen Tausch zum leichten Ziel für dessen Spott zu machen. Schnell schluckte er das verhasste Zeug hinunter – und stellte erst beim Abgang fest, wie herrlich es schmeckte. Kräftig, würzig, einfach super! War das nur hier so? Oder hatte er sich all die Jahre etwas Wunderbares entgehen lassen? Alte Vorurteile konnten wirklich eine böse Falle sein.

Seifert schien eingesehen zu haben, dass für ihn nichts zu erben war, leerte Bier und Pastis und schaute sich nach dem Kellner um. Dabei stutzte er. »Sag mal, was für ein Auto fährt diese Frau Kleinschmidt noch?«, fragte er. »Einen Renault?«

»Peugeot«, antwortete Venema mit vollem Mund. »Einen roten Peugeot RCZ.«

»Sportliche Kiste, oder?«, fragte Seifert.

Venema nickte. »Stimmt. Ziemlich flottes Gerät.« Er verschluckte sich und musste husten. Wohl die Strafe, weil er mehr an Layan gedacht hatte als an ihr Auto.

»Amtliches Kennzeichen OL-JV 123?«, fragte Seifert weiter.

»Genau.« Venema schaute von seinem Teller hoch. »Wieso?«

»Weil sie eben an uns vorbeigefahren ist«, sagte der Hauptkommissar und deutete mit dem Daumen über seine Schulter.

Venema schaute in die angegebene Richtung, aber da war kein roter Peugeot mehr.

34.

Obwohl es ein warmer Abend war, hatte Patrick Janssen alle Jalousien heruntergelassen, jedenfalls im Erdgeschoss. Die Haustür war von innen mit einer stabilen Kette gesichert und von außen in gleißendes Licht getaucht. Janssen lief unruhig durchs Haus, kontrollierte zum 100. Mal die Terrassentür, rüttelte an Klinken und schaute in Wandschränke, nur um gleich wieder zur Vordertür zu eilen und durch den Spion zu schauen. Hin und wieder ein Gassigänger, ansonsten lag die Ehnernstraße ruhig und verlassen da.

Janssen ging ins Wohnzimmer, goss sich einen Whisky ein und setzte sich in seinen angestammten Ledersessel. Im nächsten Moment schnellte er wieder hoch und lief die Treppe zum ersten Stock hoch, immer drei Stufen auf einmal nehmend, weil die Balken der Zwischendecke geknarrt hatten. Das taten sie häufig, vor allem bei warmem Wetter, Janssen wusste das genau. Trotzdem raste sein Herz.

Zurück ins Wohnzimmer, einen Schluck Whisky im Stehen. Die brennende Hitze des Abgangs tat gut, trotz der stickigen Luft im Zimmer. Noch ein Schlückchen, dann tiefes Durchatmen. Patrick Janssen setzte sich wieder, saß erst steif und sprungbereit da, lehnte sich dann langsam zurück und streckte die Beine aus. Nicht verrückt machen lassen, dachte er, nur nicht verrückt machen lassen! Da draußen ist niemand. Hier drinnen ist auch niemand außer mir. Alles ist gut und sicher. Er streckte die Hand nach seinem Whiskyglas aus.

Ein scharfer Knall fuhr durch den Raum wie ein Peitschenhieb. Janssen zuckte zusammen, stieß das Glas zu Boden. Es zerschellte auf dem Boden, der Rest Whisky verströmte wie dünnes Blut. Was war das, ein Schuss? Peng! Gleich der nächste. Nein, keine Schüsse. Jemand warf Steine gegen seine Seitenfenster. Wie das, bei geschlossenen Jalousien?

Der nächste Knall kam von vorne. Der vierte klang gedämpfter. Alles klar, ein Scherzbold warf Kiesel gegen die nachträglich angebrachten Jalousienkästen. Das knallte wie auf Glas. Der letzte Wurf war wohl danebengegangen. Was versprach sich der Blödmann davon? Janssen lief durch den dunklen Korridor zur Haustür.

Dort bremste er abrupt. Was sich der Blödmann davon versprach? Dass er, Patrick Janssen, zur Tür kam! Dass er sie öffnete, um den Störenfried zur Rede zu stellen. Dass er seine sichere Deckung verließ. Also doch! Also war das dort draußen doch … Janssen begann unkontrolliert zu zittern und zu schwitzen. Draußen wartete die Quittung. Er durfte sein Haus, seine Festung, seinen Bau auf keinen Fall verlassen. Wenn er die Nacht überstand, wenn er bis zum Morgengrauen überdauerte, war alles gut. Er lehnte sich mit den Schultern an die Wand, ließ sich langsam zu Boden rutschen, saß dort mit gekreuzten Beinen, atmete tief und immer gleichmäßiger.

Ein lautes Klopfen an der Tür scheuchte ihn wieder hoch, brachte Herz und Lunge erneut auf Hochtouren. Kein Klopfen, das waren Schläge! Hart und laut und fordernd. Womit klopfte der da, so klang doch kein Fingerknöchelklopfen! Mindestens eine Faust. Oder ein Messergriff? Ein Pistolenknauf?

Er wartete, hielt den Atem an. Wieder dieses Klopfen. Der Jemand da draußen ging nicht weg. Was tun, die Polizei rufen? Bestimmt würden die ihm wieder nicht helfen, würden ihn zappeln lassen. Auf die Nachbarn brauchte er auch nicht zu hoffen. Er verachtete sie alle und behandelte sie entsprechend. Nicht einmal jetzt bedauerte er das.

Der Türspion. Sollte er es wagen? Die Tür war aus dickem Holz, aber ein Geschoss aus einer großkalibrigen Pistole würde sie trotzdem durchschlagen. War das der Plan? Ein Schuss von draußen durchs Türblatt? Das war doch viel zu unsicher, außerdem wäre das ganze Viertel alarmiert, in einer solchen Nacht hatten doch alle die Fenster offen, alle außer ihm. Nein, nicht solch ein Glücksschuss. Aber konnte man das wissen?

Auf Zehenspitzen schlich er sich zum Spion, schob die Blende zur Seite und presste sein Gesicht an das Holz der Tür. Die Helligkeit seiner eigenen Außenbeleuchtung blendete ihn. Da war niemand, jedenfalls nicht im Sichtbereich des Spions. Was nicht hieß, dass nicht doch jemand direkt vor der Tür stehen konnte, rechts oder links des kleinen Gucklochs. Hätte er sich doch für diese moderne Überwachungsanlage entschieden, dann hätte er jetzt ein Weitwinkelbild auf einem Bildschirm, ach was, auf seinem Smartphone! Seinerzeit hatte er das für übertrieben gehalten. Großer Irrtum! Er hätte es besser wissen können, es war ihm doch die ganze Zeit klar gewesen, worauf das alles …

Erneute Schläge gegen die Tür, noch härter diesmal. Sie trafen ihn voll ins Gesicht, als wäre das trennende Holz gar nicht da. Er zuckte zurück, taumelte zwei Schritte nach hinten. Ausgeguckt, ausgetrickst! Erwischt! Was kam als Nächstes, der Schuss durchs Holz? Er warf sich platt auf den Bauch.

»Das reicht jetzt!«, tönte eine strenge Stimme von draußen. Eine tiefe, aber weibliche Stimme. »Hast dich genügend zum Affen gemacht. Lass mich endlich rein.«

»Sofort.« Janssen rappelte sich auf, eilte zur Tür und fädelte die Sicherungskette aus ihrer Halterung. Dabei warf er einen letzten Blick durch den Spion. Es durchfuhr ihn heiß und kalt. Dort draußen stand *sie*! Er straffte sich, strich sich Oberhemd und Haare glatt und hob sein Kinn. Dann öffnete er die Tür.

Carmen von Bloh schritt über die Schwelle, blieb dicht vor ihm stehen, musterte ihn von oben bis unten, ließ dabei den ledernen Anhänger ihres Autoschlüssels in ihre linke Handfläche klatschen. »Mies siehst du aus«, stellte sie fest. »Wie ein Häufchen Elend! Du stinkst vor Angst. Was soll das? Glaubst du, das ist sexy?«

Janssen schnaufte vor Empörung. »Du wunderst dich, dass ich mir Sorgen mache? Nachdem du hier solch ein Theater abgezogen hast! Hättest ja auch klingeln können. Oder einfach aufschließen, wozu habe ich dir denn den Schlüssel gegeben?«

Sie grinste aasig, ohne dabei die Mundwinkel zu heben. »Ja, wozu wohl! Damit ich tue, was du von mir erwartest, oder? Da hast du dich aber geschnitten.« Sie stieß ihm die Fingerspitzen ihrer linken Hand gegen die Brust, hart und schnell wie ein zuckender Vipernkopf. Er kämpfte um sein Gleichgewicht, machte einen Schritt nach hinten. Von seiner Brust aus flutete eine lustvolle Hitze über seine Haut. »Los, ins Wohnzimmer, geh da rein!«, befahl sie. Die Haustür schwang langsam hinter ihr zu. »Vorwärts! Wir müssen reden!«

Er ging voraus, versuchte, sich zu fassen, in den Griff zu bekommen. Dieses Spiel war ein ständiger Kampf, es durfte keinen Verlierer haben, dann gab es immer zwei Sieger. Aber nur dann.

In der Mitte des Wohnzimmers blieb er stehen, drehte sich zu ihr um. Trotz der Hitze trug sie Stiefel. Ihre speziellen Stiefel, hochhackig, am Fuß vorne und hinten offen. Die sorgfältig pedikürten Zehen mit den rubinrot lackierten Nägeln sahen verlockend aus. Er liebte ihre Füße, nicht wegen ihrer Größe, sondern weil sie kraftvoll und feingliedrig zugleich waren. Sie wusste das. Dass sie diese Stiefel jetzt trug, war ein Zeichen von Schwäche, eine offene Flanke. Aber sie hatte seine Blicke natürlich bemerkt. Seine Schwäche, seine Lust, sein wunder Punkt. Punkt für beide. Zwei Sieger.

»Du willst reden?«, fragte er herrisch. »Dann sprich. Was hast du mir zu sagen?«

Sie stemmte die Hände in die Seiten. Zum schwarzen Minirock trug sie eine langärmelige Bluse. Gegensätze, immer wieder, der Widerspruch als Prinzip. »Setz dich!«, forderte sie ihn auf.

Er verschränkte die Arme. »In meinem Haus bestimme ich, wo es langgeht«, sagte er in gefährlich ruhigem Ton. »Du willst mir etwas sagen? Gut, tu es. Aber glaub nicht, du könntest mich herumkommandieren wie ein Zirkusäffchen. Sag es oder lass es.«

Ihre Miene hellte sich auf. Gefiel ihr, was sie sah und hörte? Ihre Worte klangen anders. »Was wir hatten, du und ich, war etwas Besonderes«, sagte sie. »Ungewöhnlich. Ein Glücksfall für uns beide. Aber das geht nur unter bestimmten Bedingungen, und die bestehen nicht mehr. Ich werde das also beenden müssen.« Ihr Blick, mit dem sie ihn festgehalten hatte wie mit Eisenklammern, begann für einen Moment zu flackern. »Tut mir wirklich leid«, sagte sie. Das Bedauern klang echt.

Für Patrick Janssen kam das Gehörte einem Schlag in die Magengrube gleich. Kraftlos knickte er ein, ließ sich nach hinten in seinen Sessel fallen. »Du machst Schluss?«, keuchte er. »Das meinst du nicht so, oder? Das ist doch ein neues Spiel!«

»Kein Spiel.« Carmen von Bloh schüttelte den Kopf. An ihrer straff gebundenen Frisur löste sich keine einzige Strähne. Sie setzte sich Janssen gegenüber, achtete dabei auf den richtigen Winkel ihrer geschlossenen Knie. »Fabian ist tot. Er wurde ermordet. Das lässt mich nicht ungerührt, auch wenn es keine wirkliche Liebe war, die uns verband. Immerhin doch eine liebevolle Partnerschaft. Sein Tod ist ein Schock und rückte manches in ein anderes Licht.« Sie kräuselte ihre Lippen, die ebenso rubinrot leuchteten wie ihre Zehennägel. »Was gestern noch verlockend gewesen wäre, stößt mich jetzt ab. Kurz und gut, Patrick, ich kann nicht sexuell mit einem Mörder interagieren.«

»Was redest du da? Du spinnst doch!« Janssens Lachen klang verzweifelt. »Carmen, Liebste, ich habe deinen Mann nicht ermordet! Bitte glaub mir das, ich war es nicht!«

Sie starrte ihn an, als wollte sie ihn mit ihren Blicken durchbohren. Er hielt stand, breitete die Arme aus. Kein Rollenspiel, kein Kampf um die Oberhand, nicht jetzt. Nur Offenheit. Oder gespielte Offenheit? Die Rolle des Unschuldigen?

»Ich sage auch nicht, dass du meinen Mann ermordet hättest«, sagte Carmen von Bloh nach einer Weile. »Ich sage, dass du ein Mörder bist.«

»Carmen, bitte! Nun mach mal einen Punkt.« Janssen beugte sich vor, ohne ihrem Blick auszuweichen. »Ich habe auch keinen der anderen getötet. Weder Jan noch Alan oder Rollo. Keinen! Im Gegenteil, es sieht alles danach aus, als wäre ich das nächste Opfer! Was glaubst du, warum ich mich hier verbarrikadiere? Die Polizei schützt mich nicht! Jemand will uns alle, unsere ganze Gruppe, auslöschen, und nur ich bin noch übrig!«

»Wenn jemand das will«, erwiderte Carmen von Bloh, »warum sollte dieser Jemand das wollen? Um euch etwas heimzuzahlen, schätze ich. Etwas Großes, etwas Böses, sonst ergibt das alles keinen Sinn.« Ihre Augen verengten sich zu Schlitzen, ihre Unterkiefermuskulatur trat deutlich hervor. »Gib es wenigstens zu! Oder du bist raus aus meinem Leben.«

»Carmen, denk doch mal nach!«, flehte Janssen. »Willst du so etwas Einzigartiges, wie wir es miteinander haben, zerstören? Du verlierst doch genauso viel dabei wie ich!«

»Nachdenken soll ich?«, zischte sie ihn an. »Was fällt dir ein? Laber mich nicht an wie so ein dämlicher Quarkdenker! Wenn hier einer etwas zerstört hat, dann bist du das! Aber mich ziehst du da nicht rein, mich ziehst du nicht mit runter!«

Sie meinte es ernst, das erkannte er jetzt. Seine Augen füllten sich mit Tränen. »Bitte nicht, Carmen«, flüsterte er. »Ich bitte dich! Tu das nicht.«

Sie schaute ihm zu, wie er sich wand in seinem teuren Sessel, stumm, denn Worte schien er keine mehr zu haben. Dann sagte sie: »Ich gebe dir eine letzte Chance.«

Hoffnung flammte über sein verheultes Gesicht. »Du kannst von mir verlangen, was du willst!«, stieß er hervor.

»Sag mir die Wahrheit«, befahl sie. »Ich will wissen, was du getan hast. Sag es mir, sag mir alles, lass nichts aus. Dann werde ich entscheiden, wie es mit uns weitergeht.«

Er schnappte nach Luft wie ein Fisch, starrte sie auch genauso an.

»Oder ich entscheide jetzt gleich«, setzte sie drohend hinzu.

Er nickte hastig. Dann begann er zu reden, stockend erst, dann immer flüssiger. Tatsächlich schien er nichts auszulassen, und sein Geständnis bereitete ihm offenkundig eine große Erleichterung, die er bis zum letzten Wort auskostete.

Als er fertig war, knöpfte Carmen von Bloh ihre Bluse auf. Sah Janssen fest in seine hervorquellenden Augen. Und zog ein Aufnahmegerät hervor. »Sie können jetzt reinkommen!«, sagte sie laut.

Die Tür zum Korridor war nur angelehnt. Jetzt schwang sie auf. Im Türrahmen stand, breit und massig, Hauptkommissar Stahnke. »Gut gespielt«, sagte er anerkennend.

»Geht so«, erwiderte die Frau. »An einigen Passagen könnte man noch arbeiten. Aber was soll's, die Show hat immerhin ihren Zweck erfüllt.«

Patrick Janssen hockte in seinem Sessel wie ein Häufchen Elend, schaute von einem zur anderen, schien jedes Wort in sich aufzusaugen und gar nichts zu verstehen.

»Jedenfalls danke ich Ihnen sehr für Ihre Mitwirkung«, sagte Stahnke.

»Es war mir ein Vergnügen«, sagte Carmen von Bloh und holte tief Luft. »Glauben Sie mir.« Nach einer kurzen Pause setzte sie hinzu: »Außerdem, bei Mord hört der Spaß wirklich auf.«

35.

»Guck dir das an!«, staunte Berthold Seifert. »Da drüben steht er!«

»Tatsächlich«, bestätigte Thorsten Venema. »OL-JV 123. Hätte ich nicht gedacht.«

»Ach, hättest du nicht, Kollege?« Seifert spielte den Beleidigten. »Und warum sind wir dann hier, im schönen Nordfrankreich? Wenn du gar nicht gedacht hättest, dass die Person, die wir suchen, auch wirklich hier ist?«

»Tu mal nicht so«, erwiderte Venema. »Was wir gemacht haben, war schon so etwas wie der Sprung in einen Heuhaufen. Und jetzt finden wir die Nadel schon zum zweiten Mal.«

»Aua«, sagte Seifert trocken. »Lass uns mal die Räder hier abstellen.«

Da am vergangenen Abend kein Mietwagen mehr zu bekommen gewesen war, hatten sie ihren Plan ändern müssen. Mitten in der Nacht waren sie mit dem Wohnmobil nach Roubaix gefahren und hatten am Stadtrand auf einem *Carrefour*-Parkplatz übernachtet. Von diesem Supermarkt hatten sie sich in aller Herrgottsfrühe mit den Fahrrädern auf den Weg ins Stadtzentrum gemacht. Jetzt standen sie vor der Filiale der *Bike World*, die genauso aufgemacht war wie das Stammhaus in Oldenburg. Und was noch vor diesem Laden stand, war der rote Peugeot RCZ von Layan Kleinschmidt.

Drinnen lag alles noch im morgendlichen Halbdunkel, das Geschäft hatte noch nicht geöffnet. Die beiden Ermittler versuchten, sich durch die Schaufenster einen Eindruck zu verschaffen. Die Werbung schien ganz auf die beiden Ladenbesitzer abgestellt zu sein, genau wie in Oldenburg auf Jan Veldhuis, nur dass er hier seinen Spitznamen Jean Vélo trug und mit Michel Vaillant einen gleichrangigen Partner an seiner Seite hatte. Auf dem Firmenlogo wie als freistehende Pappfigur. Venema erkannte die lebensgroße Darstellung mit dem Bergtrikot wieder, es war die gleiche wie auf den Postern in Oldenburg. Die Pappfigur des schwarzlockigen Michel Vaillant trug das grüne Trikot des Führenden in der Sprintwertung. »Von diesem Vaillant habe ich nie bewusst etwas gehört«, sagte Venema. »Scheint eher eine lokale Berühmtheit zu sein.«

»Das hatte ich von Jan Veldhuis auch gedacht«, erwiderte Seifert. »Erstaunlich, dass er auch hier in Nordfrankreich solch einen großen Namen hat! Wenn auch einen anderen als zu Hause. Jean Vélo! Schon witzig.«

Venema linste noch immer durch die Schaufensterscheibe. »Hier im Laden stehen gleich mehrere Figuren von ihm! Die meisten mit dem Bergtrikot. Nur die da hinten, die trägt etwas anderes. Was kann das sein?«

»Welche meinst du?«, fragte Seifert.

»Dort im Hintergrund, neben dem Kassen-Rondell«, antwortete Venema. »Ist das vielleicht ein Mannschaftstrikot? Aber welcher Sponsor soll das sein?«

»Für mich ist das ein ganz normales T-Shirt.« Seifert schüttelte den Kopf. »Irgendwie sieht diese Figur anders aus als die anderen. Sie lächelt auch nicht.«

»Nee, sieht aus, als würde sie uns anglotzen«, bestätigte Venema.

»Und sie bewegt sich«, ergänzte Seifert.

»Was?«

Die Figur von Jean Vélo alias Jan Veldhuis bewegte sich tatsächlich. Nachdem sie die beiden frühen Besucher der *Bike World* durchs Schaufenster angestarrt hatte. Jetzt drehte sie sich um und verschwand nach hinten. Eine Pappfigur war das nicht. Eindeutig dreidimensional.

»Jan Veldhuis lebt?« Thorsten Venema konnte es nicht fassen.

»Oder er hat einen Doppelgänger«, sagte Berthold Seifert. »Fragen wir ihn doch.«

»Wo ist er hin?«

»Nach hinten. Vielleicht in die Werkstatt«, sagte Seifert.

»Kann sein«, sagte Venema. »Die hat bestimmt einen eigenen Eingang ... verflucht!«

»Du rechts herum, ich links!«, rief Seifert. »Ab dafür!«

Sie rannten los. Zweimal versuchte Venema, links abzubiegen, um das Gebäude zu umrunden, beide Male erwies sich die vermeintliche Gasse als Garagenzufahrt. Das Gebäude der *Bike World* schien Teil eines größeren Blocks zu sein. Endlich erreichte er eine kleine Querstraße, rannte zur Rückseite des Gebäudekomplexes, bog erneut links ab. Seifert erwartete ihn schon vor dem Eingang zur Fahrradwerkstatt. Fenster und Türen waren mit metallenen Jalousien und Scherengittern verrammelt. Eindeutig noch geschlossen, hier kam niemand hinein oder heraus. Thorsten Venema keuchte, sein Herz raste. Hatte er sich beim Rennen übernommen oder war das die Wut über diesen Fehlschlag?

»Krieg dich erst mal wieder ein.« Seifert, der eindeutig die kürzere Strecke bewältigt hatte, klopfte ihm fürsorglich auf den Rücken. »Tief durchatmen, nicht hecheln! Langsam und ruhig, das bringt den Puls wieder runter.«

»Lass das, verdammt!« Venema schüttelte die Hand seines Kollegen ab. »Spinnst du? Du benimmst dich ja wie meine Mutter!«

»Was war das?« Jetzt rötete sich auch Seiferts Gesicht. »Wie deine Mutter, ja? Hat die dir auch immer welche gescheuert?«

Sekundenlang schnaubten sie einander an, dann brach sich beiderseits der Verstand wieder Bahn. »Hier ist er nicht«, keuchte Venema. »Wo also dann?«

»Noch im Haus«, mutmaßte Seifert. »Vielleicht hat er sich oben irgendwo versteckt. Oder er ist ...«

»Vorne raus!«, fauchte Venema. »Los, schnell!«

Wieder rannten sie los, Venema voran, diesmal in dieselbe Richtung. Seiferts Strecke war eindeutig kürzer. So kamen sie gerade noch rechtzeitig, um zu sehen, wie der rote Peugeot RCZ mit dem amtlichen Kennzeichen OL-JV 123 anfuhr, rasant beschleunigte und mit kreischenden Reifen um die nächste Ecke verschwand.

»He, was soll das!« Eine junge Frau stürmte aus dem Haupteingang der *Bike World*, der jetzt offen stand. »Das ist mein Auto! Komm zurück, was fällt dir ein!« Layan Kleinschmidt blieb stehen und schlug beide Hände vor ihr Gesicht. Ihre Schultern zuckten und bebten.

»Layan? Kannst du mir das hier mal erklären?«, fragte Thorsten Venema.

Die junge Frau ließ ihre Hände sinken und drehte sich zu ihm um, das Gesicht fassungslos und tränennass. Seifert machte ein paar Ausfallschritte zur Straße hin, um ihr den Fluchtweg abzuschneiden. Festhalten hätte er sie hier sowieso nicht dürfen, und sie hatte auch gar nicht vor zu flüchten. Stattdessen ging sie auf Thorsten Venema zu und warf sich in seine Arme. An seiner Brust schluchzte sie weiter.

Venema drückte sie sanft an sich, als ob sie ein verletztes Vögelchen wäre und keine kraftvolle junge Frau. Seine Gefühle sagten: endlich. Sein Verstand aber stellte sich die Frage, wen er hier eigentlich in seinen Armen hielt.

36.

»Hallo? Wer ist dort?« Lüppo Buss telefonierte nicht gerne beim Gehen. Überhaupt tat er nicht gerne mehrere Dinge gleichzeitig. Zeitverschwendung, sagte er immer. Man musste sich auf eine Sache konzentrieren, um sie anständig zu machen. Teilte man seine Konzentration auf, musste man anschließend alles nacharbeiten, und das kostete mehr Zeit, als man vorher eingespart hatte. Wobei Nacharbeiten in puncto Gehen schwierig war. Aber auf solchen weichen, sandigen Dünenwegen tat man gut daran, sich aufs Gehen zu konzentrieren, sonst lag man schnell auf der Nase. Also blieb er stehen. »Wer? Ich kann Sie schlecht verstehen, der Wind rauscht so im … ach, die Jachtwerft Hooksiel! Danke, schön, dass Sie zurückrufen.«

Der Inselpolizist drehte und wendete sich hin und her,

um seinem Smartphone möglichst viel Windschutz zu verschaffen. Hier oben in den Randdünen stand er sehr exponiert. Eigentlich durfte hier gar keiner sein, kein Mensch jedenfalls. Diese Dünen dienten sowohl dem Küsten- als auch dem Naturschutz und waren daher aus gutem Grund gesperrt. Er als Amtsperson hatte natürlich besondere Rechte, er durfte hier sein. Leider hielten sich nicht alle anderen Leute an dieses Verbot.

»Wie bitte? Ach so, nur Werft Hooksiel. Aber Sie bieten doch Service für Jachten an, richtig? Reparaturen, Umbauten?« Aus dem Knattern im Hörer hörte Lüppo Buss ein »Ja« heraus. »Haben Sie mal an der Segeljacht eines gewissen Jan Veldhuis aus Oldenburg etwas umgebaut? Die Reling? Dieses oder letztes Jahr, so genau weiß ich es nicht.« Man versprach nachzuschauen, der Inselpolizist wartete. Er schaute über Dünenkämme auf die mäßig bewegte Nordsee. Eine seiner liebsten Tätigkeiten. Hier auf Langeoog arbeiten zu dürfen, war wie ein Hauptgewinn im Lotto, fand er. Einen Lottogewinn brauchte man allerdings, wenn man sich heutzutage auf dieser Insel niederlassen wollte, so teuer waren die Immobilien geworden. Auf den meisten Inseln sah es nicht besser aus, auf einigen sogar schlimmer. Nur gut, dass er sich sein Häuschen schon vor vielen Jahren zugelegt hatte, als das für einen Beamten des gehobenen Polizeidienstes noch möglich gewesen war.

In seinem Smartphone knatterte es wieder. »Ja? Schau an, letztes Jahr also. Ganze Segmente ausgetauscht? Sonderanfertigung, aha. Halterungen für einen Außenbordmotor und ein zerlegtes Fahrrad. War sicher nicht billig. Was sagen Sie? Dafür hätte man sich mehrere Klappräder kaufen können? Soso, na ja, wer hat, der hat, nicht wahr?

Klappräder sind auch nicht jedermanns Sache. Der Mann war schließlich mal Radprofi. Da wollte er auf seiner *Sharin* ein ordentliches Fahrrad mitführen, wenn auch in Teilen.« Die Stimme unterbrach ihn, er lauschte wieder. »Ja, genau. Die Jacht von Jan Veldhuis aus Oldenburg. Vielen Dank für die Auskunft, tschüss!«

»So weit, so gut«, murmelte der Inselpolizist vor sich hin. »Bleibt nur noch mein alter Kumpel, der Schleusenmeister. Vielleicht geht der jetzt mal ans Telefon.« Aber ehe er die richtige Telefonnummer aus dem Speicher herausgesucht hatte, näherte sich vom Kamm der Nachbardüne eine stabile Gestalt. Seine Verabredung. Er steckte sein Mobiltelefon wieder ein und hob grüßend die Hand.

»Moin.« Ocko behielt seine Hände in den Taschen und hatte Mühe, auf dem rutschigen Untergrund das Gleichgewicht zu halten. »Ich versteh nicht, warum die Leute immer unbedingt in die Dünen wollen«, knurrte er. »Die Höhenpromenade ist gepflastert, da geht man viel bequemer. Und der Ausblick ist mindestens genauso gut.«

»Badegäste, was willst du machen.« Lüppo Buss wusste, dass er mit dieser Antwort bei einem Mitglied der latent fremdenfeindlichen Viererbande nichts falsch machen konnte. »Außerdem, viele Leute wollen immer gerade das, was sie nicht dürfen. Wie die Kinder. Glaube mir, das ist so, ich befasse mich beruflich damit.«

Onken nickte. »Genau. In den Dünen die Pionierpflanzen platt latschen, obwohl es verboten ist, das machen die besonders gerne. Ist denen doch egal, dass die Pflanzen die Dünen schützen und die Dünen die ganze Insel. Und damit uns.«

»Zeig mir doch mal, wo diese illegale Party stattgefunden hat, damals im Mai«, sagte er zu dem alten Mann mit der Schifferkrause. »Hier in der Nähe? Findest du die Stelle wieder?«

»Eben gucken.«

»Was, eben gucken?«

»Ob ich erkennen kann, wo das damals war.« Der Alte zuckte mit den Schultern. »Bin nur einmal dagewesen, nachdem ich davon gehört hatte. Da war schon alles so verweht, dass sich nicht mal mehr ein Foto für die Zeitung gelohnt hat. Die leeren Flaschen und die Scherben hatten schon die Schulkinder mit ihrer Lehrerin beseitigt; die haben seinerzeit hier ein Umweltprojekt gemacht. So konnten die Blagen gleich mal sehen, wie es kommt, dass sie mal solch eine versaute Erde übernehmen müssen.«

Lüppo Buss hob eine Augenbraue. Tickte der alte Onken jetzt auch schon grün? Aber er hatte recht, der Müll am Spülsaum wurde wirklich immer mehr, lange konnte das nicht mehr gutgehen. Jahrhundertelang hatten die Menschen sich auf die Selbstreinigungskräfte des Meeres verlassen, aber die waren inzwischen eindeutig überfordert. Jetzt zahlte der *Blanke Hans* zurück.

Aber das war gerade gar nicht das Thema. »Was haben die Bagaluten denn hinterlassen außer kaputten Flaschen?«, fragte er. »Wonach müssen wir suchen?«

»Ein riesiges Lagerfeuer haben die gemacht«, sagte Onken. »Die verkohlten Reste waren am nächsten Tag noch zu sehen. Inzwischen dürfte das meiste vom Sand verdeckt sein, aber mit etwas Glück finden wir die Stelle noch wieder.«

»Na dann.« Der Inselpolizist kämpfte gegen seine Ungeduld. Zusammen mit Ocko Onken schritt er die Dünenpfade ab, scannte mit gesenktem Blick Sand und Grünzeug. Wie lange würde das hier wohl dauern? Er musste die Recherche mit der Jacht zu Ende bringen. Am besten, er machte den Anruf sofort. Auf den Boden gucken konnte er auch beim Telefonieren. Ausnahmsweise mal Multitasking, das durfte nur nicht zur Gewohnheit werden.

Der Schleusenmeister von Leer ging sofort ran. »Lüppo, altes Haus, was ist los, stalkst du mich etwa?«, frotzelte er gutmütig. »Dreimal hast du schon bei mir angerufen, sagt mein Telefonspeicher. Hast du nichts zu tun, dass du andauernd mit mir klönen willst?«

»Du solltest nicht von dir auf andere schließen«, gab der Inselpolizist in gleicher Münze zurück. »Meine Kunden wollen nicht bloß irgendwo liegen so wie deine! Die meisten von meinen wollen laufen gehen, und ich muss dafür sorgen, dass sie sitzen.«

Der Leeraner Schleusenwärter lachte. »Ach, dann bist du wohl gerade mitten in einer Verfolgungsjagd, Sheriff? Wo denn, in den Slums von Langeoog?«

»In den Dünen«, antwortete Lüppo Buss. »Aber pass mal auf, was ich fragen wollte. Ich habe schon alle Jachthäfen hier an der Küste abgeklappert, ohne Erfolg. Dann fiel mir ein, dass man bei euch direkt vor der Schleuse auch anlegen kann. Ohne Registrierung. Weißt du, ob da kürzlich mal eine Oldenburger Jacht mit dem Namen *Sharin* gelegen hat?«

»Natürlich erinnere ich mich, so verkalkt bin ich noch nicht. Eine *Sharin* war hier, letzte Woche. Fiel mir auf, weil die über Nacht geblieben ist. Eigentlich legen an dem Steg nur Boote an, die auf ihre Schleusung warten, aber es kommt schon mal vor, dass einer über Nacht an der Leda liegen bleibt.«

Lüppo Buss stellte fest, dass Ocko Onken anscheinend etwas gefunden hatte. In einiger Entfernung war der Alte stehen geblieben und scharrte mit dem Fuß im Sand herum. Zeit, das Telefonat abzukürzen. »War das eine Zehn-Meter-Jacht mit weißem Rumpf und Hochtakelung?«, fragte er. »Werftbau, mit auffällig veränderter Steuerbord-Reling? Und einem Außenborder am Heckkorb?«

»Ein Beibootmotor, ja. Und an der Reling war ein zerlegtes Fahrrad dran«, bestätigte der Hafenmeister. »Praktisch, wenn auch ziemlich aufwendig. Man kann doch ein Klapprad nehmen, das geht viel einfacher.«

Ocko Onken drehte sich zu Lüppo Buss um und winkte. Der Inselpolizist nickte und setzte sich in Bewegung. »Wie lange hat die Jacht denn bei dir gelegen?«, fragte er noch. »Wann ist sie wieder ausgelaufen?«

»Von Donnerstag auf Freitag letzter Woche«, sagte der Hafenmeister. »Wann genau der Skipper ausgelaufen ist, kann ich nicht sagen, da hatte ich wohl gerade keinen Dienst. Merkwürdig war das mit dem Fahrrad.«

»Was war mit dem Fahrrad?«

»Er hat es hier stehen lassen«, sagte der Hafenmeister. »Abgeschlossen zwar, aber trotzdem. Solch ein teures Ding, das lässt man doch nicht einfach stehen, da sagt man doch wenigstens eben Bescheid, wenn man vielleicht eilig losmuss und es nicht mitnehmen kann!«

»Habt ihr es irgendwo untergestellt?«, fragte Lüppo Buss.

»Hatte ich eigentlich vor«, antwortete der Hafenmeister. »Aber es war am Zaun angeschlossen. Und als ich am nächsten Tag geguckt habe, war das Rad weg.«

Ocko Onken gestikulierte ungeduldiger, also bedankte sich der Inselpolizist und beendete das Telefonat. Dann stapfte er durch den weichen Sand zu dem Alten hin. »Hast du die Stelle gefunden?«, fragte er.

Ocko Onken nickte. »Hier muss es sein. Guck, hier liegt noch Holzkohle unterm Sand, massenhaft. Und verkohlte Reste von Treibholz. Die haben hier erst was gegrillt und dann ein großes Lagerfeuer gemacht. Und wer weiß, was sonst noch alles! Hier war im Umkreis alles zerwühlt und plattgetrampelt. Unglaublich! Davon sieht man jetzt natürlich nichts mehr. Alles glattgeweht und nachgewachsen.«

Der Inselpolizist hockte sich neben die ehemalige Feuerstelle, die Ocko Onken teilweise freigelegt hatte, und zog sich Latexhandschuhe über. Nur aus Gewohnheit, er hatte keine Hoffnung, etwas Verwertbares zu finden. Warum sollte er wohl Holzkohlestückchen sammeln und eintüten? Oder kleine Knochenstücke, die vom Grillen übriggeblieben waren?

Das runde Ding im Sand hätte er beinahe übersehen. Glatt geschmirgelte runde Steine lagen hier einige herum; Sand und Wind waren hervorragende Poliermittel. Dieses Ding aber war zweifarbig, gelblich in der Mitte und silbern am Rand, genau anders herum als bei einem Zwei-Euro-Stück. Und größer. So was kam in der Natur nicht vor, also griff der Inselpolizist danach und befreite es vom Sand. Das Ding sah aus wie eine kleine Medaille mit einer Figur darauf und einer gravierten Inschrift am Rand. ›Ave Maria‹ stand da. Und ›Lourdes‹.

»Oh Gott!«, entfuhr es ihm. »Oh mein Gott!«

37.

»Aber das viele Blut!«, sagte Venema. »Dreieinhalb Liter! Eindeutig sein eigenes! Wer so viel Blut verliert, der ist tot. Wie kann Jan Veldhuis noch leben?«

Layan Kleinschmidt trank einen Schluck Kaffee. Sie hob anerkennend die Augenbrauen und nickte; Berthold Seifert kochte guten Kaffee, er benutzte dazu eine französische Stempelkanne. Edelstahlausführung, mit Thermofunktion. Der Hauptkommissar nickte vom Beifahrersitz zurück. Die beiden Bänke der Dinette hatte er der jungen Frau und Thorsten Venema überlassen.

»Tja«, antwortete Layan Kleinschmidt, »das mit dem Blut, das war ich. Wenn du so willst.«

Venemas Finger krallten sich um die Tischkante, sein Kaffee schwappte über. »Wir haben das Blut auf der Jacht analysieren lassen«, sagte er mühsam beherrscht. »Es war eindeutig Veldhuis' Blut, und zwar komplett! Sortenrein, keine Cuvée. Keine geplünderte Blutbank, um einen Tod vorzutäuschen. Wie also könntest du ihm mit dem Blut geholfen haben?«

Layan Kleinschmidt angelte einen Lappen aus der Spüle hinter ihr und tupfte den verschütteten Kaffee auf. »Praktisch, alles so nah beieinander«, sagte sie und prostete Seifert mit ihrem Kaffeebecher zu. »Wie in einem *Tiny House*! Na ja, oder wie bei mir zu Hause. Jedenfalls beinahe.«

Sie bringt mich zur Weißglut, dachte Venema, das tut sie extra! Sie weiß genau, dass wir hier keine Vollmachten haben und sie zu nichts zwingen können. Aber wenn sie mich nur verarschen will, warum ist sie dann überhaupt mitgekommen? Jedenfalls tat er gut daran, sich zusammenzureißen. Entweder erzählte sie freiwillig oder gar nicht.

»Ich habe ursprünglich Laborantin gelernt«, sagte die junge Frau. »Gleich nach der Realschule, mit 19 Jahren war ich mit der Ausbildung fertig. Abitur hätte ich auch machen können, aber dann hätte ich noch drei Jahre zu Hause gewohnt, und da herrschte meine Mutter. Vielen Dank! Kochen kann ich, putzen kann ich, der Rest kann mir gestohlen bleiben. Mein Vater war dafür, dass ich beruflich auf eigenen Füßen stehe. Ein Glück.« Sie seufzte. »Ist nur nicht so leicht, rein finanziell gesehen. Ich wollte unbedingt in eine Großstadt, und in Großstädten ist das Leben teuer. Köln war nicht meine erste Wahl, aber in Hamburg wäre ich mit meinem Verdienst niemals ausgekommen, und in Berlin habe ich keine Stelle gekriegt. Köln ist ganz witzig. Bisschen Asi, bisschen Multikulti, viel Karneval. Hab mich da wohlgefühlt, aber es war schnell klar, dass ich mehr Geld zum Leben brauchte. Also einen Nebenjob.«

»Kellnern oder Kasse?«, fragte Venema. »Oder Nachhilfe geben vielleicht? Du warst doch gut in der Schule.«

Sie lachte los. »Du Schäfchen!«, rief sie. »Weißt du, was passiert, wenn man in einer Kölner Zeitung inseriert: ›Laborantin erteilt Nachhilfe‹? Oder im Netz? Junge, das willst du nicht erleben!« Schmunzelnd schüttelte sie den Kopf. Seifert auf seinem Beobachterplatz lachte mit.

Venema spürte, wie ihm die Hitze in den Kopf stieg. Er hasste solche Situationen. Was sollte er sagen? Etwa: »Ach, so hübsch, wie du bist, wärst du doch bei so was eine Topverdienerin!«? Er würde sich dafür selbst verachten. Und sich vielleicht von Layan eine Ohrfeige einfangen.

»Entschuldige«, sagte Layan. »Ich wollte dich nicht in Verlegenheit bringen.« Sie tätschelte seine Hand. Jetzt wurde Venema endgültig knallrot. Immerhin hörte Seifert endlich auf zu lachen.

»Auf Umwegen erfuhr ich, dass ein Arzt in Aachen eine Laborantin suchte, das ist nicht sehr weit von Köln«, fuhr Layan Kleinschmidt fort. »Nicht für ständig, sondern für einige Schwerpunkteinsätze im Jahr. Mit flexiblen Arbeitszeiten, sehr ordentlich entlohnt. Genau das, was ich brauchte. Ich rief eine Handynummer an, der Arzt war selbst dran und verabredete einen Termin zum Kennenlernen. Tagsüber im *Elisenbrunnen*. Das beruhigte mich, denn dorthin geht halb Aachen zum Mittagessen, das ist nichts für Grabscher und Abschlepper. Aber super für vertrauliche Absprachen in aller Öffentlichkeit!«

»Der Arzt war Doktor Roland Ripke?«, fragte Venema.

»Ja, genau«, bestätigte Layan Kleinschmidt. »Rollo. So sollte ich ihn nennen, das sagte er gleich beim ersten Treff. Rollo, der Wikinger! So sah er sich, wenn er illegal unterwegs war. Ansonsten war er ein karrieregeiler Spießer. Hatte wohl Spaß an diesem Rollenspiel.«

»Rollenspiel mit Rollo«, kommentierte Seifert. Venema warf ihm einen bösen Blick zu. Der Hauptkommissar verdrehte die Augen, schnappte sich sein Smartphone und stieg aus.

»Hat es geklappt mit dem Job?«, fragte Thorsten Venema. Er war erleichtert, ohne Seifert als Hintergrundkommentator fühlte er sich wohler.

»Hat es«, sagte Layan Kleinschmidt. »Allerdings nicht sofort, wir hatten drei solcher Besprechungen, ehe er damit rausrückte, worum es wirklich ging. Hat sich zwischendurch nach mir erkundigt. Und mich gegoogelt. Ich hatte mich damals schon an ein paar Antifa-Aktionen beteiligt, mein Name war online zu finden. In Rolands Augen sprach es für mich, dass ich mich über Gesetze hinweggesetzt hatte. Irgendwann verriet er mir, was er von mir wollte. Assistenz beim Blutdoping! Bei einem Radsportler! Ich dachte zuerst, er will mich verscheißern.«

»Aber dann hast du akzeptiert?«

»Klar, warum nicht?« Sie machte eine wegwerfende Handbewegung. »Leistungssport ist mir so was von egal, was für ein Affentheater, soll sich doch dopen, wer will! Wer bei so was zuguckt, will sowieso betrogen sein. Was ich dabei zu tun hatte, war nichts anderes als bei einer Blutspendeaktion, bloß im Hotelzimmer oder in einer Garage statt beim *DRK*. Blut abnehmen, richtig eintüten und die Beutel vernünftig lagern, das hatte ich alles in meiner Ausbildung gelernt. Bei den Infusionen war Roland immer dabei, ich musste nur für die Logistik sorgen, dass die Blutbeutel richtig temperiert waren und die Nadeln und Kanülen vernünftig desinfiziert. Das Ganze nur ein paarmal im Jahr. Dafür bekam ich Monat für Monat 600 Flocken überwiesen, ob ich dafür gearbeitet hatte oder nicht. Guter Deal für mich.«

»600 Euro waren nicht sehr viel, wenn man bedenkt, dass du dich strafbar gemacht hast«, wandte Venema ein. »Wenn sie dich erwischt hätten, dann hätten sie dir eine Strafe aufgebrummt, die um ein Vielfaches höher gewesen wäre. Vielleicht sogar Knast! So oder so wärst du vorbestraft gewesen.«

»Du Legalist!« Sie grinste ihn spöttisch an. »Klar, dass du so redest, du arbeitest ja auch für den Staat! Ich sehe das nicht so eng. Und damals war mir das vollkommen schnuppe, so jung, wie ich war. Außerdem war es spannend. Was soll das Leben denn, wenn es nicht spannend ist?«

Darauf ging Venema nicht ein. Er dachte ganz ähnlich, hätte das aber niemals so gesagt. »Und diese spannenden illegalen Aktionen hast du drei Jahre lang ausgeführt?«

»Tatsächlich nur zwei Jahre«, erwiderte Layan Kleinschmidt. »Und das meiste davon war Vorbereitung, Übung, ein paar Versuchsballons bei kleineren Rundfahrten und solchen Ein-Tages-Rennen. Die Behandlung schlug an, Jan wurde deutlich besser und schneller. Der Beschluss, das Blutdoping bei der *Tour de France* durchzuziehen, kam von der Mannschaftsleitung. Es waren auch noch andere Fahrer beteiligt an dem Programm, alles unter Roland Ripkes Leitung. Ich war aber ausschließlich für Jan zuständig. Damit sollte wohl ausgeschlossen werden, dass es bei den Blutkonserven zu Verwechslungen kommt.«

»Und dann ist Jan Veldhuis bei der Tour durchgestartet«, sagte Venema. »Beim größten, bekanntesten und lukrativsten Radsport-Event der Welt. Zigtausende standen an den Straßen, Zigmillionen saßen vor den Bildschirmen und fieberten mit ihren Idolen mit. Sie alle wurden an der Nase herumgeführt. Durch Doping, durch euch. Ist dir das klar?«

»Ja«, sagte Layan Kleinschmidt. »Sagte ich doch schon. Du wiederholst dich. Und es war mir scheißegal.« Sie seufzte. »Ist es immer noch. Von mir aus hätten wir das jahrelang so machen können. Aber dann hat Jan seinen Moralischen gekriegt. Hat auf einmal genau so ein Zeug dahergeredet wie du gerade. Betrug am Sport, Betrug an den Fans und an den Kollegen! Dabei hatte er doch unbedingt ganz nach oben gewollt, mit allen Mitteln. Auf einmal hatte er die Hosen voll.«

»Besser spät als nie«, sagte Venema. »Er hatte doch recht! Doping ist Betrug. Vor allem an den Fans.«

»Jetzt hör aber mal!« Die junge Frau schlug sich mit der

flachen Hand an die Stirn. »Bei der *Tour de France* sind doch jahrelang die Gedopten tot vom Rad gefallen! Wie viele Sieger haben sich im Nachhinein als gedopt herausgestellt – Pantani, Armstrong, Ulrich! Wer das weiß, der kann doch diesen Rad-Zirkus nicht mehr ernst nehmen. Das ist genauso wenig ehrlicher Wettkampf wie Wrestling! Nee, Mann, wer so was guckt, der will betrogen sein. Also haben wir diesen Leuten den Gefallen getan.«

»Bis Jan dann ausgestiegen ist. Weil er moralische Bedenken hatte.«

»Tja, vom Rad-Star zum Bedenkenträger!« Layan Kleinschmidt schüttelte den Kopf. »Das gab vielleicht eine Aufregung seinerzeit! Zwei seiner Teamkollegen, Osteuropäer, die mit den Prämien ihre Familien ernährten, hätten ihn beinahe gelyncht. Aber auch die Mannschaftsleitung und die Sponsoren waren stinksauer. Die hatten natürlich ihre Geschäfte machen wollen mit dem planbaren Erfolg! Rollo hat stundenlang auf Jan eingeredet, er kannte ihn von uns allen am besten. Aber auch er ist nicht mehr durchgedrungen.« Sie überlegte einen Moment lang. »Das könnte natürlich mit dem Tod von Jans Eltern zu tun gehabt haben. Autounfall, während ihr Sohn im Fahrradsattel saß. Ziemlich bitter, so was.«

»Könnte?« Thorsten Venema riss die Augen auf. »Ziemlich? Du bist gut! Eine Katastrophe war das!« Er hatte von diesem Vorfall gelesen, denn Sibylle Wiemken hatte auch die Recherchen von Lüppo Buss getreulich zu den Akten genommen. Nur die zeitliche Übereinstimmung wurde ihm erst jetzt klar. Kein Wunder, dass Jan Veldhuis seinerzeit alles infrage gestellt hatte.

»Katastrophe, da hast du recht«, sagte Layan Kleinschmidt. »Aber echt! Wir saßen da mit Kühlschränken voller Blutkonserven, für die wir keine Verwendung mehr hatten. Nur die Kosten, die hatten wir schon! Vor allem Roland Ripke. Die Mannschaftsleitung wollte sämtliche Zahlungen sofort einstellen. Rollo hat sie immerhin dazu gebracht, noch eine Ausgleichszahlung zu leisten. Davon hat er mir noch ein weiteres Jahr lang die 600 Euro monatlich gezahlt.«

»Nett von ihm«, sagte Venema.

»Wie man's nimmt«, sagte Layan Kleinschmidt. »Ich glaube, das sollte auch eine kleine Bestechung sein. Er hatte nämlich ein bisschen Angst vor mir.«

»Dass du ihn erpressen könntest.« Venema nickte. »Verständlich. Er hatte eine Menge zu verlieren, und dir war und ist, wie du selbst sagst, ziemlich vieles ziemlich egal.«

Die junge Frau nickte. »Auffallend richtig. Aber Erpressung finde ich scheiße, hatte ich nie vor. Übrigens hatten Jan Veldhuis' Rennstall und der Hauptsponsor ihrerseits die Sorge, von Rollo erpresst zu werden. Bei dem hätte ich mir das eher vorstellen können! Ich glaube, er hat beim Nachverhandeln so etwas durchblicken lassen und dadurch eine höhere Abfindung herausgeholt.«

»Daran hat er dich mit« – Venema überschlug im Kopf – »ganzen 7.200 Euro aber ziemlich schäbig beteiligt! Ein Jahr lang 600 pro Monat, das war alles?« Er wusste, dass da noch mehr gewesen war, und musterte sein Gegenüber aufmerksam.

»Von ihm ja«, sagte Layan Kleinschmidt. »Aber dann kam plötzlich Jan um die Ecke. Das war eigenartig.«

»Das fanden wir auch«, platzte Venema heraus. »Wieso hat Veldhuis diese Zahlungen übernommen? Und warum für einen so langen Zeitraum? Acht Jahre, das ist fast dreimal so lang, wie Roland Ripke dich bezahlt hat.«

»Ihr habt also auf meinem Konto herumgeschnüffelt. Hatte ich mir schon gedacht.« Layan Kleinschmidt guckte eher selbstzufrieden als erbost. »Habt ihr auch meinen Laptop geknackt? Darauf findet ihr nichts, das ich euch nicht auch so erzählt hätte. Allerdings nicht gleich.« Sie senkte den Blick und schüttelte den Kopf. »Erst wollte ich Jan noch zur Vernunft bringen. Aber das war wohl nichts.«

»Warum hat er dir so viel Geld gezahlt?« Jetzt wollte Venema auch alles hören, und zwar in der richtigen Reihenfolge. »Wofür? Für dein Schweigen über sein Blutdoping?«

»Nee! Zu dem Zeitpunkt war er doch schon aus dem großen Business ausgestiegen, das konnte ihm total egal sein. Es steckte etwas anderes dahinter.« Layan Kleinschmidt sprach zögernd, so als müsste sie ihre Gedanken erst sondieren. »Er rief mich an, bat um ein Treffen. Wir hatten uns immer gut verstanden, also warum nicht? Er sprach dann viel von seiner Schwester. Dass er sie gerne unterstützen wollte, was aber so schwer sei, weil er nicht richtig verstünde, wie sie tickt. So was gibt's.« Sie nickte ernsthaft. »Später hat er mich auf ein Wochenende nach Langeoog eingeladen. Alle Kosten hat er übernommen. Dort sprach er von Gewissensbissen, weil er durch seine Entscheidung, aus dem Doping auszusteigen, viele Menschen in Schwierigkeiten gebracht habe. Vor allem mich, weil ich doch auf das Geld angewiesen sei. Er bot mir an, diesen Verlust quasi auszugleichen. Um den Schaden wiedergutzumachen. Um mir die Möglichkeit zu geben, ein Studium zu absolvieren und auch finanziell auf eigenen Füßen zu stehen.«

»Hat er dich angebaggert?«, fragte Venema. »Ehrlich, das klingt mir so, als hätte er was von dir gewollt. Kommt dir mit Geld, typisch Sugardaddy! Ganz billige Nummer.«

Sie starrte ihn völlig perplex an, mit offenem Mund. Dann schien sie lachen zu wollen, beließ es aber bei einem nachsichtigen Grinsen. »Thorsten, ehrlich, manchmal halte ich dich für einen modernen Menschen. Aber jetzt gerade … Hör mal, Opa, wenn ein Mann mit einer jüngeren Frau redet, dann heißt das nicht zwangsläufig, dass er nur mit ihr in die Kiste will! Frauen und Männer sind beides Menschen, kapiert?«

Venema nickte brav, seine Miene aber drückte überdeutlich aus, was er wirklich dachte. Layan Kleinschmidt legte nach: »Außerdem ist Jan Veldhuis schwul. Überzeugt dich das vielleicht?«

»Veldhuis soll schwul sein?«, staunte Venema. »Davon habe ich noch nie gehört!«

»Profisportler halten so was auch gerne geheim. Liegt an den Fans, die denken überwiegend konservativ. Und schlimmer. Immer noch«, sagte Layan Kleinschmidt. »Es gibt ein paar Ausnahmen, Fußballerinnen zum Beispiel, die trauen sich was. Dabei sind mindestens zehn Prozent aller aktiven Leistungssportlerinnen und Leistungssportler homosexuell! Die meisten outen sich erst nach Ende ihrer Karriere. Jan war nicht einmal dazu bereit, jedenfalls nicht zu Hause, wo er den honorigen Geschäftsmann gibt. Hier in Frankreich sieht er das lockerer. Und sein Partner sowieso. Sein Mann und Geschäftspartner.«

»Ach, dieser Michel Vaillant? Der Ex-Radprofi mit den schwarzen Locken?«

»Hübscher Kerl, nicht?« Sie lächelte ihn an. Er lächelte zurück, spürte eine prickelnde Wärme in seiner Brust. Sicher, ein hübscher Kerl, warum auch nicht?

»Jan und Michel haben sich hier eine nette Existenz aufgebaut«, erzählte Layan Kleinschmidt weiter. »Das

Geschäft in Oldenburg dient dabei noch als Absicherung. Die Läden in Roubaix und Bergues brauchten während der ersten Jahre hin und wieder noch Geldspritzen. Deswegen habe ich Jan auch vor ein paar Monaten gebeten, die Überweisungen endlich einzustellen. War ihm ganz lieb. Dass ich mit meinem Studium immer noch nicht fertig bin, ist schließlich nicht seine Schuld. Ich habe die Uni gewechselt, bin nach Oldenburg gezogen, wo das Leben deutlich billiger ist, arbeite nebenher wieder in meinem erlernten Beruf, Teilzeit, ganz regulär. Finanziell komme ich super klar, kann mir sogar das schicke Auto leisten, das mit der JV-Nummer. Kleine Würdigung seiner Unterstützung. Aber wenn man so viel nebenher macht, schafft man den Abschluss eben nicht in der Regelstudienzeit, dafür ist man seine eigene Frau. Oder Herrin?« Sie grinste. »Vielleicht sollte ich doch lieber Sprachen studieren.«

»Jan Veldhuis war also quasi schon länger auf dem Sprung, aus Oldenburg wegzugehen?«, vergewisserte sich Venema.

»Genau«, bestätigte Layan Kleinschmidt. »Darum wusste ich auch sofort, wo ich ihn suchen musste, als ich mir nach und nach zusammengereimt hatte, was geschehen war.«

Venema nickte nur. Was war geschehen – die Frage aller Fragen. Die musste er nicht einmal stellen.

»Ich wusste, dass Jan sich gelegentlich mit seinen alten Schulfreunden auf Langeoog traf, um dort die Sau rauszulassen«, erzählte Layan Kleinschmidt. »Für einige von denen muss das ein echtes Bedürfnis gewesen sein, für andere ein Spiel mit wechselnden Rollen, eine Mutprobe, was auch immer. Für Jan war das ein Versuch, Kontakt aufzunehmen mit der heterosexuellen Männerwelt, gelegentlich und nur auf Zeit. Als würde ein Nichtraucher einmal im Jahr eine Zigarette rauchen, um sich zu beweisen, dass das eh nichts bringt, verstehst du? Das sind jetzt nicht seine Worte, aber so kombiniere ich das für mich. Jan ist bei diesen Gelegenheiten nämlich seinem Michel niemals untreu gewesen. Anders als die anderen, die wild durch die Dünen gevögelt haben.«

Wer ist jetzt altmodisch, dachte Venema, behielt das aber für sich, denn eigentlich dachte er ebenso.

»Bei manchen dieser Partys waren nicht alle dabei«, fuhr die junge Frau fort. »Terminprobleme. Beim letzten Mal, Anfang Mai, fehlte Jan. Er hat später davon gehört, es wäre diesmal besonders wild zugegangen, hat aber nicht viel darauf gegeben. Tu, was du willst, die Leute reden immer, sagte er mir. Dann plante er seinen Segelurlaub. Letzte Woche ging's los. Jans erste Station war Langeoog, so fängt er gerne an, Langeoog ist für ihn gleichbedeutend mit Urlaub. Abends in der Kneipe sprachen ihn irgendwelche Einheimischen, die ihn kennen, auf die wilde Party an. Dass die nachts in den Dünen fortgesetzt worden wäre, illegalerweise. Dass man Feuer gesehen und Schreie gehört habe. Und dass Jans Schwester dabei gewesen sei. Beiläufig hieß es dann, dass man Sharin seitdem nicht mehr auf der Insel gesehen hätte.«

»Seine Schwester? Die er so liebhat?« In Venemas Kopf begann sich ein Bild zu formen. Ein grausiges Bild, das grausame Konsequenzen nach sich zog. »Jans alte Schulfreunde?«

Layan Kleinschmidt nickte. »Sie müssen allesamt dicht gewesen sein bis an die Mandeln. Sharin auch, sonst hätte sie sich bestimmt nicht darauf eingelassen, mit vier Kerlen nachts durch die Dünen zu ziehen. Patrick Janssen hat angefangen, irgendwelche Sado-Spielchen abzuziehen. Alan, der verfluchte Macho, hat ihn dabei unterstützt. Die anderen beiden waren so high, dass sie das witzig fanden. Am Ende war Alan leicht verletzt und Sharin war tot.« Sie musste schlucken. »Am nächsten Tag, nachdem Jan von der Sache erfahren hatte, hat er die Dünen abgesucht. Er hat die Leiche seiner Schwester gefunden, neben der großen Feuerstelle im Sand verscharrt.«

»Himmel.« Venema vergrub sein Gesicht in den Händen, aber nur kurz. »Woher weißt du das alles?«, fragte er.

»Von Jan«, sagte Layan Kleinschmidt. »Der hat's von Alan. Zu ihm ist Jan als Erstes hin, mit dem Boot von Langeoog nach Leer, das ging am schnellsten, weil die Tide gerade günstig lief. Er hat seine Jacht am Steg vor der Seeschleuse festgemacht, sein Fahrrad zusammengebaut, ist raus zum *Emspark* gefahren, hat Alan in seinem neuen Studio angetroffen und hat ihn gefragt, was passiert ist. Alan hat nicht lange drum herumgeredet. Sie waren ja alte Kumpels, und Alan wusste noch nicht, dass Sharin Jans Schwester war.«

»Und dann?«, fragte Venema.

»Dann hat Jan Alan getötet«, sagte Layan Kleinschmidt.

Sie schauten einander sekundenlang in die Augen. Thorsten Venema erkannte bei ihr eine tiefe Traurigkeit, sah aber keine Tränen. Sein Kopf schwirrte von Fragen, Dutzenden von Fragen, aber er wartete. Layan würde schon weiterreden, und wenn er sie ließ, beantwortete sie bestimmt alle Fragen, ohne dass er sie stellte.

»Alan konnte so lieb sein«, sagte Layan Kleinschmidt endlich. »Wenn er wollte. Er hatte eine wirklich zärtliche Seite. Es gab eine Zeit, da dachte ich, das sei sein wahres Ich. Stimmt vielleicht, aber es gab auch noch ein anderes. Mindestens eines. Seine Erziehung, seine Sozialisation, das Männerbild in den Kreisen, in denen er meistens verkehrte.

Verstärkt von dem ganzen Drogenmist, den er immer wieder in sich hineinfraß. Man musste schon sehr blind sein, um das nicht zu sehen. Total blind vor Liebe! Ich meine, wer lässt sich denn Flammen tätowieren, bis hoch zum Hals und auf den Hinterkopf? Wie muss man denn ticken, um das zu tun!« Sie schluchzte, aber sie weinte noch immer nicht.

»Jan hat Alan getötet«, fuhr sie fort. »Man glaubt es kaum, dass das möglich war, Jan ist so ein schmales Hemd und Alan war ein richtiger Brecher, Bodybuilder mit Erfahrung als Türsteher und Kampfsportler! Aber Jan ist durchtrainiert und zäh, und die Wut hat seine Kräfte verdoppelt. Adrenalin gegen Testosteron! Das Messer lag schon dort, Alan hatte es zum Tapezieren benutzt. So gesehen, hatte Jan auch noch ein bisschen Glück.«

»So gesehen.« Venema atmete tief durch. »Nach Lage unserer Akten war Jan Veldhuis zu diesem Zeitpunkt übrigens bereits tot. Dreieinhalb Liter seines Blutes wurden in der Kajüte seiner steuerlos treibenden Jacht gefunden.«

Layan Kleinschmidt lächelte bitter. »Ach ja, das gute alte Blut! Jan konnte sich einfach nicht davon trennen. Ein paar Beutel lagen seinerzeit noch bei mir herum, als er seinen Moralischen bekam, und ich wollte sie entsorgen, aber er sagte Nein. Er besaß selbst zwei von diesen Kühlschränken, weil wir ihn manchmal auch bei ihm zu Hause zur Ader gelassen haben, in seiner Luxusgarage, während der Vorbereitungsphase. Keine Ahnung, was er damit wollte, das Zeug hält sich nicht ewig! Aber es lässt sich auch nach Jahren nachweisen, von wem es stammt. Vorgehabt hat er das alles natürlich nicht, aber er hat sich ausgekannt, und als die Situation da war, kam ihm das Blutdepot in den Sinn. Noch neben Alans Leiche stehend, hat er alles geplant, so hat er es mir erzählt. Mit dem Rad zum Bahnhof, mit der

Bahn nach Oldenburg, die alten Blutbeutel holen, in zwei Packtaschen. Zurück mit der Bahn, das Rad an der Schleuse stehen lassen, mit der Jacht raus auf See, bis vor die Inseln, dann das Blut in der Kajüte verspritzen, die leeren Beutel versenken und die Jacht treiben lassen, um den eigenen Tod vorzutäuschen. Danach die drei Mittäter töten, ohne in Verdacht zu geraten. Ein Toter kann schlecht der Mörder sein.«

»Wie ist er denn zurück an Land gekommen?«, fragte Venema.

»Mit dem Schlauchboot«, antwortete Layan Kleinschmidt. »Jan hatte immer ein seetüchtiges Schlauchboot an Bord, als Tender, falls er mal auf Reede ankern muss und an Land möchte. Der Außenbordmotor dafür hing achtern an der Reling. Das Boot steckte zusammengefaltet in einer Backskiste. Zusammen mit einem Benzinkanister. Mit dem Boot ist Jan zurück nach Leer gefahren. Hat ziemlich lange gedauert, aber er hat es hingekriegt. Danach ist er erneut mit dem Rad zur Bahn und mitsamt Fahrrad nach Oldenburg.«

»Wo ist das Schlauchboot geblieben?«, wollte Venema wissen.

»Hat er treiben lassen«, sagte Layan Kleinschmidt. »Die Gezeitenströmung an der Leda ist enorm stark, wegen der vielen Emsvertiefungen; die Leda ist ein Nebenfluss der Ems. Das Boot war ziemlich neu und trug noch keine Nummer. Irgendwer wird es aufgepickt haben und freut sich jetzt daran. Den Motor hat Jan unweit der Schleuse ins Wasser fallen lassen. Die Schlickbänke dort sind unheimlich dick, die schlucken alles.«

Venema blieb skeptisch. »Zu den weiteren Tatorten ist Jan Veldhuis mit seinem Fahrrad gefahren, schon klar, daher auch die Spuren. Aber wo hat er zwischendurch übernachtet? Warum hat er seine Mordserie nicht zu Ende geführt? Und was sollten die Grünkohlblätter?«

Zum ersten Mal während ihrer Unterhaltung wirkte Layan Kleinschmidt verlegen. »Übernachtet hat er bei mir«, sagte sie kleinlaut. »In meinem Schlafzimmer. In meinem Bett, wenn du's genau wissen willst! Ist doch nichts dabei. Er sagte, er hätte Stress, Bauarbeiten in seiner Wohnung, dort würde er es momentan nicht aushalten. Klar, habe ich gesagt, kein Problem. Ich wusste doch nicht, was er getan hatte! Und was er noch vorhatte! Das hat er mir erst viel später gesagt. Nämlich hier in Roubaix.«

»Auch das mit dem Kohl?«

Layan Kleinschmidt nickte. »Bei jeder Kohlfahrt wird ein Kohlkönig gekürt, das ist so üblich. Eigentlich wird es der, der am meisten isst, aber man achtet auch drauf, dass jedes Mal ein anderer drankommt. Fabian war es schon, Roland auch. Zuletzt war es Alan. Er bekam neben der Urkunde auch ein Sträußchen Grünkohlblätter, das kriegen alle Kohlkönige. Er war so stolz drauf, dass er beides zusammen in seinem neuen Büro aufgehängt hat. Während des Kampfes mit Jan wurde der Rahmen von der Wand gerissen. Als er die Kohlblätter neben der Leiche liegen sah, erzählte mir Jan, kam er auf die Idee, solche Blätter zur Ablenkung zu verwenden. Um die Aufmerksamkeit der Polizei auf die Kohlfahrtteilnehmer zu richten statt auf die Partytruppe. Unverarbeiteten Grünkohl hatte er noch eingefroren im Eisschrank.«

Der Gedanke an Grünkohl neben Blutbeuteln ließ Venemas Magen unangenehm gluckern. Schnell lenkte er auf einen anderen Aspekt über. »Stahnke, mein Chef, war doch bei dir in der Wohnung«, sagte er. »Zweimal. Hat er denn nicht gemerkt, dass Veldhuis bei dir gewesen war?«

Layan Kleinschmidt lächelte spöttisch. »Was heißt gewesen? Als dein Chef zum ersten Mal bei mir war, saß Jan nebenan auf meinem Bett!«, sagte sie. »Zum Glück wollte Stahnke nicht in mein Schlafzimmer gucken. Ich hätte es ihm nicht erlaubt, aber das wäre bestimmt aufgefallen. Beim zweiten Besuch war Jan schon weg. Er hatte mitgekriegt, dass in den bisherigen Fällen ermittelt wurde, und wollte nicht riskieren, dass man ihn sieht und sein vorgetäuschter Tod auffliegt. Also ist er erst einmal mit der Bahn nach Frankreich, mitsamt seinem Rad. Das hat er übrigens in der Werkstatt neben dem Laden untergestellt.«

»Sagtest du ›erst einmal‹?«, fragte Venema. »Das heißt, er will noch mal zurück? Ich dachte, er taucht hier unter und lässt sich den Rest seines Lebens Jean nennen!«

»Er will nicht nur, er ist schon unterwegs«, sagte Layan Kleinschmidt. »Ich wollte ihn daran hindern, aber als er euch gesehen hat da vor seinem Schaufenster, hat er sich einfach meinen Autoschlüssel geschnappt. Er ist so voller Wut, er will die Sache beenden, um jeden Preis. Seine Worte.«

»Verdammt!«, rief Venema. »Wir müssen sofort …«

Die Beifahrertür des Wohnmobils wurde geöffnet. Berthold Seifert stieg ein, sein Smartphone noch in der Hand. »In Oldenburg geht es rund«, berichtete er. »Sibylle hat mich auf Stand gebracht. Wusstet ihr, dass Patrick Janssen schon wieder verhaftet worden ist? Was für ein Hin und Her! Erst als Verdächtiger in U-Haft, dann wegen unsicherer Beweislage auf freiem Fuß – und jetzt hat er gestanden! Was glaubt ihr wohl, was?« Erwartungsvoll schaute er die beiden an.

»Den Mord an Sharin Veldhuis«, erwiderte Thorsten Venema ungerührt. Berthold Seifert sackte vor Enttäuschung ein paar Zentimeter in sich zusammen.

»Janssen sitzt wieder? Also, ich wusste das nicht«, sagte

Layan Kleinschmidt. »Jan weiß das auch nicht, da bin ich mir sicher.«

»Wir müssen sofort Stahnke informieren«, sagte Venema. In seinem Kopf formte sich eine Idee.

»Das macht Sibylle schon«, erwiderte Seifert. »Ich schätze, wir bekommen demnächst den Rückmarschbefehl. Lass uns alles vorbereiten.«

»Du fährst«, sagte Venema. Er schaute Layan Kleinschmidt fragend an: »Kommst du mit?«

Die junge Frau nickte. »Ich will doch mein Auto wiederhaben«, sagte sie mit einem schiefen Lächeln.

Venema lächelte zurück. Die Idee in seinem Kopf entwickelte sich zu einem Plan. »Los geht's!«, rief er Seifert zu.

38.

»Anton vier für Anton«, raunte Stahnke in seinen Hemdkragen.

»Anton vier hört«, tönte der Knopf in seinem Ohr.

»Fahrzeug schon gesichtet, Anton vier?«, fragte der Hauptkommissar.

»Negativ, Anton.« Seiferts Stimme klang sachlich und ruhig, nicht anders als bei den letzten fünf Anfragen. Stahnke dagegen wurde langsam kribbelig. Die Zeit verstrich, es war längst dunkel, seine Füße taten ihm weh. Und in diesem Eingang schräg gegenüber von Patrick Janssens Haus konnte er auch nicht ewig stehen bleiben. Schon zweimal hatten ihn Gassi gehende Hundehalter misstrauisch beäugt, wie er da zwischen Postkästen und Büschen herumlungerte. Außerdem ging hinter ihm immer wieder das Treppenhauslicht an und illuminierte ihn von hinten. Es würde ihn nicht wundern, wenn einer der Hausbewohner schon die Polizei alarmiert hätte. Verdächtige Person, vermutlich Spanner. Das fehlte noch, dass die Streifenhörnchen hier anrückten!

Zwei späte Spaziergänger. Und noch einer hinterher. Alle auf der gegenüberliegenden Straßenseite. Keiner schaute her. Aber es machte auch keiner Anstalten, sich Janssens Haus zu nähern. Was, wenn Jan Veldhuis heute gar nicht kam, sondern in einer der nächsten Nächte? Oder erst kommende Woche? Ewig konnten sie ihre Falle nicht offen halten, so viel Personal hatten sie nicht.

Wieder fiel Licht durch die Milchglasscheiben hinter ihm und exponierte seine Position. Schritte auf der Treppe. Es half nichts, er musste hier weg. Er wandte sich nach rechts, weg von Janssens Haus, was ihn zu regelmäßigen Blicken über die Schulter zwang. Im Halbschatten zwischen zwei Straßenlaternen wechselte er die Straßenseite und schlich zurück. Ging es noch auffälliger? In früheren Zeiten hätte er wenigstens sein Gesicht hinter der Krempe eines Schlapphutes verbergen können. Was hätte er nehmen sollen, vielleicht ein Basecap? Bei Nacht nicht viel unauffälliger als ein Blaulicht.

»Anton für Anton drei.« Das war Venema. Er war am stadtauswärtigen Ende der Ehnernstraße postiert, Seifert stand Richtung Zentrum. Beide hatten ihre Fahrräder dabei, um beweglicher zu sein. Sibylle Wiemken und Manuela Schönborn saßen in geparkten Autos an beiden Enden der Lambertistraße, um alles im Auge zu behalten, was aus Richtung Nadorster und Alexanderstraße kam. Ein mehr als löcheriges Netz, dessen war Stahnke sich bewusst. Ein größeres Besteck jedoch hätte bestimmt für Aufsehen gesorgt und Jan Veldhuis abgeschreckt. Der war ortskundig und nicht dumm.

»Anton hier, was gibt's?«, knurrte Stahnke ins Minimikrofon. Zu Fuß fühlte er sich der Lage nicht wirklich gewachsen. Graf Anton Günther, der Namenspatron ihrer Aktion, saß auf den meisten historischen Abbildungen auf einem Pferd. Besser als nichts, dachte der Hauptkommissar. Ein Königreich für einen Gaul!

»Anton drei. Zentrale gibt gerade durch, dass unser Zielfahrzeug auf einer der Parkflächen am Pferdemarkt gesichtet wurde. Routinekontrolle. Roter Peugeot RCZ mit dem amtlichen Kennzeichen OL-JV 123.«

»Verstanden.« Verdammt, das war außerhalb des Netzes! Sie hatten nicht geglaubt, dass Veldhuis direkt vor Janssens Haustür parken würde, aber so weit weg? »Information durchgeben an alle. Anton aus.«

»Verstanden. Anton drei aus.«

Das Auto stand also auf dem Pferdemarkt, dort, wo sich Nadorster Straße und Alexanderstraße in spitzem Winkel trafen und das städtebauliche Tortenstück bildeten, in dem die Ehnernstraße längs verlief, von der Lambertistraße gekreuzt. Wo war Jan Veldhuis, schon irgendwo in diesem Bereich? Oder war er untergetaucht, um die Lage zu sondieren? Seine Wohnung stand ebenso unter Beobachtung wie die von Layan Kleinschmidt, aber es gab natürlich noch andere Möglichkeiten. Sehr viele sogar.

Inzwischen näherte sich Stahnke wieder ihrem Beobachtungsobjekt, Patrick Janssens Wohnhaus. Weiter vorne konnte er gerade noch das Spaziergängerpärchen von vorhin erkennen. War da nicht noch eine weitere, eine einzelne Person gewesen? Er versuchte, sich zu erinnern, wie die ausgesehen hatte. Warum hatte er sich auch so viel mit sich selbst beschäftigt!

Männlich, Mitte bis Ende 30, etwas über mittelgroß, schlank. Gesicht? Hatte er gesenkt gehalten. Er hatte Stahnke nicht angesehen. Und wo war er jetzt? Weg. Das musste nichts heißen, vielleicht wohnte der Mann hier, war nur Zigaretten holen gewesen und wieder in seinem Haus verschwunden. Vielleicht.

»Anton zwei für Anton«, sagte Stahnke leise. Keine Antwort.

»Anton zwei für Anton«, wiederholte er. »Kramer, alles klar?«

Nichts. Oder doch, ein kurzes Rauschen. Absicht? Konnte Kramer gerade nicht sprechen? Das hieß dann wohl …

Da war Janssens Haustür. Auf den ersten Blick sah sie geschlossen aus. Stahnke trat näher heran, bemerkte den winzigen Spalt. Die Tür war nur angelehnt. Genau wie geplant. Nicht verschlossen, nicht verriegelt. Leichter Zutritt zur Falle. Und dann – schnapp! Hatte es funktioniert, war Jan Veldhuis schon drin? Im Haus, in der Falle, wo Kramer im Halbdunkel als Köder wartete, oberflächlich getarnt als Hausherr Janssen?

Aber warum war die Tür dann immer noch offen? Er, Stahnke, hätte sie als Eindringling hinter sich geschlossen.

Wer wollte schon unliebsame Überraschungen. Tickte Veldhuis anders?

Der Hauptkommissar drückte die Tür auf, betrat den Hausflur, starrte ins Dunkel, lehnte die Haustür wieder an, tappte den Korridor entlang. Nichts davon war abgesprochen. Kramer sollte den Eindringling überwältigen, mit vorgehaltener Waffe festhalten, dann die anderen rufen. Stahnke agierte mal wieder komplett aus dem Bauch heraus. Spuckte er seinem Freund und Kollegen gerade mächtig in die Suppe?

»Polizei! Stehen bleiben!«, tönte es aus dem Wohnzimmer. »Bleiben Sie …« Ein Schlag, ein Poltern, ein Stöhnen. Stahnke rannte los, stieß die Zwischentür so heftig auf, dass das Türblatt an die Wand knallte. Beim Zurückprallen traf es ihn schmerzhaft an der Schulter. Das Stöhnen klang zweistimmig.

Kramer krümmte sich auf dem Boden, seine Dienstwaffe lag nahe der Fußleiste, außerhalb seiner Reichweite. Der Oberkommissar blutete aus einer Platzwunde am Kopf. »Hinten raus!«, ächzte er gestikulierend. »Vorsicht!«

Stahnke riss die hintere Wohnzimmertür auf. Im selben Moment kam die Erinnerung an seinen ersten Besuch in diesem Haus, und er zuckte zurück. Keinen Sekundenbruchteil zu früh. Eine Doppelaxt wirbelte heran, hackte einen großen Splitter aus dem linken Türpfosten, prallte zurück und polterte über den Boden. Der Hauptkommissar ging in Deckung.

Kramer richtete sich halb auf, rutschte im Sitzen hinüber zu seiner Pistole, auf eine Hand und ein Bein gestützt. Das hätte witzig ausgesehen, der Oberkommissar als Orang-Utan, wenn ihm dabei nicht das Blut übers Gesicht gelaufen wäre. Immerhin schien die Verletzung nicht allzu schwer zu sein. Stahnke wollte nach seiner eigenen Pistole greifen, entschied sich jedoch anders. Der Garten hinten war von hohen Zäunen umgeben, bot kaum Fluchtmöglichkeiten. Der Axtwurf war vermutlich als Ablenkung gedacht. In Wahrheit war Jan Veldhuis längst …

»Halt die Stellung!«, rief Stahnke seinem Kollegen zu und stürmte zurück zur Vordertür. Schon hörte er das Knirschen schneller Schritt auf dem Kiesweg, der seitlich am Haus entlangführte. Aus vollem Lauf warf er sich von der Haustürschwelle aus nach links, blindlings und mit ausgebreiteten Armen. Mit etwas Glück, dachte er, begrabe ich den Hänfling unter mir.

Pech gehabt. Der Flüchtende beschleunigte, duckte sich unter ihm weg. Stahnke konnte gerade noch den rechten Arm unter den Körper ziehen und den Rücken rund machen, sodass ihm noch eine Art Judorolle gelang, sonst hätte er auf dem Kiesweg den Schneepflug gespielt. Aber auch so protestierte sein schwerer Körper wie wild, als er wieder auf den Beinen stand. Da war Jan Veldhuis schon zum Gartentor hinaus. Er war es wirklich, das erkannte man im Licht der Straßenlaternen.

»Er läuft Richtung Innenstadt!«, brüllte Stahnke in sein Kragenmikro und taumelte hinterher. Sein Ohrstöpsel blieb eine Antwort schuldig, und als der Hauptkommissar an seinem Kragen zerrte, merkte er, dass kein Mikrofon mehr da war. Fluchend zerrte er sich den Empfänger aus dem Ohr. Veldhuis war schon weit voraus, als er endlich in Schwung gekommen war.

Aus dem Lindenhofsgarten, einer kleinen Seitenstraße, näherte sich eine Radfahrerin. Sie bremste, als Jan Veldhuis in langen Sätzen ihren Weg kreuzte, und hielt erschrocken an. Stahnke stampfte auf sie zu wie ein wildgewordener Büffel. »Das Rad!«, schrie er. »Her damit!« Mehr ließ seine Atemnot nicht zu. Die Frau starrte ihn an, schrie entsetzt auf, ließ ihr Fahrrad fallen und rannte davon. Na toll, dachte der Hauptkommissar, während er das Rad aufhob, das wäre dann die nächste Anzeige. Belästigung und räuberischer Diebstahl.

Das Rad war ein Hollandrad mit bequemem Einstieg, aber schwer wie ein Panzer. Stahnke stemmte sein ganzes Gewicht in die Pedale, die Kette schrie laut nach Schmieröl. Als er den Flüchtenden einzuholen begann, hatte der längst den Gertrudenfriedhof erreicht. Ein Sprung über die Mauer, und er wäre für Stahnke unerreichbar. Aber sollte dort nicht irgendwo Berthold Seifert Posten stehen?

Das tat er. Der glatzköpfige Hauptkommissar hatte sein Fahrrad auf den Seitenständer gestellt und baute sich mit ausgebreiteten Armen vor Veldhuis auf. Der rannte direkt auf ihn zu, begann zu dribbeln wie ein Fußballer ohne Ball, täuschte rechts an und tauchte links an Seifert vorbei. Ein schneller Rückhandschlag, und der Hauptkommissar sackte zusammen. Was war das gewesen, ein Totschläger? Eher der schwere Griff eines langen Messers, dessen Klinge in einer Lederscheide steckte. Damit hatte Veldhuis vermutlich zuvor Kramer niedergestreckt. Hatte er damit auch Hemmieoltmanns und Ripke getötet?

Gleich habe ich ihn, dachte Stahnke, da schnappte sich Jan Veldhuis Seiferts Fahrrad und schwang sich blitzartig in den Sattel. Summend setzte sich das Ding in Bewegung und gewann schnell an Fahrt. Verdammt, ein E-Bike, dachte Stahnke verzweifelt. Und mir hängt die Zunge schon bis zu den Speichen!

Wenigstens nahm Veldhuis mit dem Beuterad nicht die Abkürzung über den Friedhof, sondern folgte der abknickenden Éhnernstraße nach links und bog dann nach rechts in die Nadorster Straße ein. Hier herrschte trotz der späten Stunde noch einiger Autoverkehr. Vielleicht hatte er Glück und begegnete einer Streife, die er heranwinken konnte, dachte Stahnke und strampelte mit letzter Kraft. Er wollte auch nie wieder von Streifenhörnchen reden oder auch nur denken!

So heftig der Hauptkommissar auch in die Pedale trat, Jan Veldhuis gewann wieder an Vorsprung. Stahnkes Holland-rad war einfach zu schwer und zu schlecht gewartet, außerdem war die Gangschaltung primitiv und hakelig. Weit und breit war kein Streifenwagen zu sehen. Was, wenn Veldhuis vor ihm den großen Verkehrsknotenpunkt Pferdemarkt erreichte und irgendwo in einer der vielen Abbiegemöglichkeiten verschwand? Dann konnten sie lange nach ihm suchen, ohne Chance. Sobald der dreifache Mörder registriert hatte, dass er seinen Rachefeldzug ohnehin nicht vollenden konnte, weil das letzte seiner schuldigen Opfer dauerhaft im Gefängnis saß, würde er sich so oder so nicht mehr in Deutschland blicken lassen, geschweige denn in Oldenburg. Und ehe Frankreich seine Auslieferung bewilligt hatte, hätte er bestimmt einen neuen Unterschlupf gefunden. Dafür würde sein Freund und Partner Michel Vaillant schon sorgen. Über die Mittel dazu verfügte der dank Veldhuis' jahrelanger Finanzspritzen inzwischen.

Etwas rauschte von hinten an Stahnke vorbei, mit enormer Geschwindigkeit. Kein Polizeiwagen, überhaupt kein Auto, auch kein lautloses E-Motorrad, sondern ein Fahrrad. Das von Thorsten Venema, mit ihm selbst im Sattel. Während Stahnke noch mit offenem Mund staunte, bis sich eine Fliege zwischen seinen Zähnen verfing, hatte der junge Oberkommissar den ehemaligen Radprofi auch schon eingeholt. Er beugte sich im Sattel zur Seite und streckte eine Hand aus, aber nicht, um nach Veldhuis zu greifen, sondern um seine Luftpumpe aus ihrer Halterung zu lösen. Was sollte denn das nun wieder? Stahnke war fassungslos. Wollte der Strubbelbart jetzt etwa anhalten, um seinen Reifendruck zu prüfen, statt sich um den fliehenden Verbrecher zu kümmern? Das durfte doch nicht wahr sein!

Venema griff sich die Luftpumpe, nahm noch einmal Schwung, passierte Veldhuis in geringem Abstand, bückte sich und schob ihm die Luftpumpe blitzschnell zwischen die Speichen des Vorderrades. Veldhuis' Fahrrad, das eigentlich das von Seifert war, machte einen Satz und überschlug sich. Sein Fahrer landete unsanft auf dem Rücken und blieb stöhnend liegen. Stahnke konnte in aller Ruhe heranfahren, abstoppen und absteigen. »Sie sind festgenommen«, sagte er so verständlich, wie seine immer noch pumpenden Lungen es zuließen. »Wegen dringenden Verdachts des dreifachen Mordes an … Sie wissen schon.« Er schnappte ein paarmal nach Luft, ehe er fortfuhr: »Glauben Sie mir, was Ihrer Schwester passiert ist, tut mir leid. Trotzdem, Sie hätten die Sache uns überlassen sollen.«

»Die hätten es einer auf den anderen geschoben.« Jan Veldhuis rappelte sich auf und hielt Stahnke seine Hände hin, Gelenk neben Gelenk. »Tun Sie, was Sie tun müssen.«

Das hätte der Hauptkommissar gerne, aber er fand seine Handschellen nicht. Wann und wo hatte er die wohl verloren? Zum Glück tauchte Venema, der inzwischen gewendet hatte, im rechten Moment wieder auf. Der hatte natürlich alles dabei.

»Blöde E-Bikes«, sagte Veldhuis zu Venema, während die Handfesseln klickten. »Die unterstützen einen zwar, aber irgendwann riegeln sie ab! Trotzdem, reife Leistung!

Tun Sie mir bitte trotzdem den Gefallen und erzählen Sie es nicht überall herum.«

Venema versprach gar nichts, sondern sprach in sein Kragenmikrofon: »Anton drei an alle. Aktion beendet, Zugriff erfolgt. Alle abrücken.« Dann schaute er Stahnke fragend an: »Was ist noch zu tun, Herr Hauptkommissar?«

»Notarzt und Krankenwagen für Kramer und Seifert«, antwortete Stahnke. »Für Kramer am besten noch den Hundefänger, sonst haut der einfach so ab und meldet sich morgen wieder diensttauglich, egal, ob er noch blutet. Kommt nicht infrage! Und noch etwas, äh, Thorsten.« Er räusperte sich: »Ab jetzt kannst du mich Stahnke nennen.«

EPILOG

Fasziniert schauten sie zu, wie Seifert seinen Teller zum dritten Mal leerte. »Du legst es wohl darauf an, unser nächster Kohlkönig zu werden!«, kommentierte Sibylle Wiemken. Dabei tupfte sie sich das Fett aus den Mundwinkeln und rülpste unauffällig in ihre Serviette.

Layan Kleinschmidt stocherte immer noch in ihrer ersten Portion Grünkohl herum. »Total fettig und zerkocht«, flüsterte sie Thorsten Venema zu. »Kaum zu glauben, dass dieses Grünzeug eigentlich ein sagenhaft gesundes Superfood ist! Aber wenn man so viel Wurst und Speck reinwirft und es tagelang totkocht, kommt eben so was dabei raus.«

Venema ließ sich den Appetit davon nicht verderben. Anderthalb Stunden lang waren sie durch die Kälte gestapft, ehe sie zum Kohlessen in den *Drögen Hasen* eingekehrt waren, da hatten sie sich diese Kalorienbomben redlich verdient. Davon war er überzeugt. »Du hättest ja ein Alternativessen wählen können«, sagte er mit vollem Mund. »Schollenfilet Finkenwerder Art zum Beispiel. Oder die Medaillons aus der Pfanne.«

»Nee, wollte ich nicht«, erwiderte sie. »Nicht, dass ich gleich doppelt auffalle! Reicht schon, dass du mich als einzige Nicht-Polizistin zum Kollegenessen mitgeschleppt hast.«

»Wieso? Das kennst du doch schon!«, sagte Venema und zwinkerte ihr zu. Sie trat ihn unter dem Tisch.

Der Kellner brachte neues Bier, Stahnke hob sein Glas, und alle prosteten ihm zu. Auch Doktor Mergner, der erstaunlich viel Kohl verputzt hatte, ohne dass sich oberhalb seines Gürtels auch nur die kleinste Wölbung gebildet hatte. »Auf unsere erfolgreiche Zusammenarbeit!«, rief der Hauptkommissar. Zustimmendes Gemurmel, auch von Oliver Kramer und Nidal Ekinci, der als einziger alkoholfreies Weizen bestellt hatte.

»Guckt mal«, sagte Sibylle Wiemken und zeigte verstohlen auf einen der anderen großen runden Tische im Saal. »Da drüben feiert die Presse!« Tatsächlich hatte sich ein Teil der Redaktion der *Regionalen Rundschau* denselben Abend zum gemeinsamen Kohlessen ausgesucht. Das kreischende Lachen von Olivia Dressel war unüberhörbar. Zum Kohl gehörte Korn, das war ehernes Gesetz – offensichtlich war die Redakteurin besonders gesetzestreu.

»Die haben allen Grund zum Feiern«, knurrte Stahnke. »Wir haben ihnen den Knüller des Jahres geliefert! Erinnert ihr euch noch an die Schlagzeile? *Tod eines Kohlkönigs!* Total reißerisch. Früher war dieses Blatt mal seriös, aber heute? Der reinste Boulevard!«

»Boulevard nennst du das?« Seifert hielt einen Moment in der Nahrungszufuhr inne. »Diese Überschrift war doch die reinste Untertreibung! Was heißt denn Tod *eines* Kohlkönigs? Tatsächlich waren es doch gleich drei Tote! Von der armen Schwester des Täters ganz zu schweigen.«

»Überschriften sind wie Leimruten«, sagte Manuela Schönborn. Alle starrten sie an, denn die junge Kommissarin hatte den ganzen Abend über noch kein Wort gesagt. »Man soll daran kleben bleiben und anfangen zu lesen. Damit hat der Titel seinen Zweck erfüllt. Den Rest erledigen das Thema und die pikanten Einzelheiten. Wer fragt denn nachher danach, ob die Überschrift gestimmt hat?«

Darauf wusste niemand etwas zu erwidern. Alle waren froh, dass der Kellner ein Tablett mit Doppelkorngläschen brachte. Sie griffen zu, alle bis auf Ekinci. Der hatte die vegetarische Kohlvariante gewählt, sein Magen kam auch ohne Alkoholunterstützung klar.

»Wisst ihr eigentlich, dass wir mit den Kohlblättern falsch gelegen haben?«, ergriff Sibylle Wiemken wieder das Wort. »Wir waren davon ausgegangen, dass die Blätter, die wir bei den Toten gefunden haben, eingefroren gewesen sein mussten, weil es im Sommer noch keine zu kaufen gibt. Grünkohl gilt doch als Wintergemüse. Tatsächlich aber kann man die Blätter das ganze Jahr über ernten, wenn man will!«

»Na und? Unsere These hat doch gestimmt!«, erwiderte Seifert. »Dass sie auf falschen Annahmen beruhte, interessiert hinterher niemanden mehr. Überhaupt Fakten! Wir leben im postfaktischen Zeitalter. Heutzutage hält doch jeder sein eigenes Bauchgefühl für die alleingültige Wahrheit.«

»Und *Youtube* für das Evangelium«, ergänzte Manuela Schönborn.

»Das ist der Spaltpilz des Egozentrismus«, ließ sich Kramer vernehmen. »Früher war jedem bewusst, dass unsere arbeitsteilige Gesellschaft nur in Kooperation funktionieren und existieren kann. Heute sehen viele Menschen vor lauter *Ich* kein *Wir* mehr. America first, Ostfriesland first, ich first! Die Gemeinschaft zerfällt dabei.«

»Und wir, die Diener der Gemeinschaft, kriegen dabei auch immer öfter unser Fett weg.« Stahnke griff nach seiner Serviette. »War nicht unser letzter großer Fall ein Beispiel für Kramers These? Statt sich an uns zu wenden, nimmt Jan Veldhuis selbsttätig Rache für den Tod seiner Schwester! Jetzt trägt er die Konsequenzen. Vermutlich für den Rest seines Lebens.«

»Wenn ich mir anschaue, was Patrick Janssens Anwälte veranstalten, kann ich Veldhuis sogar ein bisschen verstehen«, sagte Venema. »Sagte er nicht, die Täter würden sich gegenseitig beschuldigt haben, um den Hals aus der Schlinge zu ziehen? Genau das passiert gerade. Sogar mit Aussicht auf Erfolg, da drei der vier Täter tot sind. Wenn der Antrag auf verminderte Schuldfähigkeit wegen Drogenkonsums durchkommt, wird Janssen womöglich nur wegen Beihilfe zum Totschlag verurteilt und läuft in ein paar Jahren wieder in Oldenburg herum.«

»Würde ich ihm nicht raten!«, rief Seifert über den Tisch.

»Wieso? Willst du etwa auch zur Selbstjustiz übergehen?«, fragte Sibylle Wiemken.

»Auf keinen Fall!«, stöhnte der glatzköpfige Hauptkommissar. »Jedenfalls nicht in diesem Zustand! Ich glaube, so vollgefressen war ich noch nie.«

»Dann gebührt dir auch die Krone.« Sibylle Wiemken hatte eine vorbereitet, aus Goldpapier und leicht zerknautscht, aber sie passte perfekt. »Der Kohlkönig ist tot, es lebe der Kohlkönig!«

»Aber Vorsicht!«, warnte Kramer. »Kohlkönige leben gefährlich!«

Unbemerkt war Lokalredakteurin Oliva Dressel an ihren Tisch getreten, leicht schwankend und offenbar bester Laune. »Meine Herrschaften, ich bedanke mich für die hervorragende Zusammenarbeit!«, rief sie augenzwinkernd und schnappte sich das Korngläschen, das Nidal Ekinci zur Seite geschoben hatte. »Möge sich das in den nächsten Jahren noch möglichst oft und segensreich wiederholen!«

Wer noch etwas im Glas hatte, trank darauf. Auch Stahnke. »Das lässt sich bestimmt einrichten«, versprach er.

ENDE

Hauptkommissar Stahnke ermittelt:

1. und 2. Fall:
Ein anderes Blatt /
Thors Hammer
ISBN 978-3-939689-11-9

3. Fall: Ebbe und Blut
ISBN 978-3-8392-2664-3

4. Fall: Der Tod läuft mit
ISBN 978-3-934927-86-5

5. Fall: Fürchte die
Dunkelheit
ISBN 978-3-8392-2665-0

6. Fall: Solo für Sopran
ISBN 978-3-939689-63-8

7. Fall: Der siebte Schlüssel
ISBN 978-3-934927-99-5

8. Fall: Wut und Wellen
ISBN 978-3-939689-34-8

9. Fall: Sand und Asche
ISBN 978-3-939689-15-7

10. Fall: Zorn und
Zärtlichkeit
ISBN 978-3-939689-64-5

11. Fall: Der Fluch der
goldenen Möwe
ISBN 978-3-86412-013-8

12. Fall: Langeooger
Lügen
ISBN 978-3-8392-2667-4

13. Fall: Ostfriesische
Verhältnisse
ISBN 978-3-86412-077-0

14. Fall: Langeooger
Serientester
ISBN 978-3-8392-2883-8

15. Fall: Langeooger
Dampfer
ISBN 978-3-8392-2666-7

16. Fall: Hetzwerk
ISBN 978-3-8392-2830-2

17. Fall: Verrat verjährt
nicht
ISBN 978-3-8392-0089-6

18. Fall: Oldenburger
Kohlkönig
ISBN 978-3-8392-0292-0

Alle Bücher von Peter
Gerdes finden Sie unter
www.gmeiner-verlag.de

GMEINER SPANNUNG

WWW.GMEINER-VERLAG.DE
Wir machen's spannend

DIE NEUEN Lieblings-plätze

ISBN 978-3-8392-0154-1 · AM INN

ISBN 978-3-8392-2730-5 · AUGSBURG UND BAYERISCH-SCHWABEN

ISBN 978-3-8392-0155-8 · FÜNFSEENLAND

ISBN 978-3-8392-0158-9 · HARZ

ISBN 978-3-8392-0160-2 · NORDSEEKÜSTE NIEDERSACHSEN MIT HUND

ISBN 978-3-8392-0159-6 · LÜNEBURGER HEIDE

ISBN 978-3-8392-0161-9 · NIEDERRHEIN

ISBN 978-3-8392-0163-3 · OSTSEE MECKLENBURG-VORPOMMERN

ISBN 978-3-8392-0164-0 · OSTSEE SCHLESWIG-HOLSTEIN

ISBN 978-3-8392-2626-1 · SACHSEN

ISBN 978-3-8392-0156-5 · BODENSEE FÜR SENIOREN

ISBN 978-3-8392-0157-2 · NORDSEE SCHLESWIG-HOLSTEIN FÜR SENIOREN

ISBN 978-3-8392-0166-4 · SÜDLICHE WEINSTRASSE UND PFÄLZERWALD

ISBN 978-3-8392-0166-4 · SÜDTIROL

ISBN 978-3-8392-2838-8 · USEDOM

ISBN 978-3-8392-0168-8 · WIESBADEN RHEIN-TAUNUS RHEINGAU

GMEINER KULTUR

WWW.GMEINER-VERLAG.DE

Mensch, Kultur, Region